insel taschenbuch 4806

Frida Skybäck

Der kleine Buchsalon am anderen Ende der Welt

»Der beste Feel-Good-Roman des Jahres.« *Amelia*

Patricias Schwester ist während eines Praktikums in Schweden spurlos verschwunden. Jetzt, dreißig Jahre später, erhält sie einen anonymen Brief mit der Kette ihrer Schwester darin. Kurz entschlossen verlässt Patricia ihre Farm in Amerika und reist nach Schweden.

Im kleinen Strandort Ljusskär angekommen, mietet sie sich in einer gemütlichen Pension ein. Bald lernt sie auch die Frauen eines Buchsalons kennen, die die begeisterte Leserin prompt in ihren Kreis aufnehmen. Bei Kaffee und Kuchen, bei Gesprächen über Literatur, Liebe und alltägliche Probleme fühlt Patricia sich rundum wohl. Doch einige Frauen scheinen mehr über ihre Schwester zu wissen, als sie zugeben – und um Frieden zu finden, ist Patricia entschlossen, die Wahrheit ans Licht zu bringen.

Frida Skybäck, geboren 1980 in Göteryd, ist eine schwedische Autorin. Ihr Roman *Die kleine Buchhandlung am Ufer der Themse* (it 4740) wurde sowohl in Schweden als auch in Deutschland zum Bestseller. Sie lebt mit ihrem Mann und ihren zwei Töchtern in Lund. www.fridaskyback.se

Karoline Hippe lebt als Übersetzerin aus dem Norwegischen, Englischen und Dänischen in Oslo.

Nora Pröfrock, geboren 1981 in Duisburg, übersetzt aus dem Norwegischen, Schwedischen und Dänischen. Sie lebt in Bergen, Norwegen.

FRIDA SKYBÄCK

Der kleine Buchsalon am anderen Ende der Welt

ROMAN

Aus dem Schwedischen von
Karoline Hippe und Nora Pröfrock

INSEL VERLAG

Die schwedische Originalausgabe erschien 2019 unter dem Titel *Bokcirkeln vid världens ände* im LB Förlag, Stockholm.

Erste Auflage 2020
insel taschenbuch 4806

Vertrieb durch den Suhrkamp Taschenbuch Verlag
Umschlaggestaltung: zero-media.net, München
Umschlagabbildung: FinePic®, München
Satz: Satz-Offizin Hümmer GmbH, Waldbüttelbrunn
Druck: CPI – Ebner & Spiegel, Ulm
Printed in Germany
ISBN 978-3-458-68106-9

Der kleine Buchsalon am anderen Ende der Welt

Für Tilda & Klara

1

MITTWOCH, 29. MAI

Als Patricia Sloane den länglichen Briefkasten öffnet und die Tagespost herausholt, bemerkt sie den weißen Umschlag zunächst gar nicht. Sie klemmt sich den Stapel Briefe, Zeitungen und Werbebroschüren unter den Arm, klappt die kleine rote Fahne wieder herunter und geht zum Tor.

Obwohl noch Mai ist, liegt bereits eine drückende Hitze über Charlottesville. Die Wiese ist gelb und trocken und der Acker so ausgedörrt, dass sich rund um den Hof lange Risse im Erdboden gebildet haben.

Patricia legt die Hand auf den weißen Torpfosten. Ihr Arbeitstag im Sekretariat der Mackenzie Junior High war heute außergewöhnlich lang. Gleich am Morgen gab es einen Feueralarm, in der ersten Stunde, mitten im Sexualkundeunterricht der Achtklässler.

Patricia wusste sofort, dass es ein falscher Alarm war. Sie sah Dennis Rodd mit einem Feuerzeug in der Hand über den Korridor laufen. Doch aus Sicherheitsgründen mussten sie das Gebäude trotzdem räumen – und fünfhundert Jugendliche in Reih und Glied auf einem Fußballfeld versammeln zu müssen, kann man sich in etwa so vorstellen, wie eine aufgebrachte Bisonherde durch ein viel zu enges Gatter zu treiben.

Patricia massiert sich die schmerzende Schulter. Die Unterbrechung führte natürlich dazu, dass der Sexualkundeunterricht mit den Achtklässlern nicht zu Ende geführt werden konnte (genau wie alle anderen Unterrichtsstunden), worüber sich der Biologielehrer Mr. Alvarez furchtbar aufregte. Nun hätten die Schüler gerade einmal den ersten, rein informativen Teil seines Vortrags gehört, zeterte er, nicht aber den zweiten, in dem er auf die Konsequenzen eines – wie er es ausdrückte – »unverantwortlichen Umgangs mit dem Reproduktionssystem« eingehe, und er verlangte augenblicklich eine Stundenplanänderung, damit er die Unterrichtseinheit abschließen könne. Patricia hätte am liebsten erwidert, er solle mal über seinen eigenen unverantwortlichen Umgang mit Rasierwasser nachdenken. Doch dann konnte sie mit dem Mathematiklehrer der Klasse vereinbaren, dass Mr. Alvarez eine halbe Stunde von dessen Unterricht für seine Zwecke verwenden durfte.

Zu diesem Zeitpunkt war es bereits zehn Uhr, und Patricia war mit ihren morgendlichen Aufgaben weit hinterher. Eine Dreiviertelstunde später, als gerade wieder Land in Sicht war, kam Rachel Morgan mit zwei Fingern in der Nase ins Sekretariat. Sie trug Sportkleidung, und oberhalb ihrer heruntergerutschten Kniestrümpfe waren Schürfwunden zu sehen.

»Slide-Tackling«, murmelte sie.

Unglücklicherweise war Patricia gerade so tief in einen ellenlangen Bericht des Direktors über den Materialverbrauch der Arbeitsgruppen vertieft, dass sie nur »Wie bitte?« antworten konnte, woraufhin das Mädchen die Finger aus der Nase nahm und das Blut nur so über die Fußmatte mit dem Willkommensschriftzug und dem Emblem der Schule spritzte.

Auf die Schnelle sah Patricia keine andere Lösung, als sich

ihr Lieblingstuch vom Hals zu reißen und es Rachel ins Gesicht zu drücken, während sie nach der Schulkrankenschwester rief. Doch wie so oft war Mrs. Fletcher gerade auf einer Fortbildung, und am Ende musste Patricia sich gewaltsam Zugang zu deren Büro verschaffen. Als sie die arme Rachel eine ganze Weile später mit zwei Tampons in den Nasenlöchern wieder fortschickte, hatte es gerade zur Mittagspause geläutet.

»Wenn du wüsstest, was ich heute für einen Tag hatte«, sagt Patricia und begrüßt Barry, den großen Labrador der Familie, der ihr am Tor entgegenkommt. Barry schüttelt fröhlich den Kopf, und Patricia muss lachen. Ohne ihn wäre sie nie allein auf dem Hof in Mill Creek wohnen geblieben. Barry ist nicht nur ihr Wachhund, er leistet ihr auch Gesellschaft, wann immer sie die Einsamkeit überkommt.

Mit wedelndem Schwanz und kleinen, munteren Sprüngen begleitet er sie auf die Veranda, wo Patricia sich auf der blaugestrichenen Hollywoodschaukel niederlässt.

Von den Feldern her weht eine Brise und sorgt für angenehme Erfrischung, während Patricia die Post durchblättert und sie zu kleinen Stapeln sortiert. Alle Rechnungen auf einen, und die Reklame des nahe gelegenen Dorfladens auf die letzte Ausgabe von *Ackerbau*. Schließlich hält sie nur noch einen Brief in der Hand. Der Umschlag ist klein, die Adresse fein säuberlich mit schwarzer Tinte geschrieben, und der Poststempel stammt aus dem Ausland.

Mit forschendem Blick dreht Patricia das Kuvert um. Kein Absender. Sie bekommt nur selten handgeschriebene Briefe und denkt als Erstes, dass dieser hier eigentlich bei Tom und

Eunice zwei Häuser weiter hätte landen sollen. Die beiden nehmen regelmäßig Austauschschüler bei sich auf, und in den letzten zehn Jahren haben Jugendliche aus Holland, Frankreich und Deutschland bei ihnen gewohnt, um das Leben an einer echten amerikanischen High School kennenzulernen. Patricia hat noch nie verstanden, warum Familien mit dem entsprechenden Kleingeld ihre Kinder ausgerechnet nach Mill Creek schicken, aber vermutlich können Bier-Pong und Flaschendrehen in einer englischsprachigen Umgebung durchaus lehrreich sein. Der Brief jedoch ist nicht an Tom und Eunice adressiert, sondern an sie.

Patricia versucht, den weißen Umschlag zu öffnen, doch er ist sorgfältig zugeklebt, und nach der Heimfahrt durch die Hitze hat sie Durst. Sie geht ins Haus, schenkt sich aus einer Karaffe im Kühlschrank ein Glas Eistee ein und nimmt bei der Gelegenheit ein Messer mit nach draußen, um den Briefumschlag aufzuschlitzen.

Drüben an der roten Scheune steht eine Tür offen und schlägt im Wind. Das Gebäude müsste mal wieder gestrichen werden – die Farbe ist ausgeblichen und blättert schon hier und da ab –, aber Patricia hat weder Zeit noch Geld, um sich darum zu kümmern.

Müde lässt sie den Blick über die Felder schweifen. Seit ihrer Kindheit hat sich an der Umgebung des Hofes nichts verändert. Die grünen Tabakpflanzen wehen im Wind, und dahinter, inmitten der leuchtenden Weizenhalme, glänzt der Getreidesilo des Nachbarn in der Sonne.

Patricia wedelt sich mit der Zeitung Luft zu. Ihre bescheidene Landwirtschaft konnte sich noch nie mit ihrem Nachbarn

Henderson messen, und in den letzten Jahren hat sie den Be-
trieb Schritt für Schritt eingestellt. Der Großteil des Acker-
landes, das sie von ihren Eltern geerbt hat, ist inzwischen ver-
kauft, sämtliche Kühe und Schweine versteigert, und selbst
von den wenigen Gerätschaften, die in gebrauchtem Zustand
noch etwas wert waren, hat sie sich getrennt. Ein Teil von ihr
hätte die Tierhaltung gern fortgeführt, aber so ein Hof lässt
sich allein nicht betreiben. Nun sind nur noch ein paar Hüh-
ner und ein kleiner Gemüsegarten übrig, in dem sie Kürbisse,
Tomaten und Bohnen zieht, doch die Geräusche und der Ge-
ruch von Vieh fehlen ihr sehr.

Hin und wieder fragt sich Patricia, was wohl geschehen wä-
re, wenn sie den Hof verlassen hätte. Es war nie ihre Absicht,
hierzubleiben, doch nachdem ihre jüngere Schwester Made-
leine vor mehr als dreißig Jahren spurlos verschwunden war,
konnte Patricia den Hof nicht einfach aufgeben.

Ihr Blick fällt auf die hölzerne Armlehne der Hollywood-
schaukel, in die ein M und ein P eingeritzt sind, und sie muss
seufzen. Als Kinder waren sie wie Pech und Schwefel. Sie ver-
brachten jede freie Minute zusammen, und als sie älter wur-
den, war Madeleine Patricias engste Vertraute. Nachdem Pa-
tricia von zu Hause ausgezogen war, rief sie ihre Schwester
jeden Sonntag an. Sie konnten stundenlang miteinander te-
lefonieren, auf dem Bett liegend, die Telefonschnur um den
Finger gewickelt, und sich über die Ereignisse der vergange-
nen Woche austauschen. Jedes Mal, wenn Patricia von einem
missglückten Date oder irgendeiner peinlichen Begebenheit
am College berichtete, brach Madeleine in so lautes Gelächter
aus, dass ihr Vater im Nebenzimmer an die Wand klopfte.

Deshalb war Patricias Freude nicht ungetrübt, als sie von dem Praktikumsplatz erfuhr, den Madeleine in einer Freikirche in einem kleinen schwedischen Ort bekommen hatte. Sie wusste zwar, dass dies eine Chance für ihre Schwester war, etwas von der Welt zu sehen und das Heimatland ihrer Mutter kennenzulernen, aber die Trennung fiel ihr dennoch schwer. Bald würde ein ganzer Ozean zwischen ihnen liegen.

Patricia schüttelt den Kopf. Die Erinnerung an die letzten gemeinsamen Minuten mit ihrer Schwester treibt ihr immer noch Tränen in die Augen. Patricia war damals diejenige, die sie zum Bahnhof nach Charlottesville fuhr. Madeleine war so glücklich. In ihren Augen funkelte die Vorfreude, und sie winkte fröhlich zum Abschied. Hätte Patricia gewusst, was geschehen würde, hätte sie Madeleine an der Abreise gehindert, doch so stand sie nur am Bahnsteig und winkte zurück.

Sanft fährt sie mit den Fingern über die Inschrift auf der Hollywoodschaukel. Es ist ein eigenartiges Gefühl, einen geliebten Menschen zu verlieren, und noch eigenartiger ist es, nicht zu wissen, was eigentlich mit ihm geschehen ist. Madeleine war gerade einmal ein paar Monate in dem kleinen Ort, als sie verschwand. Eines Tages packte sie einfach ihren Koffer und verließ die Kirche, ohne irgendwem zu sagen, wohin sie wollte, und seither ward sie nicht mehr gesehen.

Patricia schiebt die Gedanken beiseite und wendet sich wieder dem Brief zu. Ihre Lesebrille steckt noch in der Tasche, doch sie hat jetzt keine Lust, sie hervorzuholen. Mit zusammengekniffenen Augen mustert sie den Umschlag genauer. Auf der Briefmarke ist in Blaugrau die Silhouette einer Königin mit Krone abgebildet. Während ihre Finger um die Ecken des Kuverts spielen, entziffert sie halbherzig die Buchstaben. S v e r i g e.

Patricia fährt zusammen. Der Brief kommt aus Schweden?

Schnell führt sie das Messer seitlich in den Umschlag und schlitzt ihn auf. Mit pochendem Herzen greift sie hinein, doch zu ihrer großen Überraschung findet sie darin keinen Brief. Der Umschlag ist leer. Nein, nicht ganz, da ist irgendwas, das spürt sie, und als sie den Umschlag umdreht, fällt es heraus.

Patricia starrt auf die kleine Halskette in ihrer Hand. Ihr wird schlagartig schlecht, und sie weiß nicht, wohin mit sich. Eine innere Stimme sagt ihr, dass sie aufstehen und davonlaufen soll, doch sie rührt sich nicht vom Fleck.

Mit zitternden Fingern hält sie die zierliche Kette in die Sonne. Das Silber glänzt matt, und das kleine Medaillon in Form einer Note baumelt hin und her.

Patricia schließt die Hand um das Schmuckstück. Sie hat es seit dreißig Jahren nicht gesehen, doch sie erkennt es sofort wieder.

Langsam nimmt sie das Medaillon zwischen die Finger und betrachtet es genauer. Mit einem Mal scheint die Welt um sie herum aus den Fugen geraten zu sein. Diese Kette hat sie Madeleine zum achtzehnten Geburtstag geschenkt. Am Tag ihrer Abreise nach Schweden trug sie sie um den Hals.

Patricia schließt die Augen. Ihre Gedanken überschlagen sich, und sie versucht, sie zu sortieren. Ist das wirklich Madeleines Halskette? Und wenn ja: Wieso wird sie ihr nun zugeschickt? Heißt das vielleicht, irgendjemand weiß, was mit ihrer Schwester passiert ist?

Erst, als Barry sie anstupst, öffnet sie die Augen wieder. Sie steht auf und wankt in die Küche, wo es fast genauso warm ist wie draußen. Sie dreht den Wasserhahn auf und beugt sich vor, um sich das Gesicht zu waschen.

Das kalte Wasser rinnt Patricia den Hals hinunter, und sie holt tief Luft. Barry hat sich auf den Küchenläufer neben sie gesetzt. Erwartungsvoll sieht er sie an, so als warte er auf Futter.

Patricia greift nach einem Küchenhandtuch und tupft sich das Gesicht ab. Sie versucht, die Halskette aus der Hand zu legen, muss sie aber immer wieder anschauen. Wie benommen reibt sie sich den Nacken.

Ihr halbes Leben fragt sie sich nun schon, was ihrer kleinen Schwester wohl zugestoßen sein mag. Auf der Suche nach einer Erklärung für Madeleines Verschwinden hat sie sich die verschiedensten Szenarien ausgemalt, doch keins davon ließ sie jemals zur Ruhe kommen. Patricia hat stets im Schatten der Ungewissheit gelebt und die Fragen mit sich getragen. So eine Trauer lässt einen nicht los, spürt sie, dieses Gefühl ist immer zugegen, wie ein Hohlraum im Herzen.

Sie legt Barry die Hand auf den Kopf und streichelt das weiche Hundefell. Dann rückt ihre Gefühlswelt plötzlich auf Abstand. Wer immer ihr die Halskette geschickt hat, weiß etwas über Madeleines Verbleib, also muss sie versuchen, den Absender oder die Absenderin zu finden. Aber wie soll Patricia herausbekommen, von wem der Brief stammt?

Obwohl es eigentlich noch zu früh ist, füllt sie Trockenfutter in Barrys rostfreie Schale. Der Hund wedelt freudig mit dem Schwanz und stürzt sich auf seine Mahlzeit, als Patricia sie vor ihm abstellt.

Sie betrachtet ihn. Seit Jahren wünscht sie sich nichts sehnlicher als ein Zeichen ihrer Schwester, aber jetzt, da sie endlich eins bekommen hat, lässt sie das eigenartig kalt.

»Ich werde wohl nach Schweden müssen«, sagt sie mit tonloser Stimme zu Barry. »Ich werde wohl noch einmal dort hinreisen und einen neuen Versuch starten müssen, Madeleine zu finden.«

Barry schaut auf und sieht sie mit seinen treuen Augen an, und eine Sekunde lang hat sie das Gefühl, dass er sie genau versteht. Dann senkt er den Kopf und widmet sich wieder seinen Pellets mit Lebergeschmack.

2

SAMSTAG, 8. JUNI

Der Drehschalter ist locker, gibt aber immer noch ein Klicken von sich, als Evy das Radio um Punkt 07:54 Uhr einschaltet, genau zu Beginn des Land- und Seewetterberichts. Das Gerät hat gerade mal zehn Jahre auf dem Buckel, aber es macht schon Mucken, und Evy weiß, dass es nur noch eine Frage der Zeit ist, bis sie mit dem Bus in die Stadt fahren muss, um ein neues zu kaufen.

Einen kurzen Moment ist Funkstille, dann stellt sich der Meteorologe vor. Evy seufzt. Manchmal fragt sie sich, nach welchen Kriterien diese Wetterfrösche eigentlich ausgewählt werden. Ob die bei Radio Schweden absichtlich nervtötende Stimmen suchen? Vielleicht wollen sie ja, dass die Zuhörer während der Wettervorhersage einschlafen, vielleicht ist das so eine Art Experiment.

Mit schleppendem Ton geht der Meteorologe seinen Bericht durch. Er klingt, als wäre er eben erst aufgewacht und würde beim Ablesen des Textes darüber nachdenken, wie lange seine Frühstückseier kochen sollen. (Eigentlich mag ich es ja am liebsten, wenn das Eigelb noch flüssig ist, aber hartgekochte Eier lassen sich besser in Scheiben schneiden und aufs Brot legen. Die Sicht über die südliche Ostsee ist übrigens gut, Regen wird es keinen geben, am Vormittag weht ein mäßiger bis frischer Wind aus nordwestlicher Richtung, aber mit abnehmender Stärke, und der Wasserstand ist unverändert.)

Evy drückt die Spitze ihres Stiftes auf den Notizblock und schreibt so schnell sie kann. Ihr darf nichts entgehen, denn der nächste Seewetterbericht wird erst wieder um 12:55 Uhr gesendet.

Als sie fertig ist, trinkt sie einen Schluck Kaffee und lässt den Blick aus dem Fenster schweifen. Nur weil im Moment gute Wetterverhältnisse herrschen, heißt das noch lange nicht, dass weniger Unglücke passieren. Im Gegenteil, bei schönem Wetter zieht es nur umso mehr Menschen ans Meer, sodass das Risiko sogar eher steigt.

Sie will sich gerade zwei Scheiben Knäckebrot mit Butter, Leberwurst und Gurke fertig machen, als sie draußen ein Geräusch hört. Ein lautes Jammern durchdringt die Luft, und im selben Moment kratzt es an der Tür. Schnaufend steht Evy vom Tisch auf und humpelt los.

Auf der Treppe steht Saba und reckt sich in der Morgensonne. Es scheint ihr kein bisschen unangenehm zu sein, dass sie die ganze Nacht unterwegs war. Unbekümmert schwingt sie den Schwanz von Seite zu Seite, wie um zu sagen: »Die Königin ist heimgekehrt.«

Evy öffnet die Tür einen Spalt breit und starrt die Katze an, die nur unbeeindruckt zurückstarrt.

»Na dann, rein mit dir«, murmelt sie und lässt das Tier vorbeihuschen.

Saba springt auf den freien Stuhl am Küchentisch, und Evy serviert ihr auf dem zweiten Teller, der schon bereitsteht, etwas Leberwurst.

Die beiden essen schweigend, und Evy denkt, dass dies die beste Zeit des Tages ist. Ein paar Minuten sitzt sie einfach da, spürt das knusprige Knäckebrot und die fettige Leberwurst im Mund und hängt ihren Gedanken nach. Doch dann ist plötzlich erneut ein Geräusch zu hören. Nebenan fällt die Tür des Nachbarn ins Schloss, und Evy wirft erschrocken einen Blick auf die Uhr. Halb neun. Schon?

Schnell legt Evy den Deckel auf die Leberwurstdose. Normalerweise hat sie zu dieser Zeit bereits fertig gefrühstückt, aber heute hat alles etwas länger gedauert, wegen dieser vermaledeiten Arthrose. Wenn sich ihr Knie bemerkbar macht, kommt sie nicht so leicht vom Fleck wie sonst, und der stechende Schmerz bringt sie dazu, länger sitzen zu bleiben, als sie eigentlich sollte.

»Runter auf den Boden!«, zischt sie Saba zu und versucht gleichzeitig, die Küchengardine vor dem offenen Fenster zuzuziehen. Doch es ist schon zu spät. Yusuf steht bereits draußen und winkt.

»Guten Morgen«, sagt er fröhlich. Wie jeden Tag trägt er ein braunes Hemd, eine grüne Weste und eine khakifarbene Hose, die ihm knapp bis über die Knie reicht und ihn noch kleiner aussehen lässt, als er ohnehin schon ist.

Evy starrt ihn an.

»Sie versperren mir die Aussicht.«

»Entschuldigung«, murmelt Yusuf und macht schnell einen Schritt zur Seite. »Ich wollte eigentlich nur Bescheid sagen ...«

Er gerät ins Stocken, und Evy verdreht die Augen.

»Ja, was wollten Sie sagen?«

»Dass ... dass Saba heute Nacht auf meinem Balkon war. Mal wieder.«

Evy fasst sich an die Stirn. Sie und Yusuf wohnen nun schon seit über einem Jahrzehnt Tür an Tür, und trotz all ihrer subtilen Signale im Laufe der Jahre hat er immer noch nicht kapiert, dass sie keinerlei Interesse an seiner Gesellschaft hat. Es ist wirklich erstaunlich, wie vielen Einwohnern dieses Ortes es an grundlegender Sozialkompetenz zu mangeln scheint.

»Aha. Und was soll ich Ihrer Meinung nach dagegen tun? Die ganze Nacht aufbleiben und sie bewachen vielleicht?«

Yusuf schaut betreten zu Boden, während ihm sein frecher kleiner Dackel Melker um die Beine scharwenzelt.

»Nein, das geht natürlich nicht.«

Evy seufzt.

»Hören Sie einfach auf, sie zu füttern, dann löst sich das Problem von selbst.«

»Aber das habe ich doch nur einmal gemacht, als Sie im Krankenhaus waren«, protestiert Yusuf.

Saba ist mit ihrer Leberwurst fertig und schnurrt zufrieden, so als wüsste sie genau, was sie angerichtet hat. Evy beginnt, den Tisch abzuräumen.

»Ich habe jetzt keine Zeit, mich noch weiter zu unterhalten«, sagt sie bestimmt.

»Nein, nein«, antwortet Yusuf nickend. »Sie müssen ja Ihre Runde drehen.«

»Genau.«

Er zieht an Melkers Leine.

»Aber wenigstens ist heute schönes Wetter«, versucht er sie aufzumuntern.

»Das heißt überhaupt nichts.«

»Nein, natürlich nicht.«

Evy verschränkt die Arme vor der Brust und starrt ihn an, bis er endlich den Anstand hat, sich zurückzuziehen.

»Na, dann sehen wir uns später«, ruft er ihr noch zu.

»Nicht, wenn ich Sie zuerst sehe«, antwortet sie, aber der Dackel hat ihn bereits außer Hörweite gezogen.

»Ich glaube, heute ist mal wieder so ein Tag«, murmelt Evy und begegnet Sabas Blick. »Was hältst du von ein bisschen Schlagsahne zum Nachtisch?«

Wegen der Schmerzen im Knie dauert die Morgenrunde heute besonders lange, und als Evy endlich fertig ist, humpelt sie den Pfad zurück zur Hauptstraße. Saba folgt ihr. Sie begleitet Evy immer auf ihrer Runde, schleicht ihr in einigen Schritten Abstand hinterher und späht über die Wiesen, als wäre sie auf geheimer Mission.

Es ist jeden Morgen die gleiche Prozedur. Zuerst kontrolliert Evy, ob die Aufhängung des Rettungsrings ordnungsgemäß festgeschraubt und die Sicherheitsleine vor dem Sonnenlicht geschützt ist, anschließend sieht sie nach, ob sich der Rettungshaken an seiner Stange befindet und der Signalwimpel unversehrt ist.

Hin und wieder kommt es vor, dass irgendein dämlicher Teenager seine Kumpels beeindrucken will und den Rettungsring ins Wasser wirft, und dann muss sie den Ring wieder an Land ziehen, aufhängen und sich vergewissern, dass er nicht beschädigt wurde.

Die Verantwortung für die örtliche Rettungsausrüstung hat

Evy von sich aus übernommen, nicht, dass ihr das hier irgendjemand danken würde. Seit Jahren versucht sie nun schon, den Stadtrat zur Anschaffung einer Rettungsinsel für die kleine Strandbucht zu bewegen, außerdem hat sie die Anbringung einer zusätzlichen Rettungsleiter an der Südseite des Anlegers vorgeschlagen, aber von alldem will der Stadtrat nichts wissen.

Evy ballt die Hand in der Tasche zur Faust. Beim bloßen Gedanken daran überkommt sie Wut. Alf, der Stadtratsvorsitzende, ist wirklich nicht der Hellste. Ihm zufolge ist die Strömung am Anleger eher schwach, eine Boje sei somit mehr als genug, dabei weiß doch jedes Kind, dass die Strömung von variierender Stärke ist und noch dazu aufs offene Meer hinausführt. Am liebsten würde Evy Alf mal die Südseite hinunterstoßen, um zu sehen, ob er es mithilfe einer Boje zurück an Land schafft, aber bisher fehlt ihr noch eine Idee, wie sie ihn runter zur Bucht locken könnte.

Es ist ein schöner Morgen, auch wenn Evy solcherlei Dingen normalerweise nicht besonders viel Bedeutung beimisst, und auf dem letzten Stück ihres Weges in den Ort hinein spürt sie die warmen Sonnenstrahlen im Gesicht.

In der Ferne sieht sie Monas Bed, Breakfast & Books. Die alte gelbe Kapitänsvilla mit ihrer verspielten Architektur, den Zierleisten an der Fassade und den zierlich gedrechselten Fensterrahmen prangt am Ende der Hauptstraße umgeben von einem dicht bewachsenen Garten. Evy kennt Mona, seit sie Anfang der Achtzigerjahre nach Ljusskär kam, und auch wenn sie furchtbar zerstreut ist und ständig dieselben Fragen stellt (»Wie geht es dir?« – »Es geht, ich habe Knieschmerzen.« –

»Oje, und wie ist es mit deinem Knie?« *Da capo!*), gehört sie zu den wenigen Menschen, mit denen Evy gut zurechtkommt.

Evy wirft einen Blick über die Schulter, bevor sie die Straße überquert. Als Mona ihr damals erzählte, dass sie das alte Hotel ihrer Eltern umtaufen und »Monas Bed, Breakfast & Books« nennen wollte, war Evy aufrichtig beeindruckt. Sie sah bereits vor sich, wie Ljusskär zum Reiseziel literaturinteressierter Touristen würde und sie auf der großen Glasveranda progressive Diskussionsrunden und spannende Autorenlesungen stattfinden ließen.

Doch leider fiel Monas Vision sehr viel bescheidener aus. Sie wollte das Haus vor allem deshalb mit Büchern füllen, weil sie das *gemütlich* fand, und seither sind lediglich Besucher nach Ljusskär geströmt, die weder von Faulkner noch von Proust gehört haben.

Evy presst die Hand auf ihr schmerzendes Knie. Da sie mit Mona keinen Streit vom Zaun brechen will, hat sie das Thema mittlerweile fallenlassen, aber es besteht kein Zweifel, dass man aus diesem B, B & B noch viel mehr machen könnte. Beim Reinkommen hat man fast das Gefühl, im Wohnzimmer einer altersdementen Bibliothekarin gelandet zu sein. Wobei selbst eine senile alte Bibliotheksassistentin wohl noch irgendein Ordnungssystem hätte. Bei Mona hingegen liegen die Bücher überall kreuz und quer verteilt – zwischen den seltsamen Blumentöpfen an den Fenstern, auf kleinen Tischchen neben den zerschlissenen Sesseln und unter jeder Schüssel und jedem einzelnen Dekorationsgegenstand. Außerdem sind sämtliche Gardinen und Tischdecken aus unterschiedlichen Stoffstücken genäht, und auf allen freien Flächen stehen handgeblasene

Flohmarktvasen, alte Blechdosen mit Deckel und merkwürdige Kerzenständer. Das Ganze wirkt gelinde gesagt chaotisch, und noch dazu serviert Mona dort ihre selbstgetrockneten Algen in kleinen Gefäßen in Tierform. Als würde irgendjemand mit Sinn für Literatur und einem gewissen Maß an Selbstrespekt Snacks aus rosafarbenen Flamingo-Schälchen essen!

Je länger Evy darüber nachdenkt, desto mehr gerät sie in Rage. In all den Jahren hat Mona nicht einen einzigen Literatursalon zustande gebracht. Einmal hätte sie fast Bjarne Neesgard zu Gast gehabt, aber sein Hallux valgus machte ihm so zu schaffen, dass er wieder absagen musste, auch wenn Mona ihm uneingeschränkte Fußpflege während seines Aufenthalts und einen Lebensvorrat an Zehenspreizern versprochen hatte.

Ein Lesezirkel hat zwar hin und wieder mal stattgefunden, aber auf den gibt Evy nicht viel. Anfangs war sie selbst ein paarmal dabei, doch sie war die banalen Diskussionen schnell leid. Oft ging es mehr um den Wein, der bei den Treffen getrunken werden sollte, als um das Buch, und viele Teilnehmerinnen nutzten die Gelegenheit ganz dreist dazu, ihren persönlichen Problemen Luft zu machen, anstatt sich auf die Handlung und die Entwicklung der Figuren zu konzentrieren. Wenn man selbst mehrere Stunden darauf verwendet hat, ein Werk aufs Gründlichste durchzuanalysieren, und darauf brennt, seine Ergebnisse mit den anderen zu teilen, ist es höchst enttäuschend, stattdessen einer weinseligen Versicherungsangestellten mit selbstgemachter Dauerwelle zuhören zu müssen, die sich darüber beklagt, dass eine Band namens ABBA auseinandergegangen ist.

Beim letzten Treffen, zu dem Evy sich aufraffen konnte, hat sie heimlich eine Stoppuhr benutzt, und genau wie sie befürchtet hatte, wurden gerade mal elf Prozent der Zeit auf die Besprechung des ausgewählten Buches verwandt. Als die Dauerwelle obendrein verkündete, sie wolle zum nächsten Mal *Das Tal der Pferde* lesen, beschloss Evy, aus dem Buchklub auszutreten.

Evy bekommt noch immer einen üblen Geschmack im Mund, wenn sie an all die Trivialliteratur denkt, die sie um ein Haar hätte lesen müssen. Nein, ein solches Opfer kann sie selbst für Mona nicht bringen.

Sie wechselt die Straßenseite und will in Richtung Hotel abbiegen, als ihr plötzlich jemand ins Auge fällt. Schnell macht sie einen Schritt hinter eine Hausecke. Obwohl gut dreißig Meter zwischen ihnen liegen, ist Evy nicht im geringsten Zweifel, wen sie da kommen sieht. Diese Figur auf den aberwitzig hohen Absätzen, die ein so enganliegendes Kleid trägt, dass sie aussieht, als hätte ihr jemand eine Ganzkörperbandage verpasst, ist Marianne.

Evy lehnt sich an die Wand und spürt, wie Saba, die sie inzwischen eingeholt hat, sich an ihre Beine schmiegt. Sie kann nicht verstehen, dass Marianne freiwillig auf solchen Schuhen herumläuft, und was sie in Ljusskär macht, ist auch eine gute Frage. Kann sie nicht einfach in Amerika bleiben, wo es ihr doch offenbar so gut gefällt?

Marianne scheint gerade auf dem Weg zu Mona zu sein, hält jedoch inne, als ein Piepsen aus ihrer Handtasche ertönt. Mit einer routinierten Geste zückt sie ein Handy und drückt es sich ans Ohr.

Evy rümpft die Nase. Gewisse Menschen sind offensichtlich so wichtig, dass sie jederzeit erreichbar sein müssen. Sie selbst würde sich nie so ein tragbares Telefon zulegen. Wenn irgendwer mit ihr reden will, tut es auch der Festnetzschluss.

Evy stößt ein Seufzen aus. Eigentlich wollte sie sich ein bisschen Algengebäck kaufen, aber solange Marianne um das Hotel herumstreunt, setzt sie dort keinen Fuß hinein. Seit diese Person ihr Elternhaus abreißen und diese hässliche Villa bauen ließ, die Evy den Meerblick versperrt, ist ihr Marianne zuwider. Sie ist arrogant und selbstgefällig, eine richtige *Madame Je-sais-tout*, wie Voltaire sagen würde. Sie hat einfach überhaupt keine Manieren.

Verärgert macht Evy kehrt. Es ist ihr ein Rätsel, wieso Ljusskär so eine magnetische Anziehungskraft auf die eigenartigsten Individuen ausübt. Ausgerechnet hier scheinen sich sämtliche Idioten der Welt zu versammeln, und Evy fürchtet, dass sie bald der einzige zurechnungsfähige Mensch in diesem bedauernswerten Ort sein wird.

3

Erika neigt den Rückspiegel und betrachtet Lina, die mit dem iPad auf dem Schoß auf der Rückbank sitzt. Als ihre Tochter aufschaut und sie ansieht, lächelt Erika ihr zu.

»Wir sind bald da.«

Lina nickt. Die Arme hat nicht die geringste Ahnung, dass sie den frühen Aufbruch um acht Uhr morgens an diesem ersten Sommerferientag den missglückten Verführungsplänen ihrer Mutter zu verdanken hat.

Erika kaut an ihrem kleinen Fingernagel. Als Teenager dachte sie, das mit dem Sex würde sich schon irgendwie regeln, sobald sie erwachsen wäre. Damals hatte sie die Vorstellung, dass es irgendwann zu einem natürlicheren Teil des Lebens würde – so wie Sonntagsbraten oder Fensterputzen (was, wenn sie genauer darüber nachdenkt, im Grunde einiges mit Sex gemeinsam hat – beides erfordert einen gewissen Einsatz und ist mit einer Reihe seltsamer Stellungen verbunden, aber hinterher ist man zufrieden und fragt sich, warum man es nicht öfter macht).

Sie lässt den Blick kurz über die Felder schweifen. Fenster putzen muss sie tatsächlich auch mal wieder, aber wann soll sie das machen bei all den Aufgaben ihrer ewig langen To-do-Liste? Ihre Nachbarin Henrietta Sköld hat erzählt, dass sie und ihr Mann sich nach einem festen Plan mit der Hausarbeit abwechseln, damit immer alles rechtzeitig erledigt ist. Ihr Haus sieht stets makellos aus – die Fenster sind sauber, der Garten ist picobello und der Rasen frisch gemäht. Henrietta würde nie vergessen, ihren Kindern Proviant für den Schulausflug einzupacken, vor den Feiertagen das Haus entsprechend zu dekorieren oder rechtzeitig von Sommer- auf Winterreifen zu wechseln. Vermutlich läuft bei ihr und Adam auch im Bett alles wie am Schnürchen. Ihr Sexleben ist bestimmt genauso durchreguliert wie das Fensterputzen.

Ein Mercedes überholt in viel zu hohem Tempo, und Erika zuckt erschrocken zusammen, sodass der Wagen einen kleinen Schlenker macht. Das Herz schlägt ihr bis zum Hals, und sie wirft Lina erneut einen Blick zu, doch die scheint nichts mitbekommen zu haben.

Vorsichtig verringert sie die Geschwindigkeit und atmet einmal tief durch. Lange Strecken fährt Erika überhaupt nicht gern. Eigentlich hätte die ganze Familie gemeinsam in den Urlaub fahren sollen, so war es von Anfang an geplant, und dann sitzt normalerweise Martin am Steuer. Aber dieses Jahr hat er zu viel in der Firma zu tun. »Fahrt schon mal«, sagte er, ohne von seinem Computer aufzuschauen, »ich komme nach, sobald ich hier fertig bin.« Und ihre älteste Tochter Emma hat ihren ersten Sommerjob. Sie wird die Ferien über auf einem nahe gelegenen Bauernhof Erdbeeren pflücken.

Erika drückt die Fingernägel ins Lenkrad. Wie sich die Zeiten ändern, denkt sie. Emma wird allmählich erwachsen, und Erika kann gut verstehen, dass man mit fünfzehn nicht mehr unbedingt mit den Eltern in den Urlaub fahren will. Trotzdem bedrückt es sie, dass sie diesen Sommer nicht zusammen verbringen werden. Sie hatte sich wirklich darauf gefreut, ein letztes Mal die ganze Familie im Hotel ihrer Mutter zu versammeln.

Sie gibt wieder Gas. Monas B, B & B existiert, seit Erika selbst ein Kind war. Im Laufe der Zeit ist es zu einer regelrechten Institution in Ljusskär geworden – hier kommen Menschen zusammen, um ein Schwätzchen zu halten und das beliebte Brot und Gebäck ihrer Mutter zu kaufen, und im Übrigen ist es die einzige Übernachtungsmöglichkeit im Dorf. In den Glanztagen des Hotels kamen viele herbeigepilgert, um auf der schönen Glasveranda zu essen oder Taufen, Geburtstage und andere Feste zu feiern, doch mittlerweile finden immer weniger Besucher den Weg in den kleinen Badeort.

Ein Hase jagt über die Straße, aber bevor Erika Lina darauf aufmerksam machen kann, ist er auch schon wieder verschwunden. Die Nähe zur Natur gehört zu den Gründen, warum sie Ljusskär so liebt. Es ist wirklich wunderschön gelegen, eine verborgene Perle am Meer, umgeben von Österlens wogenden Feldern und Kunsthandwerkerhöfen. Doch Erika weiß auch, dass es ein hartes Stück Arbeit für ihre Mutter ist, das Hotel ganz allein zu betreiben. In den letzten Jahren ging es mit Monas Gesundheit zunehmend bergab. Erika hat mehrere Anrufe von Nachbarn ihrer Mutter bekommen, die ihr mitteilen wollten, dass Mona sich wieder und wieder in riskante Situationen bringt. Im Herbst ließ sie einen Topf Milch auf dem Herd stehen, sodass es in der Küche zu brennen begann, und ein paar Wochen später kletterte sie aufs Dach, um nachzusehen, ob ein Vogel im Schornstein festsaß, und kam anschließend nicht mehr herunter. Zu allem Überfluss war ihre Gesundheit zunehmend angeschlagen. Im Winter handelte sie sich eine Infektion nach der anderen ein, und im Februar musste sie sogar ins Krankenhaus, weil ihr Fieber einfach nicht herunterging und das Antibiotikum nicht anschlug.

Erika schaudert beim bloßen Gedanken daran. Es ist wirklich nicht leicht, all diese Nachrichten zu erhalten und doch nicht helfen zu können, weil sie zweihundert Kilometer weit entfernt wohnt. Jedes Mal, wenn es Mona schlechtging, hatte Erika angeboten, sich ins Auto zu setzen und zu ihr zu kommen, doch ihre Mutter wollte partout keine Hilfe annehmen. »Du hast schon genug zu tun«, sagte sie immer, und in gewisser Weise stimmt das auch. Mit einem Haus, an dem ständig etwas auszubessern ist, zwei Vollzeitjobs, einem Teenager und einer Fünfjährigen wächst die Zeit für sie und Martin wahrhaftig nicht auf Bäumen, aber hätte ihre Mutter sie um Hilfe gebeten, dann hätte Erika natürlich trotzdem eine Möglichkeit gefunden.

Sie stößt einen Seufzer aus. Die letzten fünf Jahre waren alles andere als einfach. Während der Elternzeit mit Lina hat Martin sich als Wirtschaftsprüfer selbstständig gemacht, und seitdem fühlt es sich so an, als würden sie kaum noch ein Wort miteinander wechseln. Ihr Mann hängt nur noch vor dem Computer. Wenn es nicht um irgendwelche Jahresabschlüsse oder einzutreibenden Gehälter geht, dann um Steuererklärungen.

Als Martin ihr das erste Mal von seiner Idee erzählte, ein eigenes Unternehmen zu gründen, dachte Erika, es gehe ihm vor allem um flexiblere Arbeitszeiten, doch inzwischen arbeitet er doppelt so viel wie vorher. In letzter Zeit war er sogar so beschäftigt, dass er angefangen hat, im Büro zu übernachten, und Erika kann sich schon gar nicht mehr daran erinnern, wann sie zuletzt nebeneinander im Bett gelegen haben. Oder Fenster geputzt, denkt sie verbittert.

Vor seiner Selbstständigkeit war Martin die Familie immer am wichtigsten, und er, Erika und Emma waren in Ljusskär, wann immer sie etwas länger am Stück frei hatten. Sie halfen Mona, wenn das Hotel ausgebucht war: bezogen Betten, putzten, spülten und machten Frühstück. Und obwohl das einiges an Arbeit bedeutete, hatten sie immer Spaß dabei. Es war zur Tradition geworden, dass sie sich ins Auto setzten, runter nach Skåne fuhren und ein paar Tage an der Südostküste verbrachten, inmitten der wunderschönen Landschaft.

Doch diese Zeit scheint jetzt vorbei zu sein, und Erika hat viel über ihre Mutter nachgedacht. Mona wird bald achtundsechzig, ein weiteres Jahr mit Krankheiten und schwankendem Einkommen wird sie womöglich nicht mitmachen, befürchtet sie. Außerdem ist die alte Familienvilla mittlerweile ziemlich heruntergekommen. Das Haus müsste mal gestrichen, die Fußböden abgeschliffen und hier und da das Dach repariert werden, aber für Ausbesserungen fehlt Mona das Geld. Daher wäre es eigentlich das Klügste, das Hotel jetzt zum Verkauf anzubieten, in der lukrativen Hochsaison, bevor es noch mehr verfällt.

Erika biegt vom Östra Kustvägen ab und fährt an einem Kornfeld vorbei, dessen grüne Halme gerade dabei sind, sich buttergelb zu färben. Sie weiß genau, was ihre Mutter vom Verkaufen hält. Die Kapitänsvilla befindet sich seit fünf Generationen im Besitz der Familie, und sie und Martin haben sogar tatsächlich einmal darüber nachgedacht, sie selbst zu übernehmen. Doch das ist lange her. Inzwischen weigert sich ihr Mann, das Thema überhaupt anzuschneiden. Martins ganzes Leben befindet sich in Halmstad. Weder er noch Emma können sich vorstellen, von dort wegzuziehen, und auch wenn Erika es nicht so gern zugibt, fühlt sie sich in der Stadt eigentlich selbst ganz wohl. Sie müsste ihre Mutter also nicht nur davon überzeugen, dass es langsam Zeit für den Ruhestand ist, sondern sie müsste sie auch dazu bringen, sich von der alten Familienvilla zu trennen, und das ist leichter gesagt als getan.

In Ljusskär scheint die Sonne. Erika weiß immer noch nicht, was sie von dem gestrigen Fiasko halten soll. Ein Teil von ihr findet, dass Martin an allem schuld ist, aber insgeheim fragt sie sich, ob sie nicht vielleicht überreagiert hat. Ist sie empfindlicher als sonst? Sind das womöglich die Hormone?

Das Licht in Österlen, wo Ljusskär liegt, ist anders, und als Erika geparkt hat, schließt sie die Augen und nimmt sich vor, die Gedanken mal für eine Weile ruhen zu lassen. Von allen Orten auf der Welt hat dieser hier die wohltuendste Wirkung auf sie. Hier fühlt sie sich zu Hause und sicher, hier kann sie zur Ruhe kommen. Sobald sie in Ljusskär ist, spürt sie förmlich, wie ihre Schultern gleich mehrere Zentimeter sinken, und bevor sie Lina die Autotür öffnet und das Gepäck ausräumt, holt sie einmal ganz tief Luft.

Im Hotel sieht es aus wie immer. Lina stürmt sofort in den

großen Cafébereich, der zugleich als Lobby fungiert. Hinter dem graugrünen Tresen steht Mona. Sie trägt eins ihrer typischen Outfits, farbenfrohe Leggings und eine großgeblümte Bluse. Als sie Lina erblickt, lässt sie alles stehen und liegen, um ihre Enkelin mit offenen Armen zu begrüßen.

»Da seid ihr ja schon! Ihr müsst aber ganz schön schnell gefahren sein«, sagt sie.

»Ja«, sagt Lina. »Und Mama hat mich heute ganz früh geweckt.«

»Dann hast du jetzt sicher Hunger. Wie wär's mit einem frischgebackenen Milchbrötchen?«

Lina nickt und klettert auf einen Barhocker, während Erika um den Tresen geht und Mona umarmt.

»Hallo, Mama. Wie geht es dir?«

»Gut. Nur ein bisschen Rückenschmerzen.«

»Oje, du Ärmste.«

»Ach was, halb so schlimm«, sagt sie und macht eine abwehrende Geste. Erika sieht etwas vor ihrer Brust hin und her baumeln.

»Was ist das denn?«, fragt Erika.

»Das hier?«, sagt Mona und greift nach einem Vergrößerungsglas, das sie an einer langen Schnur um den Hals trägt. »Das hilft mir beim Lesen, wenn der Text mal zu klein ist.«

»Aber Mama«, seufzt Erika. »Du weißt schon, dass es dafür Brillen gibt?«

»So alt bin ich noch nicht«, protestiert Mona. »Das Vergrößerungsglas funktioniert einwandfrei. Und außerdem war es billig. Weißt du, was eine Brille heutzutage kostet? Allein für den Sehtest nehmen sie mehrere hundert Kronen.«

Erika schweigt. Es macht sie traurig, dass Mona nicht einmal Geld für eine Brille zu haben scheint, obwohl sie offensichtlich eine braucht. Vielleicht sollte sie das Thema Verkauf doch direkt mal anschneiden. »Du, ich habe da über etwas nachgedacht …«, setzt sie an, als die Tür plötzlich aufgeht und Doris hereinkommt. Beim Anblick von Lina und Erika erstrahlt sie.

»Hallo! Wie schön, dass ihr hier seid!«

»Hallo, Doris! Komm rein, ich wollte gerade Kaffee aufsetzen«, sagt Mona.

Erika begrüßt die Freundin ihrer Mutter, die auf einem Barhocker neben ihr Platz nimmt. Doris war schon immer ein wenig sonderbar, aber sie ist eine gute Seele und hat im Laufe der Jahre eine Unzahl an Mützen und Socken für Erikas Töchter gestrickt.

»Geht es dir gut?«, fragt sie.

»Ja. Und dir?«

»Auch gut, danke«, antwortet Doris und wendet sich Mona zu. »Wusstest du, dass Alf jetzt eine Freundin hat?«

»Nein, wie ist er denn an die gekommen?«

»Keine Ahnung. Aber Britt hat erzählt, dass er neuerdings einen Gürtel trägt. Das kaschiert offenbar seinen Bauch. Außerdem hat er sich die Haare gefärbt. Die sind jetzt pechschwarz, aber sein Schnurrbart ist immer noch weiß.«

»Ach was«, sagt Mona und schneidet ein Milchbrötchen auf.

»Britt meint, er überlegt gerade, sich eine Yamaha zu kaufen«, fährt Doris kichernd fort. »Dann kommt er hier bestimmt bald in voller Ledermontur an.«

Amüsiert über das Gespräch sieht Erika sich um. Ihre Mutter ist eine leidenschaftliche Sammlerin, und das Hotel ist voller kleiner Schätze. Lina kann hier stundenlang herumlaufen und ständig neue Dinge entdecken – kleine Porzellanfiguren, Kästchen, die hübsche Steine enthalten, alte Puzzlespiele, Reisetaschen mit Messingschnallen voller exotischer Kleidungsstücke, vergilbte Comic-Hefte und nach Lavendel duftende Fächer in Seidentüchern. Außerdem ist Ljusskär deutlich kleiner als Halmstad. Hier gibt es so gut wie keinen Verkehr, sodass sie Lina nicht ununterbrochen beaufsichtigen muss.

»Bitte sehr«, sagt Mona und reicht Lina ein Milchbrötchen mit Butter, Käse und Marmelade.

»Aber nur eins, sonst hast du keinen Platz mehr fürs Mittagessen«, mahnt Erika.

Ihre Mutter serviert ihr eine Tasse Kaffee.

»Die Brötchen sind besonders gesund«, erklärt sie. »Ich mische nämlich Algen in den Teig. Nimm dir auch eins! Du kannst es gebrauchen.«

Erika verdreht die Augen. Nach außen hin tut sie immer so, als ginge ihr die übertriebene Fürsorge ihrer Mutter auf die Nerven, aber insgeheim liebt sie es, mit Leckereien verwöhnt zu werden.

»Algen? Wieso das denn?«

»Die sind sehr nahrhaft. Außerdem gibt es sie in Hülle und Fülle. Ich habe schon jede Menge gesammelt. Warte, ich zeig's dir!«

Sie dreht sich um, sucht in einem der Schränke und holt schließlich zwei Dosen hervor.

»Das hier ist selbst eingelegter Blasentang«, sagt sie und schiebt die eine Dose über den Tresen. »Ich habe ihn mit Kümmel und Fenchel gewürzt. Und das hier ist getrockneter Zuckertang.«

»Sie macht jetzt alles mit Algen«, sagt Doris und zieht sich den langen grauen Flechtzopf über die Schulter. »Was haben wir noch letzte Woche gegessen?«

»Das war eine Fischsuppe mit Meerlattich und Fingertang.«

»Die war sehr lecker«, bestätigt Doris mit einem Nicken.

Monas rundes Gesicht leuchtet auf. Nichts macht sie so glücklich wie Lob für ihre Kochkünste.

»Ich hatte neulich übrigens eine Idee. Findest du nicht, dass es mal wieder Zeit für ein Treffen mit dem Buchsalon wäre?«

»Hattet ihr den nicht eingestellt?«, fragt Erika.

»Nein«, entgegnet Mona, »nicht eingestellt. Wir haben ein paar Jahre Pause gemacht, aber so langsam habe ich wieder richtig Lust darauf.«

»Ja«, sagt Doris mit weit aufgerissenen Augen. »Tolle Idee!«

»Schön. Ich habe auch Inga gefragt, aber die kann mit ihrem grauen Star nicht mehr so gut lesen, und Hörbücher mag sie nicht. Und Anci ist ja nach Malmö gezogen, um ihrer Toch ter mit den Zwillingen zu helfen.«

»Auf mich kannst du jedenfalls zählen«, sagt Doris und rückt sich die gelbe Sonnenblende zurecht, die ihr in der aufgebauschten Frisur steckt. »Aber wir brauchen gewisse Regeln. Bücher mit zu viel Gewalt mag ich nicht.«

»Ich auch nicht«, sagt Mona. »Aber Erotik ist in Ordnung, oder?«

Lina, die einen siebten Sinn für Wörter hat, die nicht für ihre Ohren bestimmt sind, schaut neugierig auf.

»Was heißt ›Erotik‹?«, fragt sie und neigt ihren engelsgleichen Kopf.

»Nichts«, antwortete Erika schnell.

»Doch, Mama, jetzt sag schon! Ich will wissen, was das heißt«, wiederholt sie, schon nicht mehr ganz so engelsgleich.

»Das ist ein Erwachsenenwort«, erklärt Erika. »Wenn du aufhörst zu fragen, bekommst du noch ein Milchbrötchen.«

Mit diesem Deal scheint sich Lina zufriedenzugeben, und Erika ist froh, dass sie noch so leicht zu überreden ist.

»Ich weiß nicht«, murmelt Doris. »Was, wenn die Damen vom Näh-Klub mitbekommen, dass wir Bücher über S.E.X. lesen.«

»Wenn hier irgendwer mehr S.E.X. im Leben gebrauchen kann, dann ja wohl sie«, sagt Mona. »Aber wir werden auf keinen Fall etwas lesen, womit du dich nicht wohlfühlst. Du kannst gern das erste Buch auswählen.«

Doris kratzt sich im Nacken.

»*Stolz und Vorurteil* wollte ich gerade sowieso noch einmal lesen.«

»Perfekt! Das habe ich damals von meiner Mutter bekommen, als ich in der Schule war, ich habe bestimmt fünfzig Jahre keinen Blick hineingeworfen«, sagt Mona. »Das wird super. Zu unserem ersten Treffen mache ich uns etwas richtig Leckeres, versprochen.«

Als das Glöckchen über der Tür klingelt, dreht Erika sich um und erblickt eine große, stattliche Frau mit eleganter platinblonder Frisur. Es dauert ein paar Sekunden, bis Erika sie wiederkennt, und als der Groschen endlich fällt, ist Mona bereits hinter dem Tresen hervorgekommen.

»Marianne!«, ruft sie und breitet die Arme aus.

Die Frau in dem weißen Designerkleid setzt ein vornehmes Lächeln auf und gibt Mona zwei Luftküsse auf die Wange.

»Mona, Darling«, sagt sie erfreut und schiebt sich die große schwarze Sonnenbrille auf die Stirn.

»Was für eine Überraschung! Wann bist du angekommen?«

»Gestern Nacht. Du ahnst nicht, was ich für eine Reise hinter mir habe«, sagt sie und zieht eine kleine, kaum merkliche Grimasse. »Zuerst gab es im Flieger keine Schlafmasken mehr. In der ersten Klasse! Ich habe dieser Stewardess gesagt, dass ich Goldmitglied bin, aber das schien überhaupt keine Rolle zu spielen. Dann haben sie auch noch kalten Fisch serviert, und als wir endlich in Kopenhagen waren, habe ich vergeblich auf einen meiner Koffer gewartet. Ausgerechnet auf den mit meinen Haarprodukten«, fügt sie etwas leiser hinzu. »›Es tut uns leid‹, haben die Serviceleute an der Gepäckausgabe nur gesagt. Als hätte ich nicht schon genug damit zu tun, mir die Paparazzi vom Hals zu halten.«

»Das klingt ja anstrengend«, sagt Mona und deutet auf den Tresen. »Kann ich dir einen Kaffee und ein Milchbrötchen anbieten?«

Marianne fährt sich mit der Hand über das glatte Haar.

»Milchbrötchen esse ich nicht, aber eine Tasse Kaffee nehme ich gern. Sofern er bio ist.«

»Er kommt aus einer Blechbüchse«, sagt Mona lächelnd. »Meine Tochter Erika und meine Enkelin Lina sind gerade zu Besuch. Und Doris kennst du ja.«

Marianne grüßt in die Runde und setzt sich auf einen Barhocker. Erika betrachtet sie diskret, wie sie sich das weiße Kleid glattstreicht und die Beine übereinanderschlägt. Sie erinnert sich noch gut an die Aufregung früher, wenn Marianne auf Heimatbesuch in Ljusskär war. Es war immer unglaublich spannend, dabei zu sein und zuzuhören, wenn die Kindheitsfreundin ihrer Mutter von ihren Abenteuern in Hollywood erzählte.

»So«, sagt Mona und serviert Marianne eine Tasse Kaffee. »Jetzt bist du jedenfalls zu Hause. Tief durchatmen.«

»Ach, halb so wild«, entgegnet Marianne. »Ein bisschen Aufregung ist nur gut. Das kurbelt den Stoffwechsel an, dann brauche ich morgen früh nicht so lange aufs Laufband.«

»Wie geht es Frank?«, fragt Mona und stellt die Kaffeekanne ab. »Ich fand ihn ja toll in diesem Weltraumfilm.«

»Ja, den Regisseur zu überreden, dass man mit nacktem Oberkörper in einer Weltraumstation herumlaufen darf, schafft auch nicht jeder«, antwortet Marianne trocken. »Ehrlich gesagt, habe ich schon eine Weile nicht mehr mit ihm gesprochen. Wir kommunizieren im Moment nur über unsere Anwälte.«

Mona legt sich überrascht die Hand vor den Mund.

»Ihr wollt euch doch nicht ... ?«

»Scheiden lassen. Doch, es geht einfach nicht mehr«, sagt Marianne ruhig und rührt in ihrer Kaffeetasse.

»Das tut mir leid. Frank wirkte immer so ...«

»Nett?«, ergänzt Marianne und macht eine kleine Geste mit der Hand, als würde sie eine Fliege verjagen. »Das fand der Pool-Boy leider auch. Und unser Masseur. Und mein Steuerberater.«

Monas Augen werden groß. »Ist nicht dein Ernst!«

»Mein Anwalt hat mir leider verboten, über Einzelheiten zu reden. Aber ich kann euch so viel sagen: Ich hätte nichts dagegen, wenn Frank von einem Bus überrollt würde. Na ja, eine gründliche Steuerprüfung soll mir fürs Erste reichen«, sagt sie lächelnd. »Und wie es aussieht, hat das Finanzamt auch schon einen anonymen Hinweis bezüglich Franks heimlichem Konto auf den Caymaninseln bekommen.« Pflichtbewusst wendet sich Marianne Doris zu, die bisher kein Wort gesagt hat. »Und wie geht es dir so?«

»Gut«, sagt Doris verlegen, doch es klingt mehr nach einer Frage als nach einer Antwort.

»Viel zu tun?«, fragt Marianne und trinkt einen Schluck Kaffee. »Ich weiß genau, wie das ist. Nie kommt man zur Ruhe. Wenn es nicht gerade zur Haarverlängerung oder zu Kryolipolyse geht, dann zum Crossfit. Mir steht es ehrlich gesagt langsam bis hier. Ich brauche endlich mal einen richtigen Urlaub, und Saint-Tropez hat mich nur noch mehr gestresst. Im Moment warte ich auf Drehbücher von Spielberg und Scorsese, aber bis die da sind, werde ich mir erst mal eine Auszeit gönnen.«

»Bleibst du hier?«, fragt Mona und schiebt den Teller mit den Milchbrötchen zu ihr hinüber.

Marianne greift nun doch nach einem perfekt geformten Brötchen und dreht es zwischen ihren wohlmanikürten Fingern hin und her.

»Ja, zumindest den Sommer über. George und Amal hatten mich eigentlich in ihr Haus am Comer See eingeladen. Bob de Niro und Meryl hätten mich wohl wahnsinnig gern dabeigehabt. Wir haben ja vor einer Ewigkeit mal einen Film zusammen gedreht«, erklärt sie Doris. »Und ich war sogar schon auf dem Weg, aber dann habe ich gehört, dass Tom Hanks auch kommt, und da habe ich beschlossen, lieber darauf zu pfeifen«, sagt sie und kräuselt die Oberlippe.

»Ach so. Und warum?«, fragt Mona neugierig. »Hat der etwa auch mit Frank … ?«

»Nein, nichts dergleichen. Alle meinen ja immer, dass Tom so ein netter Kerl sei, aber ich finde, der Erfolg ist ihm etwas zu Kopf gestiegen. Egal, worüber man sich mit ihm unterhält, kommt er ständig auf seine zwei Oscars zu sprechen, dabei ist es über fünfundzwanzig Jahre her, dass er die bekommen hat! *Was hast du eigentlich in letzter Zeit zustande gebracht?*, denke ich mir nur, wenn er von dem perfekten Putzmittel für die Statuetten anfängt.« Marianne schüttelt den Kopf.

»Nein, ein Aufenthalt hier wird mir deutlich besser bekommen. Ich muss mal ein paar Wochen ein normales Leben führen und ein bisschen entspannen.«

Erika sieht das Strahlen im Gesicht ihrer Mutter und ahnt, dass die Umsetzung ihres eigenen Vorhabens in nahezu unerreichbare Ferne gerückt ist.

»Das klingt großartig. Ich freue mich riesig!«

Marianne beißt ein winziges Stück von dem Milchbrötchen ab.

»Es wird sicher guttun, einfach mal wie ein ganz normaler Mensch zu leben, und nicht ständig unterwegs zu sein«, erklärt sie bestimmt.

»Du kannst an unserem Buchsalon teilnehmen«, ruft Mona. Doris wird puterrot im Gesicht, sagt aber nichts.

»Wer macht denn sonst noch mit?«

»Bis jetzt nur wir – Doris und ich. Oh, das wird genau wie früher«, sprudelt Mona vergnügt. »Wisst ihr noch, wie wir früher unten am Kai gelegen und Nancy-Drew-Bücher gelesen haben?«

Marianne trommelt mit ihren knallroten Fingernägeln auf die Tischplatte.

»Okay«, sagt sie nachdenklich. »Ich brauche immerhin eine Beschäftigung. Aber dann sollten wir das erste Treffen auch angemessen begehen, mit Drinks und Hors d'œuvres.«

»Unbedingt«, zwitschert Mona. »Komm heute Nachmittag noch mal vorbei, dann planen wir das Ganze. Wir wollten mit *Stolz und Vorurteil* anfangen.«

»Das habe ich tatsächlich noch nie gelesen.«

»Dann ist es ja die perfekte Wahl«, sagt Mona und knufft Doris leicht in die Seite.

Marianne steht auf und lässt das halbverzehrte Milchbrötchen in ihrer Hand kreisen.

»Sag bitte, dass hier keine Butter drin ist.«

»Kaum der Rede wert.« Mona lächelt, aber Erika sieht, dass sie hinter dem Rücken die Finger kreuzt.

Marianne setzt sich die Sonnenbrille auf und winkt auf eine Art und Weise, wie es sonst nur Kinder und Mitglieder der Königsfamilie tun.

»Toodeloo«, ruft sie und verschwindet nach draußen.

Erika will etwas sagen, aber Doris kommt ihr zuvor. Sie sieht aus wie ein zu hoch erhitzter Dampfkochtopf, der jeden Moment explodiert.

»Was fällt dir nur ein?«

»Was denn?«, sagt Mona und schüttelt verständnislos den Kopf.

»Du hast sie zu unserem Buchsalon eingeladen!«

»Was spricht denn dagegen?«

»Glaubst du wirklich, dass sie Wert auf unsere Gesellschaft legt?«, sagt Doris mit einer aufgebrachten Geste. »Wir haben doch so gut wie nichts mehr gemeinsam.«

»Aber Doris, wir sind immerhin alte Freundinnen.«

»Ich würde eher von *ehemaligen Freundinnen* sprechen. Wann hat sich Marianne das letzte Mal bei dir gemeldet?«

»Das weiß ich nicht mehr so genau«, sagt Mona und zuckt mit einer Schulter.

»Ganz genau. Ich will ja keine Spielverderberin sein, aber mich macht es einfach nervös, wenn sie hier auftaucht. Marianne gibt mir das Gefühl, als wäre ich … eine Außerirdische.«

»Ach komm!«, sagt Mona und legt ihr eine Hand auf den Arm. »Wir werden einen Mordsspaß zusammen haben. Versprochen, es wird genau wie früher.«

»Das kann ich mir beim besten Willen nicht vorstellen«, murrt Doris.

»Auf einen Versuch können wir es doch ankommen lassen.«

Doris seufzt und lässt den Kopf hängen, sodass ihr Gesicht nur durch die gelbe Sonnenblende zu sehen ist.

»Bitte, mir zuliebe«, fährt Mona fort.

»Okay«, gibt Doris schließlich nach. »*Einen* Versuch. Aber wenn sie wieder davon anfängt, mit welchem Wachs sie sich die Bikinizone enthaart, wie bei unserer letzten Begegnung, dann gehe ich.«

»Ob Marianne wohl auch mal über ihren Ruhestand nachdenkt?«, fragt Erika. »Es klang ja so, als hätte sie langsam genug von diesem Leben. Wird sie nicht auch achtundsechzig dieses Jahr?«

»Man braucht sich ja nicht gleich zur Ruhe setzen, nur weil man über sechzig ist«, erwidert Mona. »Ich jedenfalls denke nicht im Traum daran, mein Hotel jemals aufzugeben. Ihr werdet mich hier schon eigenhändig raustragen müssen, wenn es so weit ist.«

Erika beißt sich auf die Lippe. Das lief nicht gerade so, wie sie es sich vorgestellt hatte.

»Unsere Familie wohnt hier schließlich schon ...«, beginnt Mona und wischt gleichzeitig den Tresen ab.

»... seit fünf Generation«, führt Erika den Satz zu Ende. »Ja, Mama, ich weiß.«

»Ich will ja nicht nerven, aber ich finde es einfach traurig, dass die Kinder nicht in Ljusskär aufwachsen, so wie du. Ich könnte euch mit Lina helfen, und ihr hättet wieder mehr Zeit füreinander. Du weißt ja, ein gutes Sexleben ist das A und O für eine glückliche Ehe.«

»Ach Mama«, stöhnt Erika. Und da wundert sie sich noch, dass ihr Verhältnis zu Sex so kompliziert ist, denkt sie.

»Ich meine ja nur, dass ihr in dem ganzen Kinderchaos auch mal an euch denken müsst. Neulich habe ich von einem Paar gelesen, das die feste Abmachung hatte ...«

»Schluss jetzt«, schneidet Erika ihr das Wort ab. »Du hast versprochen, dich nicht in unser Intimleben einzumischen. Es geht uns gut in Halmstad, und dort arbeiten wir nun mal. Wovon sollen wir hier denn leben?«

»Ihr könntet bei mir arbeiten, im Hotel.«

»Du hast sechs Zimmer. Das reicht nicht, um fünf Leute zu versorgen. Außerdem müsste das Hotel mal modernisiert werden.«

»Ich habe meine Geschäftstätigkeit schon ausgeweitet«, entgegnet Mona gekränkt. »Seit ein paar Wochen koche ich für die alten Leute hier vor Ort. Der Fraß, der da per Lastwagen aus der Stadt kam, war ja nicht essbar. Also habe ich angefangen, im großen Stil zu kochen und Essen auszufahren.«

»Du solltest doch eigentlich kürzertreten.«

»Das Angebot kommt sehr gut an«, wirft Doris ein.

»Und mit meinen Algen werde ich auch noch ein Geschäft machen!«, fährt Mona fort und deutet mit einer ausladenden Armbewegung in den großen Eingangsbereich, sodass das Vergrößerungsglas um ihren Hals hin- und herschwingt. »Was hältst du von einem Regal voller Algenprodukte direkt am Eingang? Das zieht doch sicher Kunden an!«

Erika nickt widerwillig. Sie weiß nicht, wie lukrativ das Algengeschäft ist, aber vermutlich ist das besser, als wenn ihre Mutter Wakeboards verkaufen würde. Eigentlich ist sie ja aber hier, um Mona zum Aufhören zu bewegen.

»Das ist sicher keine schlechte Idee«, lenkt Erika ein. »Wie dem auch sei, du weißt doch, dass Martins Familie in Halland wohnt und die Mädchen alle ihre Freunde dort haben.« Als Mona demonstrativ die Hände in die Hüften stützt, räuspert sie sich. »Aber ich kann natürlich gern noch mal mit ihm darüber reden.«

Erika lässt die Schultern hängen und beißt in ihr Milchbrötchen. Mona hat sich schon immer für eine Art Beziehungsexpertin gehalten. Ein bisschen Lebensberatung sollte ihrer Meinung nach zu jedem Hotelaufenthalt dazugehören, und als Erika noch jünger war, hat sie sich oft für die Ratschläge geschämt, die ihre Mutter Hinz und Kunz ungefragt erteilte. Während andere Mütter zu Filmabenden mit Popcorn und Wellness einluden, gab es bei Mona tiefgründige Gespräche über das Finden der inneren Göttin mithilfe von Kristallen. Und auch wenn Erika sich inzwischen an die Eigenheiten ihrer Mutter gewöhnt hat, stellen sich ihr immer noch jedes Mal die Nackenhaare auf, wenn Mona ihr Ehetipps geben oder irgendwelche balinesischen Fruchtbarkeitsstatuen andrehen will.

Lina, die aufgegessen hat, springt von ihrem Stuhl und legt die Arme um Erikas Taille.

»Darf ich jetzt gehen, Mama?«

»Na klar. Aber bedank dich zuerst bei Oma für die Milchbrötchen.«

»Danke, Oma«, sagt sie.

»Gerne, meine Süße«, antwortet Mona lachend. »Ich habe einen Koffer voller Sachen herumstehen, die ich noch nicht durchsehen konnte, im Dickens-Zimmer. Du weißt schon, das grüne.«

Lina nickt und eilt freudig die Treppe hinauf.

»Ich mache mich jetzt mal auf den Heimweg«, sagt Doris und räumt ihr Geschirr weg.

»Aber heute Nachmittag kommst du wieder, oder?«, fragt Mona ernst.

Doris scheint einen Moment zu überlegen und nickt dann resigniert.

»Dir zuliebe«, antwortet sie und verlässt das Hotel.

Mona bleibt hinter dem Tresen, um die noch herumstehenden Tassen einzusammeln.

»Ich muss mich jetzt ums Mittagessen kümmern, aber bleib ruhig noch sitzen und ruh dich aus, wir essen dann nachher zusammen.«

»Aber ich kann dir doch helfen, Mama.«

»Nein, lass mal. Du hast doch Urlaub.«

»Schluss jetzt. Sag mir, was ich tun kann.«

»In Ordnung«, seufzt Mona. »Vielleicht könntest du schon mal die Aluformen zusammenpacken, die im Ofen stehen.«

»Kein Problem. Soll ich sie auch ausfahren?«

Mona schüttelt den Kopf.

»Das geht nicht. Du weißt ja nicht, wohin, und alle erwarten, dass ich mit dem Essen komme.«

»Aber Mama. Ich will dir doch helfen.«

»Ich weiß, Liebes«, sagt Mona und nickt. »Könntest du dich vielleicht um die Kasse kümmern, während ich weg bin? Dann brauche ich nicht zu schließen. Im Moment kann ich weiß Gott jede Krone gebrauchen.«

»Natürlich. Kann ich sonst nichts tun?«

»Du kannst schon mal Nudeln für die Bolognese kochen, die auf dem Herd steht.«

»Okay«, antwortet Erika.

»Du weißt doch, wie?«

»Selbstverständlich weiß ich, wie man Spaghetti kocht.«

Mona hängt sich die Handtasche über die Schulter.

»Du musst viel Wasser und Salz nehmen und die Nudeln ein paar Minuten kürzer kochen lassen, als auf der Packung steht. Dann schöpfst du eine Tasse von dem Kochwasser ab und mischt es mit dem Olivenöl unter die Nudeln.«

»Ja, Mama«, seufzt sie.

»Nimm die gute Flasche. Natives Olivenöl Extra muss es sein.«

»Ist gut«, sagt Erika und verdreht die Augen. »Mach dir keine Sorgen, ich kriege das schon hin.«

Mona lächelt, und bevor sie sich auf den Weg macht, streichelt sie Erika über die Wange.

»Es ist so schön, dass ihr hier seid. Ich bin in einer Dreiviertelstunde zurück, und sollte irgendwas sein, ruf einfach an.«

Als Mona mit dem verpackten Essen verschwunden ist, fällt Erikas Blick auf eine zerbeulte alte Milchkanne in der Ecke. Ihre Mutter ist eine leidenschaftliche Flohmarktbesucherin, und mit jedem Jahr sammelt sich im Haus mehr Plunder an. Da sich Mona außerdem nur schwer von Dingen trennen kann, befürchtet Erika, dass das Hotel irgendwann aus allen Nähten platzt.

Sie sieht sich um und denkt, dass am Eingang schon noch Platz für ein Verkaufsregal wäre, wenn man nur ein paar Tische zur Seite schiebt. Das könnte sogar richtig nett aussehen, und vielleicht fänden dann dort noch mehr Dinge Platz, die zum Kauf verlocken. Aber dann ruft Erika sich in Erinnerung, dass sie nicht hier ist, um ihre Mutter zu neuen Ideen anzustiften.

Matt lehnt sie sich gegen den Tresen. Irgendwie muss sie Mona beibringen, dass es nicht im selben Tempo weitergehen kann. Auch ihr Herz hängt an der alten Villa, aber es übersteigt schlicht und einfach Monas Kräfte, das Hotel ganz allein weiterzuführen, und wenn sie sich nicht überarbeiten will, muss sie sich zur Ruhe setzen.

Wenn Martin wenigstens dabei wäre, dann wäre alles viel leichter, seufzt Erika. Er gehört zu den wenigen Menschen, von denen Mona sich wirklich etwas sagen lässt. Aber er ist jetzt nicht hier. Erika muss ohne seine Hilfe zurechtkommen. Die Frage ist nur, wie sie das schaffen soll, ohne die Gefühle ihrer Mutter zu verletzen.

4

Patricia steigt aus dem Bus und sieht der Staubwolke nach, die er beim Weiterfahren aufwirbelt. Als sie sich umdreht, wird sie von der hochstehenden Sonne geblendet, und sie hebt die Hand, um sich die Augen zu beschatten. Es ist kaum zu begreifen, dass sie jetzt hier ist, dass sie tatsächlich noch einmal die weite Reise nach Ljusskär auf sich genommen hat.

Sie fährt den Griff ihres Koffers aus und versucht herauszufinden, in welcher Richtung es wohl zum Hotel geht. Bei ihrem letzten Besuch in Ljusskär hat sie in Ystad übernachtet und ist mit dem Mietwagen hergefahren, doch diesen Fehler macht sie nicht noch einmal. Der Verleih hatte nur Autos mit Schaltgetriebe, und da sie so eins noch nie gefahren war, kam sie auf der kurvenreichen Küstenstraße mehr schlecht als recht voran.

Die kleine Hauptstraße liegt vollkommen verlassen da, doch ein Stück weiter entdeckt Patricia einen Kiosk, der geöffnet zu haben scheint. Einen Moment überlegt sie, dorthin zu gehen, doch als sie sich umdreht und das Meer sieht, zieht es sie instinktiv in die andere Richtung.

Mit zügigen Schritten geht sie über den holprigen Bürgersteig. Ein hübsches graugrünes Haus mit moosgrünen Fensterläden kommt ihr eigenartig bekannt vor. Vielleicht hat sie es bei ihrem letzten Besuch gesehen oder in einem von Madeleines Briefen darüber gelesen. Vier Mal hat ihre Schwester vor ihrem Verschwinden geschrieben, und Patricia hat die Briefe so oft gelesen, dass sie jede Zeile auswendig kann.

Sie bleibt kurz stehen und verschnauft. Die Reise war anstrengend, aber es gibt viel zu tun. Der außerplanmäßige Urlaub, den sie ihrem Chef aus den Rippen leiern konnte, ist auf drei Wochen begrenzt. Mr. Marsden war nicht gerade erfreut darüber, die ganze Büroarbeit dem kaugummikauenden Schulassistenten Marco überlassen zu müssen. Doch als Patricia versprach, dass sie sämtliche Probleme, für die Marco potenziell verantwortlich gemacht werden könnte, nach ihrer Rückkehr ausbügeln würde, ohne auch nur einen einzigen Dollar Überstundenausgleich zu verlangen, ließ er sie fahren.

Patricia zieht ihren Rollkoffer über eine Bordsteinkante und schaut auf das tiefblaue Meer hinaus. Wie es so spiegelglatt daliegt und den Himmel reflektiert, wirkt es fast unendlich. Eigentlich müsste sie sich hier wie zu Hause fühlen. Ihre Mutter ist in Skåne aufgewachsen, aber von ihrer schwedischen Verwandtschaft hat Patricia bisher niemanden kennengelernt. Sie erinnert sich daran, dass sie als Kind Briefkontakt zu ihrer Großmutter hatte, doch als ihre Mutter starb, verlief der im Sande.

Müde reibt sie sich die Augen. Die vergangene Woche über hat sie schlecht geschlafen. Der Brief mit der Halskette hat alte Erinnerungen wachgerufen, die sie nachts nicht zur Ruhe kommen lassen. Sobald Patricia die Augen schließt, sieht sie ihre Schwester vor sich – die dunklen Locken, die bei jedem Schritt auf und ab wippen, und dieser unverkennbare Blick, mit dem sie Patricia immer ansah, wenn ihr Vater sich mal wieder darüber beschwerte, dass sie die Küche nicht aufgeräumt oder den Stall nicht ausgemistet hatten. Madeleine wusste genau, wie er sich besänftigen ließ. Sie brauchte nur den Kopf auf die Seite zu legen und »'tschuldigung, liebes Papilein« zu sagen, und schon begann es in seinen Mundwinkeln zu zucken.

Patricia lässt den Koffer los und greift nach ihrem Handy in der Jackentasche. Obwohl weit und breit niemand zu sehen ist, fühlt sie sich beobachtet. Es ist, als würden all die dunklen Fenster in den niedlichen kleinen Häusern sie ansehen.

Sie lässt den Blick über den pittoresken Straßenzug schweifen. Hier eine Einfahrt mit Kieselsteinen, dort ein weißes Marmorkreuz und vor den Türen große Blumentöpfe mit prangenden Margeriten.

Als ihr Handy piept, sieht Patricia, dass sie eine Nachricht von ihrem ältesten Sohn Matthew bekommen hat. *Bist du schon da?*, will er wissen.

Sie lächelt matt. In Richmond muss es früh sein. Zu früh für einen Samstagmorgen, aber Matthew hat zwei kleine Kinder, die ihn oft schon in aller Frühe wecken.

Bist du etwa schon wach?, antwortet sie und schreibt ihm, dass sie soeben angekommen und jetzt auf dem Weg zu diesem Hotel namens Bed, Breakfast & Books ist.

Matthew schickt einen schnarchenden Smiley. *Zoey findet Schlafen »langweilig«.*

Patricia muss lachen. Zoey ist Matthews Älteste, eine eigensinnige Vierjährige, die das Haar stets zu zwei Zöpfen zusammengebunden hat und darauf besteht, nur in Tüllkleidern aus dem Haus zu gehen.

Oh nein, schreibt sie, *du Ärmster!*

Die nächsten paar Minuten kommt keine weitere Nachricht, und Patricia stellt sich vor, wie Zoey auf dem Sofa sitzt und dies und das bei Matthew bestellt: warme Milch, Bananenscheiben und Toast mit Butter und Honig. Als es erneut piept, hat Patricia das Handy gerade weggepackt. Sofort holt sie es wieder hervor.

Wie fühlt es sich an?

Von all ihren Familienmitgliedern hat sich Matthew am meisten für ihre Reisepläne interessiert. Ihr jüngster Sohn Justin hat Madeleine nie kennengelernt, aber Matthew kann sich noch an sie erinnern.

Komisch, schreibt sie zuerst, doch dann überlegt sie es sich anders und antwortet: *Gut.* Sie und Matthew hatten schon immer ein besonders enges Verhältnis. Er hat ihre Feinfühligkeit geerbt, und sie möchte ihn nicht beunruhigen.

Das Handy verstummt. Eigentlich hätte Patricia auf dieser Reise gern jemanden dabeigehabt. Es fühlt sich seltsam an, ganz allein in Schweden zu sein, aber von ihrem Ältesten hätte sie nicht erwarten können, dass er seine Familie ihr zuliebe so lange allein lässt. So gutmütig wie Matthew ist, wäre er vermutlich sogar mitgekommen, wenn sie ihn darum gebeten hätte, aber Patricia weiß, dass seine Frau Denise nicht gerade begeistert gewesen wäre.

Seufzend steckt sie das Handy zurück in die Tasche. Patricia bemüht sich wirklich, Denise zu mögen, aber sie kann einfach nicht darüber hinwegsehen, dass diese Frau ihr Matthew genommen hat. Bevor die beiden sich kennenlernten, haben er und Patricia täglich miteinander gesprochen. Sie war diejenige, der Matthew seine Probleme anvertraute und die all seine Neuigkeiten als Erste zu hören bekam. Wenn er eine Prüfung mit der Bestnote bestanden hatte oder in dem Restaurant, in dem er jobbte, zum Mitarbeiter des Monats ernannt worden war, rief er Patricia an, doch für solche Telefonate hat er inzwischen keine Zeit mehr. Außerdem backt Denise ihren Apfelkuchen mit Cheddar. Cheddar! Wie kommt man nur auf so eine Idee?

Patricia nimmt das Handy hervor, um nachzusehen, ob Matthew noch einmal geschrieben hat, doch das hat er nicht. Erneut stößt sie einen Seufzer aus. Es ist ein eigenartiges Gefühl, so weit weg von der Familie und von Mill Creek zu sein. Der alte Hof ist alles, was ihr von Madeleine und ihren Eltern geblieben ist. Die Zimmer stecken voller Erinnerungen an ihre gemeinsame Zeit, und Patricia bringt es nicht übers Herz, von dort wegzugehen. Sie fürchtet sich davor, was dann passieren könnte, dass es sich vielleicht so anfühlen wird, als würde sie ihre Schwester ein weiteres Mal verlieren.

Ihr Exmann Michael hat lange versucht, sie zum Verkauf zu bewegen, was tatsächlich einer der Hauptgründe für ihre Trennung war. Michael wollte nicht in Mill Creek bleiben. Das war auch nie ihr Plan gewesen, aber dann kam es trotzdem so.

Patricia wischt sich eine Träne aus dem Augenwinkel. Sie erträgt es kaum, an die Zeit unmittelbar nach Madeleines Verschwinden zurückzudenken. Einen landwirtschaftlichen Betrieb führen und sich gleichzeitig um zwei kleine Kinder kümmern – das war schon hart. Ursprünglich hatten sie und Michael geplant, zurück nach Washington zu ziehen, sobald Madeleine bereit wäre, den Familienhof zu übernehmen, doch dann kam dieser Praktikumsplatz. Sie einigten sich darauf, ihr noch ein Jahr zu geben, aber als sie dann nicht von ihrem Auslandsaufenthalt zurückkehrte, hing die Familie in einer Art Dauerschwebezustand fest.

Patricia weiß, dass sie Michael gegenüber ungerecht war. Er hat jahrelang auf sie gewartet und mit einer Engelsgeduld versucht, sie zurück in ihr normales Leben zu locken, doch das hat nie so recht funktioniert.

Beim Anblick eines großen Lochs vor ihr im Asphalt durchfährt Patricia der Gedanke, dass dieser kleine Ort offenbar seine besten Zeiten bereits hinter sich hat, genau wie sie. Es war ein harter Schlag für sie, als die Kinder den Hof verließen. Dass Justin weggehen würde, wusste sie. Er war schon immer etwas abenteuerlustiger als sein Bruder gewesen und zog nach New York, sobald sich ihm die Gelegenheit bot. Bei Matthew hingegen hatte sie gehofft, er würde bleiben oder zumindest nicht allzu weit wegziehen. Und anfangs sah es auch ganz danach aus. Ihr Ältester hatte sich für ein Studium an der University of Virginia entschieden und fand eine Wohnung in Charlottesville. Doch dann trat Denise in sein Leben, und der war eine Dreizimmerwohnung in Barracks Rugby nicht gut genug. Nein, sie träumte von einer Doppelhaushälfte in Richmond mit offener Raumaufteilung, drei Badezimmern, einem großen Garten und mindestens hundert Kilometern Abstand zur Schwiegermutter.

Patricia schiebt den Gedanken beiseite. Jetzt ist sie hier und muss sich auf die Aufgabe konzentrieren, die nun vor ihr liegt. Trotzdem findet sie es ärgerlich, dass ihre Enkel so weit weg wohnen. Wären Matthew und Denise in der Nähe geblieben, hätte sie ihnen viel mehr helfen können.

Ihre Handtasche ist schwer und scheuert ihr beim Gehen gegen die Hüfte. Vorsichtig schiebt Patricia sie ein Stück zur Seite. Im Inneren befindet sich Madeleines Halskette, die sie vorsorglich in einer kleinen Schachtel verstaut hat. Beim bloßen Gedanken an das Schmuckstück schießt ihr Puls immer noch in die Höhe. Patricias größte Sorge ist es, die kleine Silbernote nicht zu verlieren.

Sie wirft einen Blick über die Schulter und schluckt einmal kräftig. Damals, als sie vom Verschwinden ihrer Schwester erfuhr, lagen sechstausendsiebenhundert Kilometer zwischen ihnen, und sie hatte ein Neugeborenes, einen Vierjährigen, ein konstant überzogenes Konto und einen Hof mit Rindern und Schweinen, um die sie sich kümmern musste. Bis sie alles so weit organisiert hatte, dass sie losreisen konnte, waren mehrere Tage vergangen, und als sie endlich vor Ort war, lag Madeleines Verschwinden bereits eine Woche zurück.

Die Erinnerungen an diese Zeit sind sehr vage und lückenhaft. Sie erinnert sich an Telefonate nach Schweden zu später Abendstunde, an das Knistern in der Leitung und daran, dass ihr niemand Antwort auf ihre vielen Fragen geben konnte. Als sie das erste Mal kontaktiert wurde, hieß es, Madeleine sei vermisst gemeldet, doch der Fall wurde schnell ad acta gelegt. Angeblich hatte irgendjemand gesehen, wie Madeleine in einen Bus nach Malmö gestiegen war, und obwohl Patricia ausdrücklich erklärte, dass ihre Schwester nie einfach den Ort wechseln würde, ohne ihrer Familie Bescheid zu geben, schien ihr niemand zu glauben.

Patricia tritt gegen einen Stein, der ein paarmal vor ihr über den Bürgersteig springt und schließlich auf die Straße rollt. Als sie damals in Kopenhagen gelandet war, fuhr sie auf direktem Wege nach Ljusskär und traf dort Gemeindemitglieder der Freikirche, mit denen Madeleine zusammengearbeitet hatte, doch sie alle erzählten ihr das Gleiche. Ihre Schwester habe einfach den Koffer gepackt und sei ohne jede Erklärung fortgereist.

Da Patricias Nachforschungen kein Ergebnis brachten, fuhr sie zurück nach Malmö und ging zur Polizei. Sie klapperte sämtliche Krankenhäuser und Jugendherbergen der Stadt ab und konnte mit etwas Unterstützung sogar Kontakt zur Kopenhagener Polizei herstellen, doch auch die fand nichts heraus. Schließlich musste sie wohl oder übel aufgeben. Doch seit dem Tag, an dem sie in das Flugzeug zurück nach Hause gestiegen war, wird sie von Schuldgefühlen gequält, und sie hat sich immer wieder gefragt, ob es wohl einen Unterschied gemacht hätte, wenn sie damals länger geblieben wäre. Vielleicht wäre sie Madeleine ja auf die Spur gekommen, wenn sie nur etwas hartnäckiger gewesen wäre oder mehr Menschenkenntnis gehabt hätte.

Am Ende der Straße türmt sich eine große gelbe Villa mit Rundbogenfenstern, einer weißen, liebevoll gezimmerten Veranda und einem grün angelaufenen Blechdach auf. Patricia hebt den Blick. Das muss das Hotel sein.

Sie richtet den Kragen ihres Hemdes und fragt sich, ob sie wohl irgendjemand hier wiedererkennen wird. Mit der Freikirche ist sie seit damals zwar in Kontakt geblieben, hat hin und wieder mal angerufen und sich nach Neuigkeiten erkundigt, aber ihr letztes Telefonat ist jetzt bestimmt zehn Jahre her. Patricia gibt es nur ungern zu, doch bevor sie dieser Brief erreichte, hatte sie die Hoffnung, jemals etwas über Madeleines Verbleib zu erfahren, mehr oder weniger aufgegeben.

Wenn sie darüber nachdenkt, was nun auf dem Spiel steht, spürt sie, wie ihr Herz einen Salto macht. Sie muss die Ruhe bewahren, trotz all der Gefühle, die unter der Oberfläche brodeln.

Die Rollen ihres Koffers rattern über den rissigen Asphalt. Sie sieht sich um. Irgendjemand hier weiß, was an jenem Abend im Spätsommer 1987 geschehen ist, denkt sie. Irgendjemand hat Madeleines Halskette all die Jahre aufbewahrt, und Patricia wird nicht wieder abreisen, bevor sie herausgefunden hat, wer dieser jemand ist.

5

Erika holt ihr Handy hervor, nur um festzustellen, dass sie keine neuen Nachrichten bekommen hat. Nach dem Streit von gestern hatte sie gehofft, Martin würde sich bei ihr melden. Vielleicht war es kindisch von ihr, ohne ein Wort in aller Frühe aufzubrechen, aber sie hat es zu Hause einfach nicht mehr ausgehalten. Was am Abend zuvor geschehen war, hatte sie so tief verletzt, dass sie nicht einmal wusste, ob sie ihrem Mann jemals wieder in die Augen wird sehen können.

Vor siebzehn Jahren, als sie gerade zusammengekommen waren, konnten sie und Martin gar nicht genug voneinander kriegen. Martin kam in der Mittagspause nach Hause geradelt, wenn sie für eine Prüfung lernte, nur damit sie sich sehen konnten. Er hatte gerade mal fünfundvierzig Minuten Zeit, und zwanzig davon gingen für die Fahrt drauf, aber das war es ihm wert. Inzwischen ist ihm schon der Weg vom Wohn- ins Schlafzimmer zu viel, um mit Erika zu reden. Anstatt sich in Bewegung zu setzen, ruft er ihr einfach zu, was er will, und wenn das Fensterputzen bei ihnen eine äußerst sporadische Angelegenheit ist, so ist das noch gar nichts gegen ihr Sexleben.

Erika reiht auf dem Tresen neben der Kaffeemaschine saubere Tassen auf. Sie hatte sich ein erfüllteres Liebesleben erhofft, sobald die Kinder älter wären und sie und Martin endlich mehr Zeit füreinander hätten. Doch stattdessen wurden ihre ehelichen Zusammenkünfte, wie Martin es mal ausdrückte (sicher nur aus Spaß, aber das verriet vielleicht etwas über sein Verhältnis zu Sex?), zu einem pflichtbewussten Nümmerchen alle zwei Monate degradiert. Und das verläuft stets so monoton und mechanisch, dass Erika inzwischen sehnsüchtig an ihre unbeholfenen Quickies zurückdenkt, die unter allerlei Gekicher im Waschraum stattfanden, während Emma vor dem Fernseher saß und das Kinderprogramm schaute. Dabei hat Erika doch jetzt, da sie nachts endlich durchschlafen kann und nicht ständig Milch- und Spuckflecken auf den Klamotten hat, erst wieder so richtig Lust.

Erika kratzt sich am Hals. Für sie war Sex immer etwas sehr Privates und auch ein bisschen peinlich (zu Beginn ihrer sexuellen Karriere hat sie es am liebsten im Dunklen gemacht, vermutlich eine Reaktion auf die betont freizügige Flower-Power-Attitüde ihrer Mutter), und obwohl sie sehr wohl weiß, wie konservativ das ist, betrachtet sie den Mann immer noch als Hauptverantwortlichen für das Zustandekommen ehelicher Zusammenkünfte (meine Güte, bei diesem Wort hätte sie wirklich skeptisch werden sollen). Aber nach einem weiteren Abend ganz allein mit *Dirty Dancing*, grün vor Neid beim Anblick von Patrick Swayzes starken Armen um Jennifer Greys Taille, beschloss sie, die Sache selbst in die Hand zu nehmen.

Sie begann sogleich, nach Tanzkursen zu googlen, sah aber schnell ein, dass Martin sie wohl kaum begleiten würde (und käme er wider Erwarten doch mit, würde er nie im Leben so ein engsitzendes Hemd tragen wie Swayze – und wo war dann der Witz?). Also ging sie stattdessen in den nächsten Buchladen und fand dort den Ratgeber *So peppst du dein Sexleben auf*, den sie mit einem beschämten Blick zu Boden an der Kasse vorlegte (die Erklärung, das Buch sei für eine Freundin, konnte sie sich gerade noch verkneifen). Der Kassierer schien zum Glück ein Gespür für das Maß an Diskretion zu haben, das Erika zur Durchführung des Kaufs benötigte, und scannte das Buch schnell ein, ohne lange auf den Titel zu starren oder lustige Kommentare à la *Meine Frau und ich versuchen es mit Kümmel* anzubringen.

Zu Hause angekommen, vertiefte Erika sich in »eine idiotensichere Methode zur Erlangung sinnlicher Glückseligkeit«, wie die Autoren es nannten. Und das Buch war durchaus erhellend. Nicht nur verstand sie endlich, was sich hinter dem Begriff »Vanillesex« verbirgt (nämlich keineswegs die Art von perversem, unhygienischem Geschlechtsverkehr, den sie sich immer darunter vorgestellt hatte), sondern sie eignete sich auch »einfache, aber wirksame Techniken zum Herstellen von Intimität« an und lernte »wie Rollenspiele das Leben versüßen können«.

Das Ganze war jedoch alles andere als »idiotensicher«.

Erika dreht ihren Ehering zwischen den Fingern. Die Gedanken an den gestrigen Abend stimmen sie immer noch traurig, und sie fragt sich, ob ihre Bemerkung, sie könnten ruhig auch den *ganzen* Sommer getrennt verbringen, nicht etwas zu krass war.

Sie greift nach einem Lappen und wischt den breiten Tresen ab. Vielleicht war es eine blöde Idee von ihr, den Funken der Leidenschaft in ihrer Beziehung wieder entzünden zu wollen, anstatt einfach offen mit Martin über ihre Gefühle zu reden, aber dieses Buch ließ alles so leicht erscheinen. Den Autoren zufolge brauchte sie ihr Zuhause nur in eine *Zone der Sinnlichkeit* zu verwandeln, frei von Erwartungen, Forderungen und Kritik (angeblich die Hauptursachen für das Verduften der männlichen Lust).

Zum Teil las sich der Ratgeber zwar wie ein Auszug aus *Mad Men* (»Begrüße deinen Mann mit einem Lächeln – er hatte einen anstrengenden Tag im Büro und braucht ein bisschen Wertschätzung«), aber Erika wollte es nichtsdestotrotz auf einen Versuch ankommen lassen. Also machte sie sich daran, eine Zone der Sinnlichkeit zu schaffen. Zwei Wochen lang kochte sie jeden Abend eins von Martins Lieblingsgerichten, deckte den Tisch mit dem feinen Besteck, zündete Kerzen an und verzichtete ganz bewusst darauf, die vergessene Stromrechnung, die verstopfte Toilette oder die nachmittägliche Kopflausbehandlung beim Essen zu erwähnen. Wenn Martin sich über die Arbeit beklagte, hörte sie schweigend und mit einem liebreizenden Lächeln zu, obwohl ihr die neue Spitzenunterhose, die sie laut Buch eigentlich vor Selbstvertrauen nur so leuchten lassen sollte, im Schritt scheuerte.

Und nach ein paar Tagen hatte Erika tatsächlich den Eindruck, dass es funktionierte. Martin schaute nicht mehr ganz so finster drein. Er schien sich etwas zu entspannen, und als er ihr zum ersten Mal seit einer Ewigkeit tief in Augen sah und einen Filmabend *nur zu zweit* vorschlug, hätte sie am liebsten laut gejubelt.

Als der gestrige Abend dann endlich kam, hatte Erika alles bis ins kleinste Detail vorbereitet. Emma bekam Geld fürs Kino, und Lina wurde mit einem iPad *ohne* YouTube-Filter ins Bett verfrachtet, damit konnte sie sich gut und gerne ein paar Stunden allein unterhalten (aber ich habe natürlich *keinerlei Erwartungen*, wie Erika sich in Erinnerung rief). Sie selbst hielt sich im Flur bereit und trug die schon erwähnte unbequeme Spitzenunterhose (die sie ja vermutlich ohnehin bald ausziehen würde), eine blonde Perücke und ein dazugehöriges kurzes Lederkleid, das sie dem Kostüm-Online-Shop zufolge wie die Mutter der Drachen aus *Game of Thrones* aussehen lassen sollte – von dieser Fantasy-Serie war Martin mehr oder weniger besessen (Erika hatte ein paarmal wohlwollend versucht, sie sich zusammen mit ihm anzusehen, war es aber ziemlich schnell leid gewesen, denn wie hoch ist bitte der Unterhaltungswert von Krieg und Drachen?).

Rückblickend ist ihr durchaus bewusst, dass das alles vermutlich etwas zu viel Aufwand für einen ganz normalen Filmabend war, aber sie hatte sich nun mal so wahnsinnig danach gesehnt, auf diese Patrick-Swayze-Art berührt zu werden. Sie hatte sogar vorsorglich Dehnübungen gemacht (auch das natürlich vollkommen *ohne Erwartungen*). Martin hatte versprochen, nach der Arbeit ihre Lieblingspizza, Quattro Stagioni, mitzubringen, und auf dem Couchtisch standen schon Wein und Knabberzeug bereit.

Die erste Nachricht kam um Viertel nach sechs. *Tut mir leid, Krise im Büro, brauche noch ein bisschen.* Hungrig und enttäuscht sank Erika aufs Sofa, doch dann fiel ihr ein, was im Buch stand – dass *Verständnis* der Schlüssel zu einer erfolgreichen Beziehung sei. Außerdem wollte sie die Zone der Sinnlichkeit, in die sie so viel Arbeit gesteckt hatte, nicht aus dem

Gleichgewicht bringen, und so antwortete sie Martin, es sei kein Problem, dass er später komme.

Nachricht Nummer zwei kam eine halbe Stunde später und ließ immer noch ein Fünkchen Hoffnung übrig. *Das System hat sich aufgehängt, aber sobald das Programm wieder läuft, mache ich mich auf den Weg.* Zu diesem Zeitpunkt hätte Erika wirklich etwas essen sollen.

Um acht Uhr gab sie auf, zog sich den Schlafanzug an und vergrub die hässliche Perücke samt Lederkleid in den Tiefen des Kleiderschranks. Und als Martin schließlich nach Hause kam, ohne Pizza, fühlte sie sich so gedemütigt, dass sie ihn gar nicht erst zu Wort kommen ließ, sondern gleich die Schüssel mit den Käseflips in seine Richtung schleuderte.

Erika fährt sich mit den Händen durchs Gesicht. Sie weiß, dass ihr ziemlich schnell die Hutschnur platzt, wenn ihr Blutzuckerspiegel sinkt, aber in diesem Fall ist sie sich tatsächlich keiner Schuld bewusst. Der Spielverderber des Abends war Martin, als er, wie schon tausendmal vorher, seiner Arbeit den Vorrang gab. Und als wäre das nicht genug, hatte er auch noch die Nerven, sich über die paar Käseflips aufzuregen, die er abbekommen hatte (neben der Schüssel, aber die war zu Erikas Verteidigung aus Plastik).

Sie schüttelt den Kopf. Als Emma klein war, wäre nie so ein Riesending daraus geworden. Martin hätte sich entschuldigt, und Erika hätte ihm verziehen. Damals hatten sie immer so viel Spaß, ganz egal, wie verfahren die Situation war. In ihren ersten Jahren als Familie hausten sie in einer heruntergekommenen Zweizimmerwohnung mit einem Bad, das so klein war, dass man nur rückwärts wieder hinauskam, und einer Waschmaschine, die nur funktionierte, wenn man die Tür mit irgendetwas festkeilte. Trotzdem hat Erika fast ausschließlich glückliche Erinnerungen an diese Zeit. Sie weiß noch, wie sie über verschütteten Brei, überquellende Windeleimer und zerbrochene Gegenstände lachten. Nicht einmal Emmas Filzstiftattacke auf Martins weiße Adidas Originals Superstar, die ihm sein Bruder in New York gekauft hatte, brachte ihn aus der Fassung, und abends wechselten sie sich damit ab, Emma in den Schlaf zu wiegen und Blaubeerjoghurt von den Wänden zu wischen. Aber jetzt fühlt es sich so an, als würden sie einfach nebeneinanderher leben, ohne jemals Zeit füreinander zu haben.

Erika holt noch einmal das Handy hervor, öffnet eine Nachrichtenseite und bleibt mit dem Blick an der Überschrift *Glücklich geschieden* hängen. Schnell schaltet sie den Bildschirm wieder aus. Sie hasst es, von Menschen zu lesen, die noch mal von vorn anfangen und sich damit brüsten, dass sie ihre unglückliche Ehe hinter sich gelassen und das Feuer der Leidenschaft woanders gefunden haben. Sie würde ihre Ehe nicht als unglücklich bezeichnen, Martin und sie machen nur gerade ein kleines Tief durch. Sie lieben und respektieren sich, und sie haben zwei fantastische Kinder. Dass sie solche Gedanken überhaupt zulässt, kommt ihr wie Verrat an der ganzen Familie vor.

Als die Hoteltür aufgeht und das Glöckchen am Eingang klingelt, wird sie jäh aus ihrer Grübelei gerissen. Eine Frau kommt herein und sieht sich um. Sie zieht einen Rollkoffer hinter sich her und hat diesen müden Blick, wie man ihn von Leuten kennt, die eine etwas zu lange Reise hinter sich haben.

»Hallo!«, sagt Erika mit ihrem kundenfreundlichsten Lächeln. »Herzlich willkommen.«

Die Frau holt ein Taschentuch hervor und wischt sich den Nacken. Sie sieht mitgenommen aus, und die Fältchen um ihren Mund lassen Erika vermuten, dass sie um die fünfzig Jahre alt ist.

»Hallo. Haben Sie noch ein Zimmer frei?«

»Aber ja«, antwortet Erika mit einem Nicken und winkt die Frau zum Tresen. »Kommen Sie von weit her?«

»Aus den USA«, sagt die Frau und holt ihr Portemonnaie hervor. »Es ist jetzt fast vierundzwanzig Stunden her, dass ich mein Haus verlassen habe.«

Erika nimmt den Pass entgegen und trägt *Patricia Sloane* im Buchungssystem ein.

»Dann sind Sie sicher müde. Möchten Sie eine Tasse Kaffee?«

»Gern.«

Sie stellt der Besucherin eine Tasse hin und nimmt nebenher ihre Daten auf. Es ist zwar schon ein paar Monate her, dass Erika zuletzt im Hotel war, aber die Abläufe sitzen immer noch wie im Schlaf.

»Wie lange möchten Sie bleiben?«

Die Frau trinkt einen Schluck Kaffee.

»Das weiß ich noch nicht genau. Kann ich das später entscheiden?«

Erika nickt und versucht, Patricias Akzent einzuordnen.

»Natürlich. Noch ist keine Hochsaison, und kommende Woche haben wir auf jeden Fall genügend Platz.«

»Schön.«

»Ich gebe Ihnen die Shakespeare-Suite, Mrs. Sloane. Das Zimmer ist etwas kleiner, aber dafür hat es Meerblick.«

»Klingt gut. Sie können übrigens ruhig Patricia zu mir sagen.«

Erika trägt die letzten Angaben ein und spürt Patricias forschenden Blick.

»Sind Sie von hier?«

Erika reicht ihr den Zimmerschlüssel.

»Jupp. Geboren und aufgewachsen, ein echter Local«, antwortet sie keck.

Patricia nimmt auf einem der Barhocker Platz. Ihr dichtes, dunkles Haar ist zu einem asymmetrischen Pagenkopf geschnitten, der sie trotz ihrer schlichten Kleidung elegant aussehen lässt.

»Darf ich fragen, wieso Sie so gut Schwedisch sprechen?«

Patricia gibt etwas Milch in ihren Kaffee.

»Der ist stark«, sagt sie mit einem Lächeln, das jedoch nicht ihre Augen erreicht. »Meine Mutter ist Schwedin, ich bin also mit der Sprache aufgewachsen.«

Erneut ertönt das Glöckchen am Eingang, und Mona erscheint in der Tür. Sie war bereits zum dritten Mal unterwegs, um Erledigungen zu machen, seitdem hat Erika sie nicht ein einziges Mal verschnaufen sehen. Sogar das Mittagessen musste sie im Stehen einnehmen, weil sie gleichzeitig den Stand ihrer Vorräte überprüfen wollte.

»Wir haben einen neuen Gast, Mama«, sagt Erika und winkt sie zu sich.

»Wie schön! Mein Name ist Mona«, antwortet sie freudig und hält eine Papiertüte voller Gemüse hoch. »Ich bringe nur schnell die Einkäufe in die Küche, dann komme ich und begrüße Sie richtig.«

Mona ist gerade verschwunden, da ertönt plötzlich ein Rums. Vor ihnen auf dem Fußboden liegt Lina, sie hat sich der Länge nach fallen lassen.

»Hallo, Liebling. Alles in Ordnung mit dir?«, fragt Erika.

Lina schüttelt den Kopf.

»Nein«, wimmert sie.

»Was hat sie denn?«, fragt Patricia besorgt.

Lina fasst sich an den Arm.

»Was ist passiert?«, will Erika wissen.

»Cholera«, jammert Lina. »Am Ellbogen.«

»Halb so schlimm«, sagt Erika lächelnd. »Nur ein bisschen Cholera am Ellbogen.«

Mona kommt mit einem vollen Tablett aus der Küche zurück. Sie hält es mit beiden Händen fest, doch auf einem schiefen Dielenbrett gerät sie ins Stolpern. Im Nu ist Patricia bei ihr und nimmt ihr das Tablett ab, bevor es zu Boden stürzt.

»Huch! Danke«, sagt Mona verschreckt und wendet sich dann Lina zu. »Arme Kleine. Bist du krank?«

»Ich brauche eine Spritze«, murmelt sie.

»Damit kann ich leider nicht dienen. Aber vielleicht hilft ja auch ein Milchbrötchen?«

Lina denkt kurz nach, dann springt sie auf.

»Na gut«, sagt sie und setzt sich an den langen Tresen. »Wenn Mama mich lässt.«

»Ist schon in Ordnung, du hast ja gut zu Mittag gegessen.« Und an Patricia gewandt fährt Erika fort: »Sie ist fünf. Und interessiert sich für seltene Krankheiten.«

»Verstehe«, antwortet Patricia nickend. »Das Alter, in dem sie plötzlich über die kuriosesten Dinge Bescheid wissen.«

*

Die Eigentümerin des Hotels verteilt große, mit Blumen verzierte Tassen und fragt, ob Patricia auch etwas möchte. Sie schaut sich um. Eigentlich ist sie müde und würde gern auf ihr Zimmer, aber Mona kennt sicher die meisten hier in Ljusskär und kann ihr bestimmt die eine oder andere Frage beantworten.

»Ja, gerne. Ich bringe nur schnell den Koffer aufs Zimmer und mache mich ein bisschen frisch«, antwortet sie.

Als sie wenig später zurückkommt, nimmt sie im gemütlichen Raum Platz. Das Erdgeschoss des Hotels besteht aus einem großen, hufeisenförmigen Raum voller Tische und bunt zusammengewürfelter Stühle in den verschiedensten Farben. In der Mitte steht ein Empfangstresen mit einer Kasse, und dahinter geht es in die Küche.

Mona reicht ihr eine Teetasse, und Patricia lächelt angestrengt. Sie ist nicht gerade eine Meisterin im Smalltalk, aber in diesem Fall steht einiges auf dem Spiel, wie sie sich in Erinnerung ruft.

»Schön haben Sie es hier«, macht sie den Anfang.

»Danke!«, sagt Mona und serviert ihr Tee aus einer hohen cremefarbenen Porzellankanne mit einem Sprung in der Tülle. Der feine Riss verzweigt sich und bildet ein spinnennetzartiges Muster aus kleinen bleigrauen Linien.

Die meisten Gegenstände im Hotel scheinen Flohmarktfunde zu sein, und Patricia gefällt die besondere Atmosphäre. Es ist spürbar, dass jedes noch so kleine Detail sorgfältig ausgewählt wurde, und wohin sie auch sieht, stapeln sich Bücher.

Das Glöckchen am Eingang klingelt, und zwei Frauen betreten das Hotel. Eine der beiden trägt ein enganliegendes Kleid, hohe Schuhe und großen, auffälligen Schmuck. Sie sieht aus, als wäre sie einer Modezeitschrift entsprungen, und der Kontrast zu dem langen Flatterkleid, den Badelatschen und der transparenten Sonnenblende der anderen Frau wirkt beinahe komisch.

»Ihr kommt genau richtig!«, begrüßt Mona sie fröhlich. »Das sind meine Freundinnen Doris und Marianne, und das hier ist mein neuer Hotelgast«, fährt sie fort. »Patricia ist gerade aus den USA angekommen.«

»Wie aufregend«, sagt die Frau in dem langen Kleid. Sie hat dichtes graues Haar, das zu einem langen Flechtzopf zusammengebunden ist. »Ich war noch nie auf der anderen Seite des Atlantiks, aber ich habe alles von Toni Morrison und Philip Roth gelesen, was es auf Schwedisch gibt.«

»Wir haben einen Buchsalon«, erklärt Mona. »Oder besser gesagt, wir wollen ihn gerade wieder zum Leben erwecken, und ich freue mich schon wahnsinnig auf das gemeinsame Lesen.«

»Also wir lesen erst mal jede für sich«, verdeutlicht Doris. »Nicht zusammen.«

»Das wird sie sich schon denken können«, sagt Marianne amüsiert. »Buchsalons gibt es auch in den USA.«

»Natürlich«, murmelt Doris und schiebt sich die Brille zurecht.

Patricia lächelt. Die Frauen reden so schnell, dass sie Mühe hat, ihnen zu folgen.

»Ein Buchsalon, wie nett.«

»Kommt, setzt euch«, fordert Mona die beiden auf. »Sie haben doch nichts dagegen, dass wir Ihnen Gesellschaft leisten?«, sagt sie, und bevor Patricia etwas antworten kann, stehen auch schon Tassen für die Neuankömmlinge parat. »Möchtet ihr auch ein Tässchen Tee?«, fährt Mona fort. »Der ist mit Früchten aus der Region aromatisiert.«

Doris nimmt dankend an und hält ihre Tasse hoch, damit Mona mit der großen Teekanne herankommen und ihr etwas von dem dampfend heißen Getränk einschenken kann.

Patricia nippt an ihrem Tee, der nach Erdbeeren und Birnen schmeckt.

»Der ist ja köstlich«, sagt sie.

»Danke«, sagt Mona lächelnd. »Ich habe ihn selbst gemischt.«

Marianne lehnt sich in ihrem Korbsessel zurück, und Patricia betrachtet sie diskret. Die elegante Frau kommt ihr irgendwie bekannt vor, aber sie weiß nicht so recht, wo sie ihr schon einmal begegnet sein könnte.

»Du hast nicht zufällig grünen Saft?«, fragt Marianne.

»Nein«, sagt Mona. »Aber ich kann dir einen machen. Was kommt denn da rein?«

»Ein bisschen von allem – Grünkohl, Spinat, Sellerie, grüne Erbsen und ein Spritzer Zitrone.«

»Kriege ich hin«, sagt Mona und verschwindet in der Küche.

»Also, wo bekomme ich jetzt *Stolz und Vorurteil*?«, fragt Marianne.

Doris holt einen Stoffbeutel hervor und legt drei Exemplare auf den Tresen.

»Ich habe für alle eins dabei«, sagt sie.

»Hast du dir etwa dreimal das gleiche Buch gekauft?«

»Das sind verschiedene Ausgaben«, verteidigt Doris sich. »Die Einbände sind alle so schön, und außerdem finde ich den Roman wirklich gut.«

Marianne betrachtet die Bücher.

»Mit Schuhen geht es mir im Prinzip genauso. Man kann nie genug Louboutins besitzen.«

»Ich habe gelesen, dass sich die meisten Frauen besser an ihr erstes Paar Lieblingsschuhe als an ihren ersten Kuss erinnern«, sagt Mona, die in diesem Moment mit einem großen Glas grünem Saft aus der Küche zurückkommt.

»Da ist bestimmt was dran. Ich werde nie die blauen Samtsandalen vergessen, die meine Mutter mir zur Einschulung gekauft hat. Das war wahre Liebe«, sagt Marianne und trinkt einen Schluck von dem Saft. »Oh, der ist aber lecker«, lobt sie und leert das Glas in einem Zug. »Was ist da drin?«

»Genau was du gesagt hast. Grünkohl, Sellerie, Spinat und Zitrone. Das war allerdings ziemlich bitter, deshalb musste ich das Ganze noch mit etwas Sahne abschmecken.«

Marianne erstarrt.

»Da ist Sahne drin?«

»Ja«, sagt Mona. »Aber nur ein paar Deziliter, es hätte sonst grässlich geschmeckt.«

»Milchprodukte nehme ich eigentlich gar nicht zu mir«, murmelt Marianne und hält sich eine Hand vor den Mund.

Patricia betrachtet sie aus dem Augenwinkel. Ist Marianne

nicht diese Schauspielerin, die in den Achtzigern so beliebt war?

»Papperlapapp«, sagt Mona, während Marianne die Farbe aus dem Gesicht weicht. »Ein bisschen Sahne hat noch niemandem geschadet. Das ist ein Grundelement der schwedischen Hausmannskost. Ach, sieh an, da haben wir ja das Buch!«, fährt sie fort und nimmt sich eins der Exemplare.

»Haben Sie *Stolz und Vorurteil* gelesen?«, fragt Doris Patricia.

»Ja, aber das ist lange her.«

»Nehmen Sie sich ruhig auch eins, wenn Sie wollen, ich habe zu Hause noch mehr«, erklärt sie und deutet auf den kleinen Bücherstapel.

Patricia weiß nicht so recht, was sie antworten soll. Sie möchte nicht unfreundlich erscheinen, aber sie ist nicht den weiten Weg nach Schweden gereist, um an einem Lesekreis teilzunehmen. Andererseits könnte es vielleicht von Vorteil für sie sein, die Frauen am Tisch näher kennenzulernen.

Sie stößt einen stillen Seufzer aus. Seit Madeleines Verschwinden ist sie regelrecht zur Eigenbrötlerin geworden. Sie bringt nicht mehr die Energie auf, andere Menschen an sich heranzulassen, und hat kein Interesse an dem sozialen Spiel. Am liebsten würde sie die Frauen des Buchsalons einfach fragen, ob sie irgendetwas über ihre Schwester wissen, doch sie mahnt sich zu Geduld. Sie darf jetzt nicht mit der Tür ins Haus fallen, sondern muss auf den richtigen Moment warten.

»Na gut«, antwortet sie zögernd.

»Ach, schön«, sagt Doris mit ihrer glockenklaren Stimme. »Lesen Sie einfach so viel, wie sie schaffen, und falls Sie noch hier sind, wenn wir das Buch besprechen, können Sie natürlich sehr gerne mitmachen.«

Monas Handy klingelt, und mit einer Entschuldigung zieht sie sich aus der Runde zurück, während Marianne Austens Roman aufschlägt und zu lesen beginnt.

»Ist *Stolz und Vorurteil* das erste Buch, das Sie in Ihrem Buchsalon lesen?«, fragt Patricia.

»Ja«, antwortet Doris nickend. »Ich habe es ausgesucht. Was für Bücher mögen Sie denn so?«

Patricia überlegt. Lesen gehört zu den wenigen Vergnügen in ihrem Leben. In die Welt der Bücher kann sie sich immer flüchten, wenn die Wirklichkeit ihr mal wieder zu schaffen macht. Bücher spenden ihr Trost und leisten ihr Gesellschaft, wenn sie einsam ist, und sämtliche Probleme rücken beim Lesen auf Abstand.

»Ich mag historische Romane. Haben Sie *Niceville* gelesen?«

»Der ist großartig«, ruft Doris und erstrahlt. »Ich liebe Minny, aber nach dem Buch konnte ich erst mal wochenlang keine Schokolade mehr essen.«

Patricia muss lachen. Doris hat so eine herrlich begeisterungsfähige Art, dass man sie einfach gernhaben muss.

»Ich auch nicht.«

»Kennen Sie *Deine Juliet*?«, fragt Doris.

»Ja«, antwortet Patricia. »Wenn es ein Buch gibt, in das ich am liebsten einziehen würde, dann dieses. Zusammen mit Dawsey und Juliet auf Guernsey leben, das wäre was.«

»Es klingt so gemütlich, wenn sie sich treffen und über Bücher diskutieren«, stimmt Doris zu. »Und ich habe mich schon immer gefragt, wie wohl dieser Kartoffelschalenauflauf schmeckt, der darin vorkommt.«

»Ich habe ihn mal nachgekocht.«

»Ach wirklich? Wie war er?«

Patricia verzieht leicht das Gesicht.

»Nicht gerade überwältigend, aber vermutlich immer noch besser als der Schokoladenkuchen.«

In diesem Moment kommt Mona zurück. Mit besorgter Miene fährt sie sich durch ihre rotblonden Locken.

»Wer war das?«, fragt Doris neugierig.

»Alf«, antwortet Mona, und für Patricia und Marianne schiebt sie hinterher: »Der Stadtratsvorsitzende. Es gibt Probleme mit dem Sommerfestival dieses Jahr. Margareta liegt offenbar mit einem Oberschenkelhalsbruch im Krankenhaus, und bisher konnte sich niemand sonst um Aktivitäten kümmern. Und weil jetzt nur noch drei Wochen Zeit sind und es immer noch kein Programm gibt, berät der Stadtrat gerade darüber, das Ganze einfach abzublasen.«

Erika, die am Tresen in einer Zeitschrift blättert, fährt auf dem Barhocker herum. »Aber Mama, das Sommerfestival ist doch eine deiner wichtigsten Einnahmequellen, oder?«

»Ja.«

»Um was für Aktivitäten geht es denn?«, will Marianne wissen.

»Nichts Besonderes. Ein Quiz vielleicht, ein paar Marktbuden, ein Boule-Turnier und eine Tanzveranstaltung am Abend. Aber das zieht immer ziemlich viele Leute an.«

»Können wir denn da nicht was auf die Beine stellen?«, sagt Doris und zupft an ihrem langen Flechtzopf.

»Was denn?«, fragt Mona.

Doris überlegt einen Moment, dann macht sie einen kleinen Hüpfer auf ihrem Stuhl.

»Erinnert ihr euch an dieses Musikquiz, das es vor ein paar Jahren gab? Das kam total gut an. Könnten wir so was nicht noch mal machen, nur mit Büchern?«

»Ein Literaturquiz?«

»Ja, warum denn nicht?«, sagt Doris und wechselt die Sitzposition. »Wir könnten schöne Romanpassagen vorlesen und Fragen zu den Figuren stellen. Vielleicht sogar mit Requisiten. Ein Kartoffelschalenauflauf zum Beispiel, aber einer, der schmeckt. Das würde doch perfekt in ein Bed, Breakfast & Books passen! Wenn wir das Ganze hier stattfinden lassen, hast du das Café gleich voller zahlender Gäste.«

Mona sieht nicht überzeugt aus.

»Das klingt nach einer schönen Idee, aber ich weiß nicht, ob ich Zeit habe, so ein Quiz zu organisieren.«

»Wir helfen dir natürlich!«, sagt Doris mit einem vorsichtigen Blick zu Marianne.

»Ja, sicher«, murmelt diese ganz in die Lektüre versunken und blättert zur nächsten Seite.

Patricia schaut sich um. Plötzlich fällt ihr Blick auf eine schwarze Bahnhofsuhr an der Wand. Über die nette Unterhaltung hat sie völlig die Zeit vergessen, aber wenn sie es noch zum Gemeindehaus schaffen will, bevor dort niemand mehr ist, sollte sie sich beeilen.

Schnell überprüft sie, ob sie Handy und Hotelschlüssel in der Tasche hat. Die Frauen des Buchsalons kann sie auch später noch befragen.

»Vielen Dank für den Tee«, sagt Patricia und steht auf. »Ich muss jetzt mal los und ein paar Dinge erledigen.«

»Gern«, antwortet Mona lächelnd.

»Bis später«, sagt Doris und winkt Patricia zum Abschied zu.

Vor der Tür weht ein frischer Wind, und Patricia atmet einmal tief durch. Wie nett die Frauen im Hotel zu ihr waren. Bei ihrem ersten Besuch in Ljusskär kamen ihr die Bewohner des kleinen Ortes deutlich reservierter vor, und sie fragt sich, wie es wohl für Madeleine gewesen ist. Hat sie sich damals willkommen gefühlt oder ist man ihr auch eher verhalten begegnet?

Patricia schließt die Augen und sieht ihre Schwester vor sich – die widerspenstigen Locken, über die sie sich so oft beklagt hat, und das strahlende Lächeln, das einfach alle um sie herum zum Schmelzen brachte. Manchmal, wenn Patricia allein ist, kommt es ihr so vor, als könnte sie Madeleines Gegenwart spüren. Es ist, als wäre ihr die Schwester ganz nah, als würde sie sie auf Schritt und Tritt begleiten.

Patricia muss an Matthews Gesicht beim Anblick seiner Tante denken. Die beiden hatten einen besonderen Draht zueinander. Sie hatten sogar eine eigene Geheimsprache, und niemand konnte Matthew so gut trösten wie Madeleine. Wenn er sich einmal weh getan hatte, kroch er sofort zu ihr auf den Schoß, und dann wiegte sie ihren Neffen und erzählte ihm Geschichten, bis er vergessen hatte, warum er so traurig war.

Die Erinnerungen erfüllen Patricia mit einer wohligen Wärme, und als sie die Augen wieder aufschlägt, hat sie für einen kurzen Moment den Eindruck, Madeleine vorbeitanzen zu sehen. Sie wünschte wirklich, sie hätte sich vor der Abreise ihrer Schwester etwas eingehender mit der Freikirche beschäftigt.

Wenn Patricia nur herausfinden könnte, was damals vor sich ging, als Madeleine nach Ljusskär kam – wie die Kirche organisiert war und mit wem ihre Schwester zu tun hatte. Dann gelänge es ihr vielleicht auch, etwas über Madeleines Verbleib in Erfahrung zu bringen. Aber sie hat so gut wie keinen Anhaltspunkt. Die Gemeinde war die ganze Zeit sehr zurückhaltend mit Informationen. Über Madeleines Aufenthalt in Ljusskär hat man ihr dort kaum etwas erzählt. Und seit ihrem Besuch damals hat Patricia das Gefühl, dass ihr die Kirche etwas verheimlicht, und sie wüsste nur zu gern, was sich dahinter verbirgt.

6

MITTWOCH, 20. MAI 1987

Der orange-weiße Bus tuckert an der Küste entlang. Madeleines Blick ist auf das glitzernde Meer gerichtet. Grüne Wiesen erstrecken sich zwischen ihr und dem Wasser, doch hier und da erhascht sie einen Blick auf den Strand.

Die Aussicht ist hypnotisierend. Sie lehnt ihre Stirn an das staubige Busfenster und sieht die Wogen gegen die Klippen schlagen. Immer wieder taucht ein Streifen von weißem Sand auf, und eine unbändige Lust überkommt sie, sich ihre Kleider abzustreifen und ins Wasser zu springen.

Madeleine ist zwanzig Jahre alt, war aber erst ein paarmal baden. Der Hof in Mill Creek, auf dem sie aufgewachsen ist, liegt weit von der Atlantikküste entfernt, und es kam eher selten vor, dass sie die zweihundertsechsundachtzig Kilometer bis nach Virginia Beach gefahren sind, um sich mal eben kurz abzukühlen.

Sie streicht mit der Hand über das Fensterglas und begegnet dem Blick des Busfahrers im Rückspiegel. Die warmen Sonnenstrahlen dringen von allen Seiten hinein, und die Luft ist stickig. Sie sind bereits seit mehr als einer Stunde unterwegs, und die Straße schlängelt sich holprig und kurvenreich durch die Landschaft.

Sie versucht, sich an den Ortsschildern zu orientieren, aber da sie keine Karte hat, kann sie schlecht abschätzen, wie lange sie noch unterwegs sein werden. Aus ihrer Jackentasche zieht sie einen zerknitterten Zettel und liest leise den Ortsnamen, der darauf geschrieben steht: *Ljusskär.*

Madeleine seufzt und sieht erneut zu dem weißhaarigen Busfahrer. Er hat ihr versprochen, Bescheid zu sagen, wenn sie in Ljusskär ankommen, aber sie ist sich nicht sicher, ob er sie wirklich verstanden hat. Was, wenn sie nun einfach an dem Ort vorbeifahren?

Obwohl es so warm ist, hat sie ihre neue Wildlederjacke anbehalten. Das braune Material ist samtweich, und der Schnitt ist modisch tailliert. Ihre Schwester Patricia hat ihr diese Jacke gekauft, obwohl sie ganze fünfunddreißig Dollar gekostet hat.

Jedes Mal, wenn Madeleine an Patricia denkt, spürt sie den Kloß im Hals. Einerseits schämt sie sich, dass sie ihr Leben auf dem Hof einfach so hinter sich lässt, ein anderer Teil kann es nicht fassen, dass sie jetzt wirklich frei ist. Ein ganzes Jahr lang muss sie nicht um fünf Uhr morgens aufstehen, um die Kühe zu melken. Sie muss sich keine Sorgen um die Vakuumpumpe, kaputte Milchkannen, Blattläuse, Gallmücken, zersprungene Dachziegel oder sinkende Getreidepreise machen.

Madeleine dreht den Zettel um und sieht Matthews Gekritzel auf der Rückseite. Mit einem Mal scheint ihr sämtliche Luft zu entweichen. Sie mag frei sein, aber ihren Neffen wird sie frühestens nächsten Frühling wiedersehen. Mit dem Finger fährt sie über eines seiner Strichmännchen. Alberner, wunderbarer Matthew. Wie er unter ihre Decke krabbelt und sie an den Füßen kitzelt, wenn sie am wenigsten damit rechnet, ihr Geheimnisse ins Ohr flüstert und sie immer hinaus in den

Stall begleitet. Wird er sie noch kennen, wenn sie wieder nach Hause kommt?

Madeleine schließt die Augen, umklammert den Zettel in ihrer Hand und ruft sich in Erinnerung, dass sie sich bewusst für diese Reise entschieden hat. Sie hat ihren Bewerbungsbrief an Pastor Lindberg geschickt und die Stelle schließlich angenommen, obwohl Patricia sie gebeten hatte, zu bleiben. Diesen Entschluss hat sie sich selbst zuliebe gefasst.

Ruhe breitet sich in ihr aus, und Madeleine muss lächeln. Das hier ist ein Abenteuer. Sie ist ans andere Ende der Welt gereist, um etwas Neues zu erleben. Auch wenn sie jetzt nervös ist, darf sie nicht vergessen, wie sehr sie sich auf diese Reise gefreut hat.

Auf der anderen Seite des Mittelganges sitzt eine ältere Dame mit einem hohen Dutt und einer cremefarbenen Spitzenbluse. Sie ist sorgfältig geschminkt, trägt einen enganliegenden, knielangen Rock, dunkelrote Pumps und hat eine adrette Haltung. Die Tüten auf ihrem Schoß sind mit den Schriftzügen verschiedener Geschäfte versehen, allesamt in verschnörkelten Goldbuchstaben.

Madeleine beobachtet sie neugierig. Sie hat sich schon immer gefragt, wie es sich anfühlt, sich solche Dinge kaufen zu können. Einfach ein Geschäft zu betreten und alles mitzunehmen, was einem gefällt, egal, wie viel es kostet. Sie selbst hat den größten Teil ihrer Kleidung geerbt, oft geflickt und mit schlechter Passform, da Patricia nun einmal eine Größe größer getragen hat als sie.

Es wundert sie, dass die Frau mit dem Dutt Bus fährt. In den USA hätte jemand wie sie niemals die öffentlichen Verkehrsmittel benutzt, aber hier scheinen die verschiedensten Menschen ganz natürlich miteinander umzugehen.

Madeleines Blick wandert zu den anderen Fahrgästen. Vor ihr sitzen ein Mann in dunklem Anzug und eine Mutter mit zwei Kindern, die ihre Kaugummis an die Rückenlehne schmieren, weiter hinten ein paar lärmende Teenager und ein verlottertes Pärchen, das aus einem Flachmann trinkt. Eine ungewöhnliche Ansammlung von Menschen.

Der Bus hält, die elegante Frau steht auf und geht auf den Ausgang zu. An den Fingern trägt sie unzählige Ringe, und trotz ihrer hohen Absätze und der vielen Tüten gleitet sie elegant durch den Mittelgang.

Gerade als sie aussteigen will, bemerkt Madeleine, dass auf dem Sitz noch eine schwarze Handtasche mit einer goldenen Kette liegengeblieben ist, einsam und fehl am Platz auf dem synthetischen Stoff.

Für einen Augenblick kommt Madeleine der Gedanke, dass sich vermutlich sehr viel Geld darin befindet und dass es der Frau, da sie die Tasche so unachtsam liegengelassen hat, wahrscheinlich nicht fehlen wird. Doch dann steht sie rasch auf.

»Entschuldigung?«, ruft sie, greift nach der Tasche und hält sie der Dame entgegen.

Die Frau reißt die Augen auf und versucht, einen Schritt zurück zu machen, aber ihre Tüten bleiben zwischen den Bussitzen hängen. Stattdessen eilt Madeleine auf sie zu.

»Danke«, sagt die Frau mit zitternder Stimme. »Vielen, vielen Dank.«

Madeleine geht auf ihren Platz zurück. Sie ist froh, dass sie die Tasche noch rechtzeitig entdeckt hat.

Der Bus fährt weiter in den nächsten pittoresken Küstenort. Kleine, in unterschiedlichen Farben verputzte Häuser säumen die Hauptstraße. An den weißen Zäunen ranken üppige Rosenbüsche, und in den Gärten stehen Tische und Stühle im Schatten knarziger Apfelbäume. Alles sieht aus wie im Märchen, und Madeleine bestaunt die eleganten schmiedeeisernen Gartentore, die vielen Sprossentüren und all die geschnitzten Fensterläden in matten Farben.

Der Bus hält, die Tür geht auf. Madeleine schaut über ihre Schulter, um zu sehen, wer hier aussteigt, doch niemand macht Anstalten, aufzustehen. Dann bemerkt sie, dass der Busfahrer ihr zuwinkt.

»Ljusskär«, sagt er und zeigt auf die Straße.

Hastig packt Madeleine ihre Sachen zusammen und trägt ihre kleine Reisetasche zur Tür, doch bevor sie aussteigt, erhascht sie noch einmal den müden Blick des Busfahrers. »Hier soll ich raus?«

»Ljusskär«, wiederholt er und nickt.

Sie überlegt, ob es wohl noch mehr Haltestellen im Ort gibt, doch als der Mann mit dem Flachmann genervt stöhnt, tritt sie hinaus auf den Bürgersteig. Die Tür gleitet hinter ihr zu, der Bus fährt los, und schon bald ist er hinter der nächsten Kurve verschwunden.

Madeleine stellt ihre Tasche ab und sieht sich um. Ein Stück entfernt erahnt sie ein weißes Kirchengebäude hinter den Baumkronen. Pastor Harold in Mill Creek hat erzählt, dass die Freikirche in Ljusskär dafür bekannt ist, dass ein Großteil der Bewohner des kleinen Dorfes Mitglied ist. Viele Menschen engagieren sich für die Wohltätigkeitsarbeit der Kirche und spielen unter ihrer Schirmherrschaft Basketball und Handball. Sowohl die Sonntagsschule als auch die Gottesdienste sind gut besucht. Darüber hinaus haben sie ein internationales Austauschprogramm und laden Menschen aus aller Welt ein.

Madeleine holt den Zettel wieder hervor. Neben *Ljusskär* stehen da noch Name, Adresse und Telefonnummer von Rut Lindberg, der Frau von Pastor Lindberg.

Sie bürstet sich den Reiseschmutz von ihrem geblümten Kleid. Es ist das schönste Kleid, das sie besitzt, und sie hat es extra für heute ausgewählt, um einen guten Eindruck auf Frau Lindberg zu machen.

Madeleine schaut auf die Uhr. Es sind bereits fünf Minuten vergangen, seit sie aus dem Bus gestiegen ist. Vielleicht sollte sie zu dem kleinen Kiosk da drüben gehen und fragen, ob sie mal das Telefon benutzen dürfte. Andererseits hat sie ganz deutliche Anweisungen bekommen – an der Bushaltestelle in Ljusskär aussteigen und dort warten.

Eine kühle Brise weht vorbei. Madeleine atmet tief ein und glaubt, den Geruch von Meerwasser wahrzunehmen – Tang, Salz und Binsen. Es ist zwar erst Mai, aber der Himmel ist wolkenlos und die Sonne warm. Vielleicht kann man sogar schon baden gehen?

Als sie sich umdreht, sieht sie eine Frau mit einem jungen Mann im Schlepptau auf sich zukommen. Sie trägt ein erbsengrünes Kostüm, und ihr perfekt gewelltes, kastanienbraunes Haar erinnert Madeleine an Queen Elizabeth.

Madeleine macht den Rücken gerade und richtet den Kragen ihres Kleides.

»Madeleine Grey?«

Die Frau bleibt abrupt stehen, als hätte sie Madeleine eben erst entdeckt.

»Ja, das bin ich«, antwortet Madeleine.

Frau Lindberg seufzt missmutig.

»Ich bitte um Entschuldigung, wir wollten natürlich schon vorher hier sein und dich empfangen. Der Bus muss früh dran gewesen sein.«

»Kein Problem.«

Die Frau mustert sie von Kopf bis Fuß und streckt ihr dann die Hand entgegen.

»Rut Lindberg. Aber du kannst ruhig Rut sagen.« Trotz der sommerlichen Wärme sind ihre Finger kühl, und sie hat einen festen Händedruck.

»Madeleine.«

»Das ist mein Sohn, Jonas.« Rut lächelt.

Der junge Mann, der halb verborgen hinter ihr gestanden hat, macht einen Schritt nach vorn. Er ist groß und breitschultrig, sein blondes Haar hat er nach hinten gekämmt. Er lächelt selbstbewusst.

»Hi«, sagt er. »Willkommen in Ljusskär.«

Madeleine gibt Jonas die Hand. Er sieht aus, als wäre er in ihrem Alter. Ihr Blick bleibt an seinen großen, ausdrucksstarken Augen hängen. Sie will ihm gerade antworten, als Rut sie unterbricht.

»Wie war deine Reise?«

»Sehr gut, danke.«

Rut hakt sich bei Madeleine ein. »Komm«, sagt sie, »wir gehen hinunter ins Gemeindehaus und zeigen dir, wo du wohnst.

Du teilst dir ein Zimmer mit Desirée. Du wirst sie mögen, sie ist ein richtiger Engel.« Mit einer raschen Geste bedeutet sie Jonas, Madeleines Reisetasche zu nehmen. »Er trägt sie für dich«, bestimmt sie, bevor Madeleine protestieren kann.

»Okay. Danke.«

»Du kommst genau richtig«, fährt Rut fort und tätschelt ihr den Arm. »Wir haben heute Versammlung im Gemeindesaal, da wirst du gleich alle kennenlernen. Vorher habe ich noch ein Treffen mit meinem Handarbeitskreis, aber Desirée kann dir sicherlich die Kirche zeigen, wenn du Lust hast.«

»Sehr gern«, antwortet Madeleine und wechselt einen verstohlenen Blick mit Jonas.

»Prima«, sagt Rut und und geht los. Sie legt ein verblüffend zügiges Tempo vor, und Madeleine hat Mühe, mit ihr Schritt zu halten. Mit den glatten Strumpfhosen rutscht sie in ihren Schuhen herum.

»Wir freuen uns sehr, dass du hier bei uns bist.«

»Ich freue mich auch sehr«, sagt Madeleine und versucht, nicht zu stolpern. »Das wird eine spannende Zeit.«

Rut bleibt stehen und sieht Madeleine an.

»Ich weiß nicht, ob spannend das richtige Wort ist. In unserem Ort passiert nicht viel, aber den meisten gefällt es hier. Du wirst viel zu tun haben, aber ebenso viel lernen. Und wenn du ein ganzes Jahr bei uns bleibst, wirst du auch anschließend weiter für die Kirche arbeiten können.«

Hinter ihnen bricht Jonas in Lachen aus. »Ja, die Sonntagsschule zu betreuen ist richtige Sisyphusarbeit. Besonders, wenn alle gleichzeitig aufs Klo müssen«, murmelt er.

»Ach, hör bloß auf«, sagt Rut mit mildem Ton und winkt ab.

Madeleine lächelt. »Ich bin es gewohnt, anzupacken«, sagt sie.

»Gut«, erwidert Rut.

Madeleine wendet sich zu Jonas um. Irgendetwas an dem Zusammenspiel zwischen Mutter und Sohn hat sie neugierig gemacht, dieses liebevolle Necken, durch das sie sich sofort zu Hause fühlt.

Als Jonas ihr zuzwinkert, spürt sie ein Kribbeln im Bauch, und sofort ist ihre Nervosität wie weggeblasen.

7

SAMSTAG, 8. JUNI

Die Freikirche steht auf einer kleinen Anhöhe, sie ist nicht zu übersehen. Patricia kennt das hübsche weiße Holzgebäude noch und schaut sich mit großen Augen um.

Über die fein säuberlich geharkten Wege der Grünanlage, vorbei an kleinen Blumenarrangements, gelangt sie auf die andere Seite des Gebäudes, wo sich das Büro der Gemeinde befindet. Es ist in einem schlichten Anbau im Stil der Siebzigerjahre untergebracht, der durch einen Verbindungsgang mit großen Glaspartien an die Kirche angeschlossen ist.

Ein Stück vor dem Eingang bleibt Patricia stehen und späht hinein. Als sich drinnen jemand bewegt, schlägt ihr Herz plötzlich schneller. Aus irgendeinem Grund ist sie auf einmal nervös.

Sie denkt an ihren ersten Besuch zurück. Damals sagten ihr alle dasselbe – Madeleine habe die Stadt aus freien Stücken verlassen und man könne ihr leider nicht weiterhelfen.

Zögernd öffnet sie die Tür und geht hinein. Der Verbindungsgang ist mit einem Natursteinboden ausgestattet, modern möbliert und mit eleganten schwarzen Lampen hell erleuchtet, doch im Gemeindebüro scheint die Zeit stehen geblieben zu sein.

Vorsichtig geht Patricia über den abgenutzten Linoleumboden und nähert sich der ersten Tür, die einen Spalt breit offen steht. Dahinter sitzt eine Frau in einem Bürosessel und tippt am Computer.

»Ja bitte?«, sagt sie, ohne sich umdrehen.

Patricia räuspert sich.

»Guten Tag. Mein Name ist Patricia Sloane, ich würde gern mit jemandem über meine Schwester Madeleine Grey sprechen.«

Die Frau hält inne und steht auf. Sie hat einen krummen Rücken, graues, krauses Haar, das sorgfältig in Wellen gelegt ist, und erstaunlich wache Augen für ihr Alter.

»Ich bin Rut«, sagt sie. »Ich glaube, wir sind uns schon einmal begegnet, vor einiger Zeit.«

Patricia nickt. Sie kennt die Frau, wenn sie sich auch nur vage erinnert.

»Haben Sie 1987 hier gearbeitet, als Madeleine ihr Praktikum gemacht hat?«

»Ja«, antwortet die Frau und schiebt sich die Brille hoch. »Was möchten Sie wissen?«

Patricia holt tief Luft.

»Mich würde interessieren, ob sich noch irgendetwas Neues zum Verschwinden meiner Schwester ergeben hat.«

Rut betrachtet sie schweigend. Schließlich setzt sie an:

»Tut mir leid. Wir wissen nicht mehr als bei Ihrem letzten Besuch«, sagt sie und neigt den Kopf leicht zur Seite. »Aber das hätte ich Ihnen auch am Telefon sagen können.«

Patricia starrt sie an. Sie überlegt, ob sie die Halskette erwähnen soll, nur um zu sehen, wie Rut reagiert, doch das verschiebt sie auf einen späteren Zeitpunkt, wenn sie mit mehr Leuten gesprochen hat. Stattdessen lässt sie den Blick durch das kleine Büro schweifen. Der Schreibtischstuhl ist alt und klapprig, die Tapete an der Wand ganz verblichen von der Sonne. An der Wand hängt ein geprägtes Pappbild von Jesus mit Heiligenschein, und auf dem Bücherregal steht ein senfgelbes Bakelit-Telefon.

»Gibt es sonst irgendwen, mit dem ich sprechen könnte?«, fragt sie. »Jemanden, der Madeleine kannte?«

»Ich bin die Einzige hier, die damals schon bei der Kirche gearbeitet hat«, antwortet Rut bestimmt.

»Und Sie sind ganz sicher, dass niemand etwas Neues in Erfahrung gebracht hat?«

»Ja, tut mir leid.« Und nach einer kurzen Pause fährt sie fort: »Es tut mir wirklich leid, dass Sie ganz umsonst so weit gereist sind, aber ich habe zu tun.« Sie deutet mit dem Kopf auf den Schreibtisch.

Patricia geht einen Schritt auf sie zu, ohne jedoch über die Türschwelle zu treten.

»Falls Ihnen doch noch etwas einfällt, lassen Sie es mich wissen. Ich wohne in Monas B, B & B und bin dankbar für jeden Hinweis.«

»In Ordnung«, sagt Rut und schließt vorsichtig die Tür vor Patricias Nase.

Patricia bleibt noch einen Moment in dem kleinen Flur stehen. Irgendetwas an Ruts Verhalten missfällt ihr. Sie wünschte, die Frau hätte etwas mehr Anteilnahme und Bedauern gezeigt angesichts dessen, was mit ihrer Schwester geschehen ist, anstatt sie einfach abzuwimmeln. Immerhin war die Freikirche der Grund, warum Madeleine überhaupt den weiten Weg hierher gemacht hatte.

Patricia blickt durch ein Fenster und sieht eine Gruppe Menschen, die sich in der Zwischenzeit auf der Wiese vor der Kirche versammelt haben. Sie tragen bunte Sportkleidung und imitieren die Bewegungen einer Frau in pinken Leggings, die mit Nordic-Walking-Stöcken durch die Luft fuchtelt.

Patricia geht hinaus. Dass Rut nicht mit ihr reden will, heißt ja noch lange nicht, dass sie sich nicht weiter umhören kann. Langsam nähert sie sich einer Dame, die schon etwas älter zu sein scheint.

»Entschuldigung«, sagt Patricia. »Dürfte ich Sie vielleicht etwas fragen?«

Die Frau wirft ihr einen kurzen Blick zu und richtet ihre Aufmerksamkeit dann wieder auf die Übungsleiterin, die laut im Takt ruft: »Und hoch und hoch und hoch und hoch!«

»Natürlich. Wie kann ich Ihnen helfen?«, erwidert die ältere Dame schnaufend.

»Ich würde gern wissen, ob Sie oder jemand anders aus der Gruppe 1987 Mitglied der Freikirche war«, sagt Patricia vorsichtig.

Die Frau trägt ein lilafarbenes Stirnband und wirft immer wieder den Kopf in den Nacken, um den Pony aus der Stirn zu bekommen.

»Nein«, antwortet sie ausatmend, während sie ihre Gehstöcke über dem Kopf hebt und senkt. »Nicht, dass ich wüsste. Aber fragen Sie doch mal Astrid da drüben«, fährt sie fort und deutet auf eine Frau, die ein wenig abseits steht und den vorgegebenen Übungen nur mit Mühe folgen kann.

Patricia geht zu ihr hinüber. Die Frau ist groß und schlank und bewegt ihre breiten Füße hektisch hin und her.

»Hallo. Ich heiße Patricia und bin auf der Suche nach Leuten, die sich an meine Schwester Madeleine erinnern. Sie hat vor etwas über dreißig Jahren bei der Kirche gearbeitet.«

Astrid hält inne und blickt Patricia an. Sie hat leuchtend blaue Augen und lächelt unsicher.

»Madeleine Grey?«

»Ja, kannten Sie sie?«, fragt Patricia.

»Wir haben zusammen im Chor gesungen«, sagt Astrid leise. »Wirklich ein nettes Mädchen.«

»Wissen Sie vielleicht noch, was mit ihr geschehen ist?«

»Tja, das war seltsam. Von einem Tag auf den anderen war sie plötzlich weg. Wieso, weiß ich leider auch nicht.«

Patricia schluckt. Diese Antwort hat sie öfter gehört, als ihr lieb ist.

»Mit wem könnte ich denn sonst noch reden?«

Astrid scheint einen Moment nachzudenken.

»Haben Sie es schon bei Evy versucht?«

Patricia schüttelt den Kopf. Sie kann sich nicht entsinnen, bei ihrem ersten Besuch mit jemandem namens Evy gesprochen zu haben.

»Nein. Wo kann ich sie finden?«

»Sie wohnt im Sandvägen, in einem grauen Haus mit blauen Fensterläden«, sagt Astrid und deutet in Richtung Meer. »Ich meine mich zu erinnern, dass sie und Madeleine sich kannten.«

Patricia spürt, wie ihr Herz zu rasen beginnt.

»Danke«, murmelt sie und macht sich augenblicklich auf den Weg zum Sandvägen.

8

MITTWOCH, 20. MAI 1987

Desirée sitzt an dem kleinen Schreibtisch und sieht zu, wie Madeleine ihren Koffer auf einem der beiden Betten auspackt.

»Hier sind alle richtig nett«, sagt sie und wickelt sich eine Locke um den Finger.

Madeleine lächelt gedankenversunken. Gut, dass sie Desirée als Mitbewohnerin hat. Ihre neue Freundin hat ihr bereits die Kirche und das Gemeindehaus gezeigt, in dem sie zu zweit eins der Zimmer auf einem langen Korridor bewohnen. Am Ende des Korridors gibt es ein Gemeinschaftsbad, und im Anschluss an den Gemeindesaal liegt die Küche – genauso hat sich Madeleine das Leben am College immer vorgestellt. Sie hängt ihre Kleider in den Schrank, der zwischen Schreibtisch und Kommode gerade so Platz findet. Das Zimmer ist ziemlich klein, die Betten sind schmal, doch durch die handgewebten Wandteppiche und die bunten Läufer auf dem Boden wirkt es trotzdem gemütlich.

Als Madeleine ein cremefarbenes Kleid mit Holzknöpfen aus dem Koffer holt, springt Desirée vom Stuhl auf.

»Oh, wie schön!«, sagt sie und nimmt Madeleine das Kleidungsstück aus den Händen. »Ich liebe lange Kleider, aber so ein Schnitt steht mir einfach nicht. Ich bin viel zu klein«, stellt sie fest und verdreht die Augen.

Madeleine lächelt. Sie ist es nicht gewohnt, dass Menschen

so frei heraus lossprudeln wie Desirée. Ihr Vater war ein wortkarger Mann, und als Patricia den Hof verließ, um ans College zu gehen, legte sich Stille über den Hof. Manchmal vergingen mehrere Tage, ohne dass sie mehr als das Nötigste besprachen.

»Also, erzähl mal, Amerika«, sagt Desirée und dreht eine kleine Pirouette, das Kleid in den Armen. »Wie ist es dort?«

Madeleine zuckt mit den Schultern.

»Gut. Wie ist es in Dänemark?«

Desirée lacht und wirft ihr goldenes Haar zur Seite.

»Ganz okay, denke ich. Erzähl doch mal von deiner Familie.«

Madeleine spielt mit den Fingern an der kleinen silbernen Note herum, die ihr um den Hals hängt. Die Kette ist ein Geschenk von Patricia, doch sie trägt sie stets unter der Kleidung.

Sie schluckt und wendet sich wieder ihrem Koffer zu. Kaum zu glauben, dass sie vor weniger als zwei Tagen noch auf dem Hof in Mill Creek gewesen ist. Die letzten Stunden in ihrer Heimat hat sie mit Matthew verbracht, sie hat mit ihm gespielt, nach den Kühen gesehen, Patricias Hühnereintopf mit Süßkartoffeln, Mais und Bohnen gegessen und sich von dem neuen kleinen Neffen in Patricias Bauch verabschiedet.

»Ich habe eine große Schwester, Patricia, sie wohnt auf unserem Hof in Virginia, mit ihrem Mann Michael und ihrem Sohn, Matthew. Er ist vier Jahre alt und einfach wundervoll. Sie bekommen bald noch ein zweites Kind, wahrscheinlich auch ein Junge.«

Desirées Augen leuchten. Über ihren Lippen sitzt ein perfekter kleiner Leberfleck. Sie ist so süß, dass man nur schwer den Blick von ihr abwenden kann.

»Wie toll! Ich habe keine Geschwister. Meine Eltern wohnen in Haderup in Jütland. Das ist der langweiligste Ort der Welt«, sagt sie theatralisch.

»Meine Eltern leben nicht mehr.«

Madeleine zuckt bei ihren eigenen Worten zusammen. Warum hat sie das nur gesagt? Bevor sie sich entschuldigen kann, steht Desirée auch schon vor ihr.

»Das tut mir leid. Du Arme!«

»Danke«, sagt Madeleine verlegen.

Desirée scheint nicht zu merken, dass die Stimmung sich verändert hat, und plaudert einfach weiter.

»Rut hat erzählt, dass du Klavier spielst und singst?«

Madeleine streicht sich den Pony glatt. Wegen der hohen Luftfeuchtigkeit in Virginia sind ihre Haare immer ganz buschig, aber hier scheint die Luft trockener zu sein.

»Ja, das stimmt.«

»Ah, wie schön! Dann kannst du mir bei der Sonntagsschule helfen. Wir singen oft mit den Kindern.«

Madeleine nickt.

»Du hast bestimmt auch im Chor gesungen, oder?«, fragt Desirée.

»Ja, seit ich sechs bin.«

Sie will nicht, dass Desirée merkt, wie wenig Kleidung sie dabeihat. An jedem Stück, das sie aus dem Koffer holt, fummelt sie einen Moment lang herum, und überlegt fieberhaft, was sie ihre Mitbewohnerin noch fragen könnte.

»Wie viele Praktikanten sind wir insgesamt?«

»Drei«, antwortet Desirée. »Du, ich und Aino. Sie nennen uns übrigens nicht Praktikanten, sondern Adepten.«

»Okay.«

Desirée beobachtet sie schweigend, als würde sie über etwas nachdenken. Dann sagt sie mit leiser Stimme:

»Aino ist auch sehr lieb, aber ich bin froh, dass du jetzt da bist.«

Ein Geräusch dringt vom Parkplatz zu ihnen ins Zimmer, und Desirée dreht sich um und sieht aus dem Fenster.

»Da kommt Pastor Lindberg.«

Madeleine versteht nicht recht, was das bedeutet. Sie schafft es gerade noch, ihre letzten Sachen in eine Schublade der Kommode zu legen, als Desirée sie auch schon am Arm packt.

»Wir müssen los. Jetzt.«

Sie stellt sich vor Madeleine, wie um sie zu inspizieren, streckt die Hand aus und fährt mit dem Finger über die kaum sichtbare Narbe an Madeleines rechter Wange.

Diese Geste ist so intim, dass Madeleine am liebsten zurückweichen würde, aber sie zwingt sich, stehen zu bleiben.

»Was ist da passiert?«

»Nichts. Ich wurde nur von einem Pferd getreten.«

Desirée nickt ernst.

»Du bist trotzdem hübsch«, sagt sie und streicht Madeleine das Haar aus dem Gesicht. »So«, sagt sie und öffnet die Tür. »Wir wären dann so weit.«

Der Gemeindesaal ist plötzlich voller Menschen, und immer mehr strömen durch die weit geöffnete Tür. Einige der hellen Rattanstühle sind bereits besetzt, doch viele der Anwesenden stehen noch neben den Stuhlreihen und unterhalten sich. Auf dem Parkettboden rollen sich Kinder einen Ball zu, und in der Küche nebenan bereiten ein paar Frauen den Kaffee vor. Der ganze Saal summt von Stimmengewirr und Gelächter.

Mit großen Augen sieht Madeleine sich um.

»Was ist denn hier los?«

Desirée lächelt ihr zu und bahnt sich ihren Weg durch die Menschen. Sie ist einen halben Kopf kleiner als Madeleine und trägt ein enges, knielanges Kleid, das ihre Rundungen besonders zur Geltung bringt.

»Das ist nur eine kurze Versammlung. Pastor Lindberg hält sie jeden Mittwoch ab, die Gemeinde spricht darüber, was in der letzten Woche so los war. Die meisten kommen nur zum Schwatzen«, fügt sie hinzu und zwinkert. Als ein Mann in einem weißen Hemd und Stoffhosen den Raum betritt, wird es still. Madeleine versteht sofort, um wen es sich handeln muss, und macht einen Schritt nach vorn, um ihn besser zu sehen.

Pastor Lindberg ist groß und braungebrannt. Er fährt sich selbstbewusst mit der Hand durch das strohblonde Haar, während er den Leuten ringsum zulächelt.

Madeleine beobachtet mit leicht geöffnetem Mund, wie er sich durch den Raum bewegt. Der Pastor begrüßt jeden, an dem er vorbeikommt, und geht mit ausgestreckten Händen vom einen zum nächsten. Die meisten erwidern sein Lächeln und sind sichtlich stolz über seine Berührung.

Desirée steht neben Madeleine und hat die Hände zu Fäusten geballt. Seit Madeleines Ankunft hat sie noch nie so lange am Stück geschwiegen.

»Er ist unglaublich, oder?«, flüstert sie, ohne den Blick vom Pastor abzuwenden.

Jetzt, da sie so nah beieinanderstehen, bemerkt Madeleine Desirées süßen Duft, nach Blumen und Honig.

Auf der anderen Seite des Raumes steht Jonas mit den Händen in den Hosentaschen. Er und der Pastor sehen sich sehr ähnlich, sie haben die gleiche längliche Gesichtsform und gerade Nase. Stattlich, wie römische Götter.

Madeleine fragt sich, wie es wohl sein mag, der Sohn einer so angesehenen Person zu sein. Es muss sich gut anfühlen, zu beobachten, wie beliebt der eigene Vater ist. Sie hebt die Hand, um ihm zuzuwinken, doch in dem Moment senkt Jonas den Blick zu Boden, sodass er sie nicht wahrnimmt.

Als der Pastor sich umdreht und auf Madeleine zukommt, weiß sie nicht, wohin sie sehen soll. Sie spürt den Schweiß im Nacken und drückt sich an die Wand.

Pastor Lindberg bleibt vor ihr stehen und sieht ihr unverwandt in die Augen.

»Na hallo. Du bist das neue Mädchen, aus Charlottesville?«, sagt er und setzt ein schiefes Lächeln auf.

»Ja. Madeleine«, presst sie hervor.

Der Pastor umschließt ihre rechte Hand mit beiden Händen und drückt sie fest.

»Madeleine«, wiederholt er. »Ich bin Pastor Lindberg. Meine Frau erzählte mir, dass du richtig musikalisch bist? Ich freue mich schon, dich singen zu hören.«

Madeleine weiß nicht, was sie antworten soll. Die Luft im Gemeindesaal ist stickig, und sie ringt um Atem.

»Sie ist wirklich gut«, bestätigt Desirée, obwohl sie Madeleine noch keinen einzigen Ton hat singen hören. Der Pastor lächelt erneut, und Madeleine kommt es vor, als würde der Boden unter ihr vibrieren.

»Hallo, Desirée«, sagt er beiläufig, bevor er Madeleine einen letzten Blick zuwirft, ihre Hand loslässt und die nächste Person begrüßt.

Als der Pastor außer Hörweite ist, lehnt Desirée sich noch näher zu ihr herüber.

»Er mag dich«, flüstert sie.

Madeleine steht immer noch dicht an der Wand. Sie fühlt sich aufgeregt und erschöpft zugleich.

»Ach ja?«

»Na klar. Du bist jetzt ein Teil der Familie.«

Madeleine streicht sich eine Haarsträhne aus dem Gesicht. Ihr gefällt der Gedanke, Teil von etwas Größerem zu sein.

Aus dem Augenwinkel sieht sie, wie Desirées Finger sich vorsichtig an der Wand entlangtasten, in ihre Richtung. Langsam rutscht Madeleines Hand ihnen entgegen, und gerade als der Pastor eine ältere Dame im Rollstuhl umarmt und die Menschen in einen spontanen Applaus ausbrechen, greift Madeleine Desirées Hand.

9

SAMSTAG, 8. JUNI

Evy sitzt mit ihrem täglichen Kreuzworträtsel am Küchentisch. *Misanthrop*, liest sie. Dreizehn Buchstaben.

Um 15:55 Uhr kommt der Seewetterbericht. Die Küchenuhr tickt träge vor sich hin, und Evys Blick wandert zu der Kinderzeichnung über der Kaffeemaschine. In dem bunten Gekritzel sind zwei Strichmännchen zu erkennen, die einander an den Händen halten.

Evy seufzt. Dieses Bild hat sie schon so oft angesehen, dass es sich kaum noch vom Rest der Wohnung abhebt, und sie hat Angst, dass sie es eines Tages gar nicht mehr wahrnehmen wird.

Durchs Fenster erblickt sie eine Frau, die sie noch nie gesehen hat. Sie schiebt die Lesebrille auf die Nasenspitze herunter und mustert die Fremde eingehend: eine Frau mittleren Alters, deren unnatürlich dichtes und glänzendes Haar zu einer extravaganten Frisur geschnitten ist – auf der einen Seite länger als auf der anderen.

Evy schnaubt. Was ist nur los mit den Leuten? Sich derart aufzudonnern. Wir werden alle älter, da führt kein Weg dran vorbei. Sie jedenfalls hat ihr Leben lang dieselbe Frisur gehabt und ist damit ausgezeichnet zurechtgekommen.

Als Evy klar wird, dass die Frau offenbar auf dem Weg zu ihr ist, verfällt sie in Hektik. Sie ist heute nicht in der Stimmung für Unterhaltungen, erst recht nicht, nachdem ihr Marianne schon den Morgen verdorben hat.

Humpelnd eilt sie in den Flur, um die Tür zu verriegeln, und kann gerade noch den Schlüssel im Schloss umdrehen, als von draußen eine Stimme ertönt, begleitet von einem entschlossenen Klopfen, das durchs ganze Haus hallt. Evy macht einen Schritt zurück.

»Hallo? Ist jemand zu Hause?«

Evy antwortet nicht, doch die Frau gibt nicht nach.

»Ich würde gern mit Ihnen über Madeleine Grey sprechen.«

Evy überkommt eine plötzliche Mattheit, und sie muss sich an die Wand lehnen. Diesen Namen hat sie schon sehr lange nicht mehr gehört.

»Ich hätte da ein paar Fragen«, fährt die Stimme fort.

Zu spät, denkt Evy. Dreißig Jahre zu spät.

»Verschwinden Sie«, bringt sie schließlich hervor.

Sie hört, wie sich die Frau vor der Tür bewegt. Ihre Schritte knirschen im Kies, doch sie bleibt weiterhin da.

Deutliches Unbehagen macht sich in Evy breit, und als sie an sich hinunterschaut, sieht sie, dass ihre Hände zittern.

»Ich bitte Sie«, sagt die Frau. »Es dauert auch nur ein paar Minuten.«

Hinter der getrübten Glasscheibe erscheint ein Gesicht. Evy zuckt zusammen. Sie hat das Gefühl, als würde ihr jemand die Hände um den Hals legen und zudrücken. Sie zieht den Ausschnitt ihres Pullovers weiter, um besser Luft zu bekommen.

»Verschwinden Sie, habe ich gesagt«, zischt sie, doch als die Frau nach wie vor keine Anstalten macht, sich zu entfernen, geht es mit Evy durch. Sie öffnet das Schloss und reißt die Tür auf.

Die Fremde weicht einen Schritt zurück. Sie wirkt erschrocken, so als wäre es ihr neu, dass tatsächlich jemand öffnet, wenn man an eine Tür klopft.

Evy starrt sie an. »Hauen Sie ab«, faucht sie.

Mit einer unbeholfenen Geste versucht die Frau, sie zu beschwichtigen. »Lassen Sie mich doch erklären …«

»Kommen Sie nicht wieder her«, schneidet Evy ihr das Wort ab und schüttelt den Kopf. »Sie sind hier nicht willkommen!« Bei diesem letzten Satz überschlägt sich ihre Stimme, und wankend schließt sie die Tür.

Die Frau bleibt noch ein paar Minuten stehen, dann hört Evy sie fortgehen. Still sinkt sie zu Boden. Ihr Atem geht schwer, und sie reibt sich die Augen.

Saba kommt herbei und schmiegt sich an sie. Evy vergräbt die Finger in dem weichen Fell des Tieres und spürt die Wärme an den Fingerspitzen. Sie will jetzt nicht daran denken, was damals geschehen ist, das hält sie nicht aus.

Die Katze legt sich auf Evys Schoß und rollt sich auf den Rücken, während Evy die Augen schließt. Sie spürt einen Schmerz in der Brust, so als würden sich die Muskeln darin zusammenziehen, und sie hat Mühe zu atmen.

Saba schnurrt und reckt sich, sodass ihr schlanker Körper in den warmen, sicheren Spalt zwischen Evys Beinen rutscht. Behutsam legt Evy beide Hände um den Kopf der Katze.

»Schon gut«, sagt sie. »Alles halb so wild. Das wird schon wieder.«

Ihre Hände zittern immer noch, und sie sinkt noch ein Stück

tiefer in sich zusammen. Sie versucht, ihren Puls zu beruhigen, versucht, langsam zu atmen, aber solange sich die Gedanken in ihrem Kopf derart überschlagen, ist das unmöglich.

10

Geknickt trottet Patricia zurück zum Hotel. Ihre Augen sind schwer und sie wird von einer unsäglichen Müdigkeit übermannt. Die Begegnung mit der Frau aus dem grauen Haus sitzt ihr immer noch in den Knochen. Patricia kann gar nicht verstehen, warum Evy sich so aufgeregt hat. Für dieses sonderbare Verhalten muss es eine Erklärung geben.

Als ihr Blick auf einen Strauch mit samtweichen roten Rosen fällt, bleibt sie stehen und schnuppert an ihnen. Madeleine hat Blumen geliebt und mehrmals versucht, Rosen in ihrem Garten in Mill Creek anzupflanzen, doch sie haben die Dürre nie überlebt.

Patricia seufzt. Was hat sie eigentlich erwartet? Dass jemandem in der Kirche auf einmal etwas zu Madeleine einfällt, was noch nicht gesagt wurde, oder dass die Person, die ihr dic Halskette geschickt hat, sich aus dem Nichts zu erkennen gibt?

Als sie bei Monas B, B & B ankommt, sicht sic, dass Mona und deren Tochter etwas an die Außenwand des Hauses schrauben. Es sieht nach einem großen Nistkasten mit kleinen Regalfächern aus. Auf der Bank unter dem Kasten liegt ein Bücherstapel.

Patricia hört, wie die beiden Frauen sich energisch unterhalten, und muss lächeln. Sie gesellt sich zu ihnen auf die Veranda.

»Was ist das?«, fragt sie.

»Eine Bibliothek«, antwortet Mona fröhlich.

»Wahrscheinlich die kleinste Bibliothek der Welt.« Erika lacht und klopft ihrer Mutter auf die Schulter. »Ich gehe hoch und sehe nach Lina«, sagt sie und verschwindet.

Patricia kratzt sich im Nacken. Das ganze Hotel ist mit Büchern gefüllt, was den Ort erst so gemütlich macht, aber sie versteht nicht, warum Mona das Risiko eingeht, einige der Bücher unbewacht hier draußen stehen zu lassen.

»Haben Sie denn keine Angst, dass sie geklaut werden?«

Mona rückt den Nistkasten zurecht, sodass er gerade hängt, dann stellt sie die Bücher vorsichtig hinein.

»Menschen, die lesen, stehlen nicht«, sagt sie weise.

»Und Diebe lesen selten. Die Idee ist, dass man einfach ein Buch ausleihen kann, wenn einem gerade danach ist.«

»Da mögen Sie recht haben«, sagt Patricia versonnen.

»Wie ist es Ihnen ergangen?«, fragt Mona.

»Tja.« Patricia versucht, ihre Enttäuschung zu überspielen, doch es scheint ihr nicht zu gelingen, denn auf Monas Stirn zeichnen sich Sorgenfalten ab.

»Ist was passiert?«

»Es…«, beginnt sie, aber dann scheint ihr die Luft zu entweichen.

»Kommen Sie«, sagt Mona und hält ihr die Tür auf. »Lassen Sie uns drinnen sprechen.«

Mona geht hinter den Tresen und schaltet den Wasserkocher an, der sofort zu sprudeln beginnt.

»Wollen Sie eine Tasse Tee? Ich habe einen fantastischen Holundertee aus den Blüten vom letzten Sommer.«

»Ja, danke«, nuschelt Patricia und setzt sich Mona gegenüber auf einen der Barhocker.

Mona kocht eine ganze Kanne und stellt sie zwischen sich und Patricia auf den Tresen. Obwohl sie sich gar nicht kennen, hat Mona eine warme, mütterliche Ausstrahlung, die eine angenehme Ruhe in Patricia auslöst.

»Wollen Sie mir erzählen, was passiert ist?«

Patricia sieht sich um. Abgesehen von einem Pärchen, dass ein paar Tische weiter Kaffee und Kuchen genießt, ist das Hotel leer, trotzdem senkt Patricia die Stimme.

»Ich bin hier, weil ich nach meiner Schwester suche«, sagt sie mit betrübter Stimme.

»Okay. Wie heißt sie?«

»Madeleine. Madeleine Grey.«

»Ist sie schon lange verschwunden?«

»Ja, seit zweiunddreißig Jahren.«

Mona hält mitten in ihrer Bewegung inne und starrt Patricia an.

»Seit zweiunddreißig Jahren. Das ist ja eine Ewigkeit.«

»Ich weiß.« Patricia nickt.

»Warum suchen Sie hier nach ihr, in Ljusskär?«

Patricia rührt mit einem zierlichen Silberlöffel in ihrem kupferfarbenen Tee, in dem ein kleiner Strudel entsteht.

»Weil sie hierhergekommen ist, 1987. Sie hat ein Praktikum in der Freikirche gemacht, also für eine Weile dort gearbeitet, aber dann ist sie plötzlich verschwunden.«

»Das ist ja schrecklich«, sagt Mona. »Und Sie haben keine Ahnung, was mit ihr passiert ist?«

»Nein, überhaupt nicht«, antwortet Patricia. »Irgendjemand

hat behauptet, sie gesehen zu haben, als sie in einen Bus nach Malmö gestiegen ist, aber Madeleine würde nie einfach so irgendwo hinfahren, ohne uns vorher davon zu erzählen.«

»Was haben die Gemeindemitglieder zu ihrem Verschwinden gesagt?«, fragt Mona.

»Die haben keine Ahnung, warum sie abgehauen ist oder was sie vorhatte.« Patricia sieht auf und erwidert Monas Blick. »Ich bin schon einmal hier gewesen, direkt nachdem sie verschwunden ist. Damals gab es doch noch eine Polizeiwache hier im Ort, oder?«

»Die wurde geschlossen.« Mona seufzt. »Genau wie alles andere.«

»Und der Polizist, der damals hier gearbeitet hat?«

»Gustavsson ist 2012 gestorben. Und Pastor Lindberg lebt schon seit Anfang der Neunziger nicht mehr.«

»Ich habe im Internet vom Tod des Pastors gelesen«, sagt Patricia und nimmt einen Schluck von ihrem Tee. Er schmeckt nach Zitrus und sauren Äpfeln. »Was wurde danach aus der Gemeinde?«

Mona lehnt sich über den Tresen.

»Man könnte sagen, dass sie offener geworden ist. Zu Pastor Lindbergs Zeiten war sie viel abgeschotteter. Als lebten die Gemeindemitglieder in einer Art Parallelwelt, aber jetzt scheint es wie eine ganz normale Kirchengemeinde zu sein.«

Patricia nickt.

»Ich nehme mal an, dass Sie nichts über meine Schwester wissen?«, fragt sie vorsichtig.

»Nein, tut mir leid«, antwortet Mona. »Ich habe mich nie in der Kirche engagiert. Aber ich kann mich mal umhören, ob sich jemand an sie erinnert. Und Doris und Marianne kommen heute Abend zum Essen vorbei. Vielleicht möchten Sie ja mit uns essen, dann können Sie die beiden auch fragen.«

»Danke«, sagt Patricia. »Das ist lieb, ich komme gern. Ich will gern versuchen, jemanden zu finden, der Madeleine während ihrer Zeit in Ljusskär gekannt hat.«

Ein schrilles Pfeifen ertönt aus der Küche, und Mona entschuldigt sich kurz. Sie verschwindet, und Patricia hört sie prusten und mehrmals gegen etwas schlagen, bis das Pfeifen verstummt. Als sie wieder zurückkommt, ist sie ganz rot im Gesicht.

»Der Ofen zickt. Er wird langsam alt«, murmelt sie. »Was haben Sie jetzt vor?«

»Ich war eben bei der Kirche und habe dort eine Frau getroffen, die mir vorgeschlagen hat, mit einer gewissen Evy zu reden.«

Während sie spricht, bemerkt sie, wie Mona scharf einatmet.

»Und wie ist das gelaufen?«, fragt sie gespannt.

»Nicht so gut. Sie hat sich geweigert, mit mir zu sprechen.«

»Das wundert mich nicht«, sagt Mona und stützt den Kopf auf ihre Faust. »Evy ist … speziell.«

»Inwiefern?«

»Sie will eigentlich niemandem etwas Böses«, seufzt Mona. »Aber Evy gerät schnell mit anderen in Streit und liegt, seit ich denken kann, mit der Freikirche im Clinch.«

»Warum?«

»Das weiß ich gar nicht genau«, antwortet sie und umschließt ihre Teetasse mit beiden Händen. »Evy hat eine schwere Zeit hinter sich. Sie hatte einen Sohn, Mats. Er war wunderbar – lieb, gut erzogen und immer fröhlich. Er ist oft hier im Café vorbeigekommen und hat gefragt, ob er mir helfen kann, als Gegenleistung wollte er Kuchenreste. Er hat immer gesagt, er sei ein Experte im Wollmäusefangen.« Mona lacht. »Eines Tages ist er unten am Strand mit ein paar anderen Jungs baden gegangen und nicht wieder nach Hause gekommen.«

Patricia, die gerade einen Schluck von ihrem Tee trinken wollte, stellt die Tasse wieder ab.

»Wie meinen Sie das?«

Mona wirft ihr einen traurigen Blick zu.

»Er ist in der Bucht ertrunken. Keiner weiß genau, wie das passieren konnte. Die Jungs wollten alle gemeinsam schwimmen gehen, aber aus irgendeinem Grund ist er von den anderen abgetrieben. Sie haben nach ihm gesucht.« Mona schüttelt den Kopf. »Das war wirklich ganz furchtbar. Mats war Evys Ein und Alles. Sie war am Boden zerstört.«

Sie verstummt und kneift die Lippen zusammen. Patricia weiß nicht, was sie sagen soll.

»Das ist ja ... schrecklich.«

»Ja. Und Evy ist seitdem nicht mehr dieselbe. Hin und wieder kann man ganz normal mit ihr plaudern, aber meistens ist sie ziemlich abweisend.«

Patricia nickt und spürt, wie ihre Lider schwer werden.

»Danke, dass Sie mir das anvertraut haben«, sagt sie. »Das war ein langer Tag, ich glaube, ich werde nach oben gehen und mich ein bisschen ausruhen.«

»Selbstverständlich.« Mona lächelt. »Wir haben übrigens

ein kleines Problem mit dem Warmwasserboiler. Wenn Ihnen das Wasser zu kalt ist, dann sagen Sie Bescheid, dann starte ich den Boiler noch mal neu.«

»Okay.«

Patricia geht auf ihr Zimmer, überwältigt von ihren Eindrücken. Sie überlegt, ihre Koffer auszupacken, aber ihr Kopf ist ganz schwer vor Müdigkeit, und als sie sich aufs Bett legt, ist sie schon eingeschlafen, bevor sie überhaupt ihre Schuhe ausgezogen hat.

11

DONNERSTAG, 4. JUNI 1987

Madeleine sitzt in der warmen Sonne und schaut Desirée und Aino zu, die am Strand Fangen spielen.

Seit ihrer Ankunft in Schweden waren die Tage mit Aufgaben gefüllt. In der aktiven Gemeinde gibt es allerhand zu erledigen. Neben der Sonntagsschule helfen die Adepten in der Suppenküche, bei der Organisation verschiedener Zusammenkünfte, sie räumen gemeinsam den Gemeindesaal auf und trainieren mit einer Mädchengruppe Basketball. Hinzu kommt zwei Mal die Woche Bibelunterricht.

Madeleine zieht das Handtuch fester um ihren Körper und lässt ihre nackten Füße tief in den Sand sinken. Sie ist gerade aus dem Wasser gekommen und will sich nun in der Sonne wieder aufwärmen.

Ihre erste Woche in Ljusskär ist wunderbar gewesen. Trotz des vollen Zeitplans gefällt es Madeleine hier sehr gut. Allein der Gedanke, so nah am Meer zu sein, macht sie glücklich, und außerdem versteht sie sich blendend mit den anderen Adepten.

Aus der Entfernung kann sie sie lachen und lärmen hören. Madeleine lehnt sich an einen Büschel Strandhafer in einer Düne und sieht zu den beiden anderen. Genau in dem Moment schlägt Aino mit der Hand auf das Wasser und ein Schwall glitzernder Tropfen spritzt durch die Luft.

Desirée weicht dem Wasserstrahl kreischend aus. Es ist nicht klar, wie viel sie abbekommen hat, Aino verstummt augenblicklich und sieht Desirée abwartend an.

Madeleine hält sich eine Hand vor die Augen, um die Sonne abzuschirmen. Obwohl sie viel Spaß zusammen haben, kennt sie die anderen noch nicht besonders gut.

»Alles okay?«, erkundigt sich Aino mit ihrem finnischen Akzent. Ihr Körper ist genauso schlaksig wie Madeleines.

Desirée steht immer noch mit von sich gestreckten Armen da. Ihr lockiges Haar leuchtet wie ein Heiligenschein in der Sonne und ihr hochgeschnittener Badeanzug lässt die Beine an ihrem kurvigen Körper länger wirken. Madeleine hat sich schon ein paarmal dabei ertappt, Desirée länger anzusehen, wenn sie allein in einem Raum waren. Sie strahlt eine Lebensfreude aus, der man sich nicht entziehen kann. Es scheint ihr zu gefallen, wenn alle Blicke auf sie gerichtet sind, und jetzt schüttelt sie ihre Haarpracht, als hätte ihr jemand einen Eimer Wasser über den Kopf geschüttet.

Aino geht verunsichert einen Schritt in ihre Richtung, hält dann jedoch abrupt inne, bis Desirée in schallendes Gelächter ausbricht.

»Na warte!«, kreischt sie und stürzt auf Aino zu.

Madeleine atmet erleichtert auf. Sie mag keine Konflikte. Still beobachtet sie das Spiel der beiden. Desirée hat erzählt, dass Aino eine chaotische Kindheit hinter sich hat. Offenbar waren ihre Eltern suchtkrank, und Aino hat längere Zeit im Heim gelebt. Madeleine ist sich nicht sicher, ob alles, was Desirée erzählt, der Wahrheit entspricht, aber ihr ist aufgefallen, dass Aino anders ist. Hin und wieder hört sie einfach auf zu sprechen und sitzt mit leerem Blick da. Als würde sie in eine andere Welt verschwinden.

Madeleine blinzelt im gleißenden Sonnenlicht. Das weite, tiefblaue Meer sieht unendlich aus, und obwohl die kleine Bucht geschützt liegt, braust das Wasser schäumend an den Strand.

Madeleine hat nie etwas dergleichen gesehen. Sie schaut an den gewaltigen Sandsteinklippen hinauf, die sich über dem Wasser aufbäumen. Die dramatischen Bergformationen und die ungestüme Natur sind atemberaubend, und man kann sich nur schwer vorstellen, dass der gepflegte Ort mit seinen kleinen süßen Häusern und den perfekten Gärten nur einige hundert Meter von hier entfernt liegt.

Madeleine dreht sich um und sieht jemanden über die Dünen kommen. Einen kurzen Moment glaubt sie, dass es Jonas ist, und ein sonderbares Kribbeln fährt ihr durch den Körper. Seit sie in Ljusskär angekommen ist, hat sie mit ihm sprechen wollen. Doch kurz darauf erkennt sie Pastor Robert, der zwischen Hagebuttensträuchern und Krähenbeerbüschen auf sie zukommt.

Madeleine bürstet sich den Sand von der Haut und zieht sich einen Pullover über das nasse T-Shirt. Pastor Robert ist der Vizepastor der Gemeinde und für viele Aktivitäten der Kirche verantwortlich. Desirée scherzt immer damit, dass er außerhalb der Gemeinde kein Privatleben hat und deswegen immer sofort zur Stelle ist, wenn etwas angepackt werden muss.

Er kommt näher, und Madeleine winkt ihm zu. Pastor Robert winkt zurück. Er ist das glatte Gegenteil von Pastor Lindberg. Mit seinem buschigen Bart und den Strickpullis, die über seinem Bauch spannen, sieht er ein bisschen aus wie ein Teddybär.

»Hallo«, ruft er in den Wind.

»Hallo! Machen Sie einen Spaziergang?«

»Ja«, antwortet er und lässt sich mühsam neben ihr in den Sand sinken. »Warst du baden?«

»Ja. Und Sie?«

Pastor Robert lacht. Madeleine fällt auf, dass sein helles Haar in der Sonne orange leuchtet.

»Das ist mir viel zu kalt.«

Madeleine zeichnet mit dem Zeigefinger einen Kreis in den Sand. Sie ist diesen informellen Umgang mit Mitgliedern der Kirchenleitung nicht gewohnt, aber ihr gefällt, dass die Adepten stets auf Pastor Robert zugehen können. Man findet ihn fast immer in der Gemeindestube oder im Gemeindebüro, und man kommt immer leicht mit ihm ins Gespräch.

»Kommen im Sommer viele Leute hierher? Also, Touristen?«

»Ein paar. An den wärmeren Tagen ist es hier am Strand richtig voll. Aber Ljusskär liegt ja ein bisschen abseits, deswegen hält es sich in Grenzen.« Er lehnt sich zurück und lässt den Blick in die Ferne schweifen. »Wusstest du, dass einige Leute diesen Ort das Ende der Welt nennen?«

Madeleine runzelt die Stirn.

»Nein, das wusste ich nicht. Wie kommt's?«

»Weil er an der äußersten Spitze im Südosten von Skåne liegt, schätze ich.«

»Das Ende der Welt«, wiederholt sie und lächelt.

Pastor Robert schöpft Sand in seine Hand und lässt ihn durch die Finger rieseln.

»Wie gefällt es dir bei uns?«, fragt er.

»Prima.«

»Wie klappt es mit den anderen in einem Zimmer?«

Desirée schaut zu den beiden herüber, und Madeleine lächelt ihr zu.

»Sehr gut.«

»Und wir haben dir auch nicht zu viele Aufgaben zugeteilt?«

Sie schüttelt den Kopf.

»Nein, überhaupt nicht.«

»Na dann.« Er lacht. »Wenn sich daran irgendetwas ändert, dann weißt du ja, dass du immer mit mir reden kannst.«

Madeleine spürt, wie ihr die Wärme in die Wangen steigt. Sie ist es nicht gewohnt, so viel Aufmerksamkeit zu bekommen.

»Danke«, murmelt sie.

»Du kannst sehr gut singen und musizieren«, fährt er fort und wischt sich die Hände an seinem Pullover ab. »Wie lange hast du schon im Kirchenchor gesungen?«

»Seit ich sechs bin.«

»Das merkt man. Pastor Lindberg hat gehört, wie du und Desirée vor der Sonntagsschule geübt habt, und er war begeistert.«

»Ach ja? Wie toll.«

»Er möchte dich gerne in seinem Büro sprechen.«

Verwundert dreht sich Madeleine zu Pastor Robert um. Abgesehen vom Gottesdienst und den Gemeindesitzungen im Gemeindesaal hat sie Pastor Lindberg kaum zu Gesicht bekommen. Er wirkt immer sehr beschäftigt und ist nur selten an den täglichen Aufgaben der Adepten beteiligt.

»Mich? Warum?«, presst sie hervor.

Pastor Robert lehnt sich ein Stück näher zu ihr herüber.

»Unter uns gesagt: Ich glaube, er hat eine Aufgabe für dich. Pastor Lindberg hat eine Gabe, er kann die innere Stärke der Menschen erkennen.«

Madeleine verschränkt die Arme vor den Knien. Der Gedanke, dass Pastor Lindberg ausgerechnet mit ihr sprechen will, füllt ihren ganzen Körper mit einem sonderbaren Kribbeln.

Sie schielt erneut zu Desirée, die sich in den Sand gesetzt hat und mit gesammeltem Treibholz und Muscheln ein hübsches Muster in den Sand legt.

»Wann will er mich treffen?«

Pastor Robert liest einen rauen Stein auf und wiegt ihn in seiner Hand.

»Morgen, nach dem Mittagessen.«

Madeleine formt ihre Lippen zu einem leichten Lächeln.

»Danke«, sagte sie und streicht sich das feuchte Haar über die Schulter. Plötzlich kommt es ihr so vor, als würde bis *morgen nach dem Mittagessen* noch eine ganze Ewigkeit vergehen.

12

SAMSTAG, 8. JUNI

Doris hat den ganzen Arm voller Bücher. Sie hat einige ihrer absoluten Lieblingswerke für Monas Literaturquiz zusammengesucht und versucht nun, sie bestmöglich zum Hotel zu transportieren. Ganz oben auf den Stapel liegt Doris' letzte Neuentdeckung, *Eleanor & Park* von Rainbow Rowell. Durch einen heftigen Windstoß kommt sie ins Straucheln und muss einen Ausfallschritt nach vorn machen, um die Balance zu halten. Doris seufzt. Es war anscheinend doch keine so gute Idee, so viele Bücher auf einmal mit sich herumzuschleppen, aber als sie erst einmal angefangen hat, ihre Lieblinge aus dem Bücherregal zu ziehen, konnte sie plötzlich nicht mehr aufhören. Und zu ihrer Verteidigung: Wer kann sich schon für *einen* von Isabel Allendes Romanen entscheiden?

Sie trippelt vorsichtig um ein Grasbüschel herum, das durch den aufgebrochenen Asphalt gewachsen ist. Als Rut Doris das letzte Mal besucht hat, war sie angesichts der Unmengen von Büchern geschockt und hat Doris dazu aufmuntern wollen, auszumisten. Denk doch mal an die armen Leute, die deine ganze Wohnung entrümpeln müssen, wenn du mal nicht mehr da bist, sagte sie barsch. Aber Doris hat nichts davon hören wollen. Bei jedem Roman kann sie sich noch ganz genau daran erinnern, wann und wo sie ihn gelesen hat, und sie liebt jede einzelne schokoladenfleckige Seite. *Die geheime Ge-*

schichte von Donna Tartt hat sie in ihrer Hängematte in einem warmen Sommer Mitte der Neunzigerjahre genossen. *Nachtschmetterlinge* von Mohsin Hamid ist ihr durch Zufall in die Hände gefallen, und sie vertiefte sich so sehr in die Geschichte, dass ihr Mann Göran sie ans Essen erinnern musste.

Doris presst die Bücher fester an ihren Körper. Die Ereignisse des Tages haben sie aufgemuntert. Das vergangene Jahr war hart gewesen, sie versucht sich daran zu erinnern, wann sie das letzte Mal so fröhlich gewesen ist. Das muss Ostern vor zwei Jahren gewesen sein, als der Handarbeitskreis zum Lunch eingeladen hatte. Doris, die nie mehr als ein Glas Likör zu Weihnachten trinkt, hatte nicht gewusst, dass der gelbe Begrüßungsdrink Alkohol enthielt (sonst hätte sie niemals so viel davon getrunken). Jener Osternachmittag war ungewöhnlich schön, als sie sich, sehr zum Erstaunen der anderen Anwesenden, durch eine Partie *Mensch ärgere dich nicht* kicherte, bevor sie gebeten wurde, nach Hause zu gehen, um sich *zu erholen*.

Bevor Doris die Straße überquert, bleibt sie stehen und sieht sich um. Sie freut sich schon darauf, ihre Lieblingsbücher vorzuzeigen, gleichzeitig ist ihr unwohl bei dem Gedanken, den Abend mit Marianne zu verbringen. Ihre Gefühle gegenüber der Freundin aus Kindertagen sind zwiegespalten. Als Jugendliche haben sie immer viel Spaß zusammen gehabt, doch nachdem Marianne nach Stockholm gezogen war, hatte Doris kaum noch von ihr gehört. Sie hatte ihr noch viele Jahre Weihnachtskarten geschickt, zu Mariannes Geburtstag angerufen und ihr jedes Mal gratuliert, wenn sie wieder geheiratet hatte, doch Marianne hatte nie mehr Interesse für Doris' Leben gezeigt, und schließlich war ihre Freundschaft im Sand verlaufen.

Sie rümpft die Nase. Natürlich kann Doris verstehen, dass Marianne immer sehr beschäftigt gewesen ist, aber diese totale Gleichgültigkeit ihr gegenüber hat Doris verletzt, und als Marianne sich nicht einmal nach Görans Tod bei Doris gemeldet hatte, war das Fass für sie voll.

Solange Doris zurückdenken kann, hat Marianne ihr durch subtile Zurechtweisungen und Kommentare das Gefühl gegeben, etwas Besseres zu sein. Sei es, dass Doris ein Wort falsch ausspricht, oder wenn Marianne ihre Kinderlosigkeit mit »Sei froh, dass du dein Leben nicht auf das Großziehen kleiner Rotzlöffel verschwenden musstest« kommentiert.

Aber nicht heute Abend, sagt sie sich. Sie werden einen schönen Abend zusammen verbringen, und sie wird sich nicht von Mariannes Sticheleien unterkriegen lassen.

Doris lächelt bei dem Gedanken, was Mona wohl zum Abendessen auftischen wird. Sie hasst es wirklich, allein zu essen. Seitdem Göran nicht mehr lebt, haben die Mahlzeiten ihr immer den größten Kummer bereitet. Es fühlt sich nicht richtig an, nur für sich allein zu kochen, den Tisch nur mit einem Teller zu decken und auszurechnen, wie viel man wohl essen wird. Außerdem scheinen die Lebensmittelverpackungen in den Supermärkten immer für zwei Portionen zu reichen. Doris schafft es einfach nicht, dreihundert Gramm Beefsteak zu verdrücken, davon bekommt sie nur Magenschmerzen. Natürlich könnte man die Reste einfrieren, doch jedes Mal, wenn sie vor ihrem Teller steht und sich entscheiden muss, ob sie nun zwei oder drei Steaks zu ihren Erbsen und den Kartoffeln legt, gerät sie über ihr ganzes Dasein ins Zweifeln. Alles, was früher einen Sinn hatte, was ein Teil ihres Alltags mit Göran war, fühlt sich nun falsch an. Als ob sie das richtige Leben nur imitiert, wenn sie den Wecker stellt, aufsteht, das Bett macht, Kaffee kocht und Brot toastet. Niemanden interessiert es, ob sie Gurken raspelt und Soße zum Beefsteak anrührt, niemand, der mitbekommt, ob sie überhaupt etwas isst.

Manchmal fragt sie sich, wie lange es wohl dauern würde, bis jemand merkte, wenn sie verschwände. Die Welt würde sich einfach weiterdrehen, der Handarbeitskreis würde sich treffen, und vielleicht – im besten Fall – würde sich jemand erkundigen, ob eine der anderen Teilnehmerinnen Doris gesehen hat. Aber auch sie würden nur zu dem Schluss kommen, dass sie sicherlich mit einer Erkältung im Bett läge und unbeirrt weiter über Donald Trumps Toupet diskutieren.

Über den Rand ihres Bücherstapels entdeckt Doris Britt aus dem Nähkreis, die sie fröhlich begrüßt.

»Hallo«, erwidert Doris den Gruß und versucht gleichzeitig, den Schwerpunkt des Bücherstapels vom einen auf den anderen Arm zu verlagern. Britt ist die Makramee-Expertin des Nähkreises, beziehungsweise war sie das, bis ihre Finger wegen der Cortisontabletten so angeschwollen sind, die sie gegen ihr Rheuma einnehmen muss. Jetzt stickt sie nur noch Bibelzitate in Kreuzstichen, auch wenn die sich nicht besonders gut verkaufen. Der ganze Sinn des Nähkreises besteht ja eigentlich darin, mit dem Verkauf von Handarbeiten auf dem Ystader Weihnachtsmarkt Geld für ein Kinderheim in Indien zu sammeln, das von der Gemeinde unterstützt wird, aber niemand traut sich, Britt vorzuschlagen, es vielleicht mal mit etwas anderem zu versuchen. Letztes Jahr hat Doris eine Frau gesehen, die moderne Sprüche wie *Gib mir Kraft und Chips* in Kreuzstichen verkauft hat, doch als sie Rut davon erzählte, bekam sie als Antwort: *Nur weil die ganze Welt verrückt geworden ist, müssen wir da nicht auch noch mitmachen.*

»Was hast du denn mit den ganzen Büchern vor?«

»Ach, nichts Besonderes.« Doris lächelt. »Ich helfe Mona bei der Vorbereitung einer Aktion für das Sommerfest.«

Britt wirft ihr einen merkwürdigen Blick zu. »Aber wir treffen uns doch jetzt mit dem Nähkreis.«

Doris erstarrt. Das hat sie ja total vergessen! Sie scharrt mit dem Fuß auf dem Boden. Eigentlich möchte sie den Abend viel lieber mit Mona verbringen, aber sie fühlt sich der Kirche gegenüber verpflichtet.

Im Laufe der Jahre hat sie sich mal mehr, mal weniger in die Gemeindearbeit eingebracht. Anfangs ist sie nur mit in die Kirche gekommen, weil sie gern im Chor singen wollte, doch nachdem Pastor Lindberg gestorben war und seine Witwe, Rut, Unterstützung brauchte, um die Gemeinde am Leben zu halten, hat Doris immer mehr Aufgaben übernommen. Und als Göran dann seine Diagnose bekam, waren die Frauen aus dem Nähkreis stets für Doris da. Sie waren es, die abwechselnd mit ihr an Görans Krankenhausbett wachten, die ihr bei der Vorbereitung der Beerdigung zur Seite standen und die sie festhielten, als ihr bei der Bestattung die Beine versagten. Doris hätte ohne ihre Hilfe nicht überlebt, und sie steht ewig in ihrer Schuld.

Sie starrt auf die Bücher in ihrem Arm. Vielleicht macht es nichts, wenn sie ein kleines Treffen verpasst. Literatur zu diskutieren ist schließlich immer noch ihre größte Leidenschaft, und sie kann das, was sie heute verpasst, sicherlich beim nächsten Mal nachsticken.

»Ich kann heute Abend leider nicht«, sagt sie. »Grüßt du Rut von mir und sagst, dass es mir leidtut?«

»Sag es ihr selbst, da kommt sie.«

Doris spürt, wie ihr das Herz bis zum Hals schlägt. Vor niemandem hat sie mehr Respekt als vor Rut. Trotz ihrer fünfundachtzig Jahre ist sie immer noch die Vorsitzende des Nähkreises, Gemeindevertreterin und Sprecherin des Kirchenvorstands. Rut leitet die Freikirche mit eiserner Hand, und Doris will es sich um alles in der Welt nicht mit ihr verscherzen.

»Was willst du mir sagen?«

Doris dreht sich zu Rut um, die in marineblauer Bluse und wadenlangem Plisséerock vor ihr steht. Ihre Miene ist starr, und sie hat heute einen besonders harten Zug um den Mund.

»Dass ich heute Abend leider nicht kommen kann«, wispert Doris.

Bei dem Blick, mit dem Rut sie anstarrt, wird Doris ganz mulmig im Magen, und einen Moment lang fühlt es sich so an, als würde der Bücherstapel sie halten, nicht umgekehrt.

»Ach was. Lass mich raten: es hat irgendetwas mit diesem Berg an Büchern zu tun«, sagt Rut trocken.

»Genau«, erwidert Doris. »Ich habe Mona versprochen, ihr heute Abend zu helfen. Wir wollen ein Literaturquiz fürs Sommerfest erstellen.«

Rut reckt den Hals. Für eine Frau ihres Alters umgibt sie immer noch diese würdevolle, elegante Ausstrahlung, unter der Doris ganz klein wird.

»Doris«, seufzt sie enttäuscht. »Ich habe dir doch gesagt, du sollst dir einen Kalender zulegen. Wir sind diejenigen, die darunter leiden, wenn du ständig so zerstreut bist.«

»Das versteh ich«, antwortet Doris verlegen, obwohl sie findet, dass die Beschreibung *zerstreut* nicht unbedingt gerechtfertigt ist.

»Ja, ja«, seufzt Rut. »Wenn du schon etwas anderes vorhast, kann man wohl nicht viel machen. Aber eins musst du mir versprechen.«

»Na klar«, sagt Doris und blinzelt nervös. »Was immer du willst.«

»Pass auf, dass dir dieses Sommerfest nicht auch bei deinen anderen Verpflichtungen in die Quere kommt.«

»Natürlich.«

»Na dann«, sagt Rut. »Wir müssen los.«

Rut und Britt verabschieden sich von Doris und gehen in Richtung Kirche davon. Doris atmet erleichtert auf.

Nur einen Steinwurf entfernt sieht sie Marianne in Monas Hotel gehen. Sie hat sich ein neues Kleid angezogen und sieht wie immer unerhört schick aus. Doris schüttelt den Kopf. Sie würde nie auf den Gedanken kommen, sich zum Abendessen umzuziehen oder ihre Kleider zu bügeln. Sie besitzt nicht einmal ein Bügeleisen, und ihr wird bei dem Gedanken an die Zeit, die Frauen jahrhundertelang damit verschwendet haben, sich hübsch zu machen, ganz übel. In all den Stunden hätte man viel Nützlicheres verrichten können, zum Beispiel lesen.

Doris drückt die Bücher fester an sich und legt das Kinn auf *Eleanor & Park*. Dann balanciert sie den Stapel weiter in Richtung Hotel.

13

FREITAG, 5. JUNI 1987

Es dauert eine Weile, bis Madeleine bei Pastor Lindbergs Zimmer ankommt. Der institutsähnliche Korridor erinnert sie an das Wartezimmer vor Direktor Grants Büro in ihrer Schule, zu Hause in Mill Creek. Und obwohl Madeleine dem Treffen gespannt entgegensieht, ist sie mehrmals kurz davor, kehrtzumachen und das Gemeindehaus zu verlassen.

Ihr Blick fällt auf den braunen Türrahmen, und ein Zittern breitet sich in ihrem Körper aus. Madeleine wurde während ihrer Schulzeit ein einziges Mal zum Direktor gerufen, und das nur, weil sie zufälligerweise beobachtet hatte, wie Billy Teegan aus dem Jahrgang über ihr einen brennenden Stock in einen Papierkorb geworfen hatte. Der Papierkorb hatte nicht einmal richtig gebrannt, nur gequalmt, aber Mr. Grant hatte äußerste Strenge walten lassen, und Madeleine war seine unfreiwillige Kronzeugin.

Beim Gedanken an jenen Nachmittag wird Madeleine ganz übel. Sie erinnert sich noch genau an den schweren Tabakgeruch, den schwitzenden Mann im Polyesteranzug und seine löchernden Fragen. Billy Teegan wollte doch die ganze Schule abfackeln, oder? Er hat doch den Teufel erwähnt, als er den Stock angezündet hat, oder?

Nach dem Verhör hatte sie alles getan, um nie wieder ins Büro des Direktors zurückkehren zu müssen. Jedes Mal, wenn sie selbst in Schwierigkeiten geriet – beim Matheschwänzen, als sie bei Sandra McStrides die Englischhausaufgaben abgeschrieben hatte, und einmal wurde sie sogar hinter der Turnhalle beim Rauchen erwischt – war sie zum Glück immer mit einer Verwarnung davongekommen. Mit zitternder Stimme hatte sie den Lehrern erklärt, wie böse ihr Vater werden würde, wenn er davon erführe, und wie schlecht er nach dem Tod der Mutter seine Launen im Griff hatte. Es schien zu wirken, die Lehrer wanden sich unangenehm berührt und meinten, dass sie es dieses eine Mal noch durchgehen lassen würden, wenn Madeleine ihnen verspräche, nicht noch einmal solche Dummheiten zu machen.

Madeleine schämte sich hinterher dafür, das tragische Schicksal ihrer Familie für ihre Zwecke ausgenutzt zu haben, doch gleichzeitig fand sie, dass es nur gerecht war, den Strafen des Schuldirektors zu entkommen, da doch der frühe Tod der Mutter schon eine lebenslange Strafe sei.

Madeleine zieht an ihrer Halskette, sodass die kleine Note hin und her rutscht. Sie weiß nicht, warum sie so nervös ist, doch als sie vor der Tür steht und anklopft, schlägt ihr Herz so doll, dass es in ihren Ohren rauscht.

Gespannt lauscht sie und glaubt, einen Stuhl auf dem Boden scharren zu hören, und nach ein paar Sekunden bittet eine dunkle Stimme sie herein. Madeleine holt tief Luft, legt die Hand auf die Türklinke und öffnet sie.

Pastor Lindberg sitzt hinter einem massiven Schreibtisch und notiert etwas auf einem linierten Block. Vor ihm steht eine elektrische Schreibmaschine, eine überfüllte Dokumentenablage, ein Foto von Jonas und Rut vor der Kirche und ein

Stiftebecher, in dem ein Sammelsurium an Kugelschreibern mehr schlecht als recht Platz findet.

Einige lange Sekunden passiert gar nichts, dann sieht Pastor Lindberg von seinen Notizen auf und winkt sie herein.

»Setz dich«, sagt er, zeigt auf einen der beiden Stühle vor seinem Schreibtisch, und schreibt weiter.

Madeleine weiß nicht, ob sie die Tür hinter sich zumachen soll. Sie bleibt im Türrahmen stehen, bis sie sich dazu entschließt, sie anzulehnen.

Mit ungeschickten Schritten betritt sie das Büro und lässt sich in einen der beiden Besucherstühle sinken.

»So«, sagt Pastor Lindberg schließlich und setzt einen Punkt. »Jetzt bin ich so weit.«

Als ihre Blicke sich treffen, fällt Madeleine die intensive Farbe seiner Augen auf. Dunkelblau, genau wie Jonas'.

»Entschuldige«, sagt er. »Ich musste nur noch diesen Gedanken aufschreiben, sonst hätte ich ihn wieder vergessen.«

»Kein Problem.«

Pastor Lindberg lehnt sich in seinem Stuhl zurück, ohne den Blick von ihr abzuwenden.

»Wie geht es dir?«, fragt er mit sanfter Stimme.

»Danke, gut.«

»Wurdest du gut empfangen?«

»Ja, sehr.«

Der Pastor legt die Hände aneinander wie beim Gebet.

»Madeleine fragt sich sicherlich, warum ich sie zu mir gebeten habe.«

Es klingt merkwürdig, dass er sie in der dritten Person anspricht, aber dennoch nickt sie.

»Obwohl ich gerade ziemlich viel auf dem Tisch habe, im wahrsten Sinne des Wortes«, sagt er und lächelt, »ist es mir sehr wichtig, alle meine Adepten kennenzulernen. Du hast hoffentlich nichts dagegen?«

»Gar nicht«, antwortet sie rasch.

»Gut«, sagt Pastor Lindberg und legt das Kinn auf seine Fingerspitzen. »Ich habe natürlich deinen Brief gelesen, aber ich möchte mit allen, die zu uns kommen, ein engeres Band knüpfen, auch auf spiritueller Ebene.«

Madeleine starrt auf den Fußboden. Sie weiß nicht, was sie darauf sagen soll. Pastor Lindberg scheint ihre Nervosität zu bemerken. Er dreht sich auf seinem Stuhl zur Seite, sodass er ihr nicht mehr direkt gegenübersitzt.

»Wenn du willst, erzähle ich erst einmal etwas über mich. Ich bin hier in Ljusskär aufgewachsen, bei meinen Eltern. Mein Vater war ebenfalls Pastor in der Freikirche, so wie auch mein Großvater, Levi. Er war es, der damals die Gemeinde gegründet hat.«

Madeleine ändert ihre Sitzposition.

»Ich weiß«, sagt sie vorsichtig. »Das haben mir die anderen schon erzählt.«

»Ich nehme an, das ist allgemein bekannt.« Pastor Lindberg nickt. »Haben sie dir auch erzählt, dass ich als Kind von einem Baum gefallen bin und mir den Rücken gebrochen habe?«

Madeleine reißt die Augen auf.

»Nein, das wusste ich nicht.«

»Ich war elf Jahre alt«, sagt der Pastor und lässt seinen Stuhl auf und ab schaukeln. »Ich musste vierzehn Mal operiert werden und fast ein ganzes Jahr im Bett verbringen. Anfangs konnte niemand sagen, ob ich jemals wieder laufen würde.«

»Wie schrecklich.«

Er zuckt mit den Schultern.

»Ja und nein. Ich glaube, dass wir durch die Prüfungen, die uns das Leben stellt, stärker werden. Vor meinem Unfall war ich nicht besonders an der Heiligen Schrift interessiert, doch als ich nur im Bett lag, konnte ich nicht viel mehr tun, als zu lesen. Die Bibel gab mir Trost.«

Madeleine zupft einen Faden von ihrem Kleid. Pastor Lindbergs Worte lassen eine wohlige Wärme in ihr aufsteigen.

»Ich habe auch Trost gefunden«, sagt sie. »Als meine Mutter gestorben ist. Das Singen hat mir sehr geholfen. Ich bin, sooft es ging, in die Kirche gegangen.«

»Ich habe dich singen hören, du hast eine unglaubliche Stimme«, sagt der Pastor und senkt den Kopf.

»Danke«, murmelt Madeleine und legt die Hand vor die Stirn, um zu verbergen, wie rot sie wird.

»Madeleine«, fährt er mit Nachdruck fort. »Bitte entschuldige, wenn meine Worte aufdringlich klingen mögen, aber ich glaube, es steckt ein tieferer Sinn dahinter, dass du dir die Musik zu Nutzen machen sollst, um Hoffnung und Trost in der Welt zu verbreiten. Deswegen wollte ich dich fragen, ob du unseren Chor leiten möchtest.«

Madeleine erstarrt. Hat Pastor Lindberg sie deshalb in sein Büro gebeten?

»Ich weiß nicht, ob ich das kann«, murmelt sie. »So etwas habe ich noch nie gemacht.«

Pastor Lindberg dreht sich auf seinem Stuhl wieder zu ihr

und lehnt sich über den Schreibtisch. Je näher er ihr kommt, desto schneller schlägt ihr Herz. Es fühlt sich an, als würde er unmittelbar in sie hineinschauen.

»Aber ich weiß«, sagt er, »dass du es ganz wunderbar kannst. Und wenn du Hilfe brauchst, musst du nur Bescheid sagen. Wir sind hier wie eine große Familie, vergiss das nicht.«

Sie spielt an ihrer Armbanduhr herum. Sie ist immer noch unsicher, aber irgendetwas in der Stimme des Pastors lässt sie an seine Worte glauben.

»Ich kann es gern versuchen.«

Der Pastor streckt seine Hand aus und legt sie auf Madeleines Arm, als wäre es das Natürlichste auf der Welt. Madeleine schluckt. Sie ist es nicht gewohnt, dass jemand sie berührt. Seine Finger brennen auf ihrer Haut, doch sie will auch nicht, dass er sie loslässt.

»Gut«, sagt er und streicht ihr über den Arm. »Dann ist es beschlossene Sache. Ich sage Robert Bescheid.«

Für einen kurzen Moment, als ihre Blicke sich treffen, fühlt es sich an, als würde sie den Boden unter den Füßen verlieren und schweben. Doch dann zieht er seine Hand zurück.

»Viel Glück«, sagt er und wendet sich wieder seinem Notizblock zu.

Benommen verlässt Madeleine das Büro. Sie kann es gar nicht fassen, dass Pastor Lindberg sie gebeten hat, den Chor zu leiten. Ein Rausch von Glück strömt in ihre Brust, doch Madeleine fragt sich auch, was Desirée wohl dazu sagen wird. Ihre Mitbewohnerin hätte wohl auch selbst gern den Chor geleitet.

Langsam legt sie die zweihundert Meter zwischen der Kirche und dem Gemeindehaus zurück. Madeleine kennt Desirée nicht gut genug, um ihre Reaktion abschätzen zu können, doch der Gedanke allein dämpft ihre Euphorie. Desirée ist ihre erste richtige Freundin in Ljusskär, und das Letzte, was Madeleine will, ist, sie zu verletzen.

14

SAMSTAG, 8. JUNI

Patricia sieht hinaus auf den kleinen Streifen Meer, den sie von ihrem Fenster aus sehen kann. Ihr Zimmer ist eng, aber gemütlich eingerichtet, die Wände sind taubenblau gestrichen, an ihnen hängen Gemälde mit dicken Goldrahmen, und auf der fluffigen Daunendecke im Leinenbezug liegen runde Samtkissen. Auf einem Regal stehen ein paar vergilbte Bücher, und der Holzfußboden knarrt unter ihren Füßen, wenn sie auf ihm entlangläuft.

Patricia streicht über eine Falte in ihrer hellblauen Bluse. Sie hatte nicht damit gerechnet, so augenblicklich einzuschlafen, und ist froh, von selbst wieder aufgewacht zu sein und das Abendessen nicht zu verpassen.

Als sie die Tür aufschiebt, hört sie muntere Stimmen aus der unteren Etage. Monas Freunde sind wohl angekommen. Patricia lächelt; sie hat so lang allein gelebt, dass sie ganz vergessen hat, wie es sich anfühlt, Gesellschaft zu haben.

Sie dreht ihre Perlenkette so, dass der Verschluss im Nacken sitzt. Als die Kinder noch klein waren, fand sie oft, dass sie zu viel Lärm machten, aber inzwischen vermisst sie den Krach. Wenn sie sich besonders einsam fühlt, geht sie schon mal in eines der beiden ehemaligen Kinderzimmer. Dann lässt sie sich dort aufs Bett sinken, bleibt stundenlang so sitzen und schwelgt in Erinnerungen.

Die Kinderzimmer sind wie Zeitkapseln. Sie sehen immer noch genauso aus wie an den jeweiligen Tagen, an denen Matthew und Justin ausgezogen sind. Die Wände sind mit großen Plakaten zugekleistert, befestigt mit kleinen Klumpen Powerstrips, die an den Ecken Fettflecken hinterlassen haben. In Justins Zimmer sind Fußballer auf den Postern zu sehen, in Matthews Zimmer verschiedene Bands. Sich überlappende Schwarzweißaufnahmen ernst dreinblickender junger Männer, die in die Ferne starren.

Wenn sie so dasitzt und über die ungewaschene Bettwäsche streicht oder ein vergessenes T-Shirt zusammenlegt, denkt sie an die Zeiten zurück, in denen Mill Creek voller Leben war. Sie kann die Stimmen der Kinder hören, die durch die Räume rennen, oder den Aufprall eines Balles an einer Tür.

Patricia sieht auf ihr Telefon, doch sie hat keine neue Nachricht erhalten. Sie seufzt. Sie ist gerade erst ein paar Stunden in Ljusskär und ist bereits neidisch auf das tolle Verhältnis, das Mona zu ihrer Tochter hat. Wie schön es wäre, hier zu leben, zusammen mit Kindern und Enkeln.

Natürlich weiß Patricia nicht genau, ob Erika und ihre Tochter permanent hier im Hotel wohnen, aber das spielt keine Rolle. Sie selbst würde so selig und glücklich sein, wenn Matthew und seine Familie sie in Mill Creek besuchen und auch über Nacht bleiben würden, aber Denise weigert sich strikt, bei Patricia Quartier zu beziehen. Sie redet sich damit raus, dass sie angeblich Probleme habe, an fremden Orten zur Ruhe zu kommen, und sobald sie mal in Mill Creek vorbeikommen, müssen sie auch sofort wieder zurück nach Richmond. »Komm doch lieber zu uns«, sagt sie dann immer, obwohl sie weiß, wie schwer es Patricia fällt, den Hof zu verlassen.

Patricia merkt, wie ihr schwindlig wird. Sie stützt sich an der Wand ab. Der Jetlag hat sie aus dem Gleichgewicht gebracht, aber sie weiß, dass sie etwas essen muss, um in der Nacht gut schlafen zu können. Außerdem will sie die Chance ergreifen und Doris und Marianne nach ihrer Schwester fragen.

Als sie die Treppe herunterkommt, verstummen die Frauen. Mona und Marianne stehen hinter dem Tresen, und Doris sitzt bereits am gedeckten Tisch.

»Leisten Sie mir doch Gesellschaft«, sagt sie und rückt den Stuhl neben sich zurecht. Patricia setzt sich. Erst als der Duft aus der Küche in ihre Nase kriecht, merkt sie, wie hungrig sie ist. Auch Doris wirkt ungeduldig und reckt den Hals, um zu sehen, was die beiden anderen Frauen machen.

»Kommt ihr bald?«, fragt sie.

Marianne und Mona lächeln und stellen Cocktailgläser auf zwei Tabletts.

»Wir dachten, wir weihen den Buchsalon gebührend ein«, erklärt Mona. Marianne nickt zustimmend.

»Hier kommen ein paar richtige Literaturdrinks – Margarita Atwoods und Agatha Slammers.«

»Ich möchte eigentlich kein Alkohol trinken«, wendet Doris ein.

»Keine Sorge, daran haben wir gedacht«, erwidert Mona und reicht ihr ein Glas mit rotem Inhalt. »Hier, für dich, eine alkoholfreie Bloody Mary Shelley. Man könnte es auch Virgin Mary Shelley nennen«, sagt sie lachend.

»Danke«, sagt Doris mit großen Augen. »Wo ist Erika?«

»Sie kommt, sobald Lina schläft«, erklärt Mona. Patricia nimmt eine Champagnertulpe mit salzigem Rand von ihr entgegen.

»Auf neue und alte Freundinnen«, sagt Marianne feierlich. »Sollen wir uns nicht einfach duzen, Patricia?«

»Sehr gern. Auf neue Freundinnen.«

»Und auf den Buchsalon. Und aufs Sommerfest«, ergänzt Doris.

Patricia nimmt einen Schluck von ihrer zitronigen Margarita Atwood. Da fällt ihr Blick auf einen Tisch in der Ecke, auf dem sich plötzlich die Bücher stapeln. Doris folgt ihrem Blick.

»Ich habe ein paar meiner Lieblingsbücher mitgebracht«, sagt sie enthusiastisch.

»Ein paar? Wie viele Lieblingsbücher hast du denn?«, fragt Marianne.

Doris zuckt mit den Schultern.

»Man kann sich ja nicht nur für eins entscheiden.«

»Doch, na klar«, protestiert Marianne scherzhaft.

»Was ist denn *dein* Lieblingsbuch?«, fragt Mona und lässt ein Silbertablett mit Canapés herumgehen. Es sind kleine Pasteten gefüllt mit Frischkäse und gebeiztem Lachs.

Patricia beobachtet, wie Marianne das Glas in ihren Händen dreht. Sie hat sich umgezogen und trägt jetzt ein hübsches rotes Kleid. Ihre Haare hat sie hochgesteckt und an ihren Ohren hängen große Ohrringe, die im Schein der Kerze glitzern.

»Um ehrlich zu sein, ich glaube, es ist *Anne auf Green Gables*. Je älter ich werde, desto öfter denke ich an meine Kindheit zurück. Und wenn ich Bücher lese, die ich damals als

Kind schon gern mochte, fühlt es sich an, als würde ich diese Zeit noch einmal erleben.«

»Ich verstehe, was du meinst.« Mona nickt. »Wenn ich mich für eines entscheiden müsste, dann wäre es sicher *Little Women*. Das habe ich so oft gelesen, es fühlt sich an, als wäre Jo March eine gute Freundin von mir.« Sie wendet sich Patricia zu. »Hast du ein Lieblingsbuch?«

»Ich liebe *Das Mädchen mit dem Perlenohrring*.«

»Das ist ein tolles Buch«, pflichtet Doris ihr bei. »Wenn ich ein Gemälde sehe, frage ich mich oft, welche Geschichte sich wohl dahinter verbirgt.«

»Ja – so geht es mir mit Renoirs Portrait von dem rothaarigen Mädchen mit dem blauen Haarband«, fährt Patricia fort. »So ein magisches Bild.«

»Über sie habe ich einmal etwas gelesen«, sagt Doris. »Das Mädchen hieß Irene Cahen d'Anvers. Sie war Jüdin und ist in Paris aufgewachsen. Ihr Vater hat das Portrait in Auftrag gegeben, aber er war nicht zufrieden damit und hat es in die Dienstbotenkammer gehängt. Als Irene heiratete, hat er es ihr mitgegeben. Dann hing es in einem Hotel, das dem Ehemann gehörte, bis sie ihn für einen italienischen Grafen verlassen hat.«

Mona sperrt die Augen weit auf.

»Was ist dann mit dem Bild passiert?«

Doris pustet sich eine Haarsträhne aus dem Gesicht, die ihr in die Stirn gefallen war. Die Sonnenblende hat sie dieses Mal zu Hause gelassen, stattdessen wird ihr langer Pony nun von einer Haarspange in Form eines grünen Käfers zurückgehalten.

»Ihre Mutter bekam das Bild und gab es an Irenes Tochter Beatrice weiter. Aber als die Deutschen in Paris einmarschiert sind, hat Herman Göring das Gemälde in Beschlag genommen. Und als Beatrice' Mann Leon dagegen vorgehen wollte, wurde die gesamte Familie verhaftet und nach Auschwitz geschickt.«

»Um Gottes willen, wie schrecklich«, ruft Mona und springt auf. »Ich muss nach dem Essen sehen, aber ich weiß, dass Patricia etwas auf dem Herzen hat, was sie euch fragen wollte«, sagt sie und verschwindet in der Küche.

»Ja«, beginnt Patricia und spürt die Blicke der anderen auf sich. »Es ist so: Ich bin auf der Suche nach Informationen zu meiner Schwester.«

»Wie heißt sie?«, fragt Marianne.

»Madeleine Grey. Sie ist 1987 nach Ljusskär gekommen, um ein Praktikum in der Freikirche zu machen, aber dann ist sie einfach verschwunden.«

Marianne schüttelt den Kopf als Zeichen, dass sie den Namen noch nie gehört hat. Doris hingegen wird ganz bleich im Gesicht.

»Ich erinnere mich an sie«, sagt sie. »Aber ich bin immer davon ausgegangen, dass sie wieder nach Hause zurückgekehrt ist.«

»Nein, leider nicht.«

»Das tut mir leid.« Doris seufzt.

»Weißt du noch, ob in jenem Sommer irgendetwas passiert ist?«

Doris sieht aus, als würde sie nachdenken, doch dann schüttelt auch sie den Kopf.

»Leider nein. Meine Mutter ist krank gewesen, ich habe damals sehr viel Zeit im Krankenhaus verbracht. Aber wenn du willst, kann ich mich mal umhören, ob jemand von der Gemeinde etwas weiß?«

»Danke, das wäre großartig.«

»Wie alt war sie damals?«, fragt Doris.

»Zwanzig.«

»Und du hast keine Ahnung, was passiert sein könnte?«, fragt Marianne.

»Nein, überhaupt nicht. Ich weiß, dass sie bei der Polizei als vermisst gemeldet wurde. Aber als dann festgestellt wurde, dass all ihre Sachen zusammengepackt waren und jemand sie den Bus nach Malmö hat nehmen sehen, hat die Polizei die Suche nach ihr eingestellt.«

Eine Träne tritt ihr in den Augenwinkel. Es ist mehrere Jahre her, dass Patricia so ausführlich mit jemandem über ihre Schwester gesprochen hat, und plötzlich spürt sie einen schneidenden Schmerz in ihrem Inneren.

»Entschuldigung«, murmelt sie und wendet sich ab, um sich wieder zu sammeln. Als sie sich wieder zu den beiden Frauen dreht, sehen Doris und Marianne sie mit besorgten Blicken an. »Tut mir leid«, sagt sie. »Ich kann mir nur nicht vorstellen, dass Madeleine sich freiwillig dazu entschlossen hat, nicht mehr nach Hause zu kommen.«

»Warum kommst du gerade jetzt nach Ljusskär?«, fragt Marianne und fummelt an ihrem Ohrring herum. Er sieht aus wie ein Wasserfall aus kleinen, glitzernden Kristallen.

Patricia sieht sich um, dann nimmt sie ihre Handtasche und holt das kleine Schächtelchen hervor. Sie nimmt die silberne

Halskette mit dem Anhänger heraus, und als Doris und Marianne sich zu ihr herüberlehnen, mustert sie die Gesichter der beiden auf Anzeichen, ob ihnen die Kette bekannt vorkommt.

»Diese Kette habe ich Madeleine zum achtzehnten Geburtstag geschenkt, sie hat sie getragen, als sie nach Schweden abgereist ist«, erklärt sie. »Aber vor ungefähr einer Woche hat mir jemand diese Kette per Post geschickt. Ansonsten war der Umschlag leer.«

»Warum sollte das jemand tun?«, ruft Doris.

»Keine Ahnung. Ich weiß nur, dass der Brief in Schweden abgeschickt wurde.«

»Glaubst du, sie ist noch am Leben?«, fragt Marianne. »Die Kette könnte wohl darauf hindeuten?«

Patricia senkt den Blick. Sie muss wieder an den Streit zwischen ihr und Madeleine denken. Wie frustriert sie darüber gewesen ist, dass ihre Schwester sich nicht entscheiden konnte, was mit dem Hof passieren sollte. An manchen Tagen, die ihr besonders hoffnungslos erschienen sind, hat sie sich gefragt, ob die Worte, die in diesem Streit gefallen sind, Madeleine dazu gebracht haben, Ljusskär ohne ein Wort zu verlassen.

»Nichts würde mich glücklicher machen als die Nachricht, dass meine Schwester noch lebt und dass sie in diesen Bus gestiegen ist, um irgendwo ein neues Leben zu beginnen«, sagt sie und erwidert Mariannes Blick. »Aber warum sollte sie ihrer Familie so etwas antun? Das kann nicht sein.«

»Aber irgendjemand hat dir diese Halskette geschickt«, sagt Marianne.

Patricia nickt betrübt, und eine Stille legt sich über das Zimmer. Doris lehnt sich über den Tisch und streicht vorsichtig über Patricias Hand.

»Mir fällt wieder ein, dass Madeleine in der Kirche gesungen hat. Sie war wirklich gut.«

»Ja«, murmelt Patricia und schnieft. Normalerweise zeigt sie ihre Gefühle nicht so offen, aber Doris' Kommentar macht es ihr nicht gerade leicht, die Tränen zurückzuhalten.

»Es muss so aufwühlend sein, nicht zu wissen, wo sie ist«, sagt Marianne und reicht Patricia eine Serviette.

»Das ist es«, bringt sie hervor und trocknet sich die Augen. »Ihr müsst mich entschuldigen, ich wollte nicht die ganze Stimmung ruinieren.«

»Mach dir keine Sorgen«, erwidert Doris.

Als Mona mit einer großen Backform aus der Küche kommt, gibt Patricia sich Mühe, fröhlich dreinzublicken. Sie hat ganz vergessen, wie anstrengend es ist, über Madeleine zu sprechen. Es kommt ihr jedes Mal so vor, als würde sie die Büchse der Pandora öffnen. All die Fragen, die sie so mühsam unter den Teppich gekehrt hat, quellen auf einmal hervor und bringen ihre Brust vor Unbehagen zum Zerspringen.

Patricia konzentriert sich auf ihre Atmung. Obwohl sie überwältigt ist, glaubt sie, dies sei der richtige Weg. Die Frauen aus dem Buchsalon haben ihr versprochen, die anderen Dorfbewohner nach dem Verschwinden ihrer Schwester zu fragen. Sie haben sicherlich größere Chancen, etwas über Madeleine herauszufinden, als Patricia selbst.

Alles wird gut, wiederholt sie für sich. Als sie wieder aufsieht, lächeln ihr die Frauen am Tisch zu. Patricia erwidert das Lächeln, doch in ihr drin tobt immer noch ein Sturm unglücklicher Gefühle.

*

Doris geht die Hauptstraße entlang, aus dem Augenwinkel betrachtet sie Marianne. Sie haben einen schönen Abend zusammen verbracht, trotzdem ist sie verwundert, dass ihre Freundin aus Kindertagen vorgeschlagen hat, gemeinsam nach Hause zu spazieren.

Ihre Badelatschen klatschen über den Asphalt. Doris ist in Gedanken noch bei Patricia. Sie mag sich gar nicht vorstellen, wie schmerzhaft es sein muss, eine Angehörige auf diese Art und Weise zu verlieren. Nicht zu wissen, wo ihre Schwester sich befindet oder was sie durchgemacht hat.

Doris stößt einen tiefen Seufzer aus. Jetzt, nachdem Patricia es erwähnt hat, erinnert sie sich natürlich wieder an Madeleines plötzliches Verschwinden, aber Doris war sich damals so sicher, dass jemand meinte, Madeleine sei einfach wieder nach Hause gereist. Dass sie nur eine von vielen jungen Menschen war, die sich für eine gewisse Zeit in der Gemeinde engagierten, um dann weiterzuziehen.

Marianne räuspert sich. »Oder was meinst du?«

Doris zuckt zusammen. »Ja, klar«, antwortet sie unsicher und sieht nur, wie Marianne nickt. Sie befand sich mitten in einer Ausführung darüber, wie sie beinahe eine Rolle in einem Bond-Film ergattert hatte. Angeblich hatte sie mit Roger Moore Probeaufnahmen gemacht, und die Chemie zwischen den beiden war so explosiv, dass die Scheinwerferlampen zersprungen waren. Trotzdem hatte sie die Rolle nicht bekommen. Ihre Konkurrentin war eine Cousine zweiten Grades des Produzenten, und wie sehr Roger ihn auch anflehte, es war alles umsonst.

»Roger Moore«, Doris kichert. Obwohl sie sich vorgenommen hatte, keinen Alkohol zu trinken, hatte sie der Verführung nicht standhalten können und einfach einen Margarita Atwood probieren müssen. Und nun fragt sie sich, wie viel Alkohol der Drink eigentlich enthalten hat. Doris ist es nicht gewohnt, beschwipst zu sein. Sie verliert nicht gern die Kontrolle, nicht einmal auf ihrer Hochzeit hat sie ein Glas Sekt angerührt.

Vierzig Jahre, denkt sie. Seit dem glücklichsten Tag meines Lebens sind vier Jahrzehnte vergangen.

Doris erinnert sich noch genau daran, wie aufgeregt sie an diesem Nachmittag im September gewesen ist. Die Blätter an den Bäumen hatten gerade erst begonnen, sich gelb zu färben, doch das Gras war immer noch grün und die Vögel zwitscherten. Es war, als hätte jemand die Sonne bestellt, als sie und Göran frisch verheiratet aus der Kirche traten.

Die Trauung hatten sie klein und einfach gehalten, und hinterher gab es Kaffee und Kuchen bei ihren Eltern, denn obwohl sie ihren Tag feiern wollten, hatten sie keine Absicht, eine große Sache daraus zu machen. Aber Doris war es wichtig, wie eine richtige Braut auszusehen, und deshalb nähte ihre Mutter ein Kleid aus elfenbeinweißer Seide, das Königin Silvias Hochzeitskleid ähnelte.

Doris hatte sich noch nie zuvor so schön gefühlt, aber in Mariannes Augen wäre das Kleid sicherlich nichts Besonderes gewesen. Nicht, dass ihre Meinung eine Rolle gespielt hätte, denn sie war gar nicht erst zu Doris' Hochzeit erschienen und hatte sie auch nicht auf ihre eigenen Hochzeiten eingeladen.

Doris schnaubt. Eigentlich ist es merkwürdig, dass sie und Marianne sich so verändert haben. Immerhin sind sie ja zusammen aufgewachsen. Doch wenn man es genau nimmt, war Marianne bereits als Kind anders als die anderen. Sie hatte schon immer diesen rebellischen Widerwillen gegenüber allen, die sie bändigen wollten. Wenn Doris um etwas gebeten wurde, widersprach sie nie, Marianne hingegen verschränkte die Arme vor der Brust und fragte *Warum*? Die Welt schien für sie stets ein zu enger Raum zu sein, als gäbe es in Ljusskär nicht genügend Platz für sie. Sie sprach oft davon, in die Hauptstadt zu ziehen, und sobald das Abitur geschrieben war, packte sie ihre Sachen.

Doris sieht sich im Dunkeln um. Ljusskärs Straßen sind schlecht beleuchtet, und sie ist froh, dass sie nicht allein nach Hause gehen muss. Obwohl es schon elf Uhr ist, ist die Luft noch immer mild, und eine angenehme Brise zieht vom Meer über den Ort. Doris selbst hatte sich nie vorstellen können, Ljusskär zu verlassen. Während ihrer Ausbildung zur Erzieherin wohnte sie immer noch bei ihren Eltern, und nachdem sie ihr Examen bestanden hatte, bekam sie eine Anstellung hier im Ort.

In einiger Entfernung kann sie ihren alten Kindergarten sehen. Vom ersten Tag an hatte Doris es geliebt, dort zu arbeiten. Sie fand es wunderbar, den Tag mit den Kindern zu verbringen. Als Göran und sie heirateten, schlugen ihre Eltern vor, dass sie ihren Beruf aufgeben solle, aber Göran hatte nichts dagegen, dass sie ihren Job behielt, zumindest so lange, bis sie selbst Nachwuchs bekämen. Und so arbeitete Doris Jahr um Jahr im Kindergarten Stern, ohne dass dieser Fall eintraf. Die Ärzte, die sie untersuchten, konnten keine Ursache erkennen und sagten ihr, dass es früher oder später schon passieren würde. Aber sie wurde einfach nicht schwanger.

Irgendwann bestellte Doris Infomaterial für eine Adoption, aber Göran war dagegen. Er fand, es war zu früh, meinte, dass sie es noch eine Weile versuchen sollten. Doch Doris beschlich so langsam die Vermutung, dass die Kinderlosigkeit ihre Bestimmung war. Vielleicht war das ein Teil von Gottes Plan, vielleicht sollten sie und Göran einfach keine Eltern werden. Und eines Tages war ihnen die Zeit davongelaufen und sie konnten ihr Schicksal nicht mehr ändern.

Doris schiebt sich die Brille hoch, die ihr die Nase heruntergerutscht ist. Die Frauen in der Gemeinde hatten versucht, sie zu trösten, und sagten, dass sie ja immer noch die Kinder im Kindergarten habe, denen sie ihre Liebe schenken könne. Und natürlich hatten sie recht, auch wenn Doris die Worte trotzdem als demütigend empfand. Sie liebte ihre Schützlinge. Sie kümmerte sich um sie, als wären es ihre eigenen, doch abends ging sie trotzdem allein nach Hause. Kein Kleines, dem sie Abendbrot machen, das sie baden und in den Schlafanzug stecken konnte. Niemand, der sich im Bett an sie kuschelte, wenn sie eine Gutenachtgeschichte vorlas, unter der Decke ihre Hand nahm oder auf ihrer Brust einschlief.

Doch statt im Kummer zu versinken, fand Doris Trost in ihren Routinen. Sie putze und machte Ordnung, schrubbte Kühlschrank und Speisekammer, feudelte jeden Mittwoch den Boden, wischte Staub, putzte die Fenster und raspelte Gurken. Solange sie eine Beschäftigung hatte, musste sie nicht über die Dinge nachdenken, die nicht so waren, wie sie es sich gewünscht hatte. Sie hatte sogar bei der Modernisierung ihrer Ferienhütte geholfen – denn irgendetwas musste sie einfach tun.

Als Göran aus praktischen Gründen im gesamten Haus Linoleum verlegen wollte, hatte sie zugestimmt, obwohl sie den alten Holzfußboden liebte. Sie bekam eine niegelnagelneue Waschmaschine von Electrolux mit einem digitalen Display, das anzeigte, wie lange die Wäsche noch brauchte, und mit einem Schleudergang von 850 Umdrehungen pro Minute. Die Maschine war so toll, dass sie sich schämte. Hatte sie, die nicht einmal Kinder bekommen konnte, so einen Luxus überhaupt verdient? Gleichzeitig war sie froh, dass sie die Kleidung nicht zu kochen brauchte, wie ihre Mutter es noch getan hatte, als Doris klein war, und sie liebte das Klicken der Waschmaschinentür, jedes Mal, wenn eine neue Wäsche fertig war.

Göran verwöhnte sie immer wieder mit Haushaltsapparaten. Er kaufte Eierkocher, Saftpressen, Eismaschinen, Küchenmaschinen und Brotbackautomaten, als ob diese Geräte irgendwie kompensieren könnten, dass sie keine Kinder hatten. Doris stellte die neuen Schätze artig in den neuen Küchenschrank aus dunklem Eichenfurnier, doch sie kochte ihrer Eier weiterhin heimlich in einem ganz gewöhnlichen Kochtopf.

So bauten sie sich ihr gemeinsames Leben auf – eine Symbiose aus Haushaltsgeräten, pfefferminzgrüner Badezimmerkeramik und gemeinsamen Abendessen vor dem Fernseher –, bis zu dem Tag, an dem Göran plötzlich nicht mehr da war und Doris dieses Leben, das auf einer so soliden Zweisamkeit beruhte, plötzlich ganz allein fortsetzen musste, ohne auch nur die leiseste Ahnung, wie sie das anstellen sollte.

Doris und Marianne bleiben in der Dunkelheit vor dem roten Haus stehen. Doris bereut, dass sie kein Licht angelassen hat, aber das wäre ja nur Stromvergeudung gewesen.

»Gute Nacht«, Marianne lächelt ihr zu. »Das war ein schöner Abend.«

Doris lässt Mariannes Arm nicht los, als sie sich von ihr lösen will.

»Was ist los?«, fragt Marianne gereizt. »Hast du Angst im Dunkeln?«

Doris schluckt. Nein, sie hat keine Angst vor der Dunkelheit. Nur vor der Einsamkeit.

»Tut mir leid«, murmelt sie und lässt Marianne los. »Ich bin es nur nicht gewohnt, in ein leeres Haus zu kommen, wenn es draußen Dunkel ist. Ich bin normalerweise so spät nicht mehr unterwegs«, fügt sie hinzu, denn sie geht davon aus, dass ihre Begleitung ganz anderes gewohnt ist.

»Ich kann noch kurz mit reinkommen, wenn du willst«, sagt Marianne.

Verwundert dreht Doris sich zu ihr um.

»Du hast doch bestimmt etwas Besseres zu tun?«

»Eigentlich nicht. Wollen wir noch einen Absacker zusammen trinken?«

Doris holt ihren Schlüsselbund hervor und schließt die Haustür auf. Plötzlich wird sie von ihren Gefühlen übermannt, und sie hat Lust, Marianne zu erzählen, was sie von ihr hält. Doch sie kann sich beherrschen.

»Nein, danke«, antwortet sie hastig. »Ich komm schon klar.«

Marianne zuckt mit den Schultern.

»Okay. Gute Nacht«, sagt sie, macht kehrt und geht die Straße hinunter.

Doris bleibt noch einen Moment in der Tür stehen. Sie wünschte, sie wäre mutig genug, um mit Marianne über ihre Gefühle zu sprechen, aber sie will sich auch nicht lächerlich machen. Außerdem findet Doris, dass es nicht ihre Aufgabe ist, diese Freundschaft zu kitten.

Sie sieht ihrer Freundin aus Kindheitstagen nach. Marianne wird nicht länger als ein paar Wochen in Ljusskär bleiben, denkt sie. In dem Augenblick, in dem sie wieder abreist, wird Doris aufhören, in Mariannes Welt zu existieren. Niedergeschlagen nickt sie vor sich hin und öffnet die Tür. Marianne wird sich niemals ändern, und die Freundschaft, die sie einst verbunden hat, ist schon lange verloren.

15

FREITAG, 5. JUNI 1987

Nach dem Treffen mit Pastor Lindberg geht Madeleine direkt auf ihr Zimmer. Sie will gleich an Patricia schreiben, ist jedoch verwundert, als sie Desirée im Zimmer antrifft. Ihre Mitbewohnerin sitzt mit einem Buch auf dem Bett. Madeleine bleibt in der Tür stehen und überlegt, ob sie ihr erzählen soll, was gerade passiert ist.

Vorsichtig schließt sie die Tür hinter sich.

»Was liest du?«

»*Das verlorene Paradies* von Milton«, antwortet Desirée und verdreht die Augen. »Es handelt davon, wie der Teufel in den Garten Eden kommt und Adam und Eva dazu verführt, von der verbotenen Frucht zu essen. Pastor Lindberg hat mir empfohlen, es zu lesen.«

»Ist es gut?«

»Es ist in Reimen geschrieben«, seufzt sie und schlägt das Buch zu. »Wo bist du gewesen?«

Madeleine sammelt ein T-Shirt auf, das sie auf dem Bett liegengelassen hat, und faltet es zusammen.

»Nirgendwo.«

Sie spürt Desirées forschen Blick.

»Du bist nach dem Mittagessen einfach verschwunden.«

Madeleine sinkt aufs Bett. Sie will Desirée nicht anlügen.

»Ich …«, setzt sie an, aber Desirée kommt ihr zuvor.

»Ich weiß, dass du Pastor Lindberg getroffen hast.«

Sie findet, Desirées Stimme klingt vorwurfsvoll, aber als sie aufsieht, lächelt diese.

»Wir müssen keine Geheimnisse voreinander haben. Du kannst mir alles erzählen.«

Madeleine seufzt erleichtert auf.

»Entschuldige. Ich wusste nicht, ob ich es verraten darf.«

Desirée legt den Kopf schief.

»Pastor Lindberg gibt allen Adepten spirituellen Rat. Er erkennt Dinge in uns, die niemand sonst sieht.«

»Ja, das hat er gesagt.«

Desirée rutscht an ihre Bettkante vor und lehnt sich zu Madeleine herüber.

»Hat er dir erzählt, dass er sich den Rücken gebrochen hat?«

Madeleine nickt, und Desirée schlägt die Hände zusammen.

»Wusst ich's doch.«

Sie springt auf, setzt sich zu Madeleine aufs Bett und legt den Arm um sie.

»Schau nicht so finster drein, das heißt nur, dass er dich mag. Freu dich lieber – nicht alle werden von ihm auserwählt. Weißt du eigentlich, wie viele Menschen Pastor Lindberg kennenlernen und ein Teil seiner Gemeinde werden wollen? Uns wird wirklich eine Ehre zuteil.« Sie lacht und wirft das honiggelbe Haar zurück. »*Viele sind Berufene, wenige aber Auserwählte.* Matthäus 22:14. *Wir* gehören zu den Auserwählten.«

Madeleine fällt das Lächeln schwer. Desirée hat recht, es gibt keinen Grund, niedergeschlagen zu sein. Sie spürt die Wärme von Desirées Körper und stellt fest, wie sehr ihr diese

Nähe gefällt. Sie ist eine echte Freundin, und Madeleine muss sich einfach trauen, sich ein bisschen mehr zu öffnen.

Desirée fährt ihr mit den Fingern durchs Haar und murmelt, dass sie noch schöner wäre, wenn sie es hochstecken würde. Madeleine bemüht sich, still zu sitzen. Sie war immer schon ein zurückhaltender Mensch, aber in ihrem tiefsten Innern stets ein bisschen neidisch auf die Mädchen gewesen, die so ohne Weiteres in die Betten ihrer Freundinnen gesprungen sind und unter allgemeinem Gelächter, mit einer Haarbürste als Mikrofon, zu *Girls Just Wanna Have Fun* mitgesungen haben.

Als sie klein war, hatte sie immer davon geträumt, eine Jennifer oder eine Melissa zu sein, nach buntem Kaugummi zu riechen, mit blondiertem Haar zur Schule zu kommen und Sachen wie *Ich hab's einfach gemacht* zu sagen. Doch in Mill Creek wussten bereits alle, wer Madeleine war. Schüchtern und schweigsam hielt sie sich stets im Hintergrund, in der Hoffnung, keine abfälligen Kommentare für ihre Klamotten oder die Tatsache, dass sie nach Bauernhof roch, zu kassieren.

Aber eines Tages, in der Sechsten, kam ein neues Mädchen zu ihnen in die Klasse. Heather hatte langes, schokoladenbraunes Haar, den Pony mit viel Haarspray zu einer Tolle geföhnt. In der Umkleidekabine hängte sie ihren BH an den Kleiderhaken, damit jeder sehen konnte, dass sie Körbchengröße C trug. Und niegelnagelneue Guess-Jeans.

Während des Biologieunterrichts, in dem Madeleine hinter Heather saß, konnte sie ihre Augen kaum von dem dreieckigen, rotweißen Label auf der Gesäßtasche der Jeans abwenden.

Madeleine gab ihr Bestes, um Heather glauben zu lassen, dass auch sie zu den coolen Mädchen gehörte. Sie lieh sich Patricias hübscheste Ohrringe, schminkte sich mit babyblauem Lidschatten und sprach laut über alle, die cool waren, um den Eindruck zu erwecken, dass sie sie kannte. Und es zahlte sich aus. Eines Tages kam Heather nach der Biostunde mit ihr ins Gespräch, und bevor sie erfuhr, dass Madeleine eigentlich eines der Landkinder war, die morgens mit dem Bus fuhren, lud sie sie nach der Schule zu sich ein.

Es war ein unglaubliches Gefühl, Heather nach Hause zu begleiten. Madeleine erkannte ihre große Chance, sie setzte sich auf das rosafarbene Bett und sagte Dinge wie »*Jeder weiß, dass Billy und Sandra es getan haben*« und »*Teddy muss schwul sein, das kann man ihm schon an seiner Brille ansehen*«.

Ein Mädchen wie Heather zum Lachen zu bringen war ein umwerfendes Gefühl. Madeleine konnte ihr Glück kaum fassen und dachte, sie hätte einen Wendepunkt in ihrem Leben erreicht. Von nun an würden sie und Heather richtig viel Zeit miteinander verbringen, auch sie würde endlich zu Josh Anderson eingeladen werden, dessen Eltern Gerüchten zufolge selbst gebrauten Apfelwein anboten und einen Partykeller mit Knutschecke hatten.

Doch vor allem würden sie und Heather beste Freundinnen werden, und zu Weihnachten könnte sie ihr eine solche Halskette mit einem in der Mitte entzweigeteilten Herzen als Anhänger schenken, dessen andere Hälfte sie, Madeleine, tragen würde.

Aber dann rief Heathers Mutter, dass das Essen fertig sei und dass Heather herunterkommen solle. Madeleine solle so lange im Zimmer warten, sagte Heather, denn ihre Mutter habe ja bestimmt auch ein großes Essen für sie vorbereitet, wenn sie später nach Hause kam.

Durch das Fenster sah Madeleine Heathers Vater aus einem geparkten Auto steigen, und obwohl sie schrecklich hungrig war und wusste, dass das Einzige, was zu Hause wartete, trockenes Brot vor dem Fernseher sein würde, wollte sie den Moment nicht ruinieren, indem sie von ihrer toten Mutter erzählte.

Anfangs schien alles wie am Schnürchen zu laufen. Madeleine saß auf dem Bett und betrachtete den Überfluss an Dingen, die Heather besaß, während sie das Klappern des Bestecks vom Familienessen hörte. Aber dann erblickte sie Heathers Jeans, die über einem Stuhl hingen, und konnte sich nicht beherrschen. Die Guess-Jeans hatten die perfekte hellblaue Farbe, und Madeleine hatte jahrelang davon geträumt, ein Paar anzuprobieren.

Aus dem Erdgeschoss waren immer noch gedämpfte Gespräche zu hören. Madeleine begegnete ihrem eigenen Blick im vierteiligen Ganzkörperspiegel, dann streifte sie sich schnell ihre eigene Hose ab. Sie wollte nur mal sehen, wie diese exklusiven Jeans ihr standen. Einmal hatte sie einen der Jungs aus ihrer Klasse sagen hören, dass alle Hintern in Markenjeans besser aussehen würden, also steckte sie ihre Füße behutsam in die Hosenbeine und zog die Jeans über ihre Hüften.

Es war das erste Mal, dass sie eine Hose mit Knopfleiste trug, und Madeleine betrachtete sich erstaunt im Spiegel, während zugleich ein Gefühl tiefster Zufriedenheit in ihr aufkam. Wenn sie und Heather wirklich enge Freundinnen würden, könnte sie sich die Jeans vielleicht einmal ausleihen und zur Schule tragen.

Tief in ihre Fantasie versunken, hörte sie hinter sich plötzlich ein Stöhnen und drehte sich um. Dort stand Heather, die Hände in die Seiten gestemmt, und starrte sie an.

Madeleine knöpfte nervös die Hose auf und entschuldigte sich. Rückblickend war dieser Moment der Todesstoß für ihre und Heathers Beziehung. Wenn sie einen kühlen Kopf bewahrt, Heather angelächelt und so etwas wie »Ich habe ein paar davon zu Hause, aber ich wollte testen, ob diese Größe besser sitzt« gesagt hätte, hatte Heather vielleicht nur mit den Achseln gezuckt.

Aber Madeleines ängstliches Herumgefummel an der Jeans machte die große Kluft, die sich zwischen ihnen auftat, nur noch deutlicher. Als die beiden sich am nächsten Schultag im Korridor begegneten, machte Heather kehrt und nahm einen anderen Weg.

Madeleine schließt die Augen. Sie hat viele schmerzhafte Erinnerungen an ihre Heimat, aber nun hat sie Mill Creek hinter sich gelassen. Sie ist hier in Ljusskär, und den Leuten in der Kirche ist es egal, woher sie kommt.

Desirée flicht ihr die Haare und kommt ihr immer näher. Dies ist Madeleines Chance, von vorne zu beginnen. Sie muss nicht mehr die Madeleine Grey sein, für die sich niemand interessiert. Sie gehört jetzt zur Freikirche, und Desirée ist ihre Freundin. Und Madeleine weiß, was sie zu tun hat. Sie wird ihre Mitbewohnerin fragen, ob sie den Chor gemeinsam mit ihr leiten möchte. Es ist eine brillante Idee, durch die ihre Freundschaft nur gestärkt werden wird.

Desirée legt ihr den fertig geflochtenen Zopf über die Schulter, und Madeleine lächelt. Wir zwei, denkt sie. Es ist genau so, wie Desirée sagte, sie sind auserwählt, und das Gefühl, etwas Besonderes zu sein, erfüllt ihren ganzen Körper mit einem Freudenrausch.

16

DIENSTAG, 11. JUNI

Aus der Küche dringt Geklapper, und der Duft von Eiern und Speck zieht durch das Hotel. Erika steht am Fenster, schaut auf die kleine Hauptstraße und lässt sich von den Sonnenstrahlen wärmen.

Dort draußen sieht es aus wie immer. Erika betrachtet die Häuser und stellt fest, dass viele der Fassaden noch genauso aussehen wie vor dreißig Jahren. Als kleines Mädchen liebte sie die farbenfrohen Gebäude mit ihren charmanten Fensterläden, breiten Gartentoren und idyllischen kleinen Veranden. In ihrer Fantasie war Ljusskär eine Märchenstadt und alle Häuser von magischen Wesen bewohnt, die nur so taten, als wären sie normale Menschen.

Erika lächelt vor sich hin. In ihrer Kindheit sprudelte das Dorf nur so vor Leben. Im Sommer war es von Menschen überfüllt, das Hotel ausgebucht, und die Touristen standen Schlange, um bei ihrer Mutter Kaffee zu trinken. Neben Monas B, B & B gab es auch eine Vielzahl von Schmuck-, Souvenir- und Süßigkeitengeschäften sowie eine Postbank. In den Sommermonaten wurde auch ein Eiswagen von einem gelangweilten Teenager in gestreiftem Hemd durch die Gegend gezogen, der immer falsches Wechselgeld rausgab.

Sie umschließt die Kaffeetasse mit den Händen. Obwohl Erika entschlossen ist, mit ihrer Mutter über den Verkauf des Hotels zu sprechen, hat sie sich noch nicht dazu durchgerungen. Stattdessen muss sie sich ständig davon abhalten, von Monas Begeisterung mitgerissen zu werden, wenn sie über ihre neuen Ideen für ihr B, B & B spricht. Es juckt in Erikas Fingern, wenn Mona ihr zeigt, wie sie das Café streichen, die Gästezimmer neu möblieren und den überwucherten Garten auf Vordermann bringen möchte, aber sie weiß, je mehr sie ihre Mutter in deren Ideen bestärkt, desto schwieriger wird es, sie zum Verkauf zu überreden.

Erika schielt auf ihr Handydisplay. Ihrer Tochter Emma scheint der Sommerjob zu gefallen. Jeden Nachmittag sendet sie eine SMS mit einem kurzen Bericht darüber, wie es bei der Erdbeerernte läuft. *Warm heute. Hab einen neuen Rekord aufgestellt – zwanzig Eimer!*

Martin ist immer noch in Halmstad und arbeitet den ganzen Tag. Erika hat seit ihrer Abreise nicht mehr mit ihm gesprochen. Er hat am Wochenende ein paarmal angerufen, aber sie ist mit Lina am Strand gewesen und hat seine Anrufe verpasst. Und da Erika immer noch verletzt ist und Angst davor hat, etwas zu sagen, was sie später bereuen würde, hat sie ihn noch nicht zurückgerufen.

Erika rührt in ihrem Cappuccino mit Hafermilch. In der Vergangenheit hat sie immer gedacht, dass sie und Martin füreinander bestimmt sind, dass sie zusammengehören, aber jetzt ist sie sich nicht mehr so sicher.

Hinter ihr im Café sitzen Mona, Marianne und Doris und planen das Sommerfest. Auf dem Tisch vor ihnen liegt ein Stapel Bücher, und Doris gestikuliert eifrig, während sie erklärt, wie sie sich das Ganze vorgestellt hat.

»Marianne liest einen Abschnitt vor und stellt dann eine Frage, die das Publikum beantworten muss.«

»Und hinterher essen sie den Auflauf?«, fragt Mona verwirrt. »Oder kaufen sie den separat?«

»Nein, der Kartoffelschalenauflauf ist ein Teil vom Quiz. Alle, die mitmachen, bekommen ein Stück.«

»Aber wenn sie den Auflauf kostenlos bekommen, dann kaufen sie ja vielleicht gar nichts anderes mehr zu essen?«

Doris senkt den Kopf. Doch dann weiten sich ihre Augen.

»Wenn wir noch mehr Gerichte aus anderen Büchern mit in unser Quiz integrieren, können wir es »Kulinarisches Literaturquiz« nennen und Eintritt verlangen.«

»Ich weiß ja nicht …«, sagt Mona skeptisch.

»Ich glaube, das wird ein Erfolg«, erwidert Doris und steht auf. »Du darfst nicht vergessen, dass unser Quizmaster ein Filmstar ist«, fügt sie hinzu und sieht hinüber zu Marianne.

»Nein, vergiss das bloß nicht«, wiederholt Marianne theatralisch.

»Okay.« Mona nickt. »Aber seid ihr euch sicher, dass ihr alles schafft? Ihr habt nur zwei Wochen Zeit.«

»Auf jeden Fall«, sagt Doris und fuchtelt mit ihrem Stift. »Ich kümmere mich um die Vorbereitungen. Ihr braucht keinen Finger zu rühren.«

»Abgesehen von den Proben. Und den Einstellungen von Licht und Ton«, entgegnet Marianne trocken.

»Ja, abgesehen davon«, sagt Doris, lächelt schief und blinzelt schnell mit unschuldigen Augen.

Erika lächelt. Sie kann nicht nachvollziehen, woher ihre Mutter die Zeit für noch mehr Projekte nehmen will, aber sie ist froh, dass Mona den Vorsitzenden des Stadtrats davon überzeugen konnte, das Sommerfest nicht abzusagen.

Die kleine Türglocke bimmelt, und Erika dreht sich um. Ein großer Mann mit hellen, nach hinten gekämmten Haaren tritt ein und begrüßt die Frauen des Buchsalons.

Erika muss sich an dem Stuhl, der vor ihr steht, abstützen. Mit einem Mal rauscht ein ganz sonderbares Gefühl durch ihren Körper.

»Jonas«, ruft Mona fröhlich. »Wie schön, dass du wieder im Lande bist. Ich habe dich schon ein paarmal unten im Dorf gesehen und mich gefragt, wann du wohl mal reinschauen würdest.«

»Ich war sehr beschäftigt«, antwortet er entschuldigend, »aber jetzt bin ich da und sehe, dass auch ihr alle Hände voll zu tun habt.«

»Ja, wir sind gerade dabei, eine Aktion für das Sommerfest vorzubereiten«, sagt Mona. »Hast du gesehen, dass Erika auch zu Besuch ist?«

Jonas dreht sich um und entdeckt Erika, die nach Luft schnappen muss.

»Hi«, ruft er freudig.

»Hi«, sagt Erika, ohne den krampfhaften Griff um die Stuhllehne zu lockern.

»Dass man dich mal wieder zu Gesicht bekommt. Lang ist's her.«

Erika starrt ihn an. Jonas ist dünn geworden, was sein Gesicht markanter erscheinen lässt, und seine Haut hat einen dunklen, fast schon sonnenverbrannten Ton bekommen, aber sonst sieht er genau so aus wie immer.

Sie streckt ihm die Hand zur Begrüßung entgegen, aber Jonas zieht sie an sich und drück sie. Erika spürt, wie ihre Knie ganz weich werden, doch sie löst sich nicht aus seiner Umarmung. Dann lässt Jonas sie los, tritt ein paar Schritte zurück und betrachtet sie.

»Du siehst aber gut aus«, sagt er.

»Ja, danke.«

Erika streicht ihr Strandkleid glatt. Jonas' Blick ist noch genau so intensiv wie in ihrer Erinnerung, mit demselben melancholischen Ausdruck.

Lina taucht aus ihrem Versteck unter einem der Cafétische auf und starrt Jonas an.

»Du bist aber *groß*«, stellt sie fest.

»Ja, das kann man wohl sagen«, erwidert er und beugt sich zu ihr herunter. »Und wer bist du?«

»Lina, ohne X und ohne Ypsilon.«

Erika legt ihre Hände auf Linas Schultern.

»Lina, ohne X und ohne Ypsilon«, wiederholt Jonas. »Entzückend. Ich heiße Jonas ohne Zett.«

Lina lacht und verschwindet wieder unter dem Tisch. Jonas deutet mit einem Kopfnicken in ihre Richtung.

»Ist das deine?«

»Ja, meine Jüngste. Sie ist fünf.«

»Wie lange bist du schon hier?«, fragt Mona von der Seite.

»Drei Wochen ungefähr«, antwortet Jonas und fährt sich mit der Hand durch das sonnengebleichte Haar. »Mutter ging es nicht so gut, deswegen bin ich da.«

»Ja, das habe ich gehört. Aber jetzt ist sie wohl wieder auf den Beinen, oder?«

»Ja. Sie kann so schnell nichts unterkriegen.«

»Bleibst du noch länger?«

»Erst mal noch bis Ende des Monats. Wenn ich schon mal hier bin, kann ich gleich noch einiges erledigen.«

Mona nickt, und Erika wünscht sich, ihre Mutter würde endlich aufhören, ihn mit Fragen zu löchern.

»Und dann reist du wieder zurück nach Indien?«

»Genau. Nach Kalkutta. Ich leite dort zwei Kinderheime«, sagt er an Erika gewandt.

»Ach was«, antwortet sie und tut verwundert, obwohl sie eigentlich ganz genau über Jonas' Leben Bescheid weiß. Mona hält Erika stets auf dem Laufenden, wenn sie von Rut Neuigkeiten über Erikas ersten Freund erfährt. »Wie spannend.«

Er zuckt die Achseln. »Ja, das ist es wohl.«

»Ich finde es ganz fantastisch, was du tust«, sagt Mona. »Es ist deine Lebensaufgabe, anderen Menschen auf diese Weise zu helfen. Es ist wirklich bewundernswert.«

»Danke. Auch wenn es da nichts Bewundernswertes gibt. Ich erfülle nur meine Pflicht als Mensch. Jeder von uns hat eine Aufgabe im Leben. Du kümmerst dich doch darum, dass die Älteren im Ort mit Essen versorgt werden, habe ich gehört.«

»Ach, das lässt sich doch aber nicht mit deinem Einsatz für die Waisenkinder vergleichen«, erwidert Erikas Mutter und winkt ab.

»Wir haben alle unsere Karten zugeteilt bekommen«, sagt Jonas. »Und du, Erika? Wie geht es dir?«

Erika senkt den Blick. Was soll sie nur antworten? Ja, danke, gut. Ich lebe im Überfluss und gönne mir ständig Dinge, die ich nicht brauche, aber trotz meiner privilegierten Lebenssituation bin ich immer noch nicht glücklich, mein Mann und ich streiten uns über die kleinsten Dinge und haben das Fensterputzen komplett eingestellt.

»Mir geht's gut«, antwortet sie.

Plötzlich erhellt sich Jonas' Miene.

»Du kannst doch gut zeichnen!«, ruft er.

»Ich weiß nicht«, entgegnet Erika und schüttelt den Kopf.

»Doch, daran erinnere ich mich noch. Hast du vielleicht Zeit, mir bei einer Sache zu helfen? Die Kinder in der Gemeinde bereiten eine Wohltätigkeitsveranstaltung vor, um Geld für die Kinderheime zu sammeln, aber wir haben Probleme mit der Kulisse.«

Erika spürt, wie sie rot wird. In ihrem Job bei der Verwaltung hat sie kaum Gelegenheit, ihre künstlerischen Fähigkeiten unter Beweis zu stellen, und an den seltenen Gelegenheiten, an denen sie noch den Pinsel in die Hand nimmt, ist Lina zu einer Geburtstagsfeier eingeladen und braucht eine Grußkarte.

»Ich weiß nicht, ob ich da die Richtige bin.«

»Du wärst wirklich eine große Hilfe«, wirft Jonas ein.

Mit der Fußspitze stochert er an der Kante eines der losen Dielenbretter.

»Okay«, sagt sie schließlich. »Ich kann mal vorbeikommen und mir die Kulissen ansehen.«

»Danke, das wäre wunderbar. Wir haben noch nicht alles Material beisammen, aber ich kann dir einfach Bescheid geben, wenn alles da ist.«

»Na klar.«

Sie holen ihre Telefone hervor, und Erika gibt ihm seine Nummer. Als Jonas sie anruft, damit sie seine Nummer in ihrem Handy abspeichern kann, kribbelt es in ihrem Bauch. Sie tippt seinen Namen ein, und sofort fühlt es sich an, als würde sie etwas Verbotenes tun. Sie zögert kurz, und ergänzt dann das Wort »*Arbeit*« in seinem Kontakt.

Jonas sieht sie mit einem Blick an, der ihr beinahe den Atem raubt. Schüchtern dreht Erika sich weg. Sie versteht überhaupt nicht, warum sie so reagiert. Als er ihr dann noch über den Arm streicht, zuckt ein Stromschlag durch ihren Körper.

»Toll, dich wiederzusehen.«

»Ja, find ich auch«, sagt Erika, ohne seinen Blick zu erwidern.

Jonas beugt sich hinunter und hebt die Tischdecke an. »Tschüss, Lina ohne X und ohne Ypsilon!« Er richtet sich wieder auf. Dann legt er die Finger wie zum Salut an die Stirn, um sich von den Frauen um den Büchertisch zu verabschieden.

»Einen schönen Tag noch, und viel Erfolg bei den Vorbereitungen fürs Sommerfest«, sagt er und zwinkert Erika zu, bevor er das Hotel verlässt.

Erika wankt und muss sich setzen. Sie fühlt sich wie ein überhitzter Motor und nimmt ein Buch, um sich damit Luft zuzufächeln. Es ist Graham Greenes *Das Ende einer Affäre.*

Wie passend, denkt sie und zupft an ihrem Kleid, das plötzlich an ihrem Körper zu kleben scheint.

Erika hat Jonas seit dem Tag, an dem er Ljusskär verlassen hat, um durch Europa zu reisen, nicht mehr gesehen. Da wusste sie noch nicht, dass ihre Beziehung vorbei sein würde. Hingebungsvoll, wie sie als Freundin gewesen war, begleitete sie ihm zum Bus und warf ihm durch die schmutzige Scheibe Luftküsse hinterher, als der Bus langsam aus dem Dorf rollte. Eine Woche später erhielt sie einen in Berlin abgestempelten Brief.

Noch nie hatte Erika so sehr geweint. Mona dachte, sie hätte sich versehentlich einen Finger abgeschnitten, und kam in die Küche gerannt, wo Erika mit dem zerknitterten Brief in der Hand stand.

Es war ein seltsames Gefühl, die große Liebe auf einem Stück Papier zu verlieren. Erika schrieb zurück. Sie formulierte einen Brief nach dem anderen, wütende und verzweifelte Texte, in denen sie abwechselnd erklärte, wie betrogen sie sich fühlte und wie sehr sie Jonas liebte. Zum Glück konnte sie diese Briefe nirgends hinschicken, und nach ein paar Monaten musste sie den schlimmsten Liebeskummer überstanden haben, denn zu Weihnachten hatte sie bereits einen neuen Freund.

Lina kriecht unter dem Tisch hervor und packt sie am Zipfel ihres Kleides.

»Mama, ich will auf den Spielplatz.«

Erika holt tief Luft. Sie hatte sich in ihrer wildesten Fantasie nie ausgemalt, dass Jonas immer noch eine solche Wirkung auf sie haben könnte. Wahrscheinlich, denkt sie, war das nur der Schock, ihn nach so langer Zeit wiederzusehen.

Sie streicht Lina übers Haar, und das Mädchen klettert auf Erikas Schoß.

»Mama«, sagt sie, und sieht Erika mit ihren großen Augen an. »Ich will schaukeln.«

»Okay«, antwortet Erika. »Aber ich dachte, wir wollten

heute schwimmen üben? Die Sonne scheint, und das Wasser ist bestimmt ganz warm.«

Lina zieht eine Grimasse.

»Ich will nicht schwimmen.«

»Mein Schatz«, sagt Erika mit weicher Stimme. »Du kannst das schon richtig gut und kommst bestimmt schon bald ohne Schwimmflügel klar. Wenn wir noch ein bisschen üben, dann kannst du es bald ganz allein.«

»Das klappt nie!«, protestiert Lina.

»Doch. Weißt du noch, wie oft du Fahrradfahren geübt hast? Und plötzlich hat's einfach geklappt. Genauso wird es auch beim Schwimmen sein.«

»Aber erst will ich auf den Spielplatz.«

Erika sieht aus dem Fenster. Sie fragt sich, wie hoch die Wahrscheinlichkeit ist, Jonas zu begegnen, wenn sie sofort losgehen, doch dann schämt sie sich. Diese Gefühle gehören zu einer anderen Zeit, ruft sie sich selbst in Erinnerung. Sie sind Überreste eines vergangenen Lebens, das nicht mehr ihr gehört.

17

MONTAG, 8. JUNI 1987

Madeleine und Desirée stehen vor der Vorratskammer des Gemeindehauses und suchen nach Reis, gehackten Tomaten und Kidneybohnen. Jeden Abend essen die Adepten und einige der anderen Gemeindemitglieder gemeinsam und wechseln sich beim Kochen ab. Pastor Lindbergs Frau hat eine Rezeptsammlung erstellt, durch die sie sich durcharbeiten, und heute Abend sind Madeleine und Desirée an der Reihe.

Als sie wieder zurück in der Küche sind, geht Aino hinter ihnen im Flur vorbei. Sie hat Kopfhörer auf und bemerkt die beiden nicht.

Madeleine schält eine Zwiebel und schneidet sie in kleine Stücke, während Desirée den Reis in den Messbecher gibt. Sie hat Madeleine erzählt, dass Aino Pastor Lindbergs Lieblingsadeptin ist, weshalb sie nicht so viele Aufgaben erledigen muss wie die anderen. Madeleine weiß nicht, ob das stimmt, aber wenn sie genau überlegt, ist es eine Weile her, dass sie Aino in der Küche hat helfen sehen.

Sie nimmt das Rinderhack aus dem Kühlschrank, stellt die größte Pfanne, die sie finden kann, auf den Herd und gießt Rapsöl hinein. Heute sind sie zu acht beim Abendessen, und obwohl das Kochen ziemlich viel Spaß macht, liegt auch eine Menge Arbeit vor ihnen.

Desirée ist gerade dabei, die Konservendosen zu öffnen.

»Sie kommt mal wieder drum herum«, seufzt sie und deutet mit einem Kopfnicken Richtung Ainos Zimmer auf der anderen Seite des Flurs.

Madeleine schiebt die gehackte Zwiebel vom Schneidebrett in die Pfanne und hört, wie es zu brutzeln beginnt. Ihr gefällt es eigentlich nicht, über andere zu lästern, aber langsam versteht sie, warum Desirée sich so über Aino ärgert.

»Vielleicht geht es ihr nicht so gut?«, überlegt Madeleine.

Desirée sieht sich um, als wolle sie überprüfen, ob sie auch wirklich allein in der Küche sind, bevor sie fortfährt.

»Ich glaube, sie braucht Aufmerksamkeit. Sie will, dass Pastor Lindberg mehr Zeit mit ihr verbringt. Wusstest du, dass er ihr diesen Walkman geschenkt hat?«

Madeleine sperrt theatralisch den Mund auf, um zu zeigen, wie unfair sie das findet.

»Bist du dir sicher?«

»Ja, das hat sie mir selbst erzählt. Anscheinend brauchte sie ihn ganz dringend.« Desirée seufzt. »Was ich ganz dringend brauche, scheint niemanden zu interessieren.«

Sie wirft den Kopf in den Nacken, und Madeleine muss lächeln.

»Was brauchst du denn so dringend?«

»Ein Paar Levi's 501, Tanzschuhe, große, goldene Ohrringe, einen Badeanzug mit Leopardenmuster, neues Haarspray, ein Paar weiße Pumps.« Sie lacht laut. »Soll ich weitermachen?«

»Schieß los!«

»Ich finde, wir sollten ein Tastentelefon für das Gemeindehaus anschaffen, das rote dort sieht ja aus, als wäre es hundert

Jahre alt. Und ich hätte nichts gegen türkisen Glitzerlidschatten und ein eigenes Fahrrad mit Rennradlenker.«

»Das klingt absolut vernünftig, das Geld der Kirche dafür auszugeben«, sagt Madeleine und gibt das Hackfleisch in die Bratpfanne. Sie mag es, wenn Desirée so gute Laune hat. Ihre Mitbewohnerin reicht ihr die Büchse mit Chilipulver und legt den Kopf schräg.

»Du, mir ist gerade eingefallen, dass ich es nicht geschafft habe, unser Pensum für den Bibelkreis heute Abend fertig zu lesen. Ist es okay, wenn ich noch einmal für eine Weile verschwinde?«

Madeleine sieht sich um. Das Essen ist noch nicht einmal halb fertig gekocht, sie haben weder den Tisch gedeckt noch mit dem Salat angefangen, und die Küche sieht aus, als hätte eine Bombe eingeschlagen, aber sie will auch nicht Nein sagen.

Sie seufzt resigniert.

»Na klar.«

Desirée beugt sich vor und gibt ihr einen schnellen Kuss auf die Wange. Diese intime Geste lässt Madeleine rot werden.

»Danke, Liebes. Du weißt, es macht mich immer fuchsteufelswild, wenn Aino so gut vorbereitet ist. Ich hasse es, wie eine Idiotin dazusitzen, während sie auf alles die perfekte Antwort weiß. Ich versprech' dir, dass ich vor dem Abendessen zurück bin und den Abwasch übernehme«, zwitschert sie.

»Nein, keine Sorge«, sagt Madeleine und schüttelt den Kopf. »Wir helfen uns doch gegenseitig.«

»Du bist die Beste.«

Desirée verschwindet, und Madeleine starrt auf den großen Klumpen Hackfleisch, der immer noch in der Pfanne liegt und brutzelt. Als sie ihn umdreht, stellt sie fest, dass er schon leicht angekokelt ist, dreht die Hitze herunter, und wirft einen Blick auf die Uhr. In weniger als einer halben Stunde soll das Essen fertig sein, und sie hat noch alle Hände voll zu tun.

Hektisch gießt sie eine Dose Tomaten über das Hackfleisch, versucht dabei, den Klumpen zu zerteilen, dann holt sie ein sauberes Schneidebrett für den Salat und eine Reibe für die Karotten, die erst geschält, dann gerieben und schließlich unter das Chili con Carne gemischt werden sollen.

Mit klebrigen Fingern versucht sie, das Rezept zu lesen. Der Brühwürfel soll zerbröckelt und unter den *Eintopf* gerührt werden. Madeleine starrt auf die Pfanne. Bedeutet das, dass sie das Hackfleisch in einen Topf umfüllen soll?

Sie spürt, wie sie ins Schwitzen kommt. Madeleines Kocherfahrungen sind mikroskopisch klein. Zu Hause hat Patricia immer dafür gesorgt, dass Essen auf den Tisch kam.

Mit der linken Hand angelt sie einen großen Topf aus dem Schrank und schiebt ihn auf die überfüllte Küchenbank, während ihr Blick auf das Rezept geheftet ist.

Das Chili zwanzig Minuten abgedeckt köcheln lassen. Madeleine schaut wieder auf die Uhr. Zwanzig Minuten köcheln, dafür hat sie wirklich keine Zeit! Außerdem muss der Salat noch geschnitten, die Kidneybohnen gewaschen und untergerührt und das Chili abgeschmeckt werden.

Sie liest sich das Rezept noch einmal durch. Ja, da steht *abschmecken.* Wie um alles in der Welt soll sie das hinkriegen, wenn sie gar nicht weiß, wonach dieses Chili überhaupt *schmecken* soll?

Im gleichen Augenblick, in dem der Reis überkocht, betritt

Jonas die Küche. Der Deckel auf dem Reistopf klappert wütend auf und ab, und es zischt, als das Wasser auf das Kochfeld sprudelt.

Madeleine ist kurz davor, in Tränen auszubrechen. Am liebsten würde sie alles zusammen in die Spüle kippen, auf dem Absatz kehrtmachen und gehen. Als sie versucht, den Topf von der heißen Herdplatte zu ziehen, schwappt noch mehr Wasser über, und Madeleine stöhnt auf.

»Brauchst du Hilfe?«, fragt Jonas und krempelt sich die Hemdsärmel hoch.

»Ja, oder, ich weiß nicht«, murmelt Madeleine und greift sich an die Stirn.

Jonas dreht die Hitze herunter, nimmt ein Tuch und wischt den Herd um die Herdplatten herum trocken, bevor er den Reis, der noch lange nicht gar ist, vorsichtig zurückstellt.

Verblüfft sieht Madeleine ihm zu.

»Sieht so aus, als würdest du das können«, sagt sie mit Bewunderung in der Stimme.

Jonas zuckt mit den Schultern.

»Soll das Hackfleisch in diesen Topf?«

»Ja.« Madeleine nickt resigniert.

Kurz darauf ist die Lage wieder unter Kontrolle. Das Chili blubbert in einem großen Topf, während Jonas die Karotten reibt und Madeleine den Eisbergsalat klein hackt. Als der Salat fertig ist, deckt Madeleine den Tisch und beobachtet Jonas, der die Küchenbank putzt, aus dem Augenwinkel. Er scheint genau zu wissen, was er tut, als er mit dem Lappen um die Spüle herum wischt.

»Wann hast du kochen gelernt?«

Jonas lächelt sie an.

»Keine Ahnung. Ich fand es schon immer cool.«

Auf dem Fensterbrett steht ein silberfarbener Kassettenrekorder, aus dem leise Musik dudelt. Als die ersten Akkorde von *Starman* ertönen, tritt Jonas ans Fenster und dreht die Lautstärke auf.

»Magst du Bowie?«, fragt Madeleine.

»*Ziggy Stardust* ist eine meiner Lieblingsplatten«, sagt er fröhlich.

Madeleine stellt sich neben Jonas und lehnt den Rücken an die Küchenbank. Jedes Mal, wenn sie ihm begegnet, tut oder sagt er etwas, das sie erstaunt.

»Ich habe schon überlegt, mit dem Chor *Heroes* einzustudieren. Oder glaubst du, das ist eine dumme Idee?«

»Nein, das wäre total cool.«

Madeleine sieht Jonas weiter zu, als er die letzten Dinge wegräumt. Sie redet gern mit ihm. Wieder schaut sie auf die Uhr und stellt fest, dass nur noch ein paar Minuten bis zum Abendessen sind.

»Vielen Dank für deine Hilfe«, sagt sie. »Ohne dich hätte ich das alles nicht geschafft.«

Jonas trocknet sich die Hände an einem Küchentuch ab und bleibt vor ihr stehen. Als er die Hand ausstreckt und ihr über die Stirn streicht, zuckt sie zusammen.

»Tomatensoße«, murmelt er.

»Ich hasse kochen.« Madeleine lächelt peinlich berührt.

Als sie ihre eigenen Worte hört, versucht sie, sich zu retten. »Hass ist vielleicht übertrieben, aber ich mache eben nicht gern Dinge, die ich nicht gut kann.«

Jonas lehnt sich nach vorn, um ihr etwas ins Ohr zu flüstern. Er kommt ihr so nah, dass sie seinen warmen Atem an ihrer Wange spüren kann.

»Ich hasse Bibelstudien«, wispert er und legt den Zeigefinger an seine Lippen, um ihr zu signalisieren, dass das ein Geheimnis ist.

»Ich nehme an, keiner von uns ist perfekt«, lacht Madeleine. »Wir sind so, wie Gott uns erschaffen hat«, antwortet Jonas und zwinkert ihr zu.

In diesem Moment kommen die ersten zum Abendessen, und Madeleine bedankt sich ein weiteres Mal bei Jonas, bevor sie das Essen auf den Tisch stellt. In ihr breitet sich eine warme Freude aus, und sie muss an Pastor Lindbergs Worte denken. Die Freikirche ist wie eine große Familie, und Madeleines Gefühl, ein Zuhause gefunden zu haben, wird mit jedem Tag stärker.

18

DONNERSTAG, 13. JUNI

Als Patricia die Treppe herunterkommt, sieht sie Doris an dem runden Büchertisch sitzen. Sie hat mehrere Bücher vor sich aufgeschlagen und schreibt eifrig Notizen auf ihren linierten Block.

»Wie geht's?«, fragt Patricia mit einem Kopfnicken Richtung Bücher.

Doris' Blick ist eindringlich.

»Gut, aber es dauert seine Zeit, den richtigen Auszug zu finden. Schau mal«, sagt sie und hält Patricia ihren Block hin.

Patricia überfliegt die Liste mit Titeln, die fast alle etwas mit Essen zu tun haben.

»Wie viele du schon zusammengetragen hast«, stellt sie fest. »Wie wollt ihr daraus nur eine Auswahl treffen?«

Doris lächelt stolz.

»Bis jetzt habe ich mir überlegt, dass wir ein Curry zu dem Buch *Madame Mallory und der Duft von Curry* zubereiten, dann den Kartoffelschalenauflauf, gegrillte grüne Tomaten und irgendetwas Schokoladiges, das zu dem Buch *Chocolat* passt.«

»Das klingt großartig.« Patricia nickt. »Hast du *Die kulinarischen Anwendungsmöglichkeiten einer Kanonenkugel* gelesen?«

»Nein! Worum geht es da?«

»Um eine Piratin, die einen Meisterkoch gefangen nimmt

und ihn nur am Leben lässt, solange er es schafft, jeden Sonntag etwas wirklich Tolles zu kochen. Das Problem ist nur, dass es auf einem Piratenschiff kaum Zutaten gibt.« Sie lächelt. »Das ist tatsächlich ein sehr lustiges Buch, und auch romantisch, ein bisschen wie die Geschichten der Prinzessin Scheherezade.«

»Danke für den Tipp«, sagt Doris. »Gibt es das Buch auf Schwedisch?«

»Das weiß ich leider nicht.«

»Ich frage mal meine Bibliothekarin. Ich überlege auch, ein Bœuf en daube à la Virginia Woolfs *Zum Leuchtturm* und ein Soufflé wie in Nora Ephrons *Sodbrennen* anzubieten.«

»Oh, ich fand es großartig, als die Hauptfigur sich wünschte, sie hätte statt eines Zitronenkuchens lieber einen Blaubeerkuchen nach ihrem Mann geworfen, weil die Flecken noch hartnäckiger sind.« Patricia lacht.

»Wie geht es dir denn?«, fragt Doris. »Hast du mit den Frauen sprechen können, von denen ich dir erzählt hatte?«

Patricia senkt den Blick. Sie ist Doris für ihre Hilfe sehr dankbar, aber keine der Frauen konnte ihr etwas über ihre Schwester erzählen.

»Ich habe mit allen vieren gesprochen«, sagt sie.

»Oh, das ging ja schnell. Konnte dir jemand weiterhelfen?«

»Nein, leider nicht.«

Doris zwirbelt sich ihren langen Zopf um den Finger.

»Da war noch eine andere Frau, die ebenfalls mit Madeleine zusammen im Chor gesungen hat. Sie heißt Greta, ist aber vor weiß Gott wie vielen Jahren nach Stockholm gezogen. Ich kann versuchen, ihre Telefonnummer herauszufinden und bei ihr anrufen, vielleicht kann sie sich noch an etwas erinnern.«

Patricia schluckt. Mit jedem Tag fühlt sie sich angespannter. Die Hoffnung, die sie so lange im Zaum gehalten hat, ist wieder aufgeblüht. Genau wie bei ihrem letzten Besuch in Ljusskär hat Patricia begonnen, die Anwesenheit ihrer Schwester zu spüren. Sie hat das Gefühl, sie könnte jeden Augenblick auf der anderen Straßenseite an ihr vorbeigehen oder sie ihre Stimme hören, denn obwohl sie weiß, dass die Chance minimal ist, kann sie nicht anders, als zu hoffen, dass Madeleine noch lebt, dass sie irgendwo hier ist. Diese Gefühle kann sie nicht mehr ausschalten.

»Danke, das wäre sehr lieb«, sagt sie an Doris gewandt, die den Kopf schief legt.

»Ich wage mir nicht einmal vorzustellen, wie es für dich sein muss, herzukommen.«

»Es ist ein komisches Gefühl, das alles andere erstickt.«

Patricia denkt daran, wie sehr sich ihr Leben durch Madeleines Verschwinden verändert hat. Das ganze erste Jahr schlief sie mehr oder weniger vorm Telefon und weigerte sich, es unbeaufsichtigt zu lassen. Sowohl sie als auch ihre Schwester waren von klein auf darauf getrimmt worden, die Telefonnummer ihres Zuhauses auswendig zu lernen, und Patricia redete sich ein, dass Madeleine jederzeit anrufen könnte. Sie stellte sich vor, dass sie jemanden auf einer spontanen Reise begleitet hatte und an einem Ort gelandet war, von dem aus man niemanden telefonisch erreichen konnte. Aber sobald sie wieder in die Zivilisation zurückkehrte, würde sie sich sofort melden und sich für die Art und Weise entschuldigen, mit der sie sich in Luft aufgelöst hatte. Und Patricia würde mit Madeleine wegen ihrer Gedankenlosigkeit schimpfen, aber dann würden sie beide darüber lachen. Doch dieser Anruf kam nie, und als es plötzlich Handys gab, kaufte Patricia sich zwar eines, doch den alten Festnetzapparat behielt sie, nur für den Fall. Und selbst heute klopft ihr das Herz jedes Mal bis zum Hals, wenn das Telefon klingelt.

»Ich wünschte mir wirklich, es gäbe jemanden, der dir helfen könnte«, sagt Doris mitfühlend.

»Du kannst mir verraten, wo ich Briefmarken kaufen kann«, antwortet Patricia. Sie hat ihren Enkeln Zoey und Dax versprochen, jedem von ihnen eine Ansichtskarte zu schicken.

»Die kriegst du im Kiosk.«

»Danke.« Sie nickt. »Ich drehe eine Runde durch den Ort, aber wir sehen uns später.«

Patricia wendet sich zur Haustür um, aber im selben Moment ist ein Knall zu hören, gefolgt von einem schrillen Schrei. Doris fährt erschrocken auf und eilt in Richtung Küche. Patricia folgt ihr.

In der Tür zur Küche bleibt sie abrupt stehen. Sie ist zum ersten Mal in diesem Teil des Hotels und versteht sofort, warum Mona so viel Spaß beim Backen und Kochen hat. Der Raum ist riesig, und an den Wänden entlang verläuft eine gut ausgestattete Küchenbank mit vielen Utensilien aus dunklem Holz und pastellfarbenen Küchenmaschinen. In der Mitte befindet sich eine breite Kücheninsel mit Doppelwaschbecken und großem Gasherd, und auf den lavendelblauen Regalen stehen Büchsen und Gläser aufgereiht, alle mit kleinen Etiketten versehen.

Erstaunt sieht Patricia sich um. Es ist, als wäre sie direkt in ein französisches Landhaus getreten.

Die marmorierte Arbeitsplatte schimmert im Licht der tropfenförmigen Glasdekoration, und wirklich alles, von der weißen Keramikspüle und den antiken Wasserhähnen bis zu den Kupfertöpfen, die an einer gefliesten Wand hängen, trägt zur romantischen Atmosphäre bei.

Sie sieht, wie Doris sich hinter die Kücheninsel beugt und tritt langsam näher. Mona liegt auf dem Boden. Ihre Kleidung ist nass, und sie versucht, mit einem Küchentuch ein Leck an einem losen Rohr zuzuhalten, aus dem das Wasser spritzt.

»Es hat getropft«, sagt Mona, ganz außer Atem. »Ich wollte nur das Loch abdichten.«

Sie zeigt auf eine Schublade, und Doris eilt hinüber, um weitere Küchentücher zu holen.

»Hier«, sagt Doris an Patricia gewandt, die ihr die Tücher abnimmt. Sie beginnt, die Lache auf dem Boden aufzuwischen, und Doris verschwindet aus dem Blickfeld. Kurz darauf erstickt der Wasserschwall.

Patricia reicht Mona die Hand und hilft ihr auf. Ihre geblümte Bluse ist durchnässt und ihr Haar hängt in feuchten Strähnen um ihr Gesicht. Doris kommt zurück in die Küche.

»Das ist ja das gleiche Rohr wie letztes Mal«, stellt sie fest. »Du musst jetzt mal wirklich einen Klempner rufen.«

Mona wirft das klatschnasse Handtuch in die Spüle.

»Ich weiß«, seufzt sie.

»Soll ich das für dich erledigen?«

»Nein, ich kümmere mich schon darum«, entgegnet sie hastig.

Doris schiebt eines der Handtücher, das noch auf dem Boden liegt, mit dem Fuß in Richtung der riesigen Wasserlache.

»Du musst das reparieren lassen. Stell dir mal vor, es beginnt über Nacht zu lecken, das ganze Haus kann deswegen einen Wasserschaden davontragen.«

Mona reibt sich die Stirn. Sie sieht sehr erschöpft aus.

»Ich krieg das schon hin.« Sie sieht Doris an. »Bitte, erzähl Erika nichts davon. Ich will nicht, dass sie sich Sorgen macht.«

Patricia nimmt eines der Tücher und will sich gerade bücken, um weiter aufzuwischen, doch Doris hält sie auf.

»Wir kümmern uns schon darum«, sagt sie freundlich. »Mach du ruhig deinen Spaziergang.«

»Seid ihr euch sicher? Ich helfe euch gern.«

»Auf keinen Fall. Ich kann doch einen Gast nicht die Arbeit machen lassen«, sagt Mona und lächelt schwach.

Patricia zögert, aber als Doris ihr das Tuch abnimmt, tut sie, wie ihr geheißen, und verlässt die Küche.

Patricia geht zum Kiosk, kauft Briefmarken und zwei Postkarten, auf die sie ihre Grüße an Zoey und Dax schreibt und einwirft. Ihr Blick wandert zum Meer. Sie ist ein paarmal den Strand entlangspaziert, hat es bisher aber noch nicht den ganzen Weg bis zur Bucht hinunter geschafft.

Langsam schlendert sie die Hauptstraße entlang. Wohin sie auch sieht, überall stehen kleine Häuser, vor denen fröhliche Menschen im Schatten ihrer Sonnenschirme Kaffee trinken. Die Gärten sind mit Blumen übersät und an Gartentoren und Spalieren ranken sich großblumige Klematis und wildes Geißblatt.

Ein älteres Ehepaar geht Arm in Arm an ihr vorbei und grüßt. Patricia denkt daran, was Mona erzählt hat. In Ljusskär sind alle füreinander da. Man kümmert sich um die Haustiere der anderen, hilft einander beim Einkaufen und Rasenmähen, und einmal pro Woche fahren diejenigen, die ein Auto haben, abwechselnd nach Ystad, und machen bei der Apotheke und im Weinhandel für diejenigen Besorgungen, die selbst nicht so ohne weiteres in die Stadt kommen. Es ist einfach kaum vorstellbar, dass Madeleine in diesem gemütlichen kleinen Dorf jemanden getroffen haben soll, der ihr nicht wohlgesonnen war.

Im Laufe der Jahre hat Patricia unterschiedliche Theorien dazu aufgestellt, was mit ihrer Schwester geschehen sein könnte. Zuerst hatte es ihr Hoffnung gemacht, verschiedene Alternativen zu haben, als würde dies die Wahrscheinlichkeit erhöhen, dass Madeleine wohlauf und am Leben war. Aber im Laufe der Zeit hat die Unsicherheit Überhand genommen, und jetzt ist ebendiese Unsicherheit, die am meisten schmerzt.

Die asphaltierte Straße endet und ein Trampelpfad führt hinunter ans Meer. Patricia lässt den Blick über die sanften Sanddünen schweifen. Der Strandhafer wiegt sich im Wind, und Patricia ist von den klaren Farben fasziniert. Der goldene Sand steht im starken Kontrast zu dem satten Grün, und ein Stück entfernt zieht der Horizont eine weiche Linie zwischen dem Himmel und dem saphirblauen Wasser. Aber trotz aller Schönheit hat der Ort auch etwas Rohes und Ungezähmtes.

Patricia erinnert sich an Madeleines Brief, in dem sie ihr berichtet hat, dass Ljusskär das Ende der Welt genannt wird, und während sie hier steht und auf das scheinbar endlose Meer schaut, versteht sie, woher der Name kommt. Die Abgeschiedenheit des Dorfes vom Rest der Welt verleiht ihm eine gewisse Wehrlosigkeit.

Als sie die hohen Sandsteinfelsen erblickt, bleibt Patricia stehen. Der grüne Hügel mit seiner weißen, scharfen Steinkante erhebt sich über dem Meer. Patricia atmet tief ein.

Ein starker Windstoß fegt an Land, und für einen Moment verliert Patricia das Gleichgewicht. In Ljusskär fühlt sich plötzlich alles so nah an. Patricia weiß, dass sie das Verschwinden ihrer Schwester nie wirklich verarbeitet hat. Mit einem Neugeborenen und einem Vierjährigen konnte sie sich nicht erlauben, in ein dunkles Loch zu fallen. Sie musste an der Oberfläche bleiben, sich dazu zwingen, zumindest so zu tun, als hätte sie alles von sich geschoben.

Obwohl es ihr schwerfällt, es sich einzugestehen, hat sie gehofft, dass Madeleines Leiche gefunden würde. Nicht, weil Patricia sich in irgendeiner Weise wünschte, dass ihre Schwester tot wäre, sondern, weil sie wohl oder übel einsehen muss, dass die Chance, Madeleine lebend wiederzusehen, sehr gering ist. Wenn es eine Leiche gäbe, könnte Patricia Madeleine zumindest mitnehmen und sie an dem Ort begraben, an dem sie einst zu Hause gewesen ist, aber stattdessen muss sie mit dieser pulsierenden Leere leben, ist ihr stets ausgesetzt.

Patricia holt tief Luft. Sie kann nicht für immer in Ljusskär bleiben. Sie hat nur noch ungefähr zwei Wochen, dann ist ihr Urlaub vorbei. Jetzt merkt sie, dass es einfach zu wenig Zeit ist. Patricia hat wirklich alles getan, um mehr über Madeleine herauszufinden. Sie hat mit allen älteren Mitgliedern der Gemeinde gesprochen, die sie ausfindig machen konnte, hat die

Frauen vom Buchsalon in ihre Suche einbezogen und sogar die Polizei in Ystad kontaktiert, jedoch ohne Erfolg. Niemand hatte neue Informationen aus der Zeit, in der ihre Schwester verschwunden ist.

Ein panisches Gefühl steigt in ihr auf. Was ist, wenn die Person, die die Kette geschickt hat, gar nicht in Ljusskär ist? Was ist, wenn er oder sie ganz woanders lebt? Sie kann schließlich nicht im ganzen Land nach dieser Person suchen.

Verzweifelt schlägt sie die Hände vors Gesicht. Patricia will ihre Schwester finden – sie muss wissen, was passiert ist, aber sie hat keine Ahnung, was sie noch tun kann. An wen könnte sie sich noch wenden?

Patricia lässt sich auf einer Bank nieder. Alles fühlt sich so furchtbar hoffnungslos an. Wahrscheinlich sollte sie aufgeben. Vielleicht geht es bei dieser Reise darum, das Undenkbare zu akzeptieren? Doch dann fällt ihr wieder ein, was Mona erzählt hat. Es gibt eine Sache, die Patricia noch nicht versucht hat. Eine Sache, die vielleicht funktionieren könnte. Wenn Patricia in den letzten dreißig Jahren eines gelernt hat, dann, wie die Mechanismen der Trauer funktionieren, wie gnadenlos und lähmend sie sein können, aber auch, dass nur diejenigen, die dasselbe erlebt haben, sie wirklich verstehen können.

Es dauert ein paar Sekunden, bis sie sich orientiert hat, dann steht sie auf und macht sich auf den Weg.

19

SAMSTAG, 13. JUNI 1987

Madeleine wirft sich aufs Bett. Sie hat die ganze Woche schon vorgehabt, an Patricia zu schreiben, aber es einfach nicht geschafft. Jetzt, da endlich Sommer ist, nutzen sie und Desirée jede Gelegenheit, um an den Strand zu gehen. Die Abende, an denen sie keinen Bibelunterricht haben, verbringen sie in der Bucht. Sie wetten darum, wer es wagt, zuerst unterzutauchen, wer am weitesten rausschwimmen kann und wer am Ufer die meisten Räder hintereinander schlägt, ohne das Gleichgewicht zu verlieren.

Neben dem Bett liegt ihr dickes, rotes Tagebuch. Madeleine nimmt es in die Hand. So lange, wie sie sich erinnern kann, hat sie Tagebuch geführt, Ereignisse und Gedanken aufgezeichnet. Die dünnen, linierten Blätter eignen sich auch gut als Briefpapier.

Madeleine öffnet das Buch und blättert, auf der Suche nach einer leeren Seite. Als sie endlich eine findet, beginnt sie sofort zu schreiben.

Liebe Patricia,

Wie sehr ich dich vermisse! Wie geht es dir und wie geht es dem Baby? Ist es etwa schon auf der Welt? Ihr müsst versprechen, aus dem Krankenhaus anzurufen, ich bin so neugierig auf meinen neuen Neffen.

Wie läuft es für Matthew im Kindergarten? Hat er Pfeifen gelernt? Grüße ihn und richte ihm aus, dass ich ihm ein Geschenk mitbringe, wenn er bei meiner Rückkehr nach Mill Creek pfeifen kann.

Bei mir ist alles in bester Ordnung. Ljusskär ist ein wunderbarer Ort, und ich wünschte, ich könnte ihn dir irgendwann zeigen.

Jetzt ist das Wasser schon richtig warm, und ich gehe fast jeden Tag schwimmen. Außerdem sind alle hier unglaublich nett, und wir haben viel Spaß zusammen.

Desirée, meine Mitbewohnerin, ist eine der verrücktesten Personen, die ich je getroffen habe. Sie ist wirklich toll, aber sie muss zu beinahe allem ihre Meinung sagen. Manchmal habe ich Angst, dass sie sich danebenbenimmt – den Kindern in der Sonntagsschule die Zunge rausstreckt oder die Frau des Pastors nachahmt – aber bisher hat sie sich immer zusammengerissen.

Pastor Lindberg und ich führen weiterhin unsere Gespräche, und es ist spannend, sich mit einer so weisen Person unterhalten zu dürfen. Er ist sehr beschäftigt, deshalb ist es eine Ehre, wenn er sich die Zeit für mich nimmt. Als er mich gefragt hat, ob ich den Chor leiten wollte, wusste ich nicht, ob ich dazu in der Lage wäre, aber bisher ist es gut gelaufen. Wir haben schon viel geübt, und am Sonntag werden wir in der Kirche singen. (Ich bin so aufgeregt!)

Übrigens, wie geht es Pastor Harold? Ich habe ihm vor einiger Zeit geschrieben, aber keine Antwort erhalten. Verlief seine Knieoperation gut? Ich muss zugeben, dass ich ihn ein bisschen vermisse. Obwohl die Gottesdienste hier sehr fortschrittlich sind und wir gemeinsam viele schöne Sachen unternehmen, ist das Leben in der Gemeinde sehr intensiv, und ich hätte nichts dagegen, ein bisschen mehr »Zeit zum Reflektieren« zu haben, wie Pastor Harold es ausgedrückt hätte. Du musst mir versprechen, ihn von mir zu grüßen, wenn du ihn das nächste Mal triffst.

Jetzt ist es Zeit, mit Desirée für die Sonntagsschule zu lernen. Umarme alle von mir. Ich hab dich lieb, und Michael und Matthew und das Baby (und die Kühe – aber sag ihnen das bloß nicht, sonst bilden sie sich noch etwas drauf ein).

Kuss und Umarmung, Madeleine

Madeleine legt den Stift an die Lippen. Nachdenklich kaut sie an dem weichen Holz herum. Es ist schon der dritte Brief, den sie nach Hause schickt, aber bisher hat sie noch keine Antwort erhalten, und sie ist besorgt, dass ihre Schwester immer noch wütend sein könnte, weil sie sie im Stich gelassen hat.

Ein kleines Stück Holz hat sich vom Stift gelöst, und sie pult es mit dem Finger ab. Madeleine weiß, dass die Situation mit dem Familienhof kompliziert ist. Als ihr Vater starb, hatten sich Michael und Patricia gerade in Washington niedergelassen. Michael hatte eine Vertretungsstelle als Journalist bei der Washington Post angetreten, und Patricia lernte für ihr Juraexamen, aber wegen Madeleine waren sie zurück nach Mill Creek gezogen, damit sie die Schule abschließen konnte. Die Idee war immer, dass Madeleine den Hof übernehmen würde, wenn sie bereit war, aber im vergangenen Jahr ist ihr Fernweh zu stark geworden, weshalb sie sich für das Praktikum in Ljusskär beworben hatte. Sie erinnert sich immer noch an die Enttäuschung in den Augen ihrer Schwester, als sie ihr davon erzählt hat.

Sie trennt das Blatt vorsichtig aus dem Tagebuch heraus, faltet es zusammen und schiebt es in den Umschlag, der auf dem Schreibtisch liegt. Madeleine hat Patricia versprochen, dass sie nach dem Jahr bei der Freikirche nach Hause zurückkehren wird. Sie weiß, dass es für alle das Beste wäre. Wenn sie den Hof übernimmt, müssen sie ihr Elternhaus nicht verkaufen. Aber in letzter Zeit hat sie immer öfter von Alternativen geträumt. Die Freikirche betreut Projekte auf der ganzen Welt, und Madeleine denkt heimlich darüber nach, für eines dieser Projekte zu arbeiten. Nach Asien oder Afrika zu reisen und etwas Neues aufzubauen! Madeleine kann sich nichts Aufregenderes vorstellen.

Ganz hinten in dem roten Tagebuch befindet sich ein zerknitterter alter Umschlag. Madeleine zieht ihn heraus und schaut auf die Absenderadresse, mit Bleistift auf die Rückseite geschrieben, und ein Lächeln huscht über ihr Gesicht.

Als Madeleines noch ganz klein war, stand die Familie in Briefkontakt mit ihrer schwedischen Großmutter. Sie schickte ihnen lange Texte über das Leben auf dem Land in Skåne, die Madeleines Mutter Patricia und ihr vorlas, und kleine Bücher mit schwedischen Kindergeschichten.

Madeleine erinnert sich, wie glücklich ihre Mutter jedes Mal war, wenn eine Sendung aus Schweden kam. Sie hüpfte wie ein Kind, während sie den Umschlag aufriss. Manchmal wurden ihre Augen ganz glasig, wenn sie die Worte ihrer Mutter vorlas, und sie versprach Patricia und Madeleine, sie eines Tages mit in ihr Heimatland zu nehmen und ihnen zu zeigen, wie schön dort alles war. Doch dann starb sie, und schon bald kamen keine gelben Umschläge mit Schmetterlingsmuster mehr. Madeleine hat nie verstanden, warum ihre Großmutter ihnen nicht mehr schrieb, aber als sie Patricia fragte, ob sie nicht versuchen sollten, den Kontakt wiederaufzunehmen, antwortete diese nur, sie wolle nie wieder von dieser Frau hören, die sie so im Stich gelassen hatte.

Madeleine studiert die Adresse. Seit sie die Zusage für den Praktikumsplatz in Ljusskär erhalten hat, denkt sie darüber nach, ihre schwedische Familie aufzusuchen. Es wäre doch dumm, den ganzen Weg nach Schweden zu reisen, ohne es zu versuchen. Aber sie wagt es nicht, Patricia von ihrem Plan zu erzählen. Sie hat Angst, dass ihre Schwester wütend werden könnte, oder etwas über die Großmutter sagen würde, das Madeleine nicht hören will.

Vom Flur hört sie Desirées Stimme.

»Wo bleibst du denn?«, ruft sie ungeduldig.

Madeleine steht auf und legt das Tagebuch auf den Tisch. Den Brief an Patricia wird sie später einwerfen.

»Ich komme«, antwortet sie und nimmt die Lederjacke vom Haken.

20

DONNERSTAG, 13. JUNI

Lina sitzt, in eine große Decke gewickelt, auf Erikas Schoß und wärmt sich auf. Sie waren gerade am Strand baden. Oder vielmehr planschen. Lina traut sich immer noch nicht, die Schwimmflügel abzunehmen und loszuschwimmen.

Erika streicht ihrer Tochter über das nasse Haar und versucht, es mit einem kleinen Handtuch trocken zu rubbeln, während Lina den Duft der heißen Schokolade einatmet, die ihre Großmutter für sie gekocht hat. Andächtig hebt sie den Becher an die Lippen und trinkt in großen Schlucken.

Erika betrachtet die Wassertropfen, die noch in Linas langen Wimpern hängen. Sie will ihre Tochter nicht zu sehr drängen, aber sie weiß auch, dass sie in dem Moment schwimmen können wird, in dem sie sich traut, loszulassen.

Lina nimmt einen zu großen Schluck und hustet.

»Wie geht's?«, fragt Mona.

Lina zieht eine Grimasse.

»Ich glaube, ich habe die Spanische Grippe«, sagt sie und zeigt auf ihre Stirn. »Siehst du die Punkte?«

»Du Arme.« Mona nickt.

»Wir müssen mit dem Rettungswagen ins Krankenhaus fahren, und ein Doktor muss mich untersuchen«, fährt Lina fort.

»Mein Liebling«, sagt Erika mit milder Stimme. »Rettungswagen sind für Leute, die richtig doll krank sind und ganz schnell Hilfe brauchen.«

»Ich habe vor ein paar Wochen ein paar richtig tolle Kostüme auf dem Flohmarkt gefunden«, sagt Mona und zeigt die Treppe hinauf. Sie liegen in dem großen Koffer im Alcott-Zimmer. Willst du nicht mal nachsehen, ob dir davon etwas gefällt?«

Lina springt vom Schoß ihrer Mutter und fällt ihrer Großmutter um den Hals.

»Danke«, sagt sie fröhlich und fliegt die Treppe hinauf. Im selben Augenblick betritt Marianne das Hotel, dicht gefolgt von einem Jungen mit blauschwarzem, strähnigem Haar, dass ihm über das rote Gesicht hängt. Er trägt eine Kappe und ein dunkles T-Shirt, auf dem ein heulender Wolf abgedruckt ist. Er trottet herein und lässt sich in einer Ecke nieder, ohne den Blick von seinem iPad abzuwenden.

»Wer ist das?«, fragt Erika.

Marianne verdreht die Augen und zupft ihr figurbetontes, knallpinkes Kleid mit einer dünnen weißen Schleife um die Taille zurecht.

»Das ist mein Enkel, Markus.«

»Wie groß er geworden ist«, staunt Mona.

»Tja, wenn man pro Tag zwei Laib Brot isst und vier Liter Milch trinkt, dann wächst man halt.«

»Wie lange bleibt er?«

»Keine Ahnung«, sagt Marianne und streckt die Hände resigniert in die Luft. »Ich habe versucht, es aus ihm rauszubekommen, aber es ist nicht möglich, ein Gespräch mit jemandem zu führen, dessen Augen auf diesem Gerät da festkleben.«

»Ist es ihm nicht unangenehm, wenn du ihn darauf ansprichst?«, fragt Doris aus ihrer Bücherecke.

»Nein, er hört ja nichts.« Marianne lacht. »Er hat solche weißen Stöpsel in den Ohren, mit denen er Musik hört.« Sie schwingt sich auf einen Barhocker. »Carl und Lizette haben ihn vorbeigeschickt. Markus hat gerade sein Abitur gemacht, sich aber weder um einen Sommerjob noch um einen Ausbildungsplatz gekümmert, und jetzt machen sie sich Sorgen, dass er den ganzen Sommer mit diesen Videospielen vergeudet.«

»Aber er spielt doch gerade trotzdem«, sagt Mona und wischt mit einem Lappen über den Tresen.

»Schon, aber das Internet hier in Ljusskär ist so schwach, dass er eine ziemlich schlechte Verbindung hat. Ihr werdet's gleich sehen.«

Die Frauen am Tresen drehen sich zu Markus um und sehen, wie er sein iPad auf den Tisch schleudert und laut stöhnt, bevor er es wieder in die Hand nimmt.

Marianne lacht schadenfroh.

»Mal sehen, wie lange er das aushält.«

»Wenn wir noch einmal jung wären und das ganze Leben vor uns hätten ...«, sagt Doris verträumt.

»Wenn ich nur Rentnerin wäre«, entgegnet Erika und wirft ihrer Mutter einen Blick zu. »Das muss so fantastisch sein, so viel Freiheit zu haben und tun und lassen zu können, was man will.«

»Na, ich weiß ja nicht«, erwidert Doris. »Ich liebe es, den ganzen Tag zu lesen, aber abgesehen davon ist das Rentnerdasein ganz schön trist.«

»Das findest du nur, weil du noch nicht herausgefunden hast, wozu du bestimmt bist«, entfährt es Mona.

»Genau«, pflichtet Marianne ihr bei. »Mir ging es noch nie so gut wie jetzt. Ich muss für niemanden Verantwortung übernehmen, außer für mich selbst, und ich weiß ganz genau, was ich im Leben will«, sagt sie und dreht an einem großen, schwarzen Kristallring an ihrem Finger. »Ich glaube, man hat sein volles Potenzial erst erreicht, wenn man sechzig ist und endlich tun kann, worauf man Lust hat.«

»Vielleicht nicht unbedingt alles, worauf man Lust hat«, entgegnet Mona und fasst sich an den Rücken.

»Aber was soll ich denn tun?«, fragt Doris. »Ich verbringe ein paar Stunden die Woche mit dem Handarbeitskreis, dienstags helfe ich im Zentrum für Straßenkatzen aus, und donnerstags spiele ich mit den Bewohnern des Altenheims Spiele.«

»Du machst ja vor allem Sachen für andere«, erwidert Marianne. »Du solltest dir einen neuen Mann suchen.«

Doris, die gerade von ihrem Kaffee getrunken hat, verschluckt sich. Das ist das erste Mal, dass Marianne sich zumindest indirekt zu Görans Tod äußert.

»Ich bin erst seit einem Jahr Witwe«, keucht sie.

»Anderthalb«, berichtigt Mona, die gerade einen wuchtigen alten Samowar aus einem der Schränke hebt. »Wie findet ihr den hier?«

»Ist der neu?«, fragt Marianne.

»Nein, den hab ich vom Flohmarkt. Ich kaufe nur secondhand.«

»Ja, anderthalb Jahre«, wiederholt Doris. »Aber ich glaube nicht, dass ich dazu bereit bin, jemand Neues zu treffen. Ich bin nie mit jemand anderem als mit Göran zusammen gewesen. Wir waren vierzig Jahre lang verheiratet, und ich kann mir nicht vorstellen, noch einmal so etwas zu finden, was ich mit ihm hatte.«

»Du musst ja nicht genau das Gleiche suchen?«, schlägt Mona vorsichtig vor.

»Genau«, sagt Marianne. »Nach vierzig Jahren Ehe hast du dir ein bisschen Spaß verdient.«

»Finde ich auch«, stimmt Mona mit ein.

»Warum habe gerade ich *ein bisschen Spaß* verdient? Was ist mit dir?«, fragt Doris an Mona gewandt, die nur mit ihrem Putzlappen abwinkt.

»Mir gefällt es, ledig zu sein. Nach dem Tod von Erikas Vater habe ich mich dafür entschieden, keine neue Beziehung einzugehen. Meine große Liebe ist das Hotel.«

»Aber was ist mit deinem Sexleben?«, entgegnet Marianne.

»Mach dir da mal keine Sorgen. Ich treffe Männer, wenn mir danach ist, und außerdem hab ich ein paar Hilfsmittel.«

»Die hast du doch nicht etwa auch auf dem Flohmarkt gekauft?«, fragt Doris besorgt.

»Das kann ich weder bestätigen noch dementieren.« Mona lacht.

Marianne wendet sich an Doris.

»Ich finde, du solltest dich bei Tinder anmelden.«

»Was ist das denn?«

»Das ist diese Dating-App, über die man nette Männer kennenlernen kann«, erklärt Marianne.

»Nie im Leben!«, sagt Doris erschrocken.

»Aber Doris, probieren kannst du es ja mal.«

»Probier's doch selbst.«

»Das geht nicht«, seufzt Marianne. »Wenn ich ein Bild von mir hochlade, glaubt doch niemand, dass ich es wirklich bin.« Sie zeigt auf Erika. »Mach mal ein Foto von Doris und zeig ihr, wie das funktioniert.«

»Hast du ein Handy?«, fragt Erika.

Äußerst zögerlich reicht Doris ihr ein altes iPhone, und als Erika es auf sie richtet, lächelt Doris steif.

»Nein, warte«, sagt sie und legt den geflochtenen Zopf von der rechten über die linke Schulter. »Okay, jetzt bin ich bereit.«

»Das wird super. Ich erstelle dir gleich mal ein Konto«, sagt Erika.

»Was bedeutet das?«

»Dass andere dein Profil sehen können. Wenn ihr euch gegenseitig gefallt, dann könnt ihr Kontakt zueinander aufnehmen und euch Nachrichten schicken.«

»Ich weiß nicht, ob das so eine gute Idee ist«, murmelt Doris.

»Doch!«, ruft Marianne. »Warte nur ab, du wirst uns noch dafür danken.«

Mit gehetztem Blick sieht Doris von einer zur anderen. »Natürlich klingt das spannend, aber stellt euch mal vor, jemand aus der Gemeinde bekommt mit, was ich da tue.«

»Mach dir keine Sorgen«, versichert Marianne. »Diese alten Hühner haben wohl kaum eine Internetverbindung.«

Doris schüttelt den Kopf. »Nenn sie nicht so. Außerdem haben sie Internet. Letzte Woche habe ich Katrin, ihr wisst schon, die Frau von Bengt, dabei beobachtet, wie sie während des Gottesdienstes Poker gespielt hat. Sie hat versucht, das Handy hinter ihrer Bibel zu verstecken, aber jedes Mal, wenn sie gewonnen hat, hat sie einen kleinen Hopser gemacht. Der Pastor schien zum Glück zu glauben, dass seine Predigt sie so mitgerissen hat.«

»Du kannst das Profil jederzeit wieder löschen, wenn du es dir anders überlegst. Ein einziger Knopfdruck reicht«, erklärt Erika.

»Bist du sicher?«, fragt Doris und rutscht auf ihrem Stuhl umher.

»Versprochen. Was soll ich in dein Profil schreiben, wonach hältst du Ausschau?«

»Er sollte ungefähr so alt sein wie ich.«

»Ab achtundsechzig?«

»Ach«, sagt Doris und verdreht die Augen. »Schreib ab sechzig. Oder, nein, ab zweiundfünfzig. Und er sollte höchstens fünfundsiebzig sein. Und keine Glatze haben.«

Sie lehnt sich zu Mona herüber. »Ich fand glatzköpfige Männer noch nie attraktiv, sie sehen so schmierig aus«, erklärt sie und wendet sich wieder an Erika. »Er sollte sportlich sein und gerne gut trainierte Waden haben. Aber ich will nicht so einen Vegetarier, der nur Kaninchenfutter isst. Schreib: Ich suche einen eleganten und weltgewandten Hugh-Jackman-Typ mit guten Werten! Und er sollte hier in der Nähe wohnen«, fügt sie hinzu.

»Okay«, sagt Erika und zieht die Augenbrauen hoch. »Wie würdest du dich selbst beschreiben?«

Doris zuckt mit den Schultern.

»Keine Ahnung.«

»Du liebst Essen. Was sind denn deine Lieblingsgerichte?«, schlägt Mona vor.

»Ich mag Meeresfrüchte, besonders Austern, und diese gefüllten griechischen Weinblätter«, zählt Doris auf. »Und ich liebe Monas Kekse mit Himbeerfüllung, sie erinnern mich daran, wie ich als Kind immer in die Konditorei gegangen bin.«

Erikas Finger fliegen über die Tastatur des Handys.

»Ich schreibe, dass du eine lebensfrohe Frau im besten Alter bist, die gerne Austern, gefüllte Weinblätter und Kekse mit Himbeerfüllung isst.«

Mona zupft ihre rot-gelb-geblümte Bluse zurecht. »Kennst du Evys Nachbarn, Yusuf?«, fragt sie. »Er ist wirklich nett.«

»Der hat doch einen Pferdeschwanz und einen Ring im Ohr!«, sagt Doris und rümpft die Nase. »Heißt das nicht, dass er ...«

»... ein Pirat ist?«, entfährt es Marianne.

»Ach, nennt man das heutzutage so?«

Mona legt den Kopf schief.

»Du solltest nicht so schnell über die Menschen urteilen. Yusuf ist sehr lieb, und er hat einen fantastischen Garten. Ich kaufe mein Gemüse jetzt immer bei ihm.«

Erika reicht Doris das Telefon.

»So, dein Profil ist fertig.«

»Oh, das ging ja schnell«, sagt Doris verlegen und streicht sich eine Haarsträhne hinter das Ohr. »Und was passiert jetzt?«

»Du guckst, ob jemand deinen Kriterien entspricht.«

»Aber nimm dich in Acht«, fügt Marianne hinzu, »vor Leuten, die mit Katzenjungen, süßen Hunden und Gewehren posieren. Und vor solchen, die Fotos hochgeladen haben, in denen ihre Expartner weggeschnitten sind. Schicke niemals jemandem Geld, der darum bittet, egal wie verzweifelt er wirkt. Wenn sie dir erzählen wollen, dass ihre Exfrau ihr ganzes Hab und Gut mitgenommen hat, dann hat sie sicherlich einen Grund dafür gehabt. Und gib niemandem deine Adresse.«

»Ich glaube, ich habe es mir schon wieder anders überlegt«, murmelt Doris.

»Nein!«, ruft Marianne und nimmt ihr das Handy aus der Hand. »Wollen wir doch mal sehen, was da draußen für Leckerbissen unterwegs sind.«

»Der sieht toll aus«, entfährt es Mona und sieht durch ihre Lupe. »Da steht, dass er Feminist ist.«

»Das schreiben sie alle«, sagt Marianne. »Sogar Rechtspopulisten nennen sich zur Zeit Verfechter der Frauenrechte.«

Doris wird ganz bleich im Gesicht.

»Ich hätte nicht gedacht, dass das so anstrengend ist.«

»Ach, das ist gar nichts im Vergleich zu einem Freitagabend in LA«, entgegnet Marianne munter. »Wenn man den Richtigen finden will, muss man sich schon ein bisschen ins Zeug legen.«

Erika muss beim Anblick der drei Frauen, die um Doris' Handy sitzen, lächeln, als plötzlich ihr eigenes Telefon vibriert. Ob es Martin ist, der wissen will, warum er seit Tagen nichts von ihr gehört hat?

Eine Welle des schlechten Gewissens überkommt Erika. Martin hat angerufen und geschrieben, aber Erika hat seine Kontaktversuche ignoriert. Abgesehen von ein paar kurzen

SMS, in denen sie ihm versicherte, dass mit ihr und Lina alles in Ordnung sei, hat sie ihm nicht geantwortet. Sie ist noch nicht bereit, mit ihm zu sprechen, bevor sie weiß, wie sie wirklich fühlt.

Erika sieht auf ihr Handy und stellt zu ihrer großen Überraschung fest, dass die Nachricht überhaupt nicht von Martin ist, sondern von *Jonas Arbeit.* Verlegen sieht sie sich um, aber Mona und ihre Freundinnen sind voll mit Doris und deren Telefon beschäftigt, also öffnet sie die Nachricht.

Hallo Erika! Es war schön, dich neulich zu sehen. Ich freue mich schon, dass du uns bei den Kulissen hilfst – ich melde mich bei dir, sobald das gesamte Material vorhanden ist. Sei umarmt! Jonas

Erika liest sich die SMS mehrmals durch. Sie und Jonas hatten seit dem Ende ihrer Beziehung keinen Kontakt mehr zueinander, aber ein Teil von ihr hat ihn immer vermisst.

Ein Bild aus Erikas Erinnerung taucht vor ihren Augen auf, von einem ihrer letzten Treffen. Jonas hatte sie gebeten, zum Waldspielplatz zu kommen, und dort hatten sie jeder auf einer Schaukel gesessen und nicht viel gesagt. Den ganzen Frühling über hatte er über seine Reisepläne gesprochen. Er wollte eine Interrail-Tour durch Europa machen; nach Berlin, Prag, Paris, Rom und Barcelona.

Ein paarmal hatte Erika überlegt, ihn zu fragen, ob sie ihn begleiten könne. Sie stellte sich vor, wie sie gemeinsam mit den Rucksäcken von Stadt zu Stadt reisten, ein Zimmer bei einer italienischen Familie mieteten, sich die Haare in einem Fluss wuschen und sich ein frisch gebackenes Baguette zum Frühstück im Park teilten. Gleichzeitig wusste sie, dass es niemals funktionieren würde. Erika war nicht alt genug. Sie hatte die ganze Oberstufe noch vor sich, und was sollte Jonas tun, bis sie mit der Schule fertig war – einfach rumsitzen und Däumchen drehen?

Obwohl der Tag, an dem sie seinen Brief erhielt, der schlimmste in Erikas sechzehnjährigem Leben war, kann sie sich nicht daran erinnern, ihm jemals wirklich richtig böse gewesen zu sein. Enttäuscht und verzweifelt, war sie, ja, aber gehasst hat sie ihn nie. Irgendwo tief im Inneren hatte sie gewusst, dass ihre gemeinsame Zeit einfach vorbei war und ihm nichts anderes übrigblieb, als sie zu verlassen.

Erika zieht die Kante ihres Handys mit dem Finger nach. Der unsichere Teenager in ihr dachte immer, dass es ein Wunder war, dass ein so gutaussehender und beliebter Typ sie überhaupt wahrnahm und dass jeder Moment mit Jonas ein Geschenk war. Wohin sie auch gingen, stand er im Mittelpunkt, und Erika sah, wie Mädchen in der Gemeinde für ihn schwärmten. Auf der Straße warfen sie ihm heiße Blicke zu und backten Zuckerkekse für seine Mutter Rut, um sich bei ihr einzuschmeicheln. Wie sehr Erika auch versuchte, es zu ignorieren, Jonas gehörte zu einer Welt, zu der sie keinen Zugang hatte. Die Gemeinde war wie ein kleines Universum, ein geheimer Ort, der vom Rest des Dorfes abgeschirmt war und den Erika niemals vollständig ergründen würde.

Erika legt das Telefon weg und fragt sich, was passiert wäre, wenn Jonas damals nicht gegangen wäre. Wären sie heute noch zusammen und, wenn ja, was für ein Leben hätten sie jetzt geführt? Hätten sie hier in Ljusskär gewohnt, in einem kleinen Häuschen unten am Strand? Hätte Erika die Tage damit verbracht, Aquarelle mit Seemotiven zu malen? Und vielleicht die wichtigste Frage von allen: Hätte Jonas sie glücklicher gemacht als Martin?

21

DONNERSTAG, 18. JUNI 1987

Madeleine steht vor dem Gemeindehaus und wartet auf Desirée. Die beiden sind auf dem Weg zum Strand, um ein abendliches Bad zu nehmen, aber ihre Zimmergenossin ist noch einmal zurück ins Haus gerannt, um ihr Handtuch zu holen.

Madeleine muss beim Gedanken an Desirées Schludrigkeit lachen. Ständig verliert sie ihre Sachen, vergisst Pullover und Bücher an allen erdenklichen Orten. Neulich haben sie einen ganzen Morgen damit verbracht, nach ihren Turnschuhen zu suchen, bis sich herausstellte, dass sie unter das Bett getreten worden waren.

Aber es ist unmöglich, Desirée nicht zu mögen. Sie beide verbringen fast jede Minute zusammen, und abends liegen sie in ihren Betten und reden bis spät in die Nacht.

Desirée berichtet lebhaft von ihren Zukunftsplänen. Sie möchte werden wie Rut, einen Pastor heiraten und ihre eigene Gemeinde führen.

»Deshalb bin ich immer so nett, weil sie mich dann nicht gehen lassen können. ›Desirée muss bei uns bleiben‹«, ahmt sie Ruts Stimme nach, »›sie ist so charmant.‹«

Immer wenn Desirée die Frau des Pastors imitiert, muss Madeleine so sehr lachen, dass sie Bauchschmerzen bekommt. Sie liebt es, Desirées Geschichten zu lauschen, und ist stolz, dass Desirée sie als ihre engste Freundin auserkoren hat.

Madeleine schwingt die weiße Einkaufstüte, in die sie ihren Badeanzug und ein Frotteetuch gestopft hat, und fragt sich, wo Desirée wohl bleibt. Vor zwei Minuten wollte sie zurück sein, doch inzwischen sind mindesten fünf vergangen.

Ungeduldig tritt sie gegen einen Stein, der über den Kiesweg rollt. Madeleine hat immer noch keine Antwort von ihrer Schwester erhalten. Jeden Tag läuft sie zum Gemeindebüro, um zu sehen, ob ein Brief für sie angekommen ist, und jeden Tag steht sie erneut mit leeren Händen da.

Madeleine geht davon aus, dass das Ausbleiben von Patricias Antwort bedeutet, dass die Schwester immer noch wütend auf sie ist. Sie fragt sich, was passieren wird, wenn sie ihr erzählt, dass sie weiterhin in der Kirche arbeiten möchte. Wenn ihre Schwester schon enttäuscht ist, dass sie ein Sabbatjahr genommen hat, wie wird sie dann erst reagieren, wenn Madeleine ihr ihren Entschluss offenlegt, den Hof der Familie niemals zu übernehmen?

Madeleine hat Patricia versprochen, nach diesem Jahr in Schweden wieder nach Hause zu ziehen, aber in dem Moment, in dem sie Mill Creek verlassen hatte, wurde ihr bewusst, dass sie nicht ihr ganzes Leben auf dem Hof verbringen will. Sie hat keine Lust, wie ihr Vater zu leben, gefangen in dem Hamsterrad der Landarbeit, die nichts einbringt, auf einem heruntergekommenen Hof, versunken in einem Stapel von Rechnungen, die niemals pünktlich bezahlt werden können.

Hinter dem Haus sind Schritte zu hören, und Madeleine schiebt den Gedanken an die Schwester beiseite. Sie öffnet den Mund, um Desirée etwas zuzurufen, hält jedoch inne, als sie sieht, dass Desirée nicht allein ist.

Ihre Zimmergenossin kommt auf sie zugesprungen, und als sich ihre Blicke treffen, sieht sie Madeleine lange in die Augen.

»Ich habe Jonas und Pastor Robert gefragt, ob sie mitkommen wollen.«

Madeleine schaut auf und sieht die jungen Männer den kleinen Weg hinabkommen, jeder von ihnen ein Handtuch über die Schultern geworfen.

Es kribbelt in ihrem Bauch, und eine erwartungsvolle Spannung steigt in ihr auf. Jonas nickt zur Begrüßung, und Madeleine lächelt als Antwort.

»Okay«, sagt sie so entspannt wie möglich und dreht sich um, damit niemand sehen kann, wie rot sie wird.

Am Strand finden sie einen Platz hinter einer Düne, die sie vorm Wind schützt. Jonas zieht sein T-Shirt aus und wirft es in den Sand. Er trägt ein paar hellblaue Badeshorts. Madeleine schielt verschämt in seine Richtung.

»Komm schon«, sagt Jonas an Pastor Robert gewandt, der nicht so schnell ist wie er.

Pastor Robert schlingt sich sein Handtuch um den Bauch, unter dem er ungeschickt seine Badehose anzieht und dabei grummelt, dass es wirklich noch zu kalt zum Baden sei.

Desirée gibt Madeleine ihr Handtuch und bittet sie, es zu halten, damit auch sie sich umziehen kann. So gut wie möglich spannt Madeleine das Badetuch um ihre Freundin.

»Wir kommen gleich nach«, ruft Desirée Jonas und Pastor Robert hinterher, die Richtung Wasser laufen.

Desirée kämpft hinter dem Handtuch mit ihrem Badeanzug, und Madeleine wundert sich, warum die Freundin, die normalerweise gar nicht schüchtern ist, plötzlich so bedacht darauf ist, ihren Körper zu verbergen. Diskret lässt sie ihren Blick über Desirées Schulter gleiten, dann wandert er an ihrem Körper herunter.

Desirée trägt immer noch ein T-Shirt, und unter dem Stoff zerrt sie hartnäckig an einem Badeanzug, der nicht ganz zu passen scheint. Als zwischen Badeanzug und T-Shirt ein Stück Haut hervorblitzt, entdeckt Madeleine, dass Desirées Bauch über und über mit waagerecht verlaufenden Narben bedeckt ist. Sie sehen aus wie ein Schwarm kleiner Fische unter ihrer Haut. Madeleine schaut auf und bemerkt, dass Desirée ihren Blick gespürt hat.

»Tut mir leid«, murmelt sie.

Desirée presst das Handtuch an ihren Körper.

»Das war ein Unfall«, sagt sie hastig.

Madeleine starrt sie an, während Desirée die Träger ihres Badeanzuges über die Schultern zieht, das T-Shirt abstreift und Richtung Meer läuft. Madeleine hat Verletzungen dieser Art noch nie gesehen und fragt sich, was für ein Unfall so viele Narben hinterlassen haben könnte.

Aus der Entfernung sieht sie die anderen in die Wellen springen. Jonas dreht sich zu ihr um und formt die Hände um den Mund.

»Kommst du?«, ruft er.

Madeleine schreckt aus ihren Gedanken auf, reckt einen Arm in die Luft und winkt.

»Ja«, ruft sie und holt ihren Badeanzug aus der Plastiktüte.

Das Handtuch fest um den Körper geschlungen, geht Madeleine hinunter ans Wasser. Als die anderen sich zu ihr umdrehen, lässt sie es in den Sand fallen und watet ins Meer.

Ein frischer Ostwind weht vom Meer ans Land. Das Wasser ist eisig kalt und ziept an der Haut. Madeleine zittert, aber sie will nicht am Ufer stehen bleiben, sondern wagt sich zu den anderen vor.

Ein Stück weiter draußen versucht Jonas, Pastor Robert unter Wasser zu drücken. Desirée sieht den beiden belustigt zu. Jonas bemerkt, dass Madeleine die Arme um sich geschlagen hat und lächelt ihr zu.

»Frierst du?«

»Mmm.«

»Das wird besser, wenn du einmal untertauchst.«

Verspielt spritzt er ein paar Tropfen Wasser in ihre Richtung.

»Hör auf«, ruft sie, ohne es wirklich zu meinen.

Er lacht, stößt sich vom Meeresboden ab, und taucht elegant unter.

Die Sonne verschwindet hinter den Baumwipfeln, und auf der Wasseroberfläche spiegelt sich das warme Licht. Desirée schwimmt auf Madeleine zu und zeigt kichernd auf Pastor Robert, der anscheinend Wasser ins Ohr bekommen hat. Das Haar auf seiner Brust ist genauso lockig wie das auf seinem Kopf und wippt lustig im Takt, als er auf und ab springt.

Madeleine lässt sich neben Desirée ins Wasser sinken.

»Es macht doch nichts, dass ich sie gefragt habe, ob sie mitkommen wollen, oder?«

»Nee.«

Ein paar Meter entfernt taucht Jonas prustend aus dem Wasser auf. Er schüttelt den Kopf, sodass die Tropfen in alle Richtungen spritzen, und taucht sofort wieder unter.

Madeleine macht ein paar Schwimmzüge und merkt, wie leicht ihr Körper im Wasser wird. Es ist ein wunderbares Gefühl, von der Strömung getragen zu werden. Sie lässt den Blick über den Strand schweifen. Ganz still liegt sie auf dem Wasser, bis plötzlich etwas ihre Beine streift.

»Hier ist etwas im Wasser«, sagt sie, und Desirée sperrt die Augen auf.

»Was denn?«

Madeleine sieht sich um.

»Ich weiß nicht, vielleicht ein Fisch?«

Als unter der Wasseroberfläche etwas zuckt, stößt Desirée einen spitzen Schrei aus.

»Ein Hai«, ruft sie. »Hier sind Haie im Wasser!«

Sie wirft sich in die Wellen und schwimmt, so schnell sie kann, auf das Ufer zu. Madeleine reagiert genauso schnell und folgt ihr, doch dann sieht sie Jonas aus dem Wasser auftauchen. Er lacht laut, fährt sich mit der Hand durch die Haare und taucht erneut ab.

Desirée kreischt immer noch ganz theatralisch. Madeleine verdreht die Augen, doch als Jonas sie fast eingeholt hat, lässt sie sich von dem Spiel mitreißen.

Jonas gleitet so elegant durch das dunkle Wasser, dass er nur schwer zu sehen ist. Jedes Mal, wenn er Madeleines Fuß packt, macht sie sich frei und erhöht das Tempo. Es macht Spaß, gejagt zu werden, und sie und Desirée paddeln in verschiedene Richtungen, um ihm zu entkommen.

Madeleines Herz schlägt ihr bis zum Hals, und sie wartet

darauf, dass Jonas sie wieder einholt. Als sie Desirée an Land springen sieht, ist sie kurz enttäuscht, doch sie hat das Gefühl, keine andere Wahl zu haben, als ihr zu folgen. Lachend setzen sich die beiden Mädchen in den kühlen Sand und wickeln sich in ihre Handtücher.

»Ihr Angsthasen«, ruft Jonas ihnen aus dem Wasser zu.

Sie sehen sich an, und als Desirée kichert, beginnen Madeleines Augen zu tränen. Sie kann sich nicht daran erinnern, jemals so viel Spaß gehabt zu haben.

»Hast du wirklich geglaubt, das war ein Hai?«, fragt Madeleine, und Desirée schneidet eine Grimasse.

»Es gibt doch gar keine Haie in der Ostsee«, sagt sie und legt sich das nasse Haar über die Schulter.

Madeleine beobachtet Jonas, der jetzt ebenfalls aus dem Wasser kommt. Der muskulöse Körper bricht durch die Wasseroberfläche, und die nasse Badehose klebt an seiner Haut. Erst als Desirées Stimme sie aus ihren Gedanken reißt, wendet sie den Blick von ihm ab.

»Und, was sagst du?«

Verdattert sieht Madeleine sich um. Sie hat gar nicht mitbekommen, dass Desirée sie etwas gefragt hat.

»Wozu?«

Die Blicke der Freundinnen treffen sich.

»Ob wir in der Sonntagsschule Stuhltanz spielen wollen?«

»Das klingt gut.« Madeleine nickt.

Desirée wringt ihre Haare aus.

»Jonas ist toll.«

Madeleine spürt, wie ihr Herz schneller schlägt, und sie zieht sich das Handtuch fester um den Körper.

»Kann gut sein«, sagt sie und senkt den Blick in den Sand. Obwohl Desirées Kommentar sie verlegen macht, kann sie die Glücksgefühle nicht bezwingen, die durch ihren Körper rauschen, und kurz darauf, auf dem Weg zurück zum Gemeindehaus, kann sie ihr Lächeln nicht unterdrücken.

22

DONNERSTAG, 13. JUNI

Patricia steht auf der Treppe vor dem grauen Haus. Ihr Herz schlägt schnell und das Blut pocht in ihren Ohren. Ihr letzter Besuch bei Evy ist alles andere als angenehm gewesen, und sie hofft, dass es diesmal besser laufen wird.

Mit Nachdruck klopft sie an die Tür und hört, dass sich im Haus jemand bewegt. Aber niemand öffnet. Patricia klopft ein zweites Mal an, und als wieder nichts passiert, lehnt sie sich zum Türspalt vor.

»Evy?«, ruft sie. »Ich bin es noch mal, Patricia Sloane. Ich würde sehr gerne mit Ihnen reden.«

Sie verstummt und lauscht an der Tür. Eine Minute, die ewig zu dauern scheint, ist nichts zu hören, dann klappert es im Haus.

»Evy!«, wiederholt sie, diesmal fordernder. »Können Sie nicht aufmachen? Ich möchte ihnen gerne etwas erzählen, und ich möchte das ungern auf offener Straße tun.«

Patricia wartet auf eine Reaktion, doch nichts passiert. Stattdessen taucht ein Mann auf dem Nachbargrundstück auf. Seine olivfarbene Haut leuchtet golden in der Sonne, und der gestutzte Bart ist weiß.

»Sie mag keinen Besuch«, sagt er freundlich.

Patricia nickt.

»Ja, das sehe ich.«

Der Mann befestigt einen Schlauch an dem Wasserhahn neben dem Haus und zieht ihn hinter sich her in seinen Garten. Patricia seufzt. Sie hatte gehofft, dass sie wenigstens kurz die Chance haben würde, mit Evy zu sprechen.

Als der Nachbar wieder auftaucht, trägt er eine schöne schwarze Katze auf dem Arm. Er legt einen Finger an die Lippen, um Patricia zu verstehen zu geben, ganz still zu bleiben. Dann klopft er an Evys Tür.

»Evy«, ruft er. »Saba will ins Haus.«

Er setzt die Katze auf den Boden, die sich an die Tür schmiegt und mauzt. Der Mann zeigt den Daumen nach oben.

»Danke«, flüstert Patricia.

»Yusuf«, sagt er und reicht ihr die Hand. »Man muss nur ein paar Tricks kennen.«

Er verschwindet wieder in seinem Garten, und nur wenige Sekunden später hört Patricia, wie der Schlüssel in Evys Türschloss umgedreht wird.

Patricia macht einen Schritt zur Seite, damit Evy sie nicht sofort sieht. Evy schiebt die Tür nur einen Spalt weit auf, und als sie die Katze entdeckt, öffnet sie sie ganz. Patricia holt tief Luft, dann streckt sie vorsichtig ihre Hand aus, um Evy nicht zu erschrecken.

»Hallo.«

Evy sieht sie verdutzt an, dann zieht sie die Tür sofort wieder zu, doch Patricia hat ihren Fuß schon in den Türspalt geschoben.

»Entschuldigen Sie«, sagt sie. »Ich will sie nicht belästigen, aber ich muss mit Ihnen sprechen.«

Evy wirft ihr einen hasserfüllten Blick zu, während sie weiterhin versucht, ihre Tür zuzuziehen. »Nehmen Sie den Fuß da weg«, faucht sie.

»Bitte«, fleht Patricia. »Es dauert nur ein paar Sekunden.«

Sie bemerkt Evys musternden Blick. Das Gesicht unter dem kurzen, grauen Haarschopf ist wettergegerbt, und Patricia stellt fest, dass sie dieselben blauen Arbeitshosen, dasselbe T-Shirt und dieselbe Fleecejacke wie bei Patricias letztem Besuch trägt.

»Der Grund, warum ich mehr über Madeleine Grey wissen möchte,«, sagt sie, so schnell sie kann, »ist, dass ich ihre Schwester bin.«

Evy zuckt zusammen, und die strengen Züge um ihren Mund scheinen eine Spur weicher zu werden. Patricia hebt die Hände, um zu zeigen, dass sie keine bösen Absichten hat, und nimmt den Fuß aus der Tür.

»Ich bin hier, weil ich einfach herausfinden muss, was mit Madeleine passiert ist. Vor ein paar Wochen hat mir jemand ihre Halskette geschickt. Ich weiß nicht, was das bedeutet, ich weiß auch nicht, ob Sie sie kannten, aber in der Kirche hat mir jemand gesagt, dass ich mich an Sie wenden soll. Ich habe schon mit vielen Leuten hier im Ort gesprochen, aber niemand scheint sich an meine Schwester zu erinnern. Bitte«, fleht sie erneut, »wenn Sie etwas wissen, erzählen sie mir davon.«

Einen kurzen Moment lang sehen die beiden Frauen sich an. Evy sieht nachdenklich aus und öffnet leicht die Lippen, als würde sie etwas sagen wollen.

Patricia wartet geduldig. Ihr Herz schlägt so schnell, dass sie kaum Luft bekommt. Evy weiß etwas über ihre Schwester, sie kann es an ihrem Blick sehen, und sie kann nicht verstehen, warum Evy nicht mit der Sprache herausrückt.

Die Sekunden vergehen langsam, sie sind so zäh wie Sirup. Im Augenwinkel sieht Patricia, wie Evy ihre Hand nach der Türklinke ausstreckt. Jetzt, denkt sie, jetzt lässt sie mich rein. Aber sie liegt falsch. Stattdessen schüttelt Evy den Kopf.

»Tut mir leid«, sagt sie und schließt die Tür.

Patricia wankt ein paar Schritte nach hinten.

Sie hat wirklich für einen Moment geglaubt, dass Evy ihr helfen würde, dass sie entscheidende Informationen hätte, die die wenigen merkwürdigen Puzzleteile, die Patricia gesammelt hatte, zu einem Bild zusammenfügen könnten.

Die Frustration schmerzt in ihrem Körper. Patricia verspürt den plötzlichen Wunsch, etwas kaputtzuschlagen. Wie kann das alles sein? Wie konnte Madeleine einfach verschwunden sein, ohne dass eine einzige Person wusste, was mit ihr los war?

In all den Jahren hat sie ihren Kummer begraben, hat ihn von sich weggeschoben, weil sie dachte, sie würde eines Tages stark genug sein, das alles zu ertragen. Doch obwohl dreißig Jahre ins Land gezogen sind, ist sie genauso verzweifelt wie am ersten Tag. Sie kann den Gedanken nicht ertragen, dass Madeleine weg ist und dass niemand weiß, wohin sie gegangen ist. Sie weigert sich, das zu akzeptieren.

Patricia schlägt die Hände vors Gesicht. Warum hat sie sich mit ihrer Schwester gestritten, bevor sie nach Ljusskär gereist ist? Sie hätte erkennen müssen, dass es für Madeleine zu viel Verantwortung war, den Hof zu übernehmen – wie konnte sie so dumm sein? Und warum hat sie sich nicht die Zeit genommen, ihrer Schwester zu schreiben?

Was nun, wenn es ihre Schuld ist, dass Madeleine verschwunden ist?

Was, wenn Madeleine deshalb weggegangen ist, weil sie dachte, Patricia sei wütend auf sie und wolle sie niemals wiedersehen?

23

DIENSTAG, 23. JUNI 1987

Pastor Lindberg ist wie immer beschäftigt, und Madeleine wurde gebeten zu warten. Sie sitzt ihm gegenüber und betrachtet die Fotografien an den Wänden, während der Pastor etwas auf seiner Schreibmaschine tippt. Auf dem Schreibtisch zwischen ihnen stehen eine Flasche Pepsi und zwei Pappbecher.

Madeleine kratzt sich am Arm. Dies ist ihr viertes Treffen mit dem Pastor, und sie ist froh, dass er sie zu sich bestellt hat. Es ist eine Ehre, vom Leiter der Freikirche in spirituelle Obhut genommen zu werden.

Jedes Mal, wenn sie die anderen Adepten in sein Büro gehen sieht, spürt sie einen kleinen Kloß im Hals. Madeleine möchte Pastor Lindberg zeigen, wie dankbar sie ist, dass er sie ausgewählt hat, und dass sie ihr Bestes gibt, obwohl sie es manchmal schwierig findet, mit ihm zu reden. Es liegt ihr nicht, sich zu öffnen und ihre tiefsten Gedanken preiszugeben. Ihre Gefühle hat sie tief in sich vergraben, wo sie die Kontrolle über sie behält.

Madeleine richtet ihr Haar, das sie zu einem hohen Pferdeschwanz gebunden hat, und reibt ihre mit Lipgloss bemalten Lippen aneinander. Sie hat gesehen, dass Desirée sich für ihre Gespräche mit dem Pastor immer sehr hübsch macht, und wollte sich auch ein bisschen mehr ins Zeug legen.

Ihre bisherigen Treffen sind immer unterschiedlich lang gewesen. Beim ersten Mal haben sie relativ kurz verschiedene Themen angeschnitten, aber während ihres zweiten und dritten Gesprächs hat der Pastor gebeten, mehr über Madeleines Kindheit zu erfahren. Er sagte, er wolle gern tiefgründige Gespräche führen, und obwohl es Madeleine widerstrebte, erzählte sie schließlich, dass ihre Eltern gestorben waren.

Jedes Mal, wenn sie etwas Privates mit jemandem teilt, schämt sie sich aus einem unerfindlichen Grund. Es kommt ihr albern vor, zu glauben, dass irgendjemand Interesse an ihrem banalen Leben haben könnte, und außerdem ist sie es einfach nicht gewohnt, über ihre Erlebnisse sprechen.

Pastor Lindberg schaut von der maschinenbeschriebenen Seite auf. Er hat eine Art zu lächeln, die sie mit einer wohligen Wärme erfüllt, und wenn dieser intensive Blick sie so eindringlich mustert, fühlt sie sich lebendig.

Madeleine kann nachvollziehen, warum die Leute so fasziniert von ihm sind. Pastor Lindberg hat etwas Besonderes, das sie nicht in Worte fassen kann. Er hat eine Energie, die ansteckend ist, eine Ausstrahlung, die ihn zu einer offensichtlichen Führungspersönlichkeit macht, und Madeleine bemerkt immer wieder, dass alle Augen auf ihn gerichtet sind, sobald er einen Raum betritt.

Verlegen zupft sie an ihrem Pullover. Der Pastor lehnt sich in seinem Stuhl zurück.

»Willkommen«, sagt er mit vertrauenserweckender Stimme. »Da wären wir wieder.«

»Ja.«

»Willst du etwas trinken?«

»Ja, danke«, antwortet sie, obwohl sie eigentlich keine Pepsi mag.

Die Flasche zischt, als der Pastor sie öffnet, und er gießt die Pepsi in die beiden Becher. Madeleine nimmt einen der Becher entgegen und trinkt hastig einen Schluck des klebrigen Getränks. Sie wird immer so nervös, wenn sie im Büro des Pastors sitzt.

Pastor Lindberg trinkt ebenfalls einen Schluck Pepsi und schmatzt vergnügt.

»Wie geht es dir heute?«, fragt er mit sanfter Stimme.

»Gut.«

»Erinnerst du dich an unser letztes Gespräch?«

»Ja.«

»Du hast mir von deinem Vater erzählt.«

Madeleine nickt, ohne ihm in die Augen zu sehen. Normalerweise beginnen die Gespräche mit Smalltalk, sie scherzen über Pastor Robert oder diskutieren die Liedauswahl für den Chor, aber jetzt hat Pastor Lindberg eine ganz andere Schärfe in seiner dennoch ruhigen Stimme.

»Ich möchte gern wieder dort anknüpfen.«

Das letzte Wort bleibt zwischen ihnen in der Luft hängen, und Madeleine holt tief Luft. Sie weiß nicht, was sie sagen soll.

»Madeleine«, fährt der Pastor fort. »Wenn du mir nichts anvertraust, kann ich dir nicht helfen. Die einzige Möglichkeit, sich zu entwickeln, besteht darin, sich vorwärtszubewegen, aber du steckst immer noch in der Vergangenheit fest. Sie ist zu schwer für dich, wie ein Anker. Du musst loslassen und weitermachen.«

Durch Pastor Lindbergs Worte scheint sich alles in ihr zu

verdrehen. Madeleine weiß, dass er recht hat, sie trauert immer noch, aber all diese Gefühle loszulassen funktioniert einfach nicht. Sie will nicht darüber reden, was passiert ist. Er verlangt Unmögliches von ihr.

»Wie ist dein Vater gestorben?«

Madeleine stellt den Becher ab. Auf diese Frage war sie nicht vorbereitet. Sie überkommt die plötzliche Lust, aufzustehen und zu gehen. Sie schielt zur Tür, aber die ist geschlossen.

»Madeleine«, wiederholt der Pastor. Seine Stimme ist dunkel und fordernd. Sie fühlt sich gefangen, doch obwohl die Panik in ihr wächst, möchte sie ihm gehorchen. Und er versucht ja eigentlich nur, ihr zu helfen. So sehr es ihr auch widerstrebt, sie muss ihm vertrauen.

»Ich ...«, beginnt sie, aber ihre Stimme bricht.

»Du brauchst keine Angst zu haben«, sagt der Pastor und ändert seine Sitzhaltung auf dem knirschenden Stuhl.

Madeleines Augen füllen sich mit Tränen, und sie wird von ihren Gefühlen überwältigt.

»Er hatte einen Herzinfarkt«, flüstert sie und schlägt die Hände vors Gesicht.

Pastor Lindberg reckt aufmerksam das Kinn. »Sehr gut«, murmelt er. »Sprich weiter.«

»Er ist nicht krank gewesen. Oder wir haben nicht gewusst, dass er Probleme mit dem Herzen hatte.«

Madeleine schluckt. Eigentlich will sie nicht daran erinnert werden. Jedes Wort in ihrem Mund leistet Widerstand, und sie spricht ganz langsam.

»Er hat immer unter Druck gestanden, seit vielen Jahren

schon. Die Getreidepreise waren extrem niedrig und die Zinssätze und Ölpreise sind in die Höhe gestiegen. Sie haben wahrscheinlich von der Agrarkrise in den USA gehört? Abends hat Papa immer vor den Fernsehnachrichten gesessen und geseufzt. Er hat jeden Tag fast rund um die Uhr gearbeitet, aber es kam kaum etwas dabei herum. Ich weiß nicht, ob es der Stress war, der sein Herz geschwächt hat, aber geholfen hat das sicherlich nicht.«

Sie macht eine Pause und trocknet sich die Tränen aus den Augenwinkeln.

»Ich habe ihn gefunden. Er war bei den Kühen. Ich bin nach Hause gekommen und habe gesehen, dass das Licht im Stall noch brannte, also bin ich hingegangen. Ich habe ihn nicht gleich bemerkt. Kühe können ziemlich laut sein, sie muhen und stampfen mit den Hufen. Aber dann habe ich ihn entdeckt. Er lag nur da, hinter einem Futtertrog. Zuerst habe ich gedacht, er ist von einem der Tiere getreten worden.«

Madeleine verstummt.

»Wie alt warst du?«

»Siebzehn.«

Pastor Lindberg erhebt sich von seinem Stuhl und kommt um den Schreibtisch herum. Als er neben Madeleine stehen bleibt, greift er nach ihren Händen und zieht sie vom Stuhl hoch. Sie wagt es immer noch nicht, ihm in die Augen zu sehen, starrt stattdessen auf den Boden.

Der Pastor legt sanft die Arme um sie und drückt sie an sich. Madeleines Körper versteift, doch dann lässt sie die Umarmung zu und entspannt sich. Schluchzend lehnt sie ihren Kopf an seine Schulter.

»Ja, so ist's gut«, sagt er. »Lass alles raus.«

Sie bleiben so stehen, bis Madeleines Weinen verstummt. Pastor Lindberg lockert seine Umarmung und sieht sie an. Widerwillig erwidert sie seinen Blick und sieht, dass er lächelt.

»Das hast du gut gemacht. Fühlt es sich besser an?«

Sie nickt.

»Aber wir sind noch nicht fertig.« Er stellt sich hinter Madeleine und legt seine Hände auf ihre Schultern. »Du hast mir doch noch mehr zu erzählen, oder?«

»Nein«, antwortet sie tonlos.

Pastor Lindberg presst seine Hände so hart auf ihre Schultern, dass es weh tut.

»Madeleine«, sagt er mit strenger, fast schon genervter Stimme.

Ihr Atem ist hektisch, wie bei jemandem, der zu lange unter Wasser gewesen ist und nun wieder auftaucht, um Luft zu holen.

»Ich will nicht«, flüstert sie.

»Lass es zu«, sagt er.

Madeleine schließt die Augen. Mit jedem Atemzug schnürt sich ihre Brust enger zu. Es fühlt sich an, als würden ihre Lungen jeden Augenblick explodieren.

Die Hände des Pastors gleiten an ihrem Körper herunter und legen sich auf ihre Taille.

»Lass alles raus«, haucht er, und in dem Moment scheint ein Damm in ihr zu brechen. Die Worte sprudeln aus ihr hervor.

»Es war meine Schuld«, murmelt sie. »Ich hätte zu Hause sein sollen, aber ich hab den Bus in die Stadt genommen. Normalerweise habe ich ihm nach der Schule immer geholfen, aber an dem Tag hatte ich keine Lust. Wenn ich mit dem Rad nach Hause gefahren wäre, dann wäre ich bei ihm gewesen, als es passiert ist. Dann hätte er es vielleicht überlebt.«

Als ihr bewusst wird, was sie da gerade gesagt hat, sinkt sie in sich zusammen, aber Pastor Lindberg hält sie fest.

Madeleine fühlt sich leer. Das hat sie noch nie jemandem erzählt.

Pastor Lindberg wiegt sie in seinen Armen. Sie spürt seinen starken Körper, der sich an ihren presst.

»Gott vergibt dir.«

Madeleine hat das Gefühl zu ersticken, als würde ihr etwas den Hals zuschnüren, und sie schnappt nach Luft.

»Es war nicht deine Schuld«, fährt Pastor Lindberg fort. »Du hast nicht wissen können, was an diesem Tag passieren würde.«

Als sie diese Worte hört, beginnt sie zu zittern. Ihr Körper bebt in Pastor Lindbergs Armen, und sie ist froh, dass er sie hält.

Tief in ihr bäumt sich etwas auf, und plötzlich stößt sie einen merkwürdigen Klagelaut aus, den sie nicht kontrollieren kann.

»Ich habe ihn sterben lassen«, schluchzt sie.

»Nein, das warst nicht du. Gott hat ihn zu sich geholt. Alles hat einen Sinn, du kannst gar nichts dafür.«

Seine Stimme ist warm und ruhig, und sie fühlt sich sicher in seinen Armen. Obwohl es seltsam ist, so dazustehen, in den Armen des Pastors, verspürt sie eine Art Befreiung.

Madeleine blinzelt ihre Tränen weg. Sie hat sich gegenüber

Pastor Lindberg mehr geöffnet als je irgendeiner anderen Person zuvor. Er hat direkt in ihre Seele gesehen. Es gibt nichts mehr, das zwischen ihnen steht, sie sind bis in alle Ewigkeit miteinander verbunden.

Sanft streicht er auf und ab über ihre Arme, und sie spürt, wie der Kummer langsam von ihr abfällt. Das ist es, was ihn so besonders macht, denkt Madeleine. Deshalb will jeder Pastor Lindberg treffen. Er hat eine Gabe, er weiß genau, was die Leute brauchen.

Sie bleiben eine Weile so stehen, und nach wenigen Minuten wird Madeleine ganz hibbelig. Es ist ein seltsames Gefühl, dass der Pastor immer noch so nah bei ihr steht, hinter ihr, wo sie ihn nicht sehen kann. Sie spürt seinen schweren Atem in ihrem Nacken, wagt aber nicht, sich zu bewegen. Es liegt nicht an ihr, zu entscheiden, wann das Gespräch beendet ist, und es wäre undankbar, sich jetzt aus Pastor Lindbergs Griff zu befreien, obwohl er sich Zeit für sie genommen hat.

Plötzlich klopft es an die Tür, doch Pastor Lindberg reagiert nicht. Madeleine schluckt. Mit einem Mal fühlt sie sich unwohl, gefangen in seinen Armen. Sie hört, wie sich jemand draußen vor der Tür bewegt, und Madeleine widersteht dem Impuls, *Herein!* zu rufen.

Es klopft wieder, diesmal lauter, und Pastor Lindberg stöhnt.

»Ja«, sagt er ungeduldig. »Was ist?«

»Ich bin es.«

Durch Frau Lindbergs Stimme verändert sich die Atmosphäre im Raum, und endlich lässt der Pastor Madeleine los.

»Das wär's dann für heute«, murmelt er und fummelt an seinem Hemd herum.

Madeleine geht zur Tür, und als Frau Lindberg eintritt, grüßt sie freundlich und verlässt das Büro. Ihr ist ganz schwindelig, und ihre Augen sind vom Weinen geschwollen. Trotzdem fühlt sie sich leichter. Der Druck ist von ihrer Brust gewichen, und endlich versteht sie, was Desirée damit meint, dass sie die glücklichen Auserwählten sind. Es kommt ihr vor, als hätte sich ihr eine ganz neue Welt geöffnet. Pastor Lindberg hat ihre Seele berührt, und die ganze Welt hat plötzlich klarere Konturen.

Madeleine sieht die Wolken am Himmel, weich und glänzend weiß, wie Zuckerwatte in scharfem Kontrast zum klaren Blau. Sie spürt den Duft des Meeres und hört eine Amsel auf dem Wipfel der Eiche singen.

Zum ersten Mal seit langer Zeit ist Glück nicht nur eine Ahnung, sondern ein Gefühl, das jeden Winkel ihres Körpers ausfüllt. Madeleine glaubt, dass niemand, der nicht Ähnliches erlebt hat, verstehen kann, was ihr gerade widerfahren ist.

Sie wendet ihr Gesicht der Sonne zu und schließt die Augen. Dann schickt sie einen dankbaren Gruß an Gott, dass er sie bis nach Ljusskär gebracht hat. Den ganzen Weg bis ans andere Ende der Welt.

24

FREITAG, 14. JUNI

Erika geht den schmalen, von Bäumen umsäumten Pfad entlang auf den großen Versammlungssaal zu, der zur Freikirche gehört. Während ihrer Kindheit war die Gemeinde der Freikirche viel isolierter vom Rest der Dorfgemeinschaft, und Erika kann sich nicht daran erinnern, diesen Saal jemals betreten zu haben. Als Jonas an jenem Nachmittag im September zum ersten Mal mit ihr sprach, war sie so erstaunt, dass sie kaum wusste, was sie antworten sollte. Sie war es gewohnt, dass die Jugendlichen der Gemeinde unter sich blieben, und es überraschte sie, dass sich jemand wie Jonas für sie interessierte.

In den ersten Wochen erzählten sie niemandem etwas von ihrer Beziehung und trafen sich nur heimlich. Das hatte etwas Verlockendes, als ob ihre Liebe verboten wäre und niemand auf dieser Welt verstehen könnte, was sie füreinander empfanden. Erika erinnert sich an die fieberhafte Liebe, sie waren wie betrunken vor Glück. Sie fand Jonas so schön und dachte, sie würde alles tun, um mit ihm zusammenzubleiben.

Sie senkt den Blick. Der Boden unter ihr ist uneben, übersäht mit heruntergefallenen Zweigen und verwelkten Blättern vom vergangenen Herbst, und sie muss aufpassen, dass sie nicht umknickt. Seit sie die SMS von Jonas erhalten hat, spielen die Schmetterlinge in ihrem Bauch verrückt. Anscheinend wurden die großen Pappstücke geliefert, die als Kulisse für die Aufführung dienen sollen, und Erika hat versprochen, vorbeizukommen und Vorschläge für die Gestaltung zu machen.

Sie richtet ihr Haar und lächelt bei dem Gedanken. Als sie aufs Gymnasium ging, war sie davon überzeugt, dass sie später einen kreativen Beruf ausüben würde.

Sie wählte Fächer mit künstlerischem Fokus und widmete ihre Freizeit der Malerei und Fotografie. In der Schule in Ystad hängen immer noch einige ihrer Wandgemälde, und in den ersten Jahren nach dem Abitur belegte sie parallel zu ihrem BWL-Studium Kurse in Design und Kunst. Doch dann brach die Realität über sie herein. Sie lernte Martin kennen und zog mit ihm nach Halmstad. Dort trat sie eine Stelle in der Verwaltung beim Gemeindeamt an, wo sie heute noch arbeitet.

Erika erinnert sich, dass sie etwa zur gleichen Zeit einen Brief von Jonas erhalten hat. Er war an das Hotel adressiert, aber sie war so sehr mit ihrem neuen Leben beschäftigt, dass sie ihm nie geantwortet hat. Jetzt fragt sie sich, ob ihr Wiedersehen wohl eine tiefere Bedeutung haben könnte.

Sofort verwirft Erika diesen Gedanken. Wie dumm von ihr, auf eine solche Idee zu kommen. Die damaligen Umstände haben nichts mit ihren Entscheidungen zu tun, auf keinen Fall. Ihr Leben ist gut, so wie es ist, sie hat richtig gewählt. Wer wäre sie denn schon ohne ihre Familie?

Als Erika aufschaut, sieht sie Jonas auf der Treppe vor dem Gemeindehaus stehen und auf sie warten. Er trägt ein weißes Hemd und verwaschene Jeans, und als er lächelt, spürt Erika ein Kribbeln in der Magengrube.

»Hallo!«, ruft er ihr zu. »Schön, dass du hergefunden hast.«

Er kommt ihr mit offenen Armen entgegen und umarmt sie lange, dann betrachtet er sie mit seinen warmen Augen, und sie fühlt sich wieder, als wäre sie sechzehn.

»Hallo«, sagt sie und wendet sich ab, damit er nicht sehen kann, wie rot sie wird. »Wo sind denn die Kulissen?«

»Komm rein, ich zeig sie dir.«

Jonas führt sie zu einer Hintertür und bringt sie in einen Raum voller Kostüme, Requisiten und Instrumente. Über einem Stuhl hängt ein Anzug mit Tigerstreifen, über einem anderen ein Prinzessinnenkleid und ein Elefant aus Pappmaché, und auf einem Tisch stehen eine Trompete und ein Zylinder.

»Das sieht spannend aus.«

»Schön, dass es dir gefällt«, sagt Jonas. »Die Kinder haben selbst entschieden, was sie machen wollen, es wird also eine bunte Mischung. Du bist herzlich zur Vorstellung eingeladen. Nimm Lina mit, es wird ihr gefallen.«

»Danke, aber ich weiß noch gar nicht, ob wir überhaupt so lange bleiben.«

»Verstehe. Kommt der Rest deiner Familie auch noch in Ljusskär vorbei?«

Erika zuckt mit den Schultern.

»Ich weiß nicht. Meine älteste Tochter Emma hat ihren ersten Sommerjob und hat dort viel zu tun, und mein Mann, Martin, ist stark in der Firma eingebunden.«

»Wer verpasst denn freiwillig einen Sommer in Ljusskär?«, fragt Jonas und breitet die Arme aus.

»Ja, das ist eine gute Frage.«

Jonas zeigt ihr zwei große weiße Pappstücke, die an der Wand lehnen: »Hier sind unsere Kulissen.«

»Okay«, sagt Erika und streicht mit der Hand über das Material. »Was für ein Motiv wollen die Kinder haben?«

»Sie wünschen sich einen Dschungel, einen Zirkus, ein Prinzessinnenschloss und eine Stadt.«

Erika sieht ihn an und muss lachen.

»Ach, sonst noch was? Wollt ihr nicht noch ein Laboratorium und eine Raumstation dazu haben?«

Jonas grinst schief, und Erika findet, dass er schon immer etwas Wehmütiges an sich hatte. Sie erinnert sich, einer ihrer besten Freundinnen erzählt zu haben, dass in Jonas zwei unterschiedliche Persönlichkeiten schlummerten. Im einen Augenblick konnte er so glücklich sein wie nur irgend möglich und unglaublich viel Spaß haben, im nächsten Augenblick von dunklen Gedanken gequält werden. Manchmal war es, als würde die ganze Welt auf seinen Schultern lasten. Er empörte sich über die Dinge, die in der Welt geschahen, und machte sich Sorgen um die Zukunft. Damals hatte er immer gesagt, Erika sei sein Licht im Dunkeln. Sie sei diejenige, die ihn wieder glücklich machte, und deshalb brauchte er sie so sehr.

»Wir haben uns darauf einigen können, dass ein mysteriöser Wald als Kulisse für alle Szenen funktionieren wird«, erklärt er.

»Oho, ein mysteriöser Wald.«

»Ja, du weißt schon, mit Moos und Lianen und fleischfressenden Pflanzen.« Er schiebt die Pappwände zur Seite und holt einen Karton mit Farbdosen hervor. »Das ist, was wir haben. Ich hoffe, das reicht.«

Erika schaut in den Karton.

»Hast du einen Bleistift?«

Jonas reicht ihr einen gelben Stift, und Erika stellt sich vor die großen Pappwände. Sie tritt einen Schritt zurück, um die Proportionen abzuschätzen, dann macht sie sich an die Arbeit. Mit geübter Hand markiert sie, wo der Wald beginnen und enden soll, bevor sie die Baumkronen skizziert. Ihre Hand bewegt sich fast von selbst über die Pappe, und hin und wieder macht sie einen Schritt zurück, um sich einen Überblick zu verschaffen.

Als sie fertig ist, öffnet sie einige der Farbdosen und beginnt, die Waldumrisse nachzuzeichnen. Sie mischt Grün, Weiß und Schwarz zu verschiedenen Tönen, und malt mit breiten Pinselstrichen.

Langsam nimmt der Wald Gestalt an. Graugrüne Bäume und Sträucher wechseln sich mit bunten Blumen vor einem violetten Himmel ab. Hier und da fügt sie einen seltsamen Vogel oder einen Schmetterling hinzu, und den Rand der Pappe zieren ein paar Wolkenkratzer, die sich hinter einem Zirkuszelt und einer Burg mit Zinnen und Türmen in den Himmel erheben.

Nach einer Weile fällt Erikas Blick auf die Uhr an der Wand und sie zuckt zusammen. Es sind bereits zwei Stunden vergangen. Sie schaut zu Jonas, der an einer Wand lehnt und sie beobachtet.

»Entschuldige«, sagt sie. »Ich habe total die Zeit vergessen.«

»Kein Problem«, sagt er. »Gefällt mir, dir beim Arbeiten zuzusehen. Du warst total darin versunken.«

Erika wischt sich ihre Hände an einem Lappen ab.

»Ich male nicht mehr so oft«, sagt sie entschuldigend.

»Warum nicht? Du hast richtig Talent.«

»So gut bin ich nun auch wieder nicht«, protestiert sie und streicht sich eine Haarsträhne aus der Stirn. »Außerdem habe ich keine Zeit. Mit einem Vollzeitjob, zwei Kindern und einem Haus bleibt nicht mehr viel Freizeit.«

Jonas stellt sich mit Händen in den Hosentaschen vor die Kulisse.

»Das sollte keine Freizeitbeschäftigung sein, sondern dein Job.«

»Mit so etwas lässt sich nur schwer Geld verdienen«, seufzt sie.

»Verstehe. Aber es ist schade, so ein Talent zu verschwenden.«

Als er sich zu ihr umdreht, spürt Erika einen Schwall von Glück durch ihren Körper rauschen, und sie fragt sich erneut, wie ihr Leben wohl ausgesehen hätte, wenn sie es mit Jonas geteilt hätte. Ob sie wohl glücklicher wäre?

Sie mustert seine feinen Gesichtszüge und die großen, warmen Augen, in denen immer eine Spur von Ernst zu erkennen ist. Erika erinnert sich, wie es war, Jonas zu küssen und mit den Händen durch sein weiches Haar zu fahren. In der Zeit, die sie gemeinsam verbrachten, ließen sie kaum voneinander ab und hatten immer eine Hand unter dem Pullover des anderen, im Nacken oder in der hinteren Tasche der Jeans. Sie lebten in einer Art Symbiose, gefüllt mit dem intensiven Hunger, den man nur als Teenager verspürt.

Sie lächelt vor sich hin und schaut auf den Boden. Erika vermisst ab und zu die Zeiten, in denen es bei allen Gefühlen um Leben oder Tod ging, als jeder Kuss eine Bedeutung hatte und eine einzige Berührung die ganze Welt zum Beben bringen konnte.

Eine lange Minute bleiben sie schweigend nebeneinander stehen, vereint durch die Stille und ihre gemeinsame Vergangenheit, bis Erika einen Schritt zur Seite tritt.

»Ich muss jetzt zurück«, sagt sie hastig.

»Na klar. Vielen Dank für deine Hilfe. Die Kinder werden sich freuen, wenn sie sehen, wie schön die Kulisse geworden ist.«

»Und es ist gar nicht schwer, den Rest auszumalen«, erklärt sie und zeigt auf die Malerei.

»Nein, das kriegen wir hin.«

»Okay. Bis dann.«

Sie will gerade aus der Tür gehen, als sie seine Stimme hinter sich hört.

»Erika, warte.«

Langsam dreht sie sich um und sieht, wie Jonas sich den Pony aus der Stirn streicht.

»Darf ich dich zum Essen einladen, als Dankeschön für deine Arbeit?«

Erika zögert. Sie selbst würde es nicht toll finden, wenn Martin mit einer Exfreundin essen ginge. Doch Jonas ist mehr als das, er ist einer der wenigen Personen, der sie während ihrer Jugendzeit wirklich gekannt hat.

»Okay«, sagt sie. »Meld dich bei mir.«

»Sehr schön. Dann sehen wir uns.«

Mit einem Summen im Körper verlässt sie das Gemeindehaus. Sie weiß, dass das Wiedersehen mit Jonas nichts zu bedeuten hat. Es ist nur eine alberne Fantasie, andererseits ist es lange her, dass sie sich so frei gefühlt hat, und dieses Gefühl möchte sie für eine Weile festhalten.

25

Patricia geht raschen Schrittes durch den Ort. Sie ist gerade noch ein Mal in der Kirche gewesen – ein weiterer erfolgloser Versuch, jemanden zu finden, der Mitglied der Gemeinde war, als Madeleine verschwand.

Die Gedanken wirbeln ihr durch den Kopf. Patricia seufzt. Sie weiß wirklich nicht, was sie erwartet hat. Dachte sie ernsthaft, sie würde nach all der Zeit etwas Neues erfahren? Finden, wonach sie sucht?

Frustriert macht sie einen ausgreifenden Schritt über einen Riss im Asphalt. Seit über dreißig Jahren versucht Patricia zu verstehen, was mit ihrer Schwester passiert ist. Bei jedem Schritt nach vorne ist es so, als würde sie zwei zurückgehen, und die wenigen Dinge, die sie herausgefunden hat, kommen ihr wie Illusionen vor, die bei der geringsten Nachprüfung verpuffen würden.

Sie fühlt sich überfordert und versucht, sich auf das zu konzentrieren, was sie tatsächlich weiß. Madeleine war am Freitag, den 7. August 1987 noch in Ljusskär. Hier ist sie zuletzt gesehen worden. Aber was ist dann passiert? Wohin ist sie verschwunden?

Patricia fällt wieder ein Gespräch ein, dass sie mit Madeleine vor ihrer Abreise geführt hat. Die Schwester hatte überlegt, ihre Großmutter aufzusuchen, während sie in Schweden ist. Sie erinnert sich daran, dass sie selbst versucht hat, mit ihren schwedischen Verwandten Kontakt aufzunehmen, als sie das erste Mal nach Ljusskär kam, um nach Madeleine zu suchen, nur für den Fall, dass die Schwester in Verbindung mit ihnen stand. Doch sie hat nie jemanden gefunden. Vielleicht lohnt es sich, dies noch einmal zu versuchen? Aber andererseits: Wie hoch ist die Wahrscheinlichkeit, dass ihre Großmutter noch am Leben ist?

Sie holt ein Papiertaschentuch aus der Tasche und putzt sich die Nase. Vielleicht hätte sie besser doch nicht nach Ljusskär kommen sollen. Vielleicht führt diese Reise nur dazu, dass sie ein weiteres Mal in ein schwarzes Loch fällt. Hier zu sein macht alles so endgültig. Wenn Patricia jetzt nicht herausfindet, was mit Madeleine passiert ist, wird sie nie eine Antwort darauf erhalten. Dies ist ihre letzte Chance.

Als sie das gelbe Hotel vor sich sieht, wird ihr Schritt gleich leichter. Monas B, B & B strahlt eine Sicherheit aus, in der sie sich fast wie zu Hause fühlt.

Im Hotel sitzt Doris wie gewohnt an ihrem Büchertisch. Eigentlich wollte Patricia direkt auf ihr Zimmer gehen, aber Doris winkt sie zu sich.

»Hallo«, sagt sie und schwenkt ein Buch. »Hast du *Die kleine Bäckerei am Strandweg* gelesen? Ich glaube, es wäre toll, wenn irgendeine Art Brot im Literaturquiz vertreten wäre.«

»Ja, das ist ein gutes Buch, auch wenn ich kein großer Fan von Vögeln bin.«

Patricia versucht, ein Lächeln aufzusetzen, aber es scheint ihr nicht zu gelingen, denn in Doris' Augen flackert sofort ein besorgter Blick auf.

»Ist etwas passiert?«

Als Patricia nicht antwortet, klopft sie auf den freien Stuhl neben sich.

»Komm, und setzt dich einen Augenblick zu mir«, sagt sie.

»Ich komm einfach nicht voran«, seufzt Patricia und lässt sich auf den Stuhl fallen.

»Ich wünschte, ich könnte dir irgendwie helfen.« Doris schiebt ihre Brille zurecht. »Ich habe versucht, bei Greta anzurufen. Sie hat leider nicht abgenommen, aber ich versprech dir, ich werd' sie so schnell nicht in Ruhe lassen.«

Patricia knibbelt an dem Bücherstapel vor ihr herum.

»Danke«, murmelt sie. »Ich hätte nicht gedacht, dass diese Reise mich so sehr treffen würde. Es ist, als wäre ich in der Zeit zurückgeworfen worden.«

»Das muss schwer für dich sein.«

»Ja.« Patricia nickt. »Ziemlich schwer. Ich vermisse Madeleine so schrecklich.«

»Ich weiß, wovon du sprichst«, sagt Doris mit vertrauensvoller Stimme. »Mein Mann, Göran, ist vor etwas mehr als einem Jahr gestorben. Ich würde alles dafür tun, ihn noch einmal zu sehen, wenn auch nur für eine Minute. Ich würde ihn gerne umarmen und seine Stimme hören. Es ist schwer, sich daran zu gewöhnen, dass jemand, den du liebst, nicht mehr da ist.«

Patricia sieht auf. Doris' Augen glänzen.

»Das tut mir so leid. Nein, das ist nicht leicht, vor allem, wenn die Trauer nie ganz verschwindet. Viele Leute scheinen zu glauben, dass es mit der Zeit einfacher wird, aber es bleibt immer eine gewisse Leere übrig.«

»In den ersten Sekunden nach dem Aufwachen vergesse ich manchmal, dass Göran nicht mehr da ist. Dann drehe ich mich zu ihm um, und will ihm erzählen, was ich geträumt habe, und er liegt gar nicht neben mir. Es ist so seltsam, in einem leeren Bett zu schlafen.« Sie lächelt verschmitzt und lehnt sich zu Patricia hinüber. »Das darfst du niemandem erzählen, aber ich habe seine Seite des Bettes mit Büchern gefüllt. Dann fühle ich mich wenigstens nicht so allein.«

Patricia muss lachen. Es hat ihr gefehlt, so über ihre Schwester zu sprechen, wie sie es mit Doris kann. In den ersten Wochen nach Madeleines Verschwinden haben sich viele Leute bei ihr gemeldet. Sie kamen mit Eintöpfen und Torten vorbei und schrieben aufmerksame Karten. Doch nach einer Weile war es, als hätten sie vergessen, was passiert war. Sie kehrten zu ihrem gewöhnlichen Alltag zurück, und Patricia fühlte sich alleingelassen, in einem Albtraum, der nie enden wollte.

»Ich denke oft daran, was wir alles verpasst haben«, sagt sie und streicht mit dem Finger über einen Buchrücken. »Mitzubekommen, wie Madeleine ihren Abschluss macht, ihren Traumjob findet oder ihr erstes Haus kauft. Ich hätte meine Schwester so gern im Brautkleid unserer Mutter vor den Altar treten sehen, hätte so gern ihre Kinder getroffen. Sie wäre eine fantastische Mutter geworden, da bin ich mir sicher.« Sie reibt sich die Augen. »Aber durch ihr Verschwinden wurde uns all das genommen.«

Doris tätschelt Patricias Arm.

»Das tut mir wirklich aufrichtig leid.«

»Danke.«

»Es muss schrecklich sein, nicht zu wissen, wo sie ist.«

Patricia sieht aus dem Fenster. Ein Mann mit geflochtenem Strohhut geht vorbei, sie hört das angenehme Röcheln der Kaffeemaschine, und der Duft von Monas frischgebackenen Zimtschnecken zieht ihr in die Nase.

»Manchmal habe ich schon überlegt«, fährt sie fort, »dass Madeleine sich am Kopf verletzt hat und nicht mehr weiß, wer sie ist, aber dass sie irgendwo da draußen ein wunderbares Leben lebt. Ich stell mir vor, dass sie in einem Haus mit weißen Eckbalken wohnt und Rosen im Garten zieht. Sie hat einen lieben Mann, der sich um sie kümmert, und drei Kinder, zwei Mädchen und einen Jungen.« Sie lächelt. »Sie sind viel draußen, toben durch den Garten und unternehmen Ausflüge zusammen.«

»Das hört sich schön an«, stimmt Doris zu.

»Das klingt sicherlich bescheuert, aber ich habe mir in meiner Fantasie eine kleine Welt für sie erschaffen«, sagt Patricia. »In der sie alles bekommt, was sie verdient hat. Das schenkt mir tatsächlich ein bisschen Trost.«

Eine schwarze Katze schmiegt sich unter dem Tisch an sie, und ehe sie sich versieht, ist das Tier schon auf ihren Schoß gesprungen.

»Ist das Evys Katze?«

»Ja, das ist Saba.« Doris nickt. »Sie kommt hin und wieder vorbei.«

Behutsam legt Patricia ihre Hand auf Sabas Kopf und krault sie hinter den Ohren. Saba schmiegt sich an sie und beginnt zu schnurren. Patricia zeigt auf Stapel auf dem Büchertisch.

»Brauchst du Hilfe?«, fragt sie und sieht, wie Doris' Augen aufleuchten.

»Ja, gern, wenn du Zeit hast?«

»Ich brauche eine Pause«, sagt Patricia und schlägt *Pfeffrige Leidenschaft* auf.

»Hast du das gelesen?«, fragt Doris neugierig.

Patricia nickt.

»Ich frage mich nur, ob die Gerichte zu skurril sind.«

»Nein, nein«, entgegnet Doris. »Für unser Literaturquiz ist nichts zu skurril.«

Patricia mustert sie aus dem Augenwinkel. Doris strahlt stets eine ungezügelte Freude aus, und es fällt schwer, nicht zu lächeln, wenn man sich mit ihr unterhält.

»Okay, wenn du meinst. Was hältst du von einem Champandongo?«

Doris starrt sie mit weit aufgerissenen Augen an. »Ein Champan-was?«

»Ein Champandongo«, wiederholt Patricia und lacht, als Doris sich über den Tisch lehnt.

»Das klingt fantastisch! Das müssen wir unbedingt machen.«

26

DONNERSTAG, 25. JUNI 1987

Madeleine sitzt am Klavier und begleitet die singende Frauengruppe. Obwohl sie erst seit ein paar Wochen zusammen üben, ist das Ensemble bereits gut eingespielt.

Die verschiedenen Stimmen kommen zum Schlussakkord von *Amazing Grace* in Einklang, und Madeleine tauscht einen zufriedenen Blick mit Desirée aus, die in der ersten Reihe steht.

Sie sind eine bunt gemischte Truppe, die sich zum Chor zusammengefunden hat, und Madeleine kann ihren nächsten Auftritt kaum erwarten. Als die Musik verstummt, ertönt ein heiteres Stimmengewirr. Madeleine steht auf und applaudiert der Gruppe.

»Bravo! Ihr seid fantastisch.«

Desirée verbeugt sich und aus den Reihen hinter ihr ertönt Gelächter.

»Wenn alle die Lieder zu Hause noch ein paarmal üben, dann sind wir bereit.«

Eine Frau mit kurzem, blonden Haar namens Greta reckt ihre Hand in die Höhe.

»Schaffen wir es, vor nächstem Sonntag noch einmal zu üben?«

Madeleine wechselt einen kurzen Blick mit Desirée und wendet sich dann wieder an die Gruppe.

»Wer Zeit hat, kann gerne Samstagvormittag herkommen.«

»Ich kann.« Greta lächelt. Sie hat ein warmes, offenherziges Wesen.

Die anderen Chormitglieder sehen einander an und nicken dann zustimmend.

»Gut, dann ist es abgemacht. Sagen wir um elf?«

Madeleine verabschiedet sich von der Gruppe und sieht ihnen nach, bevor sie sich wieder ans Klavier setzt. Ab und zu bleibt sie nach der Probe noch hier und spielt, nachdem alle anderen die Kirche schon verlassen haben.

Sie lässt sich auf dem Schemel vor dem weißen Klavier nieder und streicht mit den Fingern über die feine Tastatur. Die Abendsonne schimmert durch die gefärbten Kirchenfenster und füllt den Raum mit orangem Licht.

Madeleine schließt die Augen, platziert die Hände auf den richtigen Tasten und beginnt zu spielen. *Clair de lune* ist eines ihrer Lieblingsstücke, weil es sie an ihre Mutter erinnert. Patricia hat immer gesagt, dass Ellinor Grey, die an Krebs starb, als Madeleine sieben Jahre alt war, wie der Mond ist. Sie ist immer noch dort oben am Firmament, nur eben außer Reichweite.

Der Gedanke ist beruhigend und traurig zugleich. Madeleine taucht in die Musik ein. Sie liebt das Gefühl, eins mit dem Klavier zu werden, während der Rest der Welt verschwindet. Die Kirche war schon immer ein Ort der Zuflucht für sie. Hier fühlt sie sich zu Hause, hier findet sie Trost und Stärke.

Als sie die Hände wieder von der Tastatur hebt, ist es draußen bereits dunkel. Madeleine sammelt ihre Noten zusammen und geht zum Musikschrank. Im Laufe der Jahre haben sich viele Liederbücher und alte Notenblätter angesammelt. Einige sind in Ordnern einsortiert worden, andere liegen lose auf einem chaotischen Haufen.

Madeleine hebt einen Stapel Notenblätter an und wiegt ihn in ihrer Hand. Wenn sie Zeit hat, wird sie die Blätter durchsehen und sie zusammenheften, damit nichts verloren geht.

Gerade als sie den Schrank gerade wieder schließen will, sieht sie etwas unter den losen Blättern liegen. Vorsichtig zieht sie ein schwarzes, in Leder gebundenes Buch hervor. Es ist so genauso groß wie ein Notenheft und das goldene Emblem auf der Vorderseite leuchtet im Schein der Lampen.

Andächtig öffnet Madeleine das Buch und sieht, dass es eine Sammlung von Klaviernoten enthält. Das erste Stück ist Chopins *Nocturne Opus 9 Nummer 2,* und in der unteren Ecke des Buches hat jemand »Amanda L.« geschrieben.

Madeleine lächelt, als sie sich vorstellt, wie viele Menschen schon in dieser Kirche gespielt haben. Es müssen Hunderte sein, denkt sie, und viele von ihnen haben kleine Andenken an sich hinterlassen. Dieses Buch sieht jedoch ziemlich neu aus, mit seinem wunderschönen Ledereinband. Vielleicht hat Amanda es versehentlich hier liegengelassen?

Für einen kurzen Moment zögert Madeleine, dann nimmt sie das Notenbuch und steckt es in ihre Tasche. Sie wird versuchen herauszufinden, wer Amanda ist, und ihr das Buch zurückgeben.

Madeleine geht durch den Kirchensaal auf die doppelflügelige Eichentür zu.

Auf der Treppe vor der Kirche hört sie laute Stimmen aus dem Gemeindebüro schallen. Madeleine bleibt kurz stehen, doch sie nimmt an, dass dieses Gespräch wohl kaum für ihre

Ohren bestimmt sein wird. So leise sie kann, schleicht sie um das Gebäude herum, um unbemerkt zum Gemeindehaus zurückzukehren, doch als sie um die Ecke biegt, steht sie direkt unter dem Fenster zu Pastor Lindbergs Büro. Er hat Besuch von Jonas.

Madeleine macht einen Schritt Richtung Hauswand. Hinter einem Busch versteckt kann sie direkt in das Büro sehen.

Jonas' Gesicht ist rot angelaufen, und er steht mit geballten Fäusten da, vollkommen bewegungslos, während Pastor Lindberg um ihn herumgeht. Sie scheinen sich über etwas zu unterhalten. Jonas' Blick ist auf den Boden gerichtet, sein Vater schreitet erhobenen Hauptes um ihn herum.

Madeleine beobachtet sie erstaunt. Sie weiß, dass sie besser gehen sollte, aber etwas an der Art der beiden fesselt ihren Blick an die Szene, die sich vor ihr abspielt.

Jonas spricht langsam, je länger er redet, desto lauter wird seine Stimme. Als er seinen Kopf hebt und seinem Vater in die Augen sieht, verpasst Pastor Lindberg ihm eine schallende Ohrfeige.

Madeleine zuckt zusammen. Sie kann kaum glauben, was sie da gerade gesehen hat. Pastor Lindberg, der so herzlich und freundlich ist! Wie kann er nur seinen eigenen Sohn schlagen?

Jonas hat sein Gesicht abgewandt und hält sich die Wange. Jetzt hat der Pastor das Wort ergriffen. Er wippt auf den Fußballen auf und ab und gestikuliert mit seinen Händen.

Jonas schüttelt den Kopf, doch er protestiert nicht mehr. Als Pastor Lindberg schließlich auf die Tür zeigt, dreht Jonas sich um und trottet hinaus.

Madeleine verharrt in ihrem Versteck, ohne wirklich zu wissen, was sie tun soll. Sie sieht Jonas durch die Tür kommen, und es schnürt ihr den Hals zu. Sie kann ihn nicht einfach gehen lassen, sie muss sich vergewissern, dass es ihm gutgeht.

Jonas eilt durch die schummrige Landschaft, hinein in den kleinen Kiefernwald und einen Steilhang hinauf. Madeleine folgt ihm. Sie hat keine Ahnung, was sie sagen soll, doch umkehren kann sie jetzt auch nicht mehr.

Der Hang ist voller Erdlöcher und großer Steine, und Madeleine muss aufpassen, wo sie hintritt. Sie geht zum ersten Mal diesen Hang hinauf und ist überrascht, wie steil er ist. Es dauert einige Minuten, bis sie den Gipfel erreicht, und als sie endlich oben angekommen ist, kann sie Jonas nirgends entdecken.

Madeleine tastet sich durch die Dunkelheit. Plötzlich steht sie am Rand der Klippe. Unter ihr, in etwa dreißig Meter Tiefe, rauscht leise das Meer. Madeleine wird ganz schwindelig und sie tritt einen Schritt zurück.

Ihre Augen haben sich inzwischen an die Dunkelheit gewöhnt und sie erkennt schließlich eine Gestalt, die weiter oben auf der Anhöhe auf einer Bank sitzt.

Langsam geht Madeleine auf die Holzbank zu. Die Wolken am Himmel tun sich auf und ein schmaler Strahl des Mondlichts fällt auf den Trampelpfad vor ihr.

Madeleine ist noch nur wenige Meter entfernt, als die Gestalt sich umdreht. Sie sieht Jonas' Augen im Dunkeln aufblitzen.

»Madeleine?«

Schweigend geht sie zu ihm und setzt sich neben ihm auf die Bank.

»Hi.«

»Was machst du hier?«, fragt Jonas verwundert.

Sie presst sie Lippen aufeinander. Das ist schwer zu erklären, ohne wie eine Verrückte zu klingen.

»Ich habe dich mit deinem Vater streiten hören, als ich nach der Probe die Kirche verlassen habe, und ich wollte nur sichergehen, dass es dir gutgeht.«

»Bist du mir gefolgt?«

»Tut mir leid«, sagt sie. »Ich weiß nicht, warum ich das gemacht habe. Ich glaube, ich war einfach nur besorgt.«

»Du musst dir keine Sorgen machen.«

»Entschuldige.« Sie nickt. »Aber ich weiß, wie schlimm es sein kann, sich mit einem Familienmitglied zu streiten, und ich ...« Sie verstummt und senkt den Blick.

Jonas fährt sich mit der Hand durchs Haar und seufzt.

»Das war kein Streit«, sagt er hastig. »Außerdem habe ich es nur verdient.«

Obwohl seine Stimme die eines erwachsenen Mannes ist, sitzt er in sich zusammengesunken da wie ein Kind, und Madeleine verspürt das Bedürfnis, einen Arm um ihn zu legen.

»Verstehe.«

»Alle machen Fehler«, fährt er fort.

»Auf jeden Fall.«

Jonas lässt seine Hände in den Schoß sinken und sieht sie an.

»Es war wirklich dumm. Also unser Streit.«

»Wenn du mir davon erzählen willst, höre ich dir gern zu«, sagt Madeleine und schlägt die Beine übereinander. »Ich werde niemandem etwas sagen.«

Jonas schüttelt den Kopf und lehnt sich zurück. Einige Minuten sitzen sie schweigend da, dann macht er eine ausschweifende Bewegung mit der Hand.

»Ich liebe diesen Ort. Hier komme ich her, wenn ich allein sein und nachdenken will.«

»Die Aussicht ist großartig.«

»Du müsstest sie mal bei Tageslicht sehen.«

»Ja, das seh' ich mir gern an.« Sie lächelt und zieht sich ihre Strickjacke enger um den Körper. »Bei mir zu Hause in Mill Creek gibt es einen Hügel, auf dem Ahornbäume wachsen. Wenn man zum höchsten Punkt geht, kann man über ganz Charlottesville schauen.«

»Vermisst du deine Familie?«, fragt Jonas.

»Nein. Oder ... ja, schon, aber auf eine positive Art. Der Gedanke, dass es sie gibt und dass sie zu Hause auf mich warten, macht mich froh. Ich habe einen Neffen, er heißt Matthew. Er ist der lustigste kleine Kerl der Welt. Wir denken uns zusammen immer ziemlich viel Quatsch aus, den seine Mama ihm nie erlauben würde.«

»Ach ja?« Jonas lacht. »Was denn zum Beispiel?«

»Vom Heuboden springen, in der Schubkarre fahren und Rocky mit Wasser bespritzen. Rocky ist ein ziemlich fieser Hahn«, erklärt sie, »der uns immer über den Hof jagt.«

»Das klingt schön. Vielleicht muss ich dich mal in Mill Creek besuchen kommen?«

»Gern.« Madeleine stochert mit der Schuhspitze im Kies vor der Bank. »Matthew bekommt bald einen kleinen Bruder, und ich ärgere mich ein bisschen, dass ich seine Geburt verpasse. Aber ich lerne ihn dann kennen, wenn ich wieder zu

Hause bin, und Babys verstehen ja sowieso nichts, wenn sie gerade erst auf die Welt gekommen sind.«

»Ich will unbedingt hier weg«, sagt Jonas. »Ich muss noch ein Jahr zur Schule, aber sobald ich mein Abitur habe, verschwinde ich von hier.«

Madeleine beobachtet ihn aufmerksam. Es überrascht sie, dass jemand, der in einem solchen Paradies aufgewachsen ist, es verlassen möchte. Als Teil der Familie Lindberg hat Jonas alles, wovon man nur träumen kann.

»Warum?«

Jonas zuckt mit den Schultern.

»Ich will mein eigener Herr sein. Ich möchte selbst entscheiden, statt immer nur das zu tun, was meine Eltern von mir erwarten.« Er schnaubt. »Manchmal fühlt es sich an, als wäre mein Leben schon vorbestimmt. Mein Vater klingt manchmal so, als wolle er, dass ich genauso werde wie er. Aber das geht nicht, ich bin ein ganz anderer Mensch.«

»In Mill Creek wissen alle, wer ich bin, oder glauben es zumindest. Viele kennen mich seit meiner Geburt. Manchmal frage ich mich, ob ich nicht nur so tue, die zu sein, für die sie mich halten. Darum wollte ich weggehen, um herauszufinden, wer ich bin, wenn niemand Erwartungen an mich stellt.«

Jonas schaut zu ihr herüber, und für einen Augenblick kommt es ihr so vor, als könnte er direkt in sie hineinsehen.

»Wenn mein Jahr hier vorbei ist, würde ich gerne für ein größeres Projekt arbeiten, zum Beispiel an der Schule in Tansania«, fährt sie fort. »Ich möchte gerne dort helfen, wo ich gebraucht werde. Aber natürlich würde ich erst noch einmal zurück nach Mill Creek.«

Jonas sammelt einen Stein vom Boden auf und wirft ihn über die Klippe.

»Vielleicht können wir zusammen nach Tansania?«

Madeleine spürt, dass sie rot wird, und bedeckt ihre Wange mit der Hand.

»Ja. Warum nicht.«

Ein kalter Wind zieht vom Meer herein. Madeleine erschaudert und sieht auf die Uhr. Es ist Viertel nach zehn, sie muss gehen, bevor es zu spät wird.

»Es war schön, mit dir zu reden, aber ich muss zurück, sonst erfrier ich noch.«

»Es war auch schön, mit dir zu reden.«

»Kommst du mit?«, fragt sie und steht auf.

Jonas schüttelt den Kopf.

»Ich glaub, ich bleib noch ein bisschen.«

»Okay. Wir sehen uns.«

»Tschüss.«

Madeleine streckt ihre Arme aus, um das Gleichgewicht zu halten, während sie den Hang hinunterläuft und die Klippe dabei nicht aus den Augen lässt. Der Felsen ist von buschigem Gras bewachsen, das den Abhang hinter ihr trügerisch verdeckt. Bei dem Gedanken, wie hoch über dem Meer Madeleine sich gerade befindet, fährt ein Schaudern durch ihren ganzen Körper.

Trotz der Umstände ist sie froh, dass sie die Gelegenheit hatte, mit Jonas zu sprechen, und sie lächelt, als sie sich daran erinnert, was er über Tansania gesagt hat. Wie toll es wäre, gemeinsam mit ihm für ein Projekt der Kirche zu arbeiten.

Glücksgefühle durchströmen ihren Körper, und Madeleine

läuft immer schneller den Abhang hinunter. Sie spürt, wie sich eine wonnige Wärme in ihr breitmacht, und obwohl sie gerade erst mit Jonas gesprochen hat, kann sie es kaum erwarten, ihn bald wiederzusehen.

27

MONTAG, 17. JUNI

Fasziniert beobachtet Doris ihre alte Freundin Marianne, die in einer Ecke sitzt und liest. Keine Miene regt sich in ihrem Gesicht, und abgesehen vom Umblättern auf die nächste Seite hat sie sich seit bestimmt einer Stunde nicht bewegt.

Doris ist schon gespannt zu hören, was die anderen zu *Stolz und Vorurteil* sagen werden. Sie kann schon gar nicht mehr mitzählen, wie oft sie dieses Buch gelesen hat, doch auch jetzt hat sie es noch einmal überflogen, um alle Details aufzufrischen.

Sie vermerkt eine kleine Notiz in dem Block, der vor ihr liegt. Es ist ungewohnt, Marianne so still sitzen zu sehen. Doris selbst reagiert beim Lesen auf jedes Wort. Sie lacht, seufzt laut, verzieht das Gesicht und gestikuliert. Am liebsten liest sie im Bett. Normalerweise rollt sie dann umher und nimmt verschiedene Sitz- und Liegepositionen ein. Einmal, als sie gerade Bram Stokers *Dracula* las, den Kopf über die Bettkante baumelnd, kam Göran unerwartet ins Zimmer, und Doris erschrak so sehr, dass sie aus dem Bett fiel.

Lächelnd denkt Doris an diesen Tag zurück. Göran war kein Bücherwurm, aber er saß gern bei ihr, während sie las. Wie in jenem Sommer, in dem sie sich zwei Finger gebrochen hatte und er für sie umblättern musste.

Doris schaut auf ihr Handy. Sie versucht sich vorzustellen,

wie Göran es gefunden hätte, dass sie jemand neuen kennenlernen will. Er hätte es ihr vermutlich gegönnt. Doris' Großmutter ist siebenundneunzig Jahre alt geworden, und Doris kann die nächsten dreißig Jahre unmöglich alleine verbringen, nur weil sie Angst hat, ihr toter Ehemann könnte ein Problem damit haben.

Die Frauen aus dem Handarbeitskreis würden wahrscheinlich ganz anders argumentieren, denkt sie bitter. Sie fänden Doris' Vorhaben mit Sicherheit unangemessen.

Das Telefon klingelt, und Doris zuckt zusammen. Sie schiebt sich die Brille hoch, die ihr auf die Nasenspitze gerutscht war, und sieht Ruts Namen auf dem Display aufleuchten. Dann nimmt sie den Anruf entgegen.

»Ja, hallo«, sagt sie steif.

»Doris, bist du es?«

»Ja.«

»Doris, hier spricht Rut.«

»Jaha«, antwortet Doris und versucht, überrascht zu klingen. »Wie schön, von dir zu hören. Wie geht es dir?«

Rut scheint nicht mit Höflichkeitsfloskeln gerechnet zu haben und kommt kurz aus dem Konzept.

»Gut, denke ich. Aber deshalb rufe ich nicht an.«

Doris spürt, wie ihr Herz schneller schlägt, und überlegt, ob sie wohl etwas Wichtiges vergessen haben könnte.

»Okay, weshalb denn dann?«

Sie hört, wie Rut sich räuspert.

»Bei unserem letzten Treffen, das du ja verpasst hast, haben wir beschlossen, eine Aktivität für das Sommerfest vorzubereiten.«

»Wie schön.« Doris nickt schuldbewusst, das Handy ans Ohr gedrückt.

»Wir werden einen Kuchenbasar machen und einen Backwettbewerb ausrichten. Das Geld, das wir damit einnehmen, geht an unsere Kinderheime.«

»Das klingt nach einer tollen Idee.«

»Und wir brauchen deine Hilfe.«

Doris antwortet nicht.

»Alle Mitglieder des Handarbeitskreis werden sich am Kuchenbasar beteiligen und an dem Backwettbewerb teilnehmen«, fährt Rut mit bestimmtem Ton fort. »Zusätzlich müssen wir Tische und Stühle aufstellen, eine Kasse mit Wechselgeld organisieren, uns um Plakate kümmern, unseren Stand dekorieren und den Wettbewerb moderieren.«

»Ich weiß nicht, ob ich euch helfen kann«, sagt Doris vorsichtig. »Mona braucht meine Hilfe beim Literaturquiz.«

»Doris«, sagt Rut mit leiser Stimme. »Du hast versprochen, deine Verpflichtungen nicht zu vernachlässigen. Wir sind in schweren Zeiten immer für dich da gewesen.«

Doris zuckt zusammen. Sie findet Ruts ermahnenden Ton unnötig. Niemand kann ihr unterstellen, dass sie den Handarbeitskreis im Stich lässt, trotzdem wagt sie es nicht, Rut zu widersprechen. Rut regt sich immer so furchtbar auf, wenn man nicht tut, was sie sagt, und solange der Backwettbewerb zeitlich nicht mit dem Literaturquiz zusammenfällt, sollte beides zu schaffen sein.

»Okay«, sagt sie. »Ich werde mein Bestes tun, aber ich kann vermutlich nicht die ganze Zeit dabei sein.«

»Gut«, antwortet Rut trocken. »Ich zähle auf dich.«

Doris drückt das Gespräch weg und spürt Mariannes Blick, die aus ihrer Leseecke zu ihr herüberschaut.

»Wer war das?«

»Rut Lindberg.«

Marianne nickt.

»Ich verstehe«, sagt sie. »Ljusskärs Lady Catherine.«

Doris kichert, als ihr Handy plötzlich piept.

Erschrocken schaut sie auf den Bildschirm, zunächst fürchtet sie, dass Rut noch eine SMS hinterhergeschickt hat, doch stattdessen ploppt eine Benachrichtigung von Tinder auf. Als Doris die App öffnet, sieht sie, dass sie mehrere Matches hat.

Doris lässt das Telefon fallen, als hätte sie sich an ihm verbrannt.

»Jemand hat mir geschrieben«, murmelt sie.

»Was geschrieben?«, fragt Marianne.

»Bei Tinder. Ich glaube, ich habe eine Nachricht bekommen.«

Mona, die hinter der Kasse steht, kommt angelaufen.

»Das ist ja großartig«, sagt sie. »Wie heißt er?«

»Rolf-Casanova«, antwortet Doris tonlos.

Sie hebt ihr Telefon wieder auf, um ihren Freundinnen den Mann zu zeigen. Marianne blinzelt.

»Der sieht ja aus wie ein junger Clint Eastwood.«

»Findest du?«, fragt Doris verwirrt.

»Vielleicht ein bisschen zu ähnlich«, brummt Marianne. »Heißt er Rolf-Casanova?«

»Ja. Also, das ist sein Tindername.«

»Und wie heißt er dann in Wirklichkeit? Klaus-Voldemort?«

Doris verdreht die Augen, doch dann piept ihr Telefon ein weiteres Mal.

»Er fragt sich, was ich wohl gerade anhabe«, sagt sie. »Was soll ich denn darauf antworten?«

»Das scheint ja ein richtiger Vollpfosten zu sein«, murmelt Marianne.

»Es ist gar nicht so einfach zu wissen, wie man flirten soll«, wirft Mona ein. »Er will sich vielleicht nur ein Bild davon machen, was für ein Typ du bist. Ich finde, du solltest ehrlich antworten.«

»Okay.« Doris nickt und beginnt, eine Antwort zu tippen. »*Einen Rock und einen Pullover, den ich 2003 in Göteborg gekauft habe, als ich dort meine Schwester besucht habe, aber ich erinnere mich nicht mehr an den Namen des Geschäfts. Strümpfe aus dem Sportgeschäft in Ystad und Crogs.* Ach nein, das kann ich doch nicht schreiben. *Badelatschen*«, schreibt sie stattdessen.

Es vergehen ein paar Minuten, dann piept das Handy erneut. Doris jauchzt auf, dann bricht sie in schallendes Gelächter aus.

»Ai ai«, sagt sie, ohne den Blick vom Display ihres Handys abzuwenden.

»Sie ist schlimmer als mein Enkel«, seufzt Marianne.

Doris' Augen weiten sich. Ein zweiter Mann hat ihr geschrieben. Sie liest seine Nachricht mehrmals durch.

»Was ist BDSM?«, erkundigt sie sich vorsichtig bei ihren Freundinnen.

Unbehelligt bürstet Marianne sich etwas von ihrem zitronengelben Blazer.

»Das sind diese Rollenspiele, bei denen man ausgepeitscht wird«, sagt sie ganz lässig.

»Um Gottes willen«, entfährt es Doris. »Dieser Mann ist nichts für mich. Und jetzt schreibt mir noch einer, der fragt, ob ich auf Tantra stehe. Was soll das sein, was zu essen?«

»Nein, das ist eine indische Sexphilosophie«, seufzt Marianne.

Doris zieht eine angeekelte Grimasse und schaut dann wieder konzentriert auf ihr Handy. Plötzlich entfährt ihr ein Keuchen und ihr Gesicht läuft rot an.

»Was ist denn jetzt?«, fragt Marianne.

Doris schüttelt den Kopf.

»Ich versteh nicht ganz, was das bedeuten soll«, murmelt sie.

Marianne langt nach dem Handy, doch Doris will es ihr nicht geben.

»Na sag schon!«

Doris sieht sich zunächst im Raum um, dann beugt sie sich über den Tisch und flüstert Marianne etwas ins Ohr. Als diese hört, was Doris sagt, kneift sie die Augen zu und wirft sich zurück in ihren Stuhl.

»Nein, ganz ehrlich«, sagt Marianne aufbrausend. »Jetzt musst du lernen, wie man googelt.«

28

FREITAG, 26. JUNI 1987

Das Frühstück steht immer noch auf der Küchenbank, obwohl es schon kurz vor neun ist. Madeleine ist ungewöhnlich spät aufgestanden, und als sie den großen Gemeindesaal betritt, sieht sie Desirée an einem der langen Tische sitzen. Sie ist ganz allein im Raum und rührt in einem Schüsselchen mit Sauermilch.

»Guten Morgen«, sagt Madeleine und fährt sich verschlafen mit der Hand durchs Haar.

»Guten Morgen.« Desirée strahlt.

Madeleine macht eine Geste Richtung Küche, dass sie sich dort etwas zu essen holen will, und schlurft davon. Sie hat schlecht geschlafen, wach gelegen, sich hin- und hergeworfen und an Jonas und Pastor Lindberg gedacht.

Müde gießt sie sich eine Tasse Kaffee ein und beschmiert zwei Scheiben Brot mit Butter, Käse und Orangenmarmelade – hauptsächlich, weil alle anderen hier in Ljusskär ihre Brote so essen.

Die Erinnerung an den gestrigen Tag verleiht immer noch ein unbehagliches Gefühl. Obwohl sie froh ist, dass sie die Gelegenheit hatte, mit Jonas zu sprechen, kann sie nicht ausblenden, was sie durch das Fenster beobachtet hat.

Warum hat der Pastor seinen Sohn geschlagen, worüber hatten sie gesprochen, und war das alles eine einmalige Sache oder war es schon einmal passiert? Jonas meinte, er habe einen Fehler gemacht, doch er hat nicht gerade überrascht ausgesehen, als der Pastor ihn geohrfeigt hat.

Madeleine wischt den Butterklecks weg, der ihr versehentlich auf die Küchenbank gekleckert ist. Bis jetzt hat sie Pastor Lindberg gemocht. Sie hat ihm vertraut, doch zu sehen, wie er Jonas behandelt, lässt sie ratlos zurück. Andererseits hat sie keine Ahnung, wie die Beziehung der beiden zueinander ist oder was Jonas überhaupt zu seinem Vater gesagt hat. Vielleicht ist sie einfach nur Zeugin davon geworden, wie ein Vater versucht hat, sein Kind zu erziehen, und in einem schwachen Moment eine Grenze übertreten hat. Doch in dem Gespräch ging es um mehr, etwas Unausgesprochenes lag in der Luft. Jonas hat so demütig ausgesehen, und Pastor Lindbergs Blick ist kalt und hart gewesen.

Madeleine nimmt den Teller in die eine und balanciert die übervolle Kaffeetasse mit der anderen Hand. In den schlaflosen Stunden der letzten Nacht hat sie überlegt, ob sie Desirée von den Ereignissen des gestrigen Tages erzählen soll. Ihre Zimmergenossin weiß vermutlich mehr über Jonas und Pastor Lindberg und hätte vielleicht eine Erklärung für die ganze Sache. Doch trotz ihrer Neugier will sie Jonas' Vertrauen nicht missbrauchen.

Madeleine lässt sich am Frühstückstisch nieder.

»Herrje, du siehst echt fertig aus«, sagt Desirée vergnügt.

Madeleine nimmt einen Schluck von ihrem Kaffee.

»Ich konnte nicht richtig schlafen«, sagt sie, nimmt eines der Brote in die Hand und beißt beherzt davon ab.

»Darf ich dich etwas fragen?«

»Klar«, sagt Desirée fröhlich.

»Wie findest du Pastor Lindberg? Also, wie ist er so als Mensch?«

Desirée sieht nachdenklich aus.

»Er ist näher an Gott als jeder andere, den ich zuvor getroffen habe.«

»Wie meinst du das?«, möchte Madeleine wissen.

»Er hat etwas Besonderes an sich, was ich nicht so recht erklären kann, aber wenn ich in seiner Nähe bin, spüre ich Jesus' Liebe«, sagt Desirée und legt eine Hand auf ihre Brust. »Er sieht mich auf eine Art und Weise wie kein anderer.« Ihre Augen glänzen. Dann lehnt sie sich über den Tisch. »Es ging mir nicht immer so gut«, sagt sie mit gedämpfter Stimme. »Aber in der Freikirche fühle ich mich zu Hause. Hier kann ich ich selbst sein.«

Madeleine nimmt noch einen Schluck von ihrem Kaffee und denkt an die Narben an Desirées Bauch.

»Du hast mir erzählt, dass Menschen aus der ganzen Welt den Wunsch haben, der Gemeinde beizutreten. Warum glaubst du, dass sie gerade zu uns kommen wollen?«

»Das hat Pastor Lindberg selbst gesagt«, sagt Desirée und lächelt wissend.

»Was meinst du? Dass er dir das erzählt hat?«

Desirée steht von ihrem Platz auf und legt eine Hand auf Madeleines Schulter.

»Du bist auserwählt worden, du kannst froh sein. Es wird sich schon zeigen, was Gottes Plan ist.«

Sie nimmt ihre Tasse und ihren Teller. »Ich muss zur Kirche. Ich bin an der Reihe, alles für Sonntag vorzubereiten.«

»Okay. Ach übrigens«, ruft sie Desirée hinterher, die schon auf dem Weg zur Küche ist. »Weißt du, wer Amanda L. ist?«

»Ja, sie hat den Chor geleitet, bevor du gekommen bist.«

Madeleine ist verblüfft. Sie hätte gedacht, dass das Notenbuch doch schon länger dort gelegen haben könnte.

»Aha. Wann ist sie abgereist?«

»Ein paar Wochen bevor du gekommen bist.«

»Und sie ist ein Jahr hier gewesen?«

Desirée schüttelt den Kopf.

»Nein, sie ist im Herbst gekommen, zusammen mit Aino und mir, aber sie ist krank geworden.«

»Oh! Was ist denn passiert?«

»Keine Ahnung.« Sie zuckt die Achseln.

»Ob Aino etwas weiß?«

»Vielleicht«, sagt Desirée eintönig. »Du, ich muss los.«

»Alles klar. Bis später.«

Madeleine findet es seltsam, dass bisher niemand von Amanda gesprochen hat. Wenn sie auch eine Adeptin in der Freikirche gewesen ist, dann muss es doch noch mehr Hinweise auf ihren Aufenthalt in Ljusskär geben.

Sie sieht sich um. Viele der ehemaligen Praktikanten haben Spuren hinterlassen. An den Wänden hängen Fotos von jungen Frauen in Chorgewändern vor dem Altar oder beim Zubereiten von Festmahlzeiten. Unter den Bildern sind sorgfältig beschriftete Namensschilder angebracht worden. Hier und dort hat jemand etwas vergessen – T-Shirts, Bücher und Kassetten, und es wird häufig über ehemalige Adepten gesprochen: »Erinnert ihr euch noch an Helena, sie hat diesen unglaublich guten Pfirsichkuchen gebacken?« oder »Minehle ist den ganzen Weg aus Südafrika gekommen und konnte wunderbar tanzen.«

Die Adepten sind zweifelsohne ein wichtiger Teil der Geschichte der Freikirche, und die Gemeinde ist stolz auf ihr Austauschprogramm. Und dennoch hat Madeleine niemanden über Amanda sprechen hören, obwohl es noch gar nicht so lange her ist, dass sie Ljusskär verlassen hat.

Während sie ihre Brote aufisst, überlegt Madeleine, woran Amanda wohl erkrankt sein könnte, dass sie zurück nach Hause musste. Sollte es eine ernste Krankheit sein, kann sie nachvollziehen, dass niemand darüber sprechen möchte.

Madeleine schluckt den letzten Bissen herunter und muss an ihren Klassenkameraden Andrew denken, der in der Mittelstufe an Leukämie erkrankt ist. Es war verrückt – eben hatte er noch am Pult neben ihr gesessen und am nächsten Tag war er nicht mehr da, und es schien nicht lange zu dauern, bis alle ihn vergessen hatten.

Nachdenklich nippt sie an ihrem Kaffee. Etwas an Desirées Worten nagt in ihr, aber sie kommt nicht drauf, was genau sie stutzig gemacht hat.

Mit der einen Hand fegt sie die Krümel auf dem Esstisch in die andere. Sobald sich die Möglichkeit ergibt, will sie Aino nach Amanda fragen. Irgendjemand muss doch wissen, warum sie Ljusskär verlassen hat, alles andere wäre doch merkwürdig.

29

DIENSTAG, 18. JUNI

Evy sitzt in ihrer Küche, als die Musik von draußen hereindröhnt. Laut und deutlich kann sie sie hören, und die Scheibe ihres Fensters beginnt zu vibrieren. Sofort weiß sie, dass Marianne dafür verantwortlich ist. Mal wieder.

Draußen strahlt die Sonne von einem wolkenlosen Himmel, aber Evy schenkt dem schönen Wetter keine Beachtung. Stattdessen eilt sie auf Mariannes hässliche Betonvilla zu, die einen langen Schatten über die Straße wirft. Sie hat sicherlich die Hälfte ihres Vermögens für dieses Monstrum ausgegeben, das sie als *moderne Architektur* bezeichnet, obwohl es einfach nur wie schief aufeinandergestapelte Schuhkartons aussieht. Und jetzt will sie auch noch anbauen, aber da hat sie die Rechnung ohne Evy gemacht. Sie hat gegen das Bauvorhaben Klage eingereicht und wird sich so schnell nicht kleinkriegen lassen.

Evy überquert die Straße und stapft bis zu der hohen Hecke, die Mariannes Grundstück abschirmt und ihren Nachbarn gleichzeitig die gute Sicht raubt. Vor zehn Jahren, bevor Marianne dieses Spektakel von einem Haus hat bauen lassen, hatte Evy einen wunderbaren Ausblick aufs Meer. Mit Hilfe eines Fernglases konnte sie erkennen, wie hoch die Wellen waren und ob der Strand gut besucht war, doch jetzt kann sie kaum noch etwas sehen.

Frustriert stapft Evy um die Hecke herum, auf der Suche nach einer Lücke im Gebüsch, durch die sie Marianne zurufen kann, die Musik leiser zu drehen. Schließlich findet sie eine Stelle, von der aus sie auf eine Sprosse des Zaunes steigen kann, der von Zypressen umwuchert ist.

Evy schiebt den Fuß zwischen die Zaunlatten und hievt sich nach oben. Die Zweige der Hecke piksen ihr ins Gesicht, und sie muss die Lider zukneifen, um keine Nadeln ins Auge zu bekommen.

Ihr Blick scannt das Grundstück. Es erinnert sie an einen Vergnügungspark. Mehrere große Marmorstatuen, ein Springbrunnen und eine reich bewachsene Pergola zieren den Garten. Mittendrin steht eine rostige Buddha-Statue, umgeben von exotischen Gewächsen, die im schwedischen Klima überhaupt nicht heimisch sind. Neben dem Pool befindet sich ein Grill, der an ein Raumschiff erinnert, und anstelle von Gartenmöbeln hat Marianne große eiförmige Kokons, in die man offenbar kriechen kann, was auch immer man daran gut finden soll.

Es dauert ein paar Sekunden, bis Evy Marianne an einer der kürzeren Seiten des Pools entdeckt. Sie ist in einem ganz merkwürdigen Winkel verbogen. Für einen Moment fragt Evy sich, ob Marianne sich wohl weh getan hat. Ihr Kopf liegt gegen den Boden gedrückt, während Arme und Beine in verschiedene Richtungen in die Luft ragen. Das ganze Schauspiel ist so seltsam, Evy nimmt zunächst gar keine Notiz davon, dass Marianne nackt ist. Als ihr bewusst wird, welcher Anblick sich ihr dort bietet, verliert sie vor Schreck das Gleichgewicht und fällt rücklings vom Zaun.

Es raschelt im Gebüsch, und Evy kann einen spitzen Schrei aus dem Garten hören, während sie wieder aufrappelt. Entnervt klaubt sich sich einen Zweig aus den Haaren. Eigentlich hat sie große Lust, Marianne zuzubrüllen, die verdammte Musik leiser zu machen, aber nun kommt es ihr unpassend vor, da sie sie gerade bei ihrer Nacktgymnastik ertappt hat. Außerdem hat Evy bereits zwei Verwarnungen vom Stadtrat erhalten, weil sie in die Gärten ihrer Nachbarn eingebrochen ist. Diesen Preis bezahlt sie gern, um nach dem Rechten zu sehen, aber eine dritte Verwarnung würde bedeuten, dass sie ihr Wahlrecht verlöre, und das will Evy definitiv nicht riskieren.

Seufzend kehrt sie um. Doch dann fällt ihr Blick auf Mariannes Aston Martin, der vor dem Grundstück im Parkverbot steht. Man muss ja kein Genie sein, um zu sehen, dass es bis zur Kreuzung weniger als zehn Meter sind, denkt Evy und beginnt, den Abstand mit großen Schritten nachzumessen. Sieben, acht, neun Meter. Hat sie sich's doch gedacht. Sie spürt den Zorn in sich hochkochen. Wenn Marianne in Ljusskär ist, gerät alles außer Kontrolle. Sie bricht alle Regeln, als ob sie für sie nicht gelten würden, nur weil sie reich und berühmt ist. Sogar wenn sie nicht hier ist, sorgt sie für Chaos. Gemäß den Vorschriften der Gemeinde ist jeder Hausbesitzer dafür verantwortlich, vor seinem Grundstück Schnee zu schieben und zu streuen, Marianne kümmert sich jedoch nie darum. Jeden Winter das gleiche Theater, alle anderen tun ihre Pflicht, sobald der erste Schnee fällt, aber vor ihrem Haus bleibt er liegen.

Evy hat sich oft gefragt, was passieren würde, wenn ein

Passant vor Mariannes Grundstück ausrutscht. Würde sie das überhaupt interessieren? Wahrscheinlich glaubt sie, alles mit einem Scheck lösen zu können. Hier ist ein bisschen Geld – als Pflaster auf deine Wunde. Hoffentlich erholst du dich von deinem gebrochenen Rücken und kannst deine Beine bald wieder spüren.

Evy tritt gegen einen der Vorderreifen des Autos. Jahrelang hat sie an die Stadtreinigung, die Verwaltungsbehörde des Landkreises und den Obersten Gerichtshof für Land und Umwelt geschrieben, aber niemand scheint ein Problem darin zu sehen, das vor Mariannas Haus der Schnee nicht beseitigt wird.

Trotzig schaut sie zu dem großen Betonklotz auf, bevor sie wieder nach Hause stapft. Evy weiß nicht, warum sie sich mitten im Sommer so übers Schneeschieben aufregt, aber seit diese fremde Frau bei ihr angeklopft hat, fällt es ihr schwer, ihre Gefühle zu sortieren. Es ist, als ob in ihr etwas brodelt und schäumt.

Entschlossen öffnet sie ihre Haustür und tritt ein. Evy war tatsächlich schockiert, als sie hörte, dass die Frau Madeleine Greys Schwester ist. Sie versteht nicht, was Patricia Sloane jetzt in Ljusskär zu suchen hat. Warum hat sie Evy 1987 nicht aufgesucht – als das Mädchen verschwunden ist? Zu der Zeit hätte Evy jede Hilfe nötig gehabt, damals gab es noch eine Chance, herauszufinden, was geschehen war. Jetzt ist es zu spät. Alles ist zu spät.

Evy betritt die Küche und entdeckt Saba, die sich auf die Küchenbank geschlichen hat. Erschrocken faucht die Katze sie an, Evy fletscht die Zähne und faucht zurück. Sie ist erschöpft von allem, was passiert ist, erschöpft, Rede und Antwort stehen zu müssen. Warum hat sie sich überhaupt in die ganze Sache eingemischt? Sie hätte es wie die anderen tun und wegschauen sollen. Alle haben weggesehen, als sie Tord geheiratet hat. Diese Ehe war der Grund, weshalb sie überhaupt erst in Ljusskär gelandet ist.

Die plötzliche Erinnerung lässt sie innehalten. Sie hatte gerade erst ein paar Wochen im Krankenhaus gearbeitet, als er sie um ein Rendezvous bat. Evy wusste nicht, wie sie reagieren sollte, aber als sie die eifersüchtigen Blicke der anderen Krankenschwestern sah, verstand sie, dass er eine gute Partie war. Und als sie ihrer Mutter von dem Treffen erzählte, war diese Feuer und Flamme. »Zieh dir etwas Vorteilhaftes an und lächle viel, aber zeig um Himmels willen nicht diese hässlichen Zähne«, hatte sie gesagt.

Evy wollte es ihrer Mutter recht machen und tat, wie ihr geheißen. Sie ließ sich von Tord in ein Restaurant ausführen, trug ihr einziges Kleid mit tiefem Ausschnitt und lächelte mit geschlossenem Mund.

Anscheinend lief es gut, denn Tord wollte sie wiedersehen, und am Ende dieses zweiten Treffens gab er ihr einen Kuss auf die Wange. Und Evy machte sich nichts daraus, aber als sie sah, wie ihre Arbeitskolleginnen reagierten, verstand sie, dass sie auf dem richtigen Weg war. Sechs Monate später heirateten sie, und Evy zog in Tords Zweiraumwohnung ein.

Die ersten Jahre lief alles gut. Evy arbeitete weiter und außerdem putzte und kochte sie. Manchmal kam ihr der Gedanke, dass eine Ehefrau vor allem die Funktion einer Haushälterin hatte, der man kein Gehalt zahlen musste, aber andererseits hatte sie bei Tord mehr Freiheiten als zu Hause bei ihrer Mutter. Darüber hinaus schienen sich alle sehr für sie zu freuen, viel mehr als zum Abschluss ihrer Krankenpflegeausbildung, obwohl sie dafür viel härter gearbeitet hatte als für die Suche nach einem Ehemann.

Tord und sie verbrachten nicht viel Zeit miteinander. Meistens saß er hinter seiner Zeitung oder vor dem Fernseher, was Evy sehr gut passte, da sie sich nicht viel zu erzählen hatten.

Doch dann wurde die Fabrik, in der Tord arbeitete, geschlossen. Tord sagte, er würde bald einen neuen Job finden, und Evy glaubte ihm. Sie putzte und kochte weiter, obwohl es immer schwieriger wurde, da Tord sich oft über das Staubsaugen beschwerte und über die Art und Weise, wie sie sein Steak zubereitete.

Seine Stimmung war wie das Pendel einer Wanduhr. Manchmal war er so wütend, dass er sie anschrie. Evy war klar, dass die Arbeitslosigkeit ihn so frustrierte, aber wenn sie ihm ihr Verständnis ausdrückte, schrie er nur noch lauter. Einmal machte sie den Fehler, ihn darauf hinzuweisen, dass seine Chancen auf einen neuen Job wahrscheinlich steigen würden, wenn er zwischendurch die Wohnung verließe, doch daraufhin verpasste er ihr eine so schallende Ohrfeige, dass man den Abdruck noch Tage später auf ihrer Wange sehen konnte.

Als Evy ihrer Mutter am Telefon davon berichtete, bekam sie zu hören, dass es sich bald bessern würde und dass Evy nicht den Mut verlieren sollte. Dasselbe hörte sie bei der Arbeit. Als ihre Kollegen die großen blauen Flecken um ihre Handgelenke oder Schatten um ihre Augen sahen, nickten sie mitfühlend und flüsterten ihr zu, dass es für einen Mann schwierig sei, seine Familie nicht ernähren zu können.

Es faszinierte Evy, wie viel Nachsicht jeder mit ihren Verletzungen zu haben schien. Nachbarn, Verkäufer und Chefs lächelten betroffen oder schauten zu Boden. Und Evy dachte, dass es wahrscheinlich so sein müsse. Sie fand sich damit ab, wie ihr Mann sie behandelte, weil sie nicht ahnte, welche Alternativen sie hatte.

Doch eines Tages änderte sich alles. Eine ältere Krankenschwester namens Alice rief sie zu sich und fragte gerade heraus, ob Evy von ihrem Ehemann geschlagen wurde. Die Züge in ihrem Gesicht waren hart und wurden nur noch härter, wenn sie ihr dunkles Haar zu einem festen Knoten zusammenband. Die anderen Krankenschwestern nannten sie hinter ihrem Rücken Oberschwester Ratched. Evy verstand nie, was sie damit meinten. Doch sie hatte kein Problem damit, Alice' Frage zu beantworten.

»Ja«, hatte sie gesagt. »Das stimmt.«

»Wenn das so ist«, hatte Schwester Alice erwidert, ohne eine Miene zu verziehen, »müssen Sie ihn verlassen.«

»Was meinen Sie damit?«, hatte Evy verwirrt gefragt.

»Packen Sie Ihre Koffer, nehmen Sie alle Wertsachen mit, heben Sie so viel Geld wie möglich von ihrem Konto ab und gehen sie von hier weg.«

»Warum sollte ich das tun?«

Schwester Alice hatte sich nach vorn gelehnt, ihre Krankenschwesteruniform von der Schulter gestreift und eine lange Narbe entblößt, die sich im Zickzack bis über ihren Rücken erstreckte.

»Weil er sie sonst totschlagen wird. Vielleicht nicht morgen, vielleicht nicht im Laufe des Jahres, aber der Tag wird kommen, in dem er so wütend sein wird, dass er sich nicht mehr im Griff hat.«

Mit diesen Worten stand sie auf und ging.

Evy dachte viel über dieses Gespräch mit Schwester Alice nach. Natürlich gefiel es ihr nicht, geschlagen zu werden, aber Tord sagte immer, es sei ihre eigene Schuld. Sie bekam eine Ohrfeige, wenn die Kartoffeln zerkocht waren, eine weitere, wenn sie es nicht geschafft hatte, seine Hemden zu bügeln. Und schließlich dachte sie, wenn sie sich nur endlich zusammenriss, würde er aufhören. Wenn sie beim Kochen aufmerksamer wäre und lernen würde, wie man Prioritäten bei der Hausarbeit setzt, würde sie schließlich ein Zuhause schaffen, mit dem Tord zufrieden war.

Evy war immer ein bisschen ungeschickt gewesen, immer ein bisschen anders. Sie wusste, dass mit ihr etwas nicht stimmte. Einst hatte eine Lehrerin bei ihrer Mutter angerufen und vorgeschlagen, Evy aufgrund ihrer besonderen Fähigkeiten eine Klasse überspringen zu lassen. Daraufhin hatte ihre Mutter geweint und sich gefragt, warum sie nicht wie die anderen Kinder sein konnte. Aber das konnte Evy nicht. Sie hatte keine Schwierigkeiten mit französischer Grammatik und mathematischen Formeln, aber soziale Signale konnte sie nicht interpretieren und verstand nicht, was andere von ihr erwarteten. Daher schien es vernünftig, dass Tord sich manchmal über sie ärgerte.

Obwohl sie sich Schwester Alice' Worte zu Herzen nahm, blieb Evy bei ihm. Sie wusste nicht, wohin sie sonst gehen sollte. Außerdem hatte Tord eine befristete Anstellung als Hausmeister bekommen und war den ganzen Frühling über besser gelaunt. Das Leben wurde langsam erträglicher, bis Evys Periode ausblieb und sie feststellte, dass sie schwanger war.

Sofort wurde Evy klar, dass sie nicht bei Tord bleiben konnte. Dass er sie schlug, war eine Sache, aber die Vorstellung, dass er sich an dem kleinen Krümel vergreifen könnte, der in ihr wuchs, ließ Evy in Panik geraten. Und so packte sie ihre Koffer, suchte alle Wertsachen zusammen und hob so viel Geld vom Konto ab wie nur möglich.

Evy hatte keine Ahnung, wohin sie gehen sollte, sie wusste nur, dass sie wegmusste. Sie schlug eine Karte von Schweden auf, suchte nach dem Ort, der so weit wie möglich entfernt war, und kaufte dann eine Zugfahrkarte nach Ystad.

An dem Tag, an dem Evy Tord verließ, ging sie mit Sack und Pack zum Bahnhof. Dort wartete Schwester Alice schon auf sie. Sie hatte versprochen, dafür zu sorgen, dass niemand aus dem Krankenhaus Tord anrief, um Bescheid zu sagen, dass Evy nicht bei der Arbeit erschienen war. Ihr blieben acht Stunden Zeit, bevor Tord feststellen würde, dass sie nicht mehr nach Hause kam. Das würde ganz bestimmt reichen. Sie konnte sich schwer vorstellen, dass Tord alle Hebel in Bewegung setzen würde, um sie zu finden.

Die Reise war lang, doch als Evy am nächsten Morgen in Ystad aus dem Zug stieg und spürte, wie die Sommersonne auf ihr Gesicht schien, war sie voller Hoffnung. Zum ersten Mal in ihrem Leben fühlte sie sich stark und frei, als hätte sie endlich verstanden, worauf es im Leben wirklich ankam. Sie legte eine Hand auf ihren Bauch und flüsterte dem Krümel zu, von nun an gäbe es nur noch sie beide. Dann ging sie geradewegs zum örtlichen Krankenhaus, um ihren Lebenslauf einzureichen.

Die Frau in der Anmeldung, die Evy in Empfang nahm, erzählte, dass sie und ihr Mann eine Wohnung in einem kleinen, nahe gelegenen Dorf vermieten würden, und so kam es, dass Evy und ihr Krümel ein Zuhause fanden.

Evy lässt sich auf den Küchenstuhl sinken. Sie hat immer eine starke Intuition gehabt, immer gewusst, was richtig und was falsch ist. Als sie zum ersten Mal in Ljusskär ankam, wusste sie, dass es der Ort war, an dem sie sich niederlassen würde, und obwohl es nicht immer einfach war, ist sie hiergeblieben. Natürlich hat sie sich oft gefragt, wie ihr Leben verlaufen wäre, wenn sie sich von der Kirche ferngehalten und sich nur um sich gekümmert hätte. Aber Evy hatte nicht einfach zusehen können, wenn anderen Leid zugefügt wurde, das ist wider ihre Natur. Sie fühlt sich verpflichtet, anderen genauso zu helfen, wie Schwester Alice ihr einst geholfen hat.

Resigniert schlägt sie die Hände vors Gesicht. Evy hatte gehofft, nie wieder über diese Dinge nachdenken zu müssen, doch jetzt ist Patricia hier. Sie ist gekommen, um herauszufinden, was mit ihrer Schwester passiert ist.

Evy hebt den Blick und starrt auf das Telefon. Wenn sie diesen Anruf tätigt, gibt es kein Zurück mehr.

Die Gedanken schwirren ihr durch den Kopf. Sie kann sich nicht einmal vorstellen, wie es sich für Patricia anfühlen muss. Doch dieses Geheimnis ist nicht Evys, also hat sie kein Recht, andere darin einzuweihen.

Saba kommt zu ihr und streicht um ihre Beine. Evy hebt die

Katze auf ihren Schoß und drückt sie sanft an sich. Sie spürt Sabas Wärme, als die Katze sich gegen ihre Brust schmiegt und schnurrt.

Evy geht zum Telefon und hebt den Hörer ab. Das Plastik in ihrer Hand ist kalt, und sie wiegt das Gewicht des eingebetteten Mikrofons und Lautsprechers in ihrer Hand.

Sie sieht die Zahl vor sich, neun Ziffern, wie ein langer rhythmischer Code. Es würde so schnell gehen, sie zu wählen, so schnell, alte Wunden wieder aufzureißen.

Für einen kurzen Moment legt Evy ihren Finger auf die Wählscheibe, doch dann überlegt sie es sich anders, legt den Hörer wieder auf und verlässt den Raum.

30

MITTWOCH, 1. JULI 1987

Den ganzen Vormittag lang hat es geregnet, und nun liegt der Geruch von nassem Asphalt und frisch gemähtem Rasen über dem Ort. Desirée hockt auf einem Zaun aus Kiefernlatten und kaut auf einem Grashalm.

Madeleine lehnt sich neben sie an einen der Zaunpfähle. Aino und Pastor Robert waren die letzten Tage bei einer Gemeinde in Jönköping zu Besuch gewesen, doch jetzt sind sie wieder zurück.

Desirée nimmt den Grashalm aus dem Mund und piekst Madeleine damit.

»Was hat Aino gesagt, als du sie nach Amanda L. gefragt hast? Wusste sie was?«

Madeleine schüttelt den Kopf. Aino hatte genauso geantwortet wie Desirée, dass Amanda krank geworden und zurück nach Norwegen gereist sei.

»Nein, nichts.«

Etwas in Desirées Blick verändert sich.

»Hast du das Kleid gesehen, dass sie sich gekauft hat, mit den Schleifchen? Sie will so gerne wie ein süßes kleines Mädchen aussehen.« Sie lacht.

Madeleine setzt ein erzwungenes Lächeln auf. Es gefällt ihr nicht, wie ihre Zimmergenossin über Aino spricht.

»Ich brauche einen neuen BH«, plappert Desirée weiter

und greift sich ungeniert mit den Händen unter die Brüste und drückt sie nach oben. »Warum interessierst du dich so für Amanda?«

»Tu ich doch gar nicht«, protestiert Madeleine. »Ich habe nur ihr Notenbuch in der Kirche gefunden und mich gefragt, wo sie wohl ist.«

Desirée schwingt die Beine auf und ab.

»Ich hab' jedenfalls keine Ahnung, ich weiß nicht mal, wo genau in Norwegen sie wohnt. Wenn ich ehrlich bin, war sie ziemlich langweilig. Ich mag dich viel lieber.«

Sie lächelt und plustert sich auf wie ein Vogel. In diesem Moment kommt Jonas um die Ecke. Er trägt Jeans und eine Sonnenbrille mit Hornrahmen, obwohl der Himmel immer noch von grauen Wolken überzogen ist.

Als er Madeleine sieht, bleibt er stehen und ruft sie zu sich.

Desirée wirft ihr einen bedeutungsvollen Blick zu.

»Geh ruhig.«

Er steht mit den Händen in den Hosentaschen da, als sie auf ihn zukommt. Jonas sieht irgendwie größer aus als sonst, und die starken Schultern zeichnen sich unter seinem weißen T-Shirt ab.

»Hallo!«

Madeleine beißt sich auf die Lippe. Sie hat seit dem Abend auf der Klippe nicht mit ihm gesprochen.

»Hallo! Wie geht's dir?«

»Gut«, sagt Jonas munter. »Ich bin auf dem Weg zur Arbeit, ich helfe in einem kleinen Kiosk in Kåseberga aus. Ich fahre gleich mit dem Rad hin«, erklärt er.

»Ah, wie toll.«

»Ich weiß nicht, ob es so toll ist, aber immerhin verdiene ich ein bisschen Geld.«

Er lächelt, und Madeleine spürt wieder dieses Kribbeln im Bauch.

»Du, ich hab' was für dich.«

»Was denn?«

Er greift in die hintere Tasche seiner Hose und zieht eine Kassette hervor.

»Ein Mixtape mit meinen Lieblingsliedern. Ich dachte, weil du doch Bowie magst …«

Madeleine nimmt die Kassette entgegen und schielt hinüber zu Desirée, die ungeniert zu ihnen rüberstarrt.

»Danke«, sagte Madeleine und erwidert seinen Blick. Er ist sonnengebräunt, sein Haar einige Nuancen heller als gewöhnlich.

»Du hast vielleicht gar kein Gerät, um es anzuhören?«

»Doch, ich kann den Rekorder aus dem Gemeindehaus ausleihen.« Sie lächelt und spürt, wie ihre Wangen ganz warm werden.

»Schön«, sagt er und zeigt mit der Hand in eine andere Richtung. »Ich muss los.«

»Alles klar. Wir sehen uns.«

Jonas verschwindet, und Madeleine geht zurück zu Desirée.

»Was wollte er?«

»Nichts.« Sie holt tief Luft und hofft, die Gefühle unterdrücken zu können, die in ihrem Inneren rumoren. »Er hat mir ein Tape gegeben, mit ein bisschen Musik.«

Desirée wickelt sich eine perfekte Locke ihres goldenen Haares um ihren Finger.

»Sei bloß vorsichtig. Ich hab' ihn schon mit vielen verschiedenen Mädchen zusammen gesehen.«

Die Worte treffen Madeleine wie eine Ohrfeige, und sie wendet sich ab.

»Ach, wir sind nur Freunde«, erwidert sie hastig.

»Okay. Wenn du das sagst.«

Madeleine wird schwindelig. Sie lehnt sich gegen den Zaun. Auf die Idee, dass Jonas eine Freundin haben könnte, ist sie bisher nicht gekommen, und sie ist überrascht von den Gefühlen, die in ihr aufwallen. Ist es die Enttäuschung, die ihr Magenschmerzen bereitet, bekommt sie deshalb so schlecht Luft?

Sie seufzt. Was hat sie denn erwartet? Jonas ist jünger als sie. Er sieht gut aus, ist klug, und der Sohn von Pastor Lindberg und sie ... nun, wer ist sie denn eigentlich? Ein armes Mädchen von einem Bauernhof in Virginia, das nie wirklich irgendwo dazugehört hat.

Desirée springt vom Zaun herunter und stellt sich neben sie. Die Augen funkeln und die Züge um ihren Mund sind angespannt.

»Mach dir keine Gedanken um ihn«, sagt sie und legt ihren Arm um Madeleine. »Wir haben doch uns, das reicht. Du weißt doch, wie froh ich bin, dass du zu uns gekommen bist. Und ich glaube, du bist auch froh, mich getroffen zu haben.«

Madeleine sieht auf. Sie will gerade etwas erwidern, als Desirée mit einem Kopfnicken in Richtung Parkplatz deutet, auf dem Pastor Roberts hellblauer Volvo steht.

»Da sitzt er«, sagt sie.

Madeleine schaut hinüber zu dem kastenförmigen Auto mit

der schwarzen Stoßstange und den großen rechteckigen Scheinwerfern. Obwohl sich das Licht in der Windschutzscheibe spiegelt, kann sie den Pastor im Inneren des Wagens erkennen.

Desirée verdreht die Augen.

»Er taucht überall auf, wo ich bin. Manchmal frage ich mich, ob er mir folgt.«

»Wirklich?«, entfährt es Madeleine.

»Ach«, sagt Madeleine und reibt ihren Nacken. »Ich glaub, er steht ein bisschen auf mich. Ich habe gehört, dass er aus seiner ehemaligen Gemeinde ausgeschlossen wurde, weil er irgendein armes Mädchen belästigt haben soll. Aber du weißt ja, was Pastor Lindberg sagt: Alle verdienen eine zweite Chance.«

Als sie sich zum Gehen aufmacht, greift Madeleine nach ihrem Handgelenk. Was Desirée gerade gesagt hat, stimmt überhaupt nicht mit dem Bild überein, das sie sich von Pastor Robert gemacht hat, doch wenn Desirée die Wahrheit sagt, kann sie das nicht auf sich beruhen lassen.

»Wenn er dir wirklich nachstellt, dann musst du jemandem Bescheid sagen.«

Desirée blinzelt.

»Das war doch nur ein Spaß.« Sie kichert und hakt sich bei Madeleine unter. »Komm schon!«

Mit Madeleine im Schlepptau steuert sie auf die Kirche zu und erzählt ihr gleichzeitig, welcher der Piloten in *Top Gun* ihrer Meinung nach der attraktivste ist und was sie Tom Cruise sagen möchte, wenn sie ihm jemals wirklich begegnet.

Madeleine hört nur mit halbem Ohr zu, in Gedanken ist sie

immer noch bei Desirées Worten über Pastor Robert. Als sie am Gemeindehaus ankommen, hat sich irgendwo tief in ihr ein unangenehmes Gefühl breitgemacht.

31

MITTWOCH, 19. JUNI

Erika starrt auf das vibrierende Handy. Martin ruft an. Schon wieder. Sie sieht sich im Raum um, zögert, und nimmt dann den Anruf entgegen.

»Hallo?«

»Hi«, sagt er. »Endlich erreiche ich dich.«

»Ja, tut mir leid«, murmelt Erika. »Wir haben so viel unternommen, dass ich es nicht geschafft habe, zurückzurufen.«

»Ich verstehe«, sagt Martin. »Ist alles in Ordnung?«

»Ja, super. Lina übt fast jeden Tag schwimmen, und wir sind oft mit den Rädern unterwegs. Wie geht's Emma?«

»Ihr geht's gut. Ich hätte gedacht, sie würde es bald satthaben, um sechs Uhr aufzustehen, aber sie kriegt das gut hin. Neulich musste sie sogar mich wecken«, lacht er.

Erika beißt sich auf die Lippe. Sie fragt sich, ob sie ihm erzählen soll, dass sie gleich mit Jonas zum Essen verabredet ist. Eigentlich sind sie nur zwei alte Freunde, die sich treffen, und sie ist Martin keine Rechenschaft schuldig, aber gleichzeitig möchte sie vermeiden, dass es so wirkt, als habe sie etwas zu verbergen gehabt, falls zu einem späteren Zeitpunkt herauskommt, dass sie verabredet waren.

»Wisst ihr schon, wann ihr herkommt?«

»Nach Ljusskär? Das weiß ich nicht.«

»Aber Emma arbeitet nur noch diese eine Woche, oder?«

Erika hört, wie Martin sich räuspert.

»Ich hab' ihr erlaubt, am Wochenende mit ein paar Freunden nach Göteborg zu fahren. Und ich glaube, sie hätte die Möglichkeit, nächste Woche noch ein paar Tage auf dem Hof zu arbeiten.«

»Okay. Aber ist nächste Woche nicht diese Konferenz in Malmö, bei der du die Eröffnungsrede halten sollst?«

»Nein, die beginnt erst am 29. Juni.«

Es wird still in der Leitung.

»Könnt ihr dann nicht vorbeikommen, wenn du ohnehin Richtung Süden fährst?«, hakt sie nach.

»Es ist gerade so viel zu tun. Ich kann dir nichts versprechen.«

Erika schluckt. Sie will keinen Streit anzetteln, aber wie hat Martin sich das denn vorgestellt? Will er etwa den ganzen Sommer in diesem verfluchten Büro verbringen?

»Aber du arbeitest ständig«, zischt sie schließlich.

»Was soll ich denn deiner Meinung nach tun?«, protestiert Martin laut. »Das ist doch meine Firma, es gibt niemanden, der meine Arbeit machen kann.« Er stößt ein langes Seufzen aus, dann sagt er mit besänftigter Stimme: »Seitdem Oscar gekündigt hat, habe ich doppelt so viel auf dem Schreibtisch. Wir sind ja auf der Suche nach einem Ersatz für ihn, aber es ist nicht so leicht, den richtigen Kandidaten zu finden.«

»Ich will, dass du dir frei nimmst und zur Abwechslung mal deine Familie an oberste Stelle setzt.«

»Aber das tu ich doch! Was glaubst du denn, was passiert, wenn das Unternehmen pleitegeht? Wie sollen wir dann über die Runden kommen?«

Erika sinkt in sich zusammen. Genau das wollte sie vermeiden.

»Okay«, sagt sie. »Mach, was du willst. Ich muss jetzt los.«

»Darf ich noch mit Lina sprechen?«

»Sie ist gerade nicht hier, aber ich werd' sehen, dass sie dich später zurückruft.«

Erika legt auf, bevor Martin noch etwas sagen kann.

Das Atmen fällt ihr schwer. Sie hatte gehofft, ihr Mann riefe an, um sich zu entschuldigen. Dass er verstehe, wie enttäuscht sie darüber ist, wie es in letzter Zeit in ihrer Ehe lief, und Bescheid sage, dass er und Emma jetzt auf dem Weg nach Ljusskär seien. Aber anscheinend sind sie einfach nicht mehr auf derselben Wellenlänge.

Erika steht vor dem Spiegel, betrachtet sich und denkt voller Scham an die hässliche Perücke und das kurze Lederkleid zurück. Die Erinnerungen an diese Nacht schmerzen immer noch, und sie kann nicht verstehen, dass sie bereit war, sich so lächerlich zu machen, nur um Martins Aufmerksamkeit zu gewinnen. Was ist denn bloß los mit ihm – findet er sie nicht mehr attraktiv? Geht er ihr deshalb aus dem Weg?

Erika dreht sich vor dem Spiegel. Es kommt vor, dass sie Komplimente von Fremden bekommt, dass jemand sagt, sie habe schönes Haar oder sei süß. Und ihr Körper hat sich auch nicht verändert. Sie hat die gleichen langen Beine und den gleichen runden Bauch. Was also hat sich geändert?

Sie denkt an Jonas und erinnert sich, dass er einst sagte, er könne sich an ihr nicht sattsehen. Das waren natürlich nur alberne Worte eines Teenagers, aber Erika fragt sich, mit welchen Augen er sie jetzt wohl sieht.

Ein Auto parkt vor dem Hotel. Erika schaut aus dem Fenster und sieht eine Frau in ihrem Alter aus einem blauen Mazda steigen. In der einen Hand trägt sie einen mit Reinigungsmitteln gefüllten Eimer und in der anderen einen Wischmopp.

Erika wendet sich wieder dem Spiegel zu. Sie ist diejenige gewesen, die die Putzfrau angerufen hat. Je mehr Zeit sie im Hotel verbringt, desto klarer wird ihr, dass ihre Mutter sich nicht mehr allein um alles kümmern kann, aber sie will nichts sagen, weil sie Angst hat, sie zu verletzen. Stattdessen hofft sie, dass die Reinigungskraft Mona vor Augen führt, wie schön es wäre, all ihre lästigen Pflichten los zu sein.

Sie zieht sich um, steckt sich die Haare hoch und geht die Treppe hinunter ins Café. Sie kann es kaum erwarten, das Gesicht ihrer Mutter zu sehen, nach getaner Arbeit der Reinigungskraft. Sie wird so glücklich sein, wenn das Erdgeschoss endlich glänzend sauber erstrahlt.

Im Foyer ist Stimmengewirr zu hören. Der Buchsalon ist wie üblich um seinen Ecktisch versammelt, und im Rest des Cafés sitzen einige kleinere Gruppen zusammen und trinken Kaffee.

Erika begrüßt die, die sie kennt, mit einem Kopfnicken, bevor sie zu Lina geht, die sich mit Saba hinter der Treppe versteckt hat.

»Hallo, meine Süße. Ich habe gerade mit Papa telefoniert, er grüßt dich. Wir können ihn später noch mal anrufen.«

»Mhm«, sagt Lina, ohne aufzusehen.

»Was macht ihr denn da?«

Lina legt einen Finger an die Lippen.

»Sschh! Wir liegen auf der Lauer«, sagt sie ernst. »Du weißt doch, dass ich das gut kann.«

Erika kauert sich hinter Lina.

»Wen beschattet ihr denn?«

Unauffällig zeigt sie auf eine Frau, die ein paar Tische entfernt sitzt.

»Ich glaube, sie ist ein Pirat.«

»Ach ja? Warum glaubst du das?«

»Weil sie einen gestreiften Pullover trägt. Und sie hat eben mit ganz viel Geld bezahlt.«

Erika muss lachen.

»Nicht nur Piraten tragen gestreifte Pullover«, erklärt sie.

Lina dreht sich zu ihr um und schneidet eine Grimasse.

»Aber ihre ganze Tasche ist mit Goldmünzen gefüllt.«

»Okay, ich hab verstanden. Da ist sie ganz sicher ein Pirat.«

Sie kitzelt Lina im Nacken, die sich vor Lachen windet.

»Ich mach mich mal auf den Weg, ich will einen Freund treffen.«

»Und mit ihm essen«, fügt Lina hinzu.

»Genau. Aber Oma ist ja hier, und sie hat versprochen, mit dir Pizza zu backen.«

Lina zuckt mit den Schultern, und Erika drückt ihr einen Kuss auf die Wange.

»Gut«, sagt sie, »wir sehen uns heute Abend.«

»Ja, ja, jetzt geh schon«, zischt Lina ihr zu.

Erika struwwelt ihr durchs Haar und geht dann hinüber zum Ecktisch des Buchsalons, wo sich ihr ein seltsamer Anblick bietet. Eine Frau, die Erika erst nicht wiedererkennt, sitzt auf einem Stuhl, den Kopf gesenkt und die Füße auf einen anderen Stuhl gelegt. Sie hat eine Tasse Tee in der Hand und lässt sich von Doris die Schultern massieren.

»Hallo«, sagt Erika unsicher.

Mona kommt mit einem Teller voller Milchbrötchen aus der Küche.

»Hallo! Hübsch siehst du aus!«

»Danke«, murmelt Erika und deutet mit einem Kopfnicken zu der unbekannten Frau. »Wer ist das?«

»Das ist Anna-Stina«, flüstert Mona. »Sie wurde von der Reinigungsfirma geschickt. Die Arme hat den ganzen Tag geschuftet. Jetzt tut ihr der Rücken weh, und sie ist furchtbar erschöpft.«

»Aber das ist ja nun mal ihr Job.«

Mona lächelt und stellt den Teller mit den Milchbrötchen ab. »Bitte schön«, sagt sie an Anna-Stina gewandt. »Wie geht's dem Rücken?«

»Besser«, murmelt Anna-Stina und nimmt einen großen Bissen von einem Milchbrötchen.

Mona geht hinter den Tresen, nimmt Anna-Stinas Wischmopp und beginnt zu schrubben.

»Ich habe ihr gesagt, ich würde das Putzen übernehmen, und sie soll sich keine Sorgen machen, dass sie deswegen Ärger bekommt. Anscheinend ist ihr Arbeitgeber ein echter Tyrann.«

»Aber Mama, ich habe doch die Reinigungsfirma bezahlt, damit dir genau diese Arbeit erspart bleibt.«

»Ach, alles halb so wild. Ich finde es toll.«

Erika seufzt laut, dann sieht sie, wie Jonas auf das Hotel zugeschlendert kommt.

»Ich muss jetzt los. Lina sitzt hinter der Treppe und spioniert, nur dass du Bescheid weißt.«

»Viel Spaß.« Mona nickt. »Wir kommen hier zurecht.«

Jonas sieht entspannt aus. Er trägt bequeme Shorts und ein zerknittertes hellblaues Hemd, das die Farbe seiner Augen betont. In die gekräuselten Haare hat er eine eckige Sonnenbrille geschoben, die genauso aussieht wie die, die er als Jugendlicher hatte. Über seinem Arm hängt ein Korb.

»Hallo«, sagt er und fährt sich durchs Haar.

»Hallo.« Erika lächelt und zeigt auf den Korb. »Was hast du denn da?«

»Das ist eine Überraschung.«

Sie streckt die Hand nach dem Tuch aus, das den Inhalt des Korbes bedeckt, doch er kann ihn noch rechtzeitig wegziehen.

»Wag es ja nicht!« Er lacht. »Du warst schon immer neugieriger, als dir guttut.«

»Nur, weil du immer so geheimnistuerisch bist. Ich hatte gar keine andere Wahl.«

Einen Augenblick schweigen beide. Erika erwidert seinen Blick und scharrt mit dem Fuß auf dem Asphalt.

»Sollen wir los?«, fragt Jonas und deutet mit einem Kopfnicken Richtung Strand.

»Okay. Aber du musst mir den Weg zeigen, ich weiß ja gar nicht, wohin es gehen soll«, antwortet sie neckend.

Langsam schlendern sie Richtung Meer, und Jonas berichtet Erika, was die Kinder von ihrer Kulisse halten.

»Alle fanden es großartig. Nur Elsa meinte, das Schloss sei zu klein.«

Erika verdreht die Augen.

»Tja, dann muss ich wohl alles noch mal machen.«

»Nein, das ist nicht nötig. Sie war ganz versöhnlich, als ich ihr erlaubt habe, ihren kleinen Bruder mit auf die Bühne zu nehmen. Er wird ihr weißes Pferd spielen.«

»Ach, dazu sind kleine Brüder gut! Ich hab mich schon immer gewundert.«

»Ja, es ist nicht leicht für uns Einzelkinder. Es gibt so viel, das wir nicht wissen«, sagt Jonas und zeigt zur Mole. »Ich dachte, dass wir uns dort hinsetzen könnten, so wie immer.«

»Damals«, berichtigt Erika ihn. »Vor dreißig Jahren.«

»Ist wirklich so viel Zeit vergangen?«, seufzt Jonas. »Ich fühle mich nicht einen Tag älter als zwanzig.«

Erika schielt unauffällig zu ihm herüber. Trotz der sehnigen Arme und der leicht gegerbten Haut strahlt Jonas immer noch etwas Junges und Lebendiges aus, und wenn er sie ansieht, entdeckt sie in seinen Augen denselben frechen Blick wie in jungen Jahren.

Jonas führt sie hinaus auf die Mole und legt die Picknickdecke genau an die Stelle, an der sie schon so oft gesessen haben. Erika zieht ihre Schuhe aus, gleitet hinunter auf einen Felsen und taucht ihre Zehen ins Wasser.

»Ist es kalt?«

Sie schüttelt den Kopf.

»Gar nicht. Ich liebe es, hier zu sitzen«, sagt sie und hält ihr Gesicht in die Sonne.

Obwohl sie sich seit Jahrzehnten nicht gesehen haben, fühlt sich Erika überraschend wohl in Jonas' Gegenwart. Es ist, als würden sie einfach da weitermachen, wo sie aufgehört hatten, als wären all die Jahre gar nicht vergangen.

Erika schließt die Augen. Es fällt ihr schwer, nicht mehr an das Gespräch mit Martin zu denken. Einerseits fragt sie sich, ob es falsch ist, ihrem Mann wegen der vielen Arbeit ein schlechtes Gewissen zu machen. Sie weiß, dass das Unternehmen sein Traumprojekt ist und dass es viel Zeit in Anspruch nimmt, eine eigene Firma zu leiten. Vielleicht ist sie einfach eifersüchtig, weil sie für ihren Job nicht so brennt? Andererseits findet sie, Martins Unternehmen könnte nach fünf Jahren schon etwas mehr von selbst laufen. Aus Erikas Sicht fühlt es sich tatsächlich so an, als würde er sie und die Kinder absichtlich hintanstellen.

»Wie wäre es mit einem Glas Wein?«, fragt Jonas.

»Ja, gern«, sagt Erika und richtet sich auf.

Er reicht ihr einen Plastikbecher mit Weißwein, und als sie anstoßen, sieht Erika aus Jonas' Hemdkragen eine Kette aus Holzperlen hervorblitzen.

»Das ist Sandelholz«, erklärt er und zieht sich den Schmuck aus dem Kragen.

»Hab ich von einem Mädchen namens Prisha bekommen. Sie ist in dem Kinderheim aufgewachsen, in dem ich arbeite. Einige Frauen haben sie kurz nach ihrer Geburt auf einer Müllhalde gefunden und zu uns gebracht. Jetzt hat sie gerade ein Ingenieurstudium angefangen.«

»Das ist ja unglaublich.«

»Ja, Indien ist ein spannendes Land. Dort kann wirklich alles passieren.«

Erika nickt begeistert. Sie fragt sich, wie es sich wohl anfühlt, in einem Land mit einer ganz anderen Kultur zu leben. Sie selbst hat immer den Traum gehegt, einmal um die ganze Erde zu reisen. Über dem Schreibtisch in ihrem Studentenzimmer in Lund hing eine Weltkarte, auf der sie die Orte markierte, die sie besuchen wollte – Lissabon, Madrid, Venedig, Istanbul, Kairo, Bangkok, Singapur, Shanghai, Seoul, Tokio, Sydney, Honolulu, San Francisco, Mexiko-Stadt und Havanna. Die Städte waren angeordnet wie die Perlen einer Kette, rings um den Globus, doch Erika hat keine einzige von ihnen besucht. Doch, sie ist tatsächlich einmal in Lissabon zwischengelandet, als das Flugzeug auf dem Weg nach Gran Canaria tanken musste. Doch mehr ist aus ihren Träumen nicht geworden.

Erika trinkt von ihrem Wein und lässt Jonas ihren Becher nachfüllen. Als Kind dachte sie immer, sie wäre mutig. Sie war eine von denen, die es wagten, am längsten mit nackten Füßen auf in der Sonne getrockneten Kuhfladen zu stehen, bevor sie platzten. Sie hatte nie Angst, auf den Rücken von Bullen zu sitzen, vom Heuboden zu springen, bis in die Wipfel eines Baumes zu klettern oder die größten, moosigsten Felsbrocken am Wasserfall in Forsemölla zu besteigen. Fühlt sie sich deshalb so? Ist es ihr eintöniges, schematisches Leben, das sie frustriert?

Jonas hat den Inhalt des Korbes auf die Picknickdecke ausgebreitet und reicht ihr einen Teller. Erika fällt es schwer, ihren Blick von ihm abzuwenden. Sein Mund sieht genauso aus wie vor dreißig Jahren, und verlegen erinnert sie sich an all die langen, sanften Küsse, die sie miteinander teilten.

»Okay«, sagt er und schenkt ihr einen warmen Blick. »Hier hätten wir gegrilltes Tandoori-Hühnchen und Raita, eine Art Salat mit Joghurt und Minze.«

»Wow, das sieht großartig aus«, staunt Erika. »Soll ich das in eine Pita füllen?«

Jonas nickt und reicht ihr das Brot.

Während sie ihr indisches Picknick verspeisen, erzählt er vom Leben in Kalkutta.

»Meiner Mutter wäre es wohl lieber, wenn ich hierher zurückkehre«, sagt er und beißt von seiner Pita ab.

»Das kann ich verstehen. Meiner Mutter gefällt es auch nicht, dass ich so weit weg wohne, und ich brauche ja wirklich nur ein paar Stunden bis Ljusskär.«

»Wie geht es Mona zur Zeit?«, fragt er.

Erika stellt den Teller vor sich ab.

»Ich weiß es nicht so recht. Ich hab mir das letzte Jahr über ein bisschen Sorgen um sie gemacht.«

»Ach ja? Warum?«

»Ich glaube, sie arbeitet zu viel. Es ist stressig, ein Hotel zu führen und sich gleichzeitig in tausend andere Projekte zu stürzen. Ich fürchte, sie übernimmt sich.«

»Verstehe«, sagt Jonas und trinkt einen Schluck Wein.

»Letzten Winter ist sie richtig krank geworden, und auch, wenn sie es nicht einsehen will, glaube ich, dass sie finanziell nur schwer über die Runden kommt.«

»Es ist nicht leicht, wenn die eigenen Eltern plötzlich älter werden, und man die Rollen tauschen muss«, nickt er. »Man will ja niemandem auf die Füße treten und sich zu sehr einmischen.«

»Genau. Woher soll man wissen, wann sie den Punkt erreicht haben, an dem sie wirklich auf Hilfe angewiesen sind?«

»Was sagt Mona dazu? Kann sie sich vorstellen, in Rente zu gehen?«

Erika verdreht die Augen.

»Daran ist nicht zu denken. Sie will das alte Haus bis zu ihrem Tod in Schuss halten.«

»Letztendlich kommt es ja nur darauf an, dass es ihr gutgeht und sie glücklich ist«, erwidert Jonas und ändert seine Sitzhaltung.

»Das nehme ich an. Die Frage ist nur, was Glück bedeutet?«

»Die meisten Menschen würden wohl sagen, dass Glück mit Sicherheit einhergeht, dass man was zu essen auf den Tisch bekommt und ein Dach über dem Kopf hat«, antwortet er und spielt an seiner Kette herum.

»Natürlich. Aber ich frage mich auch, ob man sich irgendwann ein bisschen zu sehr in seiner Sicherheit ausruht. Anstatt selbst was zu erleben, guckt man anderen nur dabei zu.« Erika breitet die Hände aus. »Ich meine, sieh mich an, ich habe in meinem ganzen Leben noch nichts erlebt. Ich bin nicht gereist und habe zu nichts Bedeutsamem beigetragen. Ich habe nicht einmal meinen Traum verfolgt, Künstlerin zu werden, sondern stattdessen einen furchtbar langweiligen Job in der Gemeindeverwaltung angenommen, um meine Familie versorgen zu können.«

Erika verstummt. Sofort bereut sie ihre Worte und senkt verschämt den Blick.

»Du hast doch sicher zu etwas Bedeutsamem beigetragen?«, hakt Jonas vorsichtig nach. »Immerhin hast du zwei Kinder zur Welt gebracht und großgezogen, und bisher habe ich zwar nur eines der beiden getroffen, aber sie scheint ein sehr aufgewecktes und unbekümmertes kleines Wesen zu sein.«

»Ja«, räumt Erika ein und dreht den Becher in ihrer Hand.

»Das Leben wird nie so, wie man es geplant hat«, fährt Jonas fort. »Ich habe viele Dinge getan, die ich heute bereue. Obwohl ich versuche, Gutes zu tun und meine Fehler auszugleichen, kann ich mich nie wirklich von ihnen befreien«, sagt er, während ein dunkler Schatten über sein Gesicht huscht. »Das Leben ist schmerzhaft. Jeden Tag müssen wir die Türen des Waisenhauses schließen, obwohl die Straßen voller Kinder sind, die unsere Hilfe brauchen. Ich habe so viele schreckliche Dinge gesehen, kleine Mädchen und Jungen, die krank und verlassen sind. Sie haben niemanden, der sich um sie kümmert. Wie soll man denn nachts schlafen können, wenn du weißt, dass auf der anderen Seite der Wand jemand auf einem Stück Pappe liegt und friert? Was auch immer ich tue, es ist nie genug. Auf jedes Kind, dem ich helfe, kommen zehntausend, die es nicht schaffen.« Jonas reibt sich die Stirn. »Tut mir leid«, murmelt er. »Ich wollte nicht so trübsinnig klingen.«

»Keine Sorge«, versichert Erika.

»Die Straßenkinder in Kalkutta sind zu einem großen Teil meines Lebens geworden, und es fällt mir so schwer, sie im Stich zu lassen. Eigentlich wollte ich nur ein Jahr bleiben, aber wenn man sich einmal engagiert, ist es unmöglich, dem Ganzen den Rücken zuzukehren«, sagt Jonas und sieht Erika aus dem Augenwinkel an. »Um ehrlich zu sein, bin ich eigentlich ziemlich neidisch auf diejenigen, die es geschafft haben, sich einen geordneten Alltag einzurichten und eine funktionierende Familie zu gründen. Das wäre mein Traum.«

Erika wirft ihm einen verwunderten Blick zu. Sie hätte nie damit gerechnet, dass ihr Dasein der Traum eines anderen sein könnte.

»Es stimmt schon, dass das Gras auf der anderen Seite immer grüner ist«, sagt sie.

»Ja, das nehme ich an. Hast du jemals darüber nachgedacht, ein Studium in Kunst und Design zu machen?«

»Nein, eigentlich nicht. Ich war eher erleichtert, einen Job gefunden zu haben.«

»Warum holst du es jetzt nicht nach? Es scheint dir ja Spaß zu machen.«

»Ich weiß nicht«, sagt Erika und fummelt an den Schnürsenkeln ihrer weißen Turnschuhe herum. »Ich habe das Gefühl, dass es zu spät ist.«

»Zu spät?«, fragt Jonas ungläubig. »Du hast doch noch dein halbes Leben vor dir. Natürlich kannst du noch einmal studieren, wenn du darauf Lust hast.«

»Ja, ich weiß, dass es albern klingt«, gibt Erika zu und streicht mit der Hand über den sonnenwarmen Stein, auf dem sie sitzt, »aber ich habe auch Angst davor, gar nicht so viel Talent zu haben.«

Sie hat erwartet, dass er ihr widersprechen würde und ihr etwas Kitschiges entgegnet, wie *Natürlich hast du Talent.* Doch Jonas nickt bloß.

»Das ist nicht albern, ich weiß genau, was du meinst.« Jonas zieht die Knie an. »Wenn nun deine älteste Tochter diese Zweifel äußern würde, auf der Suche nach einer geeigneten Ausbildung, was würdest du ihr raten?«

Erika verzieht den Mund. »Dass sie sich von diesen Zweifeln nicht verunsichern lassen sollte.« Sie holt ihr Telefon hervor und zeigt Jonas eine Homepage. »Das ist ein Fernstudium in Grafikdesign, halbtags.«

»Hast du dich beworben?«

Sie schüttelt den Kopf.

»Ich habe Martin nicht einmal davon erzählt.«

Jonas sieht sie an, und sein eindringlicher Blick lässt ihren Magen Purzelbäume schlagen.

»Bewirb dich«, sagt er. »Du musst nur einmal blinzeln, und schon sind zweiunddreißig Jahre rum.«

32

FREITAG, 3. JULI 1987

Langsam verklingen die Stimmen, und Madeleine spielt die letzten Takte von *Somewhere Over the Rainbow*, während sich die kleinen Härchen in ihrem Nacken aufstellen. Dies ist das vierte Mal, dass sie das Lied üben, und endlich haben sie eine ausgeglichene Balance zwischen den verschiedenen Stimmen gefunden.

Aus dem Augenwinkel sieht sie, wie Rut die Kirche betritt. Sie bleibt an den hinteren Bänken stehen und applaudiert.

»Gute Arbeit, alle zusammen«, sagt Madeleine zu ihren Chorsängern. »Das hat richtig gut geklungen.«

»Vielen Dank, das war's für heute.« Desirée lächelt.

Rut tritt zu Madeleine ans Klavier. »Wie schön ihr gesungen habt.«

»Danke. Ja, es nimmt langsam Form an«, murmelt Madeleine und verabschiedet sich im Vorbeigehen von den Chormitgliedern.

Desirée wartet am Ausgang auf sie, doch als Madeleine ihre Tasche nimmt, hält Rut eine Hand hoch, um sie aufzuhalten.

»Ich hatte gehofft, wir könnten uns kurz unterhalten. Unter vier Augen.«

Madeleine tauscht einen langen Blick mit ihrer Mitbewohnerin. »Geh schon mal vor, ich komm gleich nach.«

Rut zeigt auf eine der Bänke. »Setzen wir uns«, sagt sie, und Madeleine folgt ihrer Anweisung.

»Gefällt es dir immer noch bei uns?«, fragt Rut.

»Ja«, nickt Madeleine.

»Wie schön. Hast du denn schon Pläne für die Zeit nach deinem Jahr in Ljusskär?«

Madeleine entfernt ein unsichtbares Staubkorn von ihrem Pullover.

»Das weiß ich noch nicht.«

»Aber wenn du frei wählen könntest, worauf hättest du Lust?«

»Wenn ich frei wählen dürfte, würde ich gern nach Tansania gehen und vor Ort für die Schule arbeiten, die wir dort bauen, oder für eine ähnliche Einrichtung.«

»Ich verstehe«, sagt Rut und fixiert sie mit ihrem Blick. »Vermutlich werden wir im nächsten Frühling eine Delegation dorthin schicken. Ich kann vor Pastor Lindberg erwähnen, dass du Interesse hättest, mitzukommen.«

Madeleine richtet sich auf. »Ja, sehr gern.«

»Sehr gut.« Rut sieht erleichtert aus. »Aber im Gegenzug möchte ich dich um etwas bitten.«

»Ach ja? Was denn?«

Rut räuspert sich.

»Ich habe gehört, dass du nach Amanda gefragt hast.«

Madeleine versteinert. Die Einzigen, mit denen sie über Amanda gesprochen hat, sind Aino und Desirée, aber sie kann sich nicht vorstellen, dass sie Rut davon erzählt haben.

»Ich habe ihr Notenbuch gefunden und mich gefragt, wer sie ist.«

»Amanda war eine ehemalige Adeptin, aber sie ist leider erkrankt, kurz nachdem sie in Ljusskär angekommen ist«, sagt Rut und verschränkt die Hände im Schoß. »Pastor Lindberg hat immer ein offenes Ohr für Menschen mit geschundenen Seelen, aber Amanda ging es zu schlecht, als dass wir ihr helfen konnten. Sie fühlte sich überhaupt nicht gut, und so mussten wir sie wieder nach Hause schicken. Aber jetzt ist sie bei ihrer Familie und bekommt die Hilfe, die sie braucht.«

Sie wirft Madeleine einen ernsten Blick zu. »Aus Respekt gegenüber Amanda sprechen wir nicht mehr über die Sache. Hast du das verstanden?«

»Natürlich.«

»Gut«, sagt sie. »Dann sind wir uns ja einig.«

Madeleine richtet sich auf. »Vielleicht können wir ihr das Notenbuch schicken?«

»Ich glaube nicht, dass das eine gute Idee ist. Meiner Meinung nach sollten wir sie nicht daran erinnern, was geschehen ist. Außerdem haben wir ihre Adresse nicht.«

»Wirklich nicht?«, fragt Madeleine verwundert.

Ruts Gesicht verhärtet sich.

»Also, irgendwo haben wir sie bestimmt. Wenn du mir das Notenbuch aushändigst, kümmere ich mich darum.«

»Ich habe es gerade nicht dabei«, sagt Madeleine und schielt unauffällig zu ihrer Tasche. »Ich glaube, es liegt in meinem Zimmer. Wenn ich es gefunden habe, werde ich es im Gemeindebüro abgeben.«

»Tu das«, sagt Rut und bricht auf. Doch bevor sie den Saal verlässt, dreht sie sich noch einmal um. »Danke, dass du dir die Zeit genommen hast, mit mir zu sprechen.«

»Natürlich.«

Madeleine sieht ihr nach und bleibt verwundert in der großen Kirche zurück. Einerseits kann Madeleine verstehen, warum die Kirche nicht will, dass über Amandas Krankheit gesprochen wird, wenn es ihr wirklich so schlecht ging, dass sie nach Hause fahren musste. Aber sie kann ihre Neugierde nicht unterdrücken. Irgendetwas an dieser Geschichte stimmt nicht. Warum will Rut nicht, dass sie Amanda das Notenbuch schickt, es könnte ihren Gesundheitszustand wohl kaum verschlechtern? Und warum behauptet sie, ihre Adresse nicht zu haben?

Nachdenklich steckt sie ihre Hand in ihre Tasche, holt das in Leder gebundene Buch heraus und schlägt die erste Seite auf. Dort steht Amandas Name in Tinte geschrieben. Sanft streicht Madeleine über die krakeligen Buchstaben.

33

SONNTAG, 23. JUNI

Patricia hält das abgegriffene Foto in der Hand. Es ist ein Bild von Madeleine, aufgenommen einige Wochen vor ihrer Abreise nach Ljusskär. Patricia studiert das Gesicht ihrer Schwester. Madeleine sitzt vornübergebeugt an dem alten Klavier im Wohnzimmer zu Hause in Mill Creek. Die vor Glück glänzenden Augen schauen direkt in die Kamera, und um Madeleines Hals hängt die kleine silberne Note.

Patricia erinnert sich an die Pläne ihrer Schwester für den alten Hof. Sie wollte eine Musikschule eröffnen und den Kindern in der Gegend Klavierunterricht geben. »Für Virginias größte Talente«, hatte Madeleine stolz prophezeit. »Die Leute werden Schlange stehen, um von mir unterrichtet zu werden. Warte nur ab, du wirst schon sehen!«

Patricia schiebt das Foto wieder in ihre Tasche und sieht sich im Foyer des Hotels um. Marianne sitzt am Büchertisch und liest, und aus der Küche dringt Geklapper. Mona ist in vollem Gange, das Mittagessen, Kartoffelpuffer, zuzubereiten.

Marianne legt ihr Buch weg und steht auf. Sie geht eine Runde durchs Café und bleibt schließlich vor Patricia stehen.

»Wusstest du, dass Elizabeths beste Freundin Charlotte diesen Priester heiratet, Mr. Collins?«, fragt sie empört.

»Ja, leider.« Patricia nickt.

»Das ... das geht doch nicht!«, entfährt es Marianne. »Das

arme Mädchen. Ich könnte es nicht ertragen, nicht über mein eigenes Leben bestimmen zu dürfen.«

Mona taucht hinter ihnen auf und nickt verständnisvoll.

»Ich vergesse immer wieder, wie anders das Leben damals war. Diese ständige Sorge, dass man finanziell nicht über die Runden kommt, muss furchtbar gewesen sein. Und dass sie ihr Zuhause verlieren könnten, wenn Mr. Bennett stirbt!«

»Ja, die Frauenbewegung hat schon so einiges auf den Weg gebracht«, stimmt Patricia zu.

Doris kommt zur Tür herein, und die Frauen drehen sich zu ihr um. Sie schleicht geradezu ins Café und trägt eine flauschige burgunderfarbene Samtmütze, die sie bis über die Ohren gezogen hat.

»Doris!«, ruft Mona fröhlich. »Bist du bereit für dein Date?«

Doris sieht sie mit weit aufgesperrten Augen an.

»Nein«, haucht sie.

»Warum trägst du denn eine Mütze?«, fragt Marianne. »Es sind fünfundzwanzig Grad draußen.«

Doris zögert einen kurzen Moment, dann zieht sie sich die Mütze vom Kopf. Lange, lilafarbene Strähnen quellen unter ihr hervor. Es wird totenstill im Raum, bis Marianne die Hände vor dem Mund zusammenschlägt.

»Was ist passiert?«

Doris zieht eine Grimasse.

»Du hast gesagt, ich soll etwas mit meinen Haaren machen.«

»Ich meinte eine neue Frisur, nicht, dass du sie färben sollst.

»Das war ein Unfall«, sagt Doris und verbirgt ihr Gesicht hinter der Mütze. »Ich wollte nur ein bisschen Tönung reinbringen und jetzt ... jetzt seh' ich aus wie so ein Punk.« Sie schnieft, und Mona tätschelt ihre Schulter.

»Aber Doris, das ist doch kein Weltuntergang.«

»Ich finde es schick«, sagt Patricia. »Es sieht ... anders aus.«

»Aber ich will nicht anders aussehen«, schnauft sie. »Ich will aussehen, wie ich selbst, nur fünfzehn Jahre jünger.«

Die Türglocke schellt, und Yusuf kommt herein. »Guten Tag, meine Damen«, sagt er und verbeugt sich.

»Hallo Yusuf. Wie geht's dir?«, fragt Mona.

»Doch, gut. Anscheinend ist eine ganze Kolonie von Glasflüglern in meine Himbeerhecke eingezogen, weshalb mir jetzt mehrere Triebe verdorrt sind, aber ansonsten stehen die Aktien gut.«

»Nur Mut, das wird schon wieder. Du weißt, wie gern ich Obst und Gemüse bei dir kaufe.«

»Na klar. Für dich leg ich doch immer das Beste zurück«, sagt er und zeigt auf die Ablage hinter dem Empfangstresen. »Ist das dein Algenbrot?«

»Ja.« Mona nickt. »Willst du einen Laib?«

»Gern.

Während Mona ihm das Brot einpackt, wendet Yusuf sich an Doris.

»Tolle Haare«, sagt er.

Peinlich berührt, greift sie sich an den Kopf.

»Ach, findest du? Danke.«

»Violett«, fährt er fort. »Wie eine Waldhyazinthe.« Yusuf nimmt das Brot entgegen und bezahlt. »Danke«, sagt er an Mona gewandt. »Ich sag' dir Bescheid, sobald der Rucola und die Radieschen zur Ernte bereit sind.«

Nachdem Yusuf gegangen ist, geht Mona auf Doris zu. »Du siehst toll aus«, sagt sie. »Jetzt geh zu deinem Date und genieß es.«

»Ich bin ziemlich nervös«, gibt Doris zu. »Ich bin noch nie mit jemand anderem als Göran ausgegangen. Was ist, wenn wir uns nichts zu erzählen haben?«

»Ach«, sagt Marianne beruhigend. »Das habt ihr bestimmt.«

»Ihr könnt doch darüber sprechen, welche Vorteile das Leben über sechzig hat«, schlägt Mona vor. »Überleg doch mal, welche Freiheiten wir gerade haben, verglichen mit unseren Zwanzigern oder Dreißigern, als wir immerzu nur gerackert haben, um über die Runden zu kommen, und uns gleichzeitig Sorgen gemacht haben, was wohl andere über uns denken. Jetzt dürfen wir die Meinungen anderer gekonnt ignorieren, weil es sowieso niemanden interessiert, was ein paar alte Tanten wie wir so anstellen. Wir können machen, was wir wollen – mitten am Tag ins Kino gehen, Kuchen zu Mittag essen und freche Jugendliche anschreien.«

»Ganz zu schweigen von all den Erfahrungen, die wir gesammelt haben. Während deiner ersten siebenundsechzig Lebensjahre hattest du ja keine Ahnung, wie es sich anfühlt, sich die Haare lila zu färben, aber jetzt weißt du es«, fügt Marianne hinzu.

Doris lächelt steif, doch das Lächeln kommt nicht in ihren Augen an.

»Ihr habt sicher recht«, seufzt sie.

»Das haben wir immer«, sagt Marianne fröhlich. »Und außerdem trifft man ja nicht jeden Tag einen Mann, der so selbstbewusst ist, dass er sich Casanova nennt.«

»Und wenn er sich nun für jemand ganz anderen ausgibt, als er ist?«, fragt Doris beunruhigt.

»Wo trefft ihr euch denn?«, fragt Mona.

»In dem kleinen Café am Hafen in Ystad.«

»Gut, da seid ihr wenigstens nicht allein.«

»Vielleicht sollte ich besser irgendetwas mitnehmen, womit ich mich verteidigen kann?«

»Ein Nudelholz?«, schlägt Mona vor.

»Nein, das passt nicht in meine Tasche.«

»Ich weiß was!«, ruft Mona. Sie verschwindet in der Küche und kommt kurz darauf mit einer Glasflasche mit gelbem Inhalt zurück. »Das ist mein hausgemachtes Chiliöl. Es ist sehr stark. Wenn dieser Rolf-Casanova irgendwelche Anstalten macht, dann sprühst du ihm das einfach in die Augen.«

»Danke«, sagt Doris und nickt mit ernster Miene. »Das werde ich tun.« Sie schielt auf die schwarze Bahnhofsuhr an der Wand. »Ich muss jetzt los, sonst verpasse ich noch den Bus.«

»Bist du dir sicher, dass ich dich nicht begleiten soll?«, fragt Mona. »Ich kann mich ja an den Nachbartisch setzen und eine Zeitung lesen.«

»Nein, das ist nicht nötig«, sagt Doris. »Ich muss das alleine schaffen.«

Mona streicht Doris über die Schulter und zupft ihr langes Kleid zurecht. »Dieser Rolf-Casanova weiß ja gar nicht, was für ein Glück er hat.«

»Danke«, murmelt Doris und wendet sich an Patricia. »Ich habe übrigens immer und immer wieder bei Greta angerufen, aber sie geht nicht ans Telefon.«

»Hat sie vielleicht eine neue Nummer?«

Doris schüttelt den Kopf.

»Ich habe bei der Auskunft nachgefragt, sie sollte also stimmen.«

»Vielleicht fahre ich einfach mal bei ihr vorbei und versuche, mit ihr zu reden«, überlegt Patricia.

»Ja, warum eigentlich nicht.« Doris holt tief Luft und sammelt sich. »Jetzt muss ich aber wirklich.«

»Ganz viel Spaß«, sagt Mona mit einem Lächeln.

Doris verlässt das Hotel, und Mona tischt zum Nachmittagstee auf, während die anderen sich an ihren Stammplatz setzen. Als Patricias Telefon piept, holt sie es rasch hervor.

»Mein Sohn«, erklärt sie.

»Wie viele Kinder hast du?«, fragt Mona.

»Zwei Jungs. Justin ist der jüngere, er lebt in New York und arbeitet an der Börse. Matthew wohnt in Richmond. Das ist ungefähr hundert Kilometer von Charlottesville entfernt«, erklärt sie.

Lina kommt die Treppe heruntergehoppst und umarmt ihre Großmutter.

»Hallo Oma.«

»Hallo, mein Schatz. Wie geht es dir?«

Die Kleine klettert auf Monas Schoß und grinst. »Ich glaube, die große Tasche in dem grünen Zimmer gehört einem Piraten.«

»Ach was? Wie kommst du darauf?«

»Weil da ein Fernglas drin war, und ein langer Stock, der mal ein altes Holzbein war.«

»Das ist ja spannend. Hast du keine Schatzkarte gefunden?«

Lina überlegt und klettert dann wieder von Monas Schoß. »Ich geh nachschauen«, sagt sie und schießt die Treppe wieder hinauf.

»Sie ist wunderbar«, sagt Patricia. »Was für ein Glück du hast, so viel Zeit mit deiner Enkelin zu verbringen.«

»Ja, es ist herrlich, sie zu Besuch zu haben. Hast du Enkelkinder?«

Patricia zeigt Mona Bilder auf ihrem Handy.

»Das sind Zoey und Dax. Sie sind vier und zwei Jahre alt.«

»Die sind aber süß!«, sagt Mona und schlägt vergnügt die Hände aneinander.

»Ja«, seufzt Patricia. »Leider sehe ich sie nicht besonders oft.«

Marianne nimmt ihre Lesebrille ab.

»Warum nicht?«

»Wie gesagt, sie wohnen über hundert Kilometer von mir entfernt.«

»Kannst du nicht in ihre Nähe ziehen?«

»Nein«, sagt Patricia. »Ich lebe auf dem Hof unserer Familie.«

»Kann man den nicht verkaufen?«, fragt Mona vorsichtig.

»Nein, das kann ich nicht.«

»Warum?«

»Ich weiß nicht«, sagt Patricia. »Es fällt mir schwer. Ich habe mein ganzes Leben dort verbracht, und der Hof ist voller Erinnerungen an meine Familie, besonders an die Personen, die nicht mehr am Leben sind.«

»Ich weiß, wie schwierig das ist«, sagt Marianne und dreht an einem ihrer Ohrringe. »Es hat mehrere Jahre gedauert, bevor ich mich von meinem Elternhaus trennen konnte. Doch als ich mich schließlich dazu entschlossen habe, war es eine buchstäbliche Befreiung, zuzusehen, wie der Bulldozer es dem Erdboden gleichgemacht hat. Und jetzt hab ich dieses fantastische Haus, das auf demselben Grundstück wie das alte steht, mit zwei Terrassen, Meerblick, einem Meditationsgarten und Pool. Was jetzt noch fehlt, ist ein Poolhaus mit Trainingsraum und Gästezimmer, aber sobald Evy aufhört, gegen meine Baupläne zu klagen, kann das auch losgehen.«

»Wenn du deine Enkel so vermisst, ist es vielleicht eine Überlegung wert?«, schlägt Mona vor. »Also, nicht das Haus dem Erdboden gleichzumachen«, sagt sie und wirft Marianne einen verstohlenen Blick zu, »sondern umzuziehen.«

»Ehrlich gesagt, weiß ich gar nicht, ob sie mich überhaupt in der Nähe haben wollen. Mein Sohn hat sicherlich nichts dagegen, aber seine Frau, Denise, ist bestimmt anderer Ansicht.«

»Ach was«, entgegnet Mona. »Erstens ist es doch nicht ihre Entscheidung, wo du wohnst. Außerdem kann ich mir nicht vorstellen, dass jemand etwas gegen ein extra Paar helfende Hände einzuwenden hätte. Welche Eltern von Kleinkindern schlagen denn so etwas aus?«

Marianne deutet auf Markus, der in der hintersten Ecke des Cafés sitzt, die Augen auf sein Handy geheftet.

»Sie sind nur für einen kurzen Augenblick klein. Plötzlich sind sie halb erwachsen, und es wird schwer, mit ihnen zu kommunizieren.«

Patricia nickt. Sie hatte schon mit der Idee gespielt, sich in Richmond niederzulassen, um Zoey und Dax sehen zu können, wann immer sie will, aber sie hatte immer Angst davor, was passieren wird, wenn sie sich von dem Hof in Mill Creek trennt. Außerdem spukt dieser alberne Gedanke in ihrem Kopf herum, dass sie bleiben muss, falls Madeleine eines Tages zurückkommt und nach ihr sucht.

Sie holt ihr Handy wieder hervor und schreibt an Matthew. *Was würdest du davon halten, wenn ich nach Richmond ziehe?* Wahrscheinlich ist es albern, ihm diese Nachricht zu schicken, da sie Mill Creek niemals verlassen könnte, doch gleichzeitig ist sie gespannt auf die Antwort ihres Sohnes. Wenn er dem Vorschlag positiv gegenübersteht, könnte ihr das den nötigen Anschub geben. Sie könnte sicherlich einen Teilzeitjob in Richmond finden und eine kleine Wohnung mieten, um zu sehen, wie es sich anfühlt, dort zu leben.

Sie nimmt all ihren Mut zusammen und drück auf *Senden*. Als ihr angezeigt wird, dass die Nachricht verschickt wurde, zieht es in der Magengegend, und sie würde am liebsten einen Rückzieher machen, doch es ist zu spät. Sie schickt eine weitere SMS hinter: *Entschuldigung, es war dumm von mir, du weißt ja, ich kann mich von dem Hof nicht trennen.*

Patricia legt das Telefon weg und denkt an das alte Haus, in dem sie den größten Teil ihres Lebens verbracht hat. Es war gar nicht so schlimm wie befürchtet, den Hof zu verlassen, vor allem jetzt, da sie sich an einem Ort befindet, an dem sie sich ihrer Schwester nahe fühlt. Aber das Haus zu verkaufen wäre eine ganz andere Sache. Die Vorstellung, nie wieder den Flur zu betreten und den Türrahmen zu sehen, in dem eingeritzt worden war, wie sehr die Kinder Jahr für Jahr gewachsen sind, oder in Madeleines Zimmer zu gehen, das immer noch so aussieht, als hätte sie es gerade erst verlassen, schmerzt im ganzen Körper.

Schnell schiebt sie den Gedanken beiseite. Das Haus ist alles, was sie noch hat, und Patricia will sich nicht davon trennen. Ihre Sehnsucht, mehr Zeit mit Dax und Zoey zu verbringen, wird von der Angst überschattet, alles zu verlieren, was ihr noch geblieben ist. Die Leere, die Madeleine hinterlassen hat, ist alles, was noch übrig ist, sie ist ihr einziger Anker, und Patricia hat keine Ahnung, was für ein Mensch sie ohne diese Leere ist.

34

Erika legt die Nussteilchen und Schokoladenschnitten in zwei separate Papiertüten und reicht sie dem Mann in T-Shirt und Shorts, dessen Söhne im Kreis um ihn herumlaufen.

»Bitte schön. Ich wünsche Ihnen einen schönen Nachmittag am Strand.«

»Danke, das werden wir haben!« Er bemüht sich, die Kinder zu fangen, aber sie entwischen ihm, und seine angenehme Stimme wird tiefer. »Kommt jetzt, Kinder, sonst gibt es keinen Kuchen!«

Erika lächelt und winkt den Kindern zu, bevor sie sich der Glasvitrine auf dem Tresen zuwendet und eine schnelle Bestandsaufnahme durchführt. Der Verkauf von Kuchen, Brot und Brötchen läuft sehr gut.

Sie späht zu Mariannes Enkel hinüber, der in seiner üblichen Ecke sitzt, iPad und Handy vor sich auf dem Tisch. Anscheinend ist die Verbindung hier besser als bei Marianne zu Hause, obwohl das Internet noch lange nicht die gleiche Geschwindigkeit wie in Stockholm erreicht, was er hin und wieder vor sich hin nuschelt.

Erika schüttelt den Kopf. Obwohl auch Emma und sie ihre Zankereien haben, ist sie dankbar, dass ihre Teenagertochter für Dinge brennt und arbeiten möchte, anstatt auf einen Bildschirm zu starren.

Sie streicht mit der Hand über das Logbuch. Das Hotel ist den größten Teil des Sommers ausgebucht, aber Erika fragt sich, ob es wirklich reicht. Heute Morgen ist der Badezimmerschrank im Dickens-Zimmer von der Wand gefallen, und sie und ihre Mutter haben es nur mit Mühe und Not geschafft, ihn wieder anzuschrauben.

Wo sie auch hinsieht, findet Erika etwas, das repariert werden muss, und obwohl sie relativ geschickt ist (Martin glaubt, dass alles mit Klebeband geregelt werden kann – einmal hat er sogar die Stoßstange wieder ans Auto geklebt – weshalb sie für die Handwerksarbeiten in ihrem Haus zuständig ist), können die meisten Dinge nicht endlos repariert werden, bevor sie ersetzt werden müssen.

Mona schleppt drei große Kisten an. Sie hat geplant, Hühnereintopf mit Wurzelgemüse für die alten Herrschaften zu kochen, das heutige Abendessen für die Hotelgäste vorzubereiten und die Buchhaltung des Monats zu erledigen. Erika hilft, wo sie kann, aber es scheint kaum einen Unterschied zu machen. Es ist offensichtlich, dass ihre Mutter überlastet ist.

Mona macht ein paar Schritte auf den Tresen zu, aber plötzlich erstarrt sie mitten in einer Bewegung und stöhnt laut auf.

»Aua«, wimmert sie und lässt die Kisten fallen.

Erika eilt zu ihr und hilft ihr in einen Sessel.

»Alles in Ordnung, Mama?«

Mona zieht eine Grimasse. Man sieht ihr an, dass sie Schmerzen hat.

»Nicht wirklich«, presst sie zwischen zusammengebissenen Zähnen hervor.

»Ist es wieder der Rücken?«

»Das hat geziept«, sagt sie und reibt sich die Stelle über dem Steißbein.

»Du musst es ruhig angehen lassen. Du arbeitest einfach zu viel.«

»Das Hühnchen«, wimmert Mona. »Das muss in den Kühlschrank.«

Erika hebt die Kisten an und trägt sie in die Küche.

»Leg sie in den linken Kühlschrank. Und das Wurzelgemüse kannst du gleich draußen auf der Küchenbank lassen, denn das muss ich sowieso gleich noch schälen«, ruft Mona ihr hinterher.

Erika seufzt. Glaubt ihre Mutter wirklich, dass sie einfach weitermachen kann, als wäre nichts passiert?

»Könntest du mir auch mein Buch mit den Quittungen bringen? Das liegt im Büro«, fährt sie fort.

»Okay«, ruft Erika zurück.

Monas Büro befindet sich in einem kleinen Raum neben der Küche. Als Erika es betritt, entdeckt sie das Buch ihrer Mutter sofort auf dem unordentlichen Schreibtisch. Sie nimmt es und sucht den Schreibtisch mit den Augen nach einem Stift ab. Unter einem College-Block voller Menüvorschläge guckt ein Bleistift hervor. Als sie den Block beiseiteschiebt, fällt ihr Blick auf einen Umschlag vom Inkassobüro.

Erika erstarrt. Hat ihre Mutter etwa vergessen, Rechnungen zu bezahlen? Sie nimmt den Umschlag in die Hand und sieht, dass er noch nicht einmal geöffnet wurde.

Mit raschen Schritten kehrt Erika zurück ins Foyer, wo ihre Mutter schon auf sie wartet.

»Danke«, sagt sie und streckt die Hand nach dem Buch mit

den Quittungen aus. Erika reicht es ihr und hält ihr dann den Brief vor die Nase.

»Was ist das hier?«

»Nichts.«

»Das ist nicht *nichts*. Das ist ein Inkassobrief, den du noch nicht einmal geöffnet hast!«

»Das sind diese Stromrechnungen«, stöhnt Mona. »Ich versteh nicht, warum die so hoch sind. Ich habe im Winter kaum geheizt, und trotzdem muss ich mehrere tausend Kronen bezahlen.«

»Wie viel schuldest du denen?«, fragt Erika.

In diesem Moment betritt Marianne das Hotel.

»Hallöchen«, zwitschert sie und winkt Markus zu. Als sie Mona entdeckt, eilt sie sofort zu ihrer Freundin.

Mona wirft Erika einen bedeutungsvollen Blick zu. »Wir reden später darüber.«

»Zu dieser Uhrzeit sitzt du doch nie einfach nur herum«, entfährt es Marianne. »Ist etwas passiert?«

»Ich hab mir nur den Rücken überstreckt, aber es ist halb so wild. Ich muss mich nur kurz sammeln, dann mach ich mich ans Kartoffelschälen und ans Hühnchen.«

Erika und Marianne tauschen einen Blick aus.

»Es wäre vielleicht eine gute Idee, wenn du dich ein bisschen ausruhst.«

»Ausruhen? Seid ihr verrückt! Wer soll sich denn dann um das Essen kümmern? Es müssen mehrere Kilo Kartoffeln geschält werden.«

»Ich helfe dir«, sagt Erika, doch in dem Augenblick kommt Lina die Treppe heruntergeflitzt. Sie trägt einen hellblauen Badeanzug mit Kirschaufdruck, einen roten Schwimmring um den Bauch, und hat sich eine Taucherbrille auf die Stirn geschoben.

»Mama, wollen wir los?«

»Sofort, meine Süße. Ich muss Oma noch schnell helfen.«

Mona hebt die Augenbrauen.

»Weißt du überhaupt, wie man ein Hühnchen zerkleinert?«

»Nein, nicht direkt«, räumt Erika ein und wendet sich Marianne zu. »Kannst du kochen?«

»Ich kann Cocktails machen«, erwidert sie fröhlich. »Al Pacino ist der Meinung, keiner mache bessere Gin Tonics als ich.«

»Ich glaube nicht, dass der Stadtrat es so schätzt, wenn wir den alten Herrschaften morgen Gin zum Mittagessen servieren«, wirft Mona seufzend ein.

»Wir finden sicher eine Lösung«, sagt Erika, während Lina an ihrem Kleid zerrt.

»Komm jetzt, Mama! Ich will schwimmen gehen«, ruft sie und macht die Armbewegungen nach, die sie geübt hat.

»Ich kann das Huhn zerkleinern. Und Kartoffeln schälen«, sagt eine unbekannte Stimme.

Die drei Frauen drehen sich um, und ihr Blick fällt auf Markus.

»Das kannst du?«, entfährt es der ungläubigen Marianne.

»Oma, ich war doch auf dem Berufsgymnasium für Hotel- und Gaststättengewerbe. Das weißt du doch.«

Marianne schaut verdutzt aus der Wäsche.

»Ja, jetzt, wo du's sagst. Aber lieber Markus, nenn mich bitte nicht Oma. Das klingt so alt. Sag bitte Marianne.«

Markus lüftet seine Kappe und streicht sich das struppige Haar zurück.

»Es gibt sowieso gerade kein Internet«, sagt er und zuckt die Achseln. »Wo ist die Küche?«

Erschrocken starrt Mona ihn an, dann stößt sie ein resigniertes Seufzen aus.

»Bitte koch das Hühnchen erst, bevor du die Haut abziehst und die Knochen entfernst. Und heb das Gerippe auf.«

»Selbstverständlich«, sagt Markus. »Davon können wir später Brühe kochen.«

»Genau«, sagt Mona verblüfft. »Die Kartoffeln und das Wurzelgemüse liegen schon auf der Küchenbank.

Erika zeigt Markus die Küche, und als er alles gefunden hat, was er braucht, kehrt sie zu Lina zurück.

»Okay, Mütterchen, dann gehen wir zum Strand.« Sie beugt sich zu Mona herunter und umarmt sie, dann tauscht sie einen Blick mit Marianne aus, die ihr zunickt.

»Ich werde ein Auge auf alles haben, während ihr weg seid.«

»Und du machst jetzt mal Pause«, sagt Erika an ihre Mutter gewandt. »Und über den Brief reden wir noch.«

35

DIENSTAG, 7. JULI 1987

Madeleine geht durch den Korridor des Gemeindebüros und fährt mit den Fingern über die Raufasertapete. Die kleinen Unebenheiten kitzeln an den Fingerspitzen. Über ihr flackert eine Leuchtstofflampe ungeduldig auf.

Aino hat sie gebeten, zu Pastor Lindbergs Büro zu kommen. Beiläufig hatte sie erwähnt, dass der Pastor mit Madeleine sprechen wollte, ohne zu erklären, worum es geht, und jetzt vibriert ihr ganzer Körper vor Nervosität.

Langsam geht sie über das hellblaue Linoleum und betrachtet die Fotografien an den Wänden. Die Bilder glücklicher Gemeindemitglieder sind in nicht enden wollenden Reihen aufgehängt worden. Fotos von verschiedenen Wohltätigkeitsprojekten, von den Waisenhäusern in Afrika und Asien, Bilder vom Pastor vor dem Altar beim Abendmahl und von zahllosen Weihnachtsfesten.

Vor Pastor Lindbergs Tür bleibt sie stehen. Seit ihrem letzten Gespräch ist viel passiert, und der Gedanke, mit ihm allein zu sein, macht ihr Angst.

Madeleine fährt sich mit den Fingern durch die Haare. Vielleicht möchte Pastor Lindberg sie auch zurechtweisen, weil sie Fragen über Amanda gestellt hat. Der Gedanke lässt Madeleine schaudern, aber welche Wahl hat sie? Sie kann sich wohl kaum weigern, den Pastor zu treffen.

Mit fester Hand klopft sie an die Tür, und von drinnen erklingt ein »Komm rein«.

Madeleine öffnet. Pastor Lindberg sitzt wie immer hinter seinem Schreibtisch. Er winkt sie herbei und bittet sie, die Tür zu schließen.

Sie setzt sich und beobachtet den Pastor unauffällig. Er scheint in ein Dokument vertieft zu sein. Er trägt ein kornblumenblaues Hemd, das die Farbe seiner Augen betont. Sie spürt seine warme, väterliche Ausstrahlung. Jedes Mal, wenn sie in seiner Nähe ist, ist sie von seinem Charisma beeindruckt. Als er schließlich zu ihr aufsieht und lächelt, ebbt die Nervosität etwas ab und Madeleine entspannt sich.

»Madeleine«, sagt er mit seiner tiefen Stimme. »Schön, dich zu sehen.«

»Ebenfalls.«

Er legt das Dokument beiseite und mustert sie.

»Ich bin beeindruckt, was für eine tolle Chorleiterin du bist. Euer Auftritt am Sonntag war …«, er macht eine Pause, um nachzudenken, »… gewaltig«, fügt er mit Nachdruck an.

»Danke. Es hat sich gut angefühlt.«

Pastor Lindberg nickt ihr aufmunternd zu.

»Wie geht es dir sonst?«

»Gut«, antwortet sie und streicht sich eine Haarsträhne hinters Ohr. Stille senkt sich über den Raum. Madeleine weiß nicht, wo sie hingucken soll, und starrt auf einen Fleck auf dem dunkelroten Teppich.

»Ich habe übrigens mit Frau Lindberg gesprochen«, sagt er plötzlich, und Madeleine spürt, wie ihr das Herz bis zum Halse schlägt.

»Ja?«, flüstert sie.

»Sie hat mir erzählt, dass du gern mit nach Tansania reisen würdest.«

»Das stimmt.«

»Wie schön. Da setzte ich dich doch auf die Liste. Es gibt viele Interessenten, aber wenn du deine Karten richtig ausspielst, dann hast du gute Chancen, dabei zu sein«, sagt er und zwinkert ihr zu.

»Aha«, antwortet sie ahnungslos, und verstummt.

Pastor Lindberg stützt die Ellenbogen auf den Tisch und lehnt sich vor.

»Ich kann sehr viel Potenzial in dir erkennen, Madeleine. Ich sehe, dass du Gutes tun willst, doch du bist noch sehr jung und du musst dich vorsehen. Es wird immer jemanden geben, der dich auf Abwege führen will.«

Sein Blick ist eindringlich, und Madeleine muss schlucken.

»Wen meinen Sie?«

»Du musst dich entscheiden, wem du glauben willst. Manchmal sind die Dinge nicht so, wie sie scheinen, manchmal muss man einfach Vertrauen haben.« Er streckt ihr seine Hand entgegen und lässt sie auf dem Tisch ruhen. »Vertraust du mir?«

Madeleine schaut ihn an und denkt daran, was sie durch das Fenster beobachtet hat. Hat sie alles falsch verstanden? Unsicher legt sie ihre Hand in seine. Die Berührung löst ein Schaudern in ihr aus. Sie schnappt nach Luft.

»Gut«, sagt er und umschließt ihre Finger. »Dann möchte ich, dass du jetzt genau zuhörst. Amanda – ich weiß, dass du von ihr gehört hast – kam im Herbst zu uns, wurde aber einige Monate später krank. Ich wusste, dass sie ihre Dämonen hatte, aber nicht, dass ihre Depression so schwerwiegend sein würde. Sie konnte nicht schlafen, begann Geister zu sehen und regte sich über Dinge auf, die nie passiert waren.« Auf Pastor Lindbergs Stirn zeichnet sich eine tiefe Falte ab. »Ich gebe mir die Schuld, nicht verstanden zu haben, wie schlimm es um sie stand. Geisteskrankheiten können lebensbedrohlich sein, und ich hätte sie besser im Auge behalten sollen. In ihrem Fall wurde die Situation so ernst, dass wir gezwungen waren, sie nach Hause zu schicken. Ich möchte aus Respekt vor Amanda nicht mehr dazu sagen, und ich hoffe, du verstehst, dass wir die Angelegenheit ihr zuliebe zu den Akten gelegt haben.«

Eine Welle der Scham überkommt Madeleine, und sie schließt die Augen. Die Stimme des Pastors ist mild und beruhigend, und sie versteht nur zu gut, warum sie es für so wichtig erachtet haben, nicht über Amanda zu sprechen. Sie haben nur versucht, sie zu beschützen.

Madeleine spürt, wie ihr die Röte ins Gesicht steigt. Mit welchem Recht ist sie bloß so misstrauisch geworden?

»Ich möchte mich entschuldigen«, sagt sie. »Das wusste ich nicht.«

»Das verstehe ich«, nickt Pastor Lindberg. »Jetzt hast du alle Informationen. Können wir die Geschichte der armen Amanda nun hinter uns lassen?«

»Natürlich!«

Der Pastor drückt ihre Hand, bevor er sie wieder loslässt.

»Gut«, fährt er fort. »Wir vertrauen dir, und du vertraust uns. Wir wollen ja nur, dass du der Mensch wirst, auf den deine Eltern stolz gewesen wären.«

Seine letzten Worte treffen sie wie ein fester Schlag in den Solarplexus. Die Muskeln in ihrem Oberkörper ziehen sich zusammen, und Madeleine fällt das Atmen schwer. Sie sitzt einfach nur da, niedergeschlagen, mit einem Messer in der Brust, während der Pastor sich sorglos dem Papierstapel auf seinem Schreibtisch widmet. »Einen schönen Tag noch«, murmelt er, ohne aufzusehen.

Madeleine steht auf und stolpert auf unsicheren Beinen hinaus. Die Worte des Pastors hallen in ihrem Kopf nach. Wären ihre Eltern von ihr enttäuscht, wenn sie noch am Leben wären?

Vor dem Büro des Pastors lässt Madeleine sich auf einem Stuhl nieder. Ihre Erinnerungen an Ellinor Grey sind dünn wie Butterpapier – porös und milchig. Ihr sind nur einige Fragmente ihrer Mutter geblieben, Momente mit ihr, die sie so oft in ihren Gedanken abgespielt hat, dass sie nicht mehr weiß, ob sie wirklich passiert sind. Wie die Erinnerung an diesen heißen Spätsommertag, an dem sie das geschlagene Heu eingeholt haben. Sie haben es zusammengeharkt und ihren mitgebrachten Proviant auf dem Feld gegessen. Wenn Madeleine die Augen schließt, kann sie das Lachen ihrer Mutter hören, während sie gemeinsam im Heu herumtollen. Doch in einem alten, vergilbten Fotoalbum klebt ein Bild von Ellinor von ebendiesem Tag, auf dem sie mit ihren Kindern im Arm im Gras sitzt. Ihr Haar ist mit einem blauen Tuch umwickelt, und sie lacht aus vollem Halse. Wie kann Madeleine sicher sein, dass ihre Erinnerung an diesen Tag echt ist und nicht nur ein Abziehbild dieses Fotos? Vielleicht kann sie sich gar nicht wirklich an ihre Mutter erinnern. Wie kann sie also wissen, was sie stolz machen würde?

Madeleine zieht am Kragen ihres Pullovers, als würde ihr das Atmen dadurch leichter fallen. Sie weiß, dass der Glaube eine wichtige Rolle im Leben ihrer Mutter gespielt hat – dass der Glaube sie miteinander verbindet. Wenn Ellinor jetzt mit ihr sprechen könnte, würde sie ihre Tochter wahrscheinlich dazu auffordern, auf den Pastor zu hören. Und damit hätte sie recht. Warum sollte Madeleine sich querstellen?

Madeleine bleibt vor Pastor Lindbergs Büro sitzen, bis sie sich wieder gesammelt hat. Sie hat hier in Ljusskär ein Zuhause gefunden, einen ehrenvollen Platz in der Freikirche eingenommen, und wegen eines lächerlichen Gedankens darf sie sich diese Möglichkeit, nach Tansania zu gehen, nicht entgehen lassen. Genau wie Pastor Lindberg es gesagt hat, sie vertrauen ihr, also muss sie ihnen vertrauen.

Sie spielt mit der kleinen Note an ihrer silbernen Halskette herum. Sie will in ihrem Leben noch so viele Dinge erreichen, und anderen zu helfen ist definitiv ein wichtiges Ziel.

»Tansania«, sagt sie leise. Eigentlich weiß Madeleine nichts über das Land oder die Schule, die die Kirche dort errichtet hat. Sie weiß nur, dass sie ein Teil davon sein möchte. Sie sehnt sich nach Afrika und der Freiheit, die sie dort vermutet.

Pastor Lindberg weiß, was er tut, denkt Madeleine. Er leitet eine äußerst beliebte Kirche und ist für seine Wohltätigkeitsarbeit auf der ganzen Welt bekannt. Madeleine sollte dankbar sein, dass sie hierherkommen durfte. Die Sache mit Amanda sollte sie besser vergessen. Von nun an wird sie nichts mehr in Frage stellen. Sie wird tun, was ihr aufgetragen wird, wird fromm und fügsam sein. Denn Madeleine weiß ganz genau, dass ihre Neugierde nur Schaden anrichtet.

36

MONTAG, 24. JUNI

Patricia steht an dem kleinen Fenster und schaut aufs Meer. Es hat etwas Magisches, die wogenden Wellen und die schreienden Möwen zu beobachten.

Sie macht sich für ein weiteres fantastisches Frühstück in Monas B, B & B bereit, und fährt sich noch einmal schnell mit der Bürste durch die Haare. Jeden Morgen tischt Mona die wunderbarsten Dinge auf – fluffige Roggenbrötchen, frisch aus dem Ofen, sodass die Butter auf ihnen schmilzt, deftige Brote mit Sirup und Bitterorangen, cremiger Käse, hausgemachte Marmeladen, geräucherte Makrelen direkt vom Fischer und große braune Eier von einem benachbarten Hof.

Patricia trennt ihr Handy vom Ladegerät und steckt es in ihre Tasche. Matthew hat immer noch nicht auf ihre Nachricht geantwortet, und das ist wahrscheinlich besser so. Was soll er sagen, der arme Junge, wenn Patricia selbst nicht weiß, was sie will?

Als sie die Treppe herunterkommt, sieht sie, dass Mona bereits an ihrem üblichen Tisch sitzt und Marianne am Frühstücksbuffet steht. Trotz den Köstlichkeiten, die zur Auswahl stehen, isst sie jeden Morgen dieselbe kleine Schüssel fettfreien Joghurt, und Patricia kann nicht anders, als Mitleid mit ihr zu haben.

»Guten Morgen.«

»Guten Morgen«, sagen Marianne und Mona im Chor. Vor ihnen auf dem Tisch liegt Mariannes Buch, und Patricia deutet mit einem Kopfnicken auf *Stolz und Vorurteil.*

»Bist du über den Schock wegen Mr. Collins hinweggekommen?«

»Nein, ganz und gar nicht«, sagt Marianne und setzt sich. »Und ich verstehe auch nicht, warum Mr. Darcy so ein Stinkstiefel sein muss. Ich dachte, er wäre der Held!« Sie schüttelt den Kopf. »Zum Glück gibt es noch Mr. Wickham.«

Patricia und Mona tauschen einen stummen Blick aus.

»Ja, so ein Glück«, sagen beide ausweichend.

Die Türglocke schellt, und Doris kommt herein. Sie hat ihr violettes Haar zu ihrem üblichen Zopf zusammengeflochten und sieht ziemlich deprimiert aus.

»Wie ist es gelaufen?«, fragt Mona neugierig.

»Nicht gut«, antwortet Doris.

»Ach ja?«, fragt Marianne. »Ich dachte, du bist den ganzen Abend unterwegs gewesen?«

»Nein«, erwidert Doris. »Ich bin früh heimgekommen und bin mit Ben und Jerry ins Bett gegangen.«

»Wer ist denn das?«, fragt Mona.

»Das ist Eis«, mault ihre Freundin und nimmt eine Tasse Kaffee entgegen.

»Ui«, murmelt Mona und schiebt ihr den Brotkorb zu. »Setz dich doch und erzähl.«

Doris lässt sich in einen Sessel sinken, nimmt ein Brötchen und beschmiert es bedächtig.

Schließlich hält Mona es nicht mehr aus. »Jetzt erzähl schon, bevor ich noch wahnsinnig werde vor Sorgen!«

»Es war schrecklich«, sagt Doris tonlos.

»War er dir gegenüber unangenehm?«, fragt Patricia.

Doris schüttelt den Kopf.

»Nein, nicht unbedingt unangenehm. Aber er war ...« Sie sucht nach den richtigen Worten, »... unfassbar langweilig.«

»Aha«, sagt Marianne. »Vielleicht war er nur nervös?«

»Er war nicht nervös«, schnaubt Doris. »Er war Versicherungsangestellter.«

»Also doch kein Casanova?«, fragt Mona zaghaft.

»Wohl kaum. Ich sollte ihn wegen Täuschung anzeigen. Er hat nur von seiner Arbeit erzählt. Drei Stunden lang hat er geredet, ununterbrochen, und mir hat er keine einzige Frage gestellt. Als ich endlich mal zu Wort kam und ihn gefragt habe, ob er ein Lieblingsbuch habe, meinte er nur, dass Lesen Zeitverschwendung sei. Und das Schlimmste ist, dass ich trotzdem bis zuletzt gehofft habe, dass da noch was draus werden kann.« Sie schlägt die Hände vors Gesicht.

»Aber Doris, das war doch dein erster Versuch«, tröstet Mona und legt den Arm um sie.

»Und der letzte«, erwidert Doris. »Ich gehe nie wieder auf ein Date. Lieber bleibe ich für den Rest meines Lebens allein.«

»Du bist nicht allein«, widerspricht Mona. »Du hast doch uns.«

»Danke«, schnieft Doris. »Ich bin nur so enttäuscht. Ich dachte, jemand, der sich Casanova nennt, wäre ein echter Charmeur. Göran war in jeder Hinsicht ein toller Mann, aber besonders romantisch ist er nie gewesen. Ich konnte froh sein, wenn er meinen Geburtstag nicht vergessen hat, und noch froher war ich, wenn er mir etwas von der Tankstelle mitgebracht hat. Einmal hat er mir so einen Überzug für ein Lenkrad geschenkt, und natürlich ist es toll, beim Autofahren warme Hände zu haben, aber ich habe immer davon geträumt, richtig verwöhnt zu werden. Ihr wisst schon, wie im Roman. Ich würde so gern Noah aus *Wie ein einziger Tag* begegnen, oder Heathcliff aus *Sturmhöhe*. Ich will einen Mann, der sich Hals über Kopf in mich verliebt, der mir intensive Blicke zuwirft und mich leidenschaftlich küsst. Göran hat mir immer nur intensive Blicke zugeworfen, wenn ich ihm beim Fernsehgucken im Weg stand.«

»Ich liebe Jamie aus *Outlander*«, wirft Mona sehnsüchtig ein. »Ihr wisst, schon, die Geschichte von Claire, die in der Zeit zurückgeworfen wird. Er ist so rau und stark und dennoch zärtlich. Ich werde dieses Buch nie vergessen.«

»Habt ihr *Die Frau des Zeitreisenden* gelesen?«, fragt Patricia. »Das ist wirklich eine romantische Geschichte. Und sie ist traurig. Ich habe geheult wie ein Kind, als ich sie gelesen habe.«

»Romantische Männer sind seltener als Einhörner«, sagt Marianne und lehnt sich in ihren Stuhl zurück.

»Dieser Rolf ist vielleicht auch unerfahren?«, hakt Mona nach, während sie den Freundinnen Kaffee nachschenkt. »Er weiß vielleicht nicht, dass ein Gespräch schöner wird, wenn beide reden?«

Doris nimmt einen kleinen goldenen Spielzeugpokal aus einer zerknitterten Tüte und stellt ihn auf den Tisch.

»Was ist das?«

»Ein Geschenk, das er mir mitgebracht hat.«

»Das ist aber lieb!«

»Lies mal die Karte«, sagt sie trocken und zeigt auf die Tüte.

Marianne holt das abgerissene Stück Papier heraus und liest laut vor.

»Herzlichen Glückwunsch, du hast ein Date mit mir gewonnen.«

»Okay, er ist ein hoffnungsloser Fall«, seufzt Mona. »Du Arme. Soll ich dir was Leckeres backen?«

Doris reibt sich die Augen.

»Ich muss nach Hause und mir ein paar Filme mit Paul Newman ansehen, um das Gleichgewicht wiederherzustellen, aber Mandeltörtchen wären jetzt nicht schlecht.«

»Wird erledigt.«

»Und Windbeutel«, fügt Doris hinzu. »Niemand macht so leckere Windbeutel wie du, Mona.«

»Die bestehen ja fast nur aus Sahne«, erklärt Marianne Patricia. »Ich kann nicht verstehen, wer so etwas isst.«

»Die obere Teighälfte des Windbeutels sollte schön dünn und mit Puderzucker bestäubt sein«, sagt Doris mit verträumtem Blick.

»Kein Problem«, nickt Mona.

Doris öffnet ihre Handtasche und kramt einen Moment in ihrer Unordnung, bevor sie findet, wonach sie sucht.

»Hier«, sagt sie und reicht Patricia ein Kärtchen. »Gretas Adresse und Telefonnummer, falls du sie aufsuchen willst.«

»Danke«, antwortet Patricia und nimmt das Kärtchen entgegen. »Ich werde versuchen, anzurufen, aber wenn ich sie nicht erreichen sollte, fahre ich nach Stockholm.«

Ein Mann mit blonden, kurzgeschnittenen Haaren taucht

in der Tür auf, und alle drehen sich zu ihm um. Er trägt eine blaue Arbeitshose und ein schwarzes T-Shirt.

»Hallo«, sagt Mona und steht hastig auf. »Kommen Sie von der Klempnerfirma?«

»Genau. Es gibt also ein Problem mit ...«

»... einem Rohr«, unterbricht Mona ihn. »Kommen Sie mit in die Küche«, sagt sie und weist ihm den Weg.

*

Als der Klempner das Hotel wieder verlässt, eilt Doris zu Mona. Sie steht hinterm Tresen und reibt sich den Rücken.

»Wie geht's dir?«, erkundigt sich Doris.

»Geht so. Mein Rücken ist immer noch steif.«

»Du Arme. Wie lief es mit dem Klempner?«

»Nicht so gut«, sagt Mona und nimmt Doris zur Seite, damit die anderen sie nicht hören.

»Warum nicht?«

»Weil mehrere Rohre ausgetauscht werden müssen. Das ganze System hat einen Schaden, und der Warmwasserboiler zickt auch rum«, seufzt sie. »Ich kann mir die ganzen Reparaturen nicht leisten.«

»Vielleicht kannst du bei der Bank Hilfe beantragen?«

»Das habe ich schon versucht, aber sie haben abgelehnt. Ich habe keine Sicherheiten, um einen Kredit aufzunehmen.«

Monas Blick ist glasig, und Doris wringt die Hände.

»Willst du dir etwas von mir leihen? Ich hab keine großen Summen zur Verfügung, aber Göran hat ein Sparkonto angelegt, auf dem wir noch einen kleinen Puffer haben.«

»Das ist lieb von dir, aber das kommt gar nicht in Frage«, sagt Mona bestimmt. »Ich weiß, mit wie wenig Rente du leben musst.«

»Dann frag Marianne«, sagt Doris und zeigt unauffällig Richtung Frühstückstisch. »Sie wird dir bestimmt helfen.«

»Nie im Leben«, entfährt es Mona. Ihre Wangen werden rosa. »Du darfst ihr nichts davon erzählen. Und auch Erika nicht, ich will nicht, dass sie sich Sorgen macht.«

»Okay, versprochen«, versichert Doris.

Mona lässt sich auf einen Schemel sinken und seufzt einmal tief.

»Ich weiß nicht, was ich tun soll«, sagt sie und macht eine schwungvolle Geste mit der Hand. »Das Haus ist seit über hundert Jahren im Familienbesitz, und nun stehe ich kurz davor, es aufgeben zu müssen.«

»Wir werden eine Lösung finden«, tröstet Doris sie. Die Freundin hat Mona noch nie so aufgelöst gesehen.

»Wenn ich das Hotel verliere, weiß ich nicht, was ich tun soll. Es ist mein ganzes Leben. Ich habe alles in dieses Hotel gesteckt, meine Zeit, meine Liebe, und mir jede Krone vom Munde abgespart. Ohne dieses Haus bin ich nichts.«

»Ich verstehe, dass sich das gerade so anfühlt«, sagt Doris, »aber das wird sich alles klären.«

»Wie denn?«, schnieft Mona. »All die Jahre habe ich mir eingebildet, dass all die Mängel den Charme des Hauses ausmachen. Dass die kaputten Dielen und die quietschenden Wasserleitungen dem Hotel Charakter verleihen, aber jetzt kann ich mich langsam nicht mehr selbst belügen. Das Hotel muss renoviert werden, das weiß ich. Und ich tue alles, um eine

Renovierung zu finanzieren, aber egal wie sehr ich mich anstrenge, es kommt nie genug zusammen.« Sie schaut auf, und Doris kann die Verzweiflung in ihren Augen sehen. »Es ist nur eine Frage der Zeit, bis sich der Warmwasserbereiter endgültig abschaltet und es durch das Dach reinregnet.«

Vorsichtig legt Doris die Arme um ihre Freundin und drückt sie an sich.

»Du bist mit alldem nicht allein. Ich werde alles tun, was in meiner Macht steht, um dir zu helfen«, flüstert sie. »Mit dem Literaturquiz fangen wir an. Ich verspreche dir, ordentlich die Werbetrommel zu rühren, damit ganz viele Leute vorbeikommen und Geld dalassen.«

»Vielleicht können wir auch einen Tisch vors Hotel stellen und Kaffee und Kuchen an Passanten verkaufen?«, schnieft Mona. »Was hältst du davon?«

Doris nickt, doch dann fällt ihr wieder ein, dass Rut auch Kuchen auf dem Sommerfest verkaufen wollte. »Das wird bestimmt toll«, antwortet sie ausweichend. »Du, ich muss los.«

»Okay«, sagt Mona und steht auf.

Doris tätschelt ihr die Wange.

»Wir kriegen das zusammen hin.«

»Danke.« Mona lächelt. »Du musst wissen, dass ich das sehr schätze.«

»Ich weiß«, sagt Doris und greift Monas Hand. »Hol einmal tief Luft. Du wirst das Hotel nicht verlieren, das werde ich nämlich nicht zulassen.«

37

DONNERSTAG, 9. JULI 1987

Madeleine sitzt auf der niedrigen Mauer, die an den Strand grenzt, und wartet auf Desirée, die unten am Wasser ihren Badeanzug ausspült. Es ist ein schöner Tag. Die Sonne scheint von einem wolkenlosen Himmel, Schwalben steigen hoch.

Aus der Ferne ist das Tuckern eines Fischkutters zu hören, und zum ersten Mal ist der Strand mit Besuchern gefüllt. Ungefähr zwanzig Grüppchen haben sich im Sand versammelt, Sonnenschirme aufgestellt und karierte Decken ausgebreitet. Bisher sind hauptsächlich Einheimische am Strand, aber Madeleine vermutet, dass es nicht lange dauern wird, bis Touristen diesen Ort entdecken. Ljusskär ist ein Paradies, und es überrascht sie, dass nicht mehr Menschen hier leben.

Ein Stück entfernt sieht sie einen kleinen Jungen, der zielgerichtet durch den Sand läuft. Er ist größer als Matthew, hat aber die gleichen dunkelblonden Haare und scheint im selben Alter zu sein. In der einen Hand hält er einen roten Plastikeimer und in der anderen trägt er eine kleine Harke und eine Schaufel, die er mit seinen kleinen Finger gerade so umfassen kann.

Madeleine sieht, wie er stehen bleibt. Er scheint auf etwas aufmerksam geworden zu sein, und kurz darauf sammelt er einen runden Stein auf, den er unter großer Anstrengung in den Eimer legt.

Als er aufschaut und ihrem Blick begegnet, lächelt Madeleine ihm zu. Sie wünschte sich, Matthew und Patricia kämen sie in Schweden besuchen. Matthew würde es lieben, an diesem Strand zu spielen. Er wäre überglücklich, durch das Wasser zu planschen und Muscheln und glatte Steine zu sammeln.

Der Junge schwingt den Eimer so eifrig auf und ab, dass er ihm aus der Hand rutscht, auf der Seite landet und sein Inhalt herauspurzelt. Als der Junge sich bückt, um alles wieder einzusammeln, lässt er seine Schaufel fallen. Madeleine geht auf ihn zu. Auf dem Boden liegen Steine verstreut, und sie hilft ihm dabei, alle wieder in den Eimer zurückzulegen.

»Das sind aber schöne Steine.«

»Ich habe zweiundzwanzig Stück«, sagt er begeistert. »Eigentlich hatte ich dreiundzwanzig, aber ich habe einen verloren. Zum Glück habe ich noch einen gefunden, sonst hätte ich nur noch einundzwanzig.«

»Toll«, sagt Madeleine.

Ein Spatz hat sich auf die Mauer gesetzt. Er dreht den Kopf zur Seite, und als der Junge ihn sieht, fängt er an zu lachen. Seine Zähne sind wie Matthews, klein und rund, der Abstand zwischen ihnen weit.

»Ich heiße Mats«, sagt er. »Ich bin vier Jahre alt, aber im November werd' ich fünf und dann ist Herbst.«

»Ich heiße Madeleine und ich bin zwanzig Jahre alt.«

»Zwanzig Jahre? Das ist alt«, stellt er fest.

Im Hintergrund ist eine Stimme zu hören. Madeleine ist so sehr auf den Jungen fokussiert, dass sie sie erst nicht richtig wahrnimmt, doch dann kommt eine Frau schnellen Schrittes auf sie zugelaufen, und Madeleine wird klar, dass es Mats' Mutter ist, die nach ihm sucht.

Die Frau bleibt neben ihnen stehen und schnappt nach Luft, bevor sie dem Jungen eine Hand auf die Schulter legt.

»Du darfst doch nicht weglaufen! Ich mach mir Sorgen, wenn du einfach so verschwindest.« Sie sieht ihn vorwurfsvoll an und streckt Madeleine dann ihre Hand entgegen. »Evy«, sagt sie. »Ich glaube, wir kennen uns noch nicht.«

»Madeleine. Ich bin noch relativ neu in Ljusskär.«

Die Frau klopft sich den Sand von den Hosen.

»Du bist Mitglied in der Freikirche«, stellt sie wie beiläufig fest.

Madeleine nickt, merkt aber an der Reaktion der Frau, dass sie das nicht so gut zu finden scheint. Sie legt Mats eine Hand in den Rücken und schiebt ihn sanft vor sich her.

»Wir müssen jetzt nach Hause.«

Der Junge zieht eine Grimasse.

»Aber ich will noch spielen.« Er greift in den Eimer, sucht einen Stein aus und gibt ihn Madeleine. »Hier. Der ist für dich. Jetzt habe ich nur noch einundzwanzig, aber das macht nichts.«

Madeleine nimmt den Stein, und seine Mutter lächelt bemüht. »Wir müssen los«, sagt sie. »Danke für die Hilfe.«

Sie greift nach der Harke und der Schaufel, nimmt Mats an die Hand und zieht ihn zur Straße, die ins Dorf führt, bevor sie Madeleines Blick ein letztes Mal begegnet. »Pass auf dich auf«, sagt sie. Im selben Moment hört Madeleine Desirées Stimme und dreht sich zu ihr um. Als sie wieder zur Straße schaut, sind Evy und Mats verschwunden.

Desirées Haar ist immer noch nass und hängt schwer über

ihrem Rücken. Obwohl sie angezogen ist, hat sie das Handtuch um sich gewickelt.

»Was wollte sie?«

Madeleine zuckt mit den Schultern.

»Ihr Sohn hat mit mir gequatscht. Weißt du, wer sie ist?«

»Die meisten wissen, wer Evy ist«, sagt Desirée und wringt den nassen Badeanzug aus, sodass das Meerwasser in den Sand tropft.

»Was meinst du damit?«

»Also«, sagt Desirée und verdreht die Augen. »Ich habe nie mit ihr gesprochen, aber ich hab' gehört, dass sie unsere Gemeinde nicht ausstehen kann.«

»Ach wirklich? Warum?«

»Sie bildet sich ein, dass irgendwas nicht stimmt«, erklärt Desirée und stopft den Badeanzug in ihre Plastiktüte.

»Was soll denn nicht stimmen?«

»Ich hab keine Lust, darüber zu reden.« Desirée schüttelt sich, und plötzlich ist ihr Blick ganz munter.

»Wollen wir uns ein Eis holen? So ein Softeis mit Streuseln?«

»Klar«, antwortet Madeleine, obwohl sie eigentlich mehr über die Frau wissen will. Aber Desirée ist bereits unterwegs, und Madeleine muss sich damit abfinden, dass das Thema für sie beendet ist.

Sie kaufen sich jede eine Waffel mit Softeis, und Desirée erzählt irgendetwas über Pastor Robert, doch Madeleine hört nur mit einem halben Ohr zu. Sie muss immer noch an Evys Worte denken – dass sie aufpassen soll. Was hat sie damit gemeint?

Madeleine leckt an ihrem Eis, das einen chemischen Vanillegeschmack hat und in der Sonne schmilzt. Sie ist selbst in einer kleinen Stadt aufgewachsen und weiß nur zu gut, wie einfach es ist, sich Dinge einzubilden und falsche Gerüchte zu verbreiten. Wer die Freikirche kennt, weiß, dass es ein wunderbarer Ort ist. Jeden Tag sieht sie, wie viel die Gemeinde den Menschen in Ljusskär bedeutet und wie sie dabei hilft, eine Gemeinschaft zu bilden. Trotzdem kann sie nicht aufhören, an Evys Worte zu denken.

»Ach, ich weiß nicht«, sagt Desirée, und dreht ihr Eis in der Hand. »Was meinst du?«

Madeleine lächelt unsicher.

»Wozu?«

»Zu meinen Haaren«, seufzt ihre Freundin. »Soll ich mir einen Pony schneiden, oder nicht?«

»Dir steht alles«, sagt sie, und Desirée scheint mit der Antwort zufrieden zu sein. Sie redet weiter über ihre neue Frisur, und Madeleine bemüht sich, zuzuhören, aber ihre Gedanken wandern in eine andere Richtung. Sie ist dankbar für den Praktikumsplatz, den sie in der Kirche erhalten hat, und möchte der Gemeinde treu bleiben, aber sie findet es seltsam, was mit Amanda passiert ist.

Desirée spricht immer noch über ihre Haare, doch Madeleines Gedanken driften ab. Sie wünscht sich, sie könnte ihre Gedanken abschalten, aber wie sehr sie es auch versucht, sie kann sich nicht von dem dringenden Gefühl befreien, dass irgendetwas nicht mit rechten Dingen zugeht.

38

MONTAG, 24. JUNI

Die Straße vor ihr ist mit Sand bedeckt, der an Land geweht wurde, und es knirscht unter Doris' Schuhsohlen. Als Kind ging sie im Sommer immer barfuß, und sie erinnert sich lebhaft an den sonnengewärmten Asphalt an ihren Füßen und an das Gras, das ihre Zehen kitzelte.

Doris fummelt an ihrem Handy herum und fragt sich, wie wahrscheinlich es ist, dass Rut ihre Meinung über den Kuchenbasar für das Sommerfest ändern wird. Soweit sie weiß, hat die Gemeinde noch nie versucht, auf diese Weise Geld einzunehmen.

Unbehagen durchströmt ihren Körper, als sie darüber nachdenkt, wie Rut reagieren wird. Doris will sich wirklich nicht mit ihr streiten, aber sie weiß auch, wie wichtig es für Mona ist, dass ihre Verkäufe während des Sommerfestivals gut laufen, und das Letzte, was sie braucht, ist Konkurrenz von der Kirche.

Sie wählt Ruts Nummer. Ihr Name sieht so kantig aus, wie er dort auf dem Bildschirm leuchtet. Doris holt tief Luft und drückt dann auf den grünen Anrufknopf.

Mehrere Freizeichen ertönen, bevor Rut endlich den Hörer abhebt und es in der Leitung knackt.

»Guten Tag, hier spricht Rut Lindberg.«

»Hallo Rut, hier ist Doris.«

»Ach. Was gibt's?«, fragt sie ungeduldig, als hätte Doris sie gerade bei etwas Lebenswichtigem gestört.

Doris räuspert sich.

»Also, ich hätte da eine Idee. Ich finde, wir sollten während des Sommerfestes unsere Handarbeiten verkaufen, statt Kuchen«, sagt sie und hört, wie Rut am anderen Ende stöhnt.

»Handarbeiten, mitten im Sommer? Glaubst du wirklich, jemand kauft im Juni Strickmützen?«

»Aber wir haben doch auch die Kreuzstiche«, versucht Doris es in einem zweiten Anlauf. »Und Teekannenwärmer und schöne Söckchen.«

»Was ich mir alles anhören muss«, murmelt Rut, bevor sie die Stimme wieder erhebt. »Danke, für den Vorschlag, Doris, aber wir bleiben bei den Kuchen.«

»Bist du sicher, weil ...«, doch bevor sie den Satz beenden kann, hat Rut schon aufgelegt.

Sie starrt auf das Display und steckt das Handy dann wieder in ihre Handtasche. Als Mona vor ihrem inneren Auge auftaucht, dreht sich ihr der Magen um vor Sorge. Doris wagt es nicht, sich vorzustellen, was aus ihrer Freundin werden soll, wenn sie das Hotel nicht behalten kann. Ganz zu schweigen davon, was es für Ljusskär bedeuten würde. Das Dorf braucht einen Treffpunkt, den die Bewohner aufsuchen können, wenn sie sich allein fühlen oder guten Kaffee trinken wollen.

Doris flaniert ziellos zwischen den Häusern umher und betrachtet die blühenden Gärten. Viele der Bewohner Ljusskärs verbringen den Winter an anderen Orten, aber sobald die Frühlingssonne und die Tulpen sich sehen lassen, kehren sie zu-

»Wenn das so ist, bestehe ich darauf, dass du reinkommst und dich kurz hinsetzt.«

Doris sieht sich um. Sie ist nicht mehr als ein paar Minuten von zu Hause entfernt, aber ihre Knie fühlen sich schwach an und sie hat Angst, dass sie umfallen könnte.

»Okay«, sagt sie matt und geht zögernd den Zaun entlang.

Die getäfelte Holzvilla ist von einem großen Garten umgeben, in dem Yusuf augenscheinlich viel Zeit verbringt und in den er viel Liebe hineinsteckt. An der Rückseite des Hauses befindet sich eine Steinterrasse, auf der zierliche Cafémöbel stehen und von der aus man einen schönen Ausblick auf eine Gruppe von Obstbäumen, ein paar Blumenkästen und ein kleines Gewächshaus hat. Verwundert sieht Doris sich um. Von der Straße aus hätte man nie vermutet, welche Oase sich hinter dem Haus verbirgt.

Yusufs Rauhaardackel Melker kommt angetrottet, um sie zu begrüßen, kehrt jedoch kurz darauf zu seinem Platz im Schatten zurück.

Yusuf hilft Doris auf einen Stuhl, bevor er zu einem seiner Beete geht und etwas abpflückt. Kurz darauf kehrt mit einem kleinen Blumenstrauß zurück.

»Waldhyazinthen«, sagt er und deutet gleichzeitig auf Doris' Haare.

»Danke,« sagt Doris und nimmt die Blumen entgegen.

»Wie geht es dir jetzt?«

»Das war sicher nur der Blutdruck«, sagt sie und winkt ab.

»Vielleicht willst du einen Happen essen?« Yusufs Gesicht leuchtet, und er deutet mit einem Kopfnicken zu den Tomatenpflanzen an der Hauswand hinter Doris, die sich an einem

Wandgitter hochranken. »Die erste Ernte des Jahres«, sagt er stolz und pflückt eine rot leuchtende Kirschtomate ab. »Probier mal.«

Doris nimmt die kleine Tomate und steckt sie in den Mund. Sie ist warm von der Sonne und schmeckt säuerlich. »Richtig lecker«, murmelt sie beim Kauen.

Yusuf füllt eine kleine Glasschüssel mit Tomaten und stellt sie neben sich auf den Tisch.

»Nimm dir ruhig ein paar. Vielleicht darf ich dir auch einen Kaffee anbieten, wo du gerade schon einmal da bist? Oder, noch besser, einen frisch gepressten Karottensaft mit Roter Beete. Der schmeckt großartig.«

Doris muss über seine Begeisterung lächeln. Man spürt deutlich, dass er seinen Garten wirklich liebt.

»Danke, das ist nett.«

Yusuf verschwindet im Haus und ist bald mit zwei Gläsern Saft zurück. Er setzt sich neben sie und schaut ihr gespannt zu, als sie das Getränk probiert. Doris nimmt einen vorsichtigen Schluck und stellt fest, dass der Saft viel süßer ist als erwartet.

»Hast du den selbst gemacht?«

»Na klar.« Yusuf lächelt. »Doch ich muss zugeben, dass das Gemüse aus dem Laden ist. Meine eigenen Karotten sind noch nicht groß genug.«

»Wie lange baust du schon Gemüse an?«, fragt Doris neugierig.

»Mein Vater ist Gärtner gewesen, zu Hause in der Türkei, ich habe also als Kind schon viel gelernt. Aber als ich nach Schweden gezogen bin, konnte ich mir kein eigenes Haus leisten – meine Kinder sind in Malmö im 10. Stock aufgewachsen.

Auf unserem Balkon haben wir natürlich so viel wie möglich angebaut«, sagt er lachend.

Doris nickt.

»Wie kommt's, dass du nach Ljusskär gezogen bist?«

»Meine Frau ist krank geworden«, sagt Yusuf leise. »Ich habe mir eingebildet, dass die Natur ihr guttun würde. Also sind wir hierhergekommen und haben angefangen, Gemüse anzubauen. Ich glaube, das war unsere Art, mit allem umzugehen. Wir hatten genug Arbeit, sodass wir nicht andauernd nur an die Krankheit gedacht haben. Ein Gemüsebauer hat immer alle Hände voll zu tun. Man muss vorkultivieren, ziehen, Ableger nehmen, die Pflanzen aufbinden, gießen, Früchte ernten, Samen sammeln, beschneiden und dann alles wieder von vorn.« Er seufzt, und als er aufsieht, kann Doris die Trauer in seinen Augen erkennen.

»Ich dachte, selbstgezogene Beeren, Blumen und Gemüse würden sie aufmuntern«, erklärt er. »Und es hat ihr hier gefallen, aber es hat kaum geholfen. Elif hat unseren zweiten Winter in Ljusskär nicht mehr überlebt.«

Doris nimmt einen Schluck Saft.

»Das tut mir sehr leid. Mein Göran ist vor bald anderthalb Jahren gestorben. Es ist ein lähmendes Gefühl, denjenigen zu verlieren, mit dem man sein ganzes Leben geteilt hat.«

»Ich habe Göran ein paarmal beim Gemeinderat getroffen«, erzählt Yusuf. »Er war immer sehr freundlich.«

»Ja, das war er.«

Yusuf erhebt sein Glas und prostet ihr zu.

»Auf die, die uns fehlen«, sagt er, und Doris stößt mit ihm an.

Für einen Moment sitzen sie schweigend nebeneinander, bis ihre Blicke sich treffen.

»Mona hat mir erzählt, dass ihr einen Buchsalon habt.«

»Ja, das stimmt. Ich liebe Bücher«, sagt Doris.

»Ich auch.« Er lächelt. »Hast du schon mal ein Buch von einem türkischen Autor gelesen?«

»Nein, das habe ich noch nie.«

»Ich habe ein ganz fantastisches Buch, das du dir gern mal ausleihen darfst.«

Yusuf steht auf und verschwindet im Haus. Kurz darauf kommt er mit einem Buch in der Hand zurück.

»*Rot ist mein Name*«, sagt er und reicht es ihr.

»Klingt spannend«, sagt Doris, nachdem sie den Klappentext gelesen hat. »Orhan Pamuk hat doch den Literatur-Nobelpreis gewonnen, oder?«

»Ja, 2006«, antwortet Yusuf munter. »Wir haben in unserer Wohnung ein großes Fest gefeiert. Ein türkisches Nobelfestessen.«

Doris muss lachen. Yusufs Freude ist ansteckend, und sie merkt, dass sie gar nicht mehr an diesen komischen Pferdeschwanz gedacht hat.

»Ich bin wirklich froh, dass du vorbeigekommen bist«, fährt er fort. »Ich bin gerade dabei, Köfte zu machen, eine Art türkische Frikadelle, und dazu einen Salat aus der ersten Kartoffelernte des Jahres. Es gäbe genug für eine zweite Portion. Wenn du magst?«

Nachdenklich zieht Doris den violetten Zopf über ihre Schulter. Gestern war sie auf einem Date, das so schlecht gelaufen ist, dass sie beschlossen hat, sich nie wieder auf einen Mann einzulassen, aber das hier ist ja etwas ganz anderes, oder? Außerdem hat sie eigentlich nichts vor.

Verlegen erwidert sie Yusufs Blick.

»Sehr gern«, sagt sie und lächelt.

39

Evy läuft in ihrer kleinen Küche auf und ab. Sie hat immer gewusst, dass alles, was damals in der Freikirche geschehen ist, früher oder später ans Tageslicht kommen wird, trotzdem fühlt sie sich noch nicht bereit. Die bloße Vorstellung, die Erinnerungen zuzulassen, schnürt ihr die Kehle zu, und sie geht immer schneller, als könne sie den Gedanken so entkommen.

Sie fragt sich, wie ihr Leben verlaufen wäre, wenn sie nicht versucht hätte, den Mädchen zu helfen. Wären sie und Mats von den Blicken der anderen verschont geblieben? Verschont davon, ausgestoßen zu werden? Verschont von den hasserfüllten Drohungen im Briefkasten? Und vor allem, hätten die anderen Jungs auf Mats gewartet und aufgepasst, dass er sicher an Land kommt, bevor sie ihrer Wege gingen?

Bei dem letzten Gedanken zuckt ein Schmerz durch Evys Körper. Sie bleibt stehen und lehnt sich an die Wand. An diesen Tag will sie gar nicht erst zurückdenken, sonst würde es sie innerlich zerreißen.

Sie dreht sich zu dem dunkelgrünen Telefon um. Evy erinnert sich, wie Mats immer mit der Wählscheibe spielte, dass er gerne verschiedene Nummern wählte und wie ihm das Klackern gefiel, wenn die Scheibe sich zurückdrehte. Manchmal tat er so, als würde er jemanden anrufen, den er mochte – Oma, den Weihnachtsmann oder Tarzan.

Sie legt ihre Hand auf den Hörer und hebt ihn ab. Eigentlich will sie es gar nicht tun. Am liebsten würde sie das Geschehene weiter verdrängen, doch das ist nicht mehr möglich. Madeleines Schwester verdient eine Antwort.

Langsam wählt sie die neun Ziffern. Das Freizeichen ertönt. Es klingelt ein, zwei, drei, vier Mal, bevor es in der Leitung klickt.

»Ja, hallo?« Die Stimme in der Leitung ist brüchig, fast nur ein Hauchen, aber der charakteristische Akzent ist unverkennbar. Evy schluckt.

»Hallo. Ich bin's.«

»Hallo Evy.«

»Wie geht's dir?«

»Wie immer. Ist was passiert?«

»Sie ist hier.«

»Was? Wer?«

»Patricia.«

Es wird still in der Leitung. Dann, nach gefühlt mehreren Minuten, erklingt die Stimme am anderen Ende.

»Warum erzählst du mir das?«

»Weil sie den ganzen Weg aus den USA hergekommen ist. Ich finde, du solltest dich mit ihr treffen.«

»Nein, das kann ich nicht. Ich habe alles hinter mir gelassen. Ich bin nicht mehr dieselbe.«

Evy beißt sich auf die Lippe. Sie ist nicht die Einzige, die vergessen will, was geschehen ist.

»Ich bitte dich«, sagt sie auffordernd. »Stell dir mal vor, was sie alles durchgemacht hat. Findest du nicht, sie hat das Recht, die Wahrheit zu erfahren?«

Am anderen Ende der Leitung hört Evy schwere Atemzüge, dann knackt es in der Leitung, und das Gespräch bricht ab.

40

DONNERSTAG, 6. AUGUST 1987

Rut hat Desirée darum gebeten, ihr bei der Vorbereitung des Handarbeitskreises zu helfen, also verbringt Madeleine den Abend allein auf ihrem Zimmer, mit einer Kanne Tee vor dem Kassettenrekorder aus der Küche. Sie liegt im Bett und hört zum wiederholten Mal Jonas' Kassette.

Es ist das erste Mixtape, das sie geschenkt bekommen hat, und es ist ein besonderes Gefühl zu wissen, dass es speziell für sie aufgenommen wurde. Jonas hat alle Songs ausgewählt, hin- und hergespult, um sie in die richtige Reihenfolge zu bringen, und dann ihre Titel sorgfältig auf das kleine Cover geschrieben – alles nur für sie.

Madeleine schließt die Augen und hört Bono *I'll show you a place, high on the desert plain, where the streets have no name* singen. Sie denkt an die Augenblicke, in denen sie mit Jonas alleine war. Da ist etwas zwischen ihnen, das spürt sie. Doch was weiß sie schon über die Liebe? Außerdem trifft Jonas sich bereits mit anderen Mädchen, zumindest wenn man Desirée Glauben schenkt.

Madeleine zieht die Decke über ihre Beine. Desirée würde sie doch niemals anlügen? Obwohl, wenn Jonas nicht an Madeleine interessiert wäre, warum hat er ihr dann das Tape aufgenommen? Für eine rein freundschaftliche Geste wäre das doch zu viel Aufwand.

Sie lässt sich tiefer ins Bett sinken und legt ihren Kopf auf das Kissen. Trotz ihrer widersprüchlichen Gefühle kann sie nicht anders, als über Jonas zu phantasieren. Sie stellt sich vor, wie er seine Arme um sie legt, sie an sich zieht, sich nach vorne beugt, um ihr etwas ins Ohr zu flüstern, wobei seine Wange die ihre streift.

Jede seiner Berührungen bringt ihren Körper zum Beben. Sie zittert vor Wonne, und Jonas' Stimme ist selbstbewusst und sanft zugleich. *Madeleine*, sagt er in ihrem Traum. *Madeleine, ich mag dich.* Und als er sie dann zuerst sanft, dann inniger küsst, fühlt der Traum sich so real an, dass ihr beinahe schwindelig wird.

Als Madeleine aufwacht, ist es dunkel im Zimmer. Mit halboffenen Augen schaut sie sich um und lässt die Hände über ihren Körper gleiten. Dann reibt sie sich den Schlaf aus den Augen. Sie ist immer noch angezogen und die Zeiger auf der Uhr zeigen Viertel nach elf.

Madeleine sieht hinüber zu Desirées Bett, doch es ist leer. Müde blinzelt sie vor sich hin. Warum ist Desirée nicht da?

Ein Schauer überkommt sie. Ihre Mitbewohnerin ist nie so spät noch auf, es gibt sogar die Hausregel, dass alle um halb elf im Bett sein müssen. Ob Desirée etwas passiert ist?

Gedanken rasen ihr durch den Kopf, und für ein paar Sekunden macht sich Madeleine wirklich Sorgen, aber dann hört sie jemanden reden. Dumpfe Stimmen dringen durch die Wand.

Langsam steht Madeleine auf und tappt zur Tür. Sie schiebt sie einen Spalt breit auf und sieht, dass im Versammlungsraum noch Licht brennt. Sie lässt ihren Blick schweifen, dann entdeckt sie Desirée. Ihre Zimmergenossin steht in der Küche und hält jemanden im Arm.

Es dauert einige Sekunden, bis Madeleine die Person erkennt. Ainos Körper hängt beinahe leblos in Desirées Armen, ihr Kopf lehnt an ihrer Schulter. Dieser Anblick ist so seltsam, als würde Madeleine immer noch träumen.

Sie hört ein Schniefen. Aino weint. Madeleine tritt einen Schritt in den Flur und kann jetzt auch Rut und Pastor Robert sehen. Sie stehen ein Stück von den beiden Mädchen entfernt und reden aufeinander ein.

Madeleine schleicht sich noch näher heran, damit sie hören kann, worüber die beiden diskutieren. Pastor Robert sieht ernst aus. Seine Wangen glühen und er gestikuliert beim Sprechen.

»Das ist nicht in Ordnung«, murmelt er. »Wir müssen die Kirchenleitung kontaktieren.«

»Es war nur *ein* Ausrutscher«, protestiert Rut. »Ich habe doch gesagt, dass ich mich darum kümmern werde.«

»Ich werde trotzdem bei ihren Eltern anrufen.«

»Nein«, faucht sie. »Du rufst niemanden an. Pastor Lindberg ist krank, er braucht Hilfe. Was glaubst du, wie es um die Gemeinde bestellt ist, wenn das rauskommt?«

Desirée hebt den Blick und sieht Madeleine direkt in die Augen. Madeleine tritt einen Schritt zurück in den Schatten, doch es ist zu spät, die anderen haben sie auch entdeckt. Rut und Pastor Robert verstummen.

Desirée lässt Aino los und geht auf Madeleine zu.

»Was ist denn passiert?«, fragt Madeleine.

»Es ist nichts«, flüstert Desirée und schielt zu Rut. »Geh wieder schlafen. Ich erzähl dir alles morgen früh.«

Madeleine zögert. Sie will nicht zurück ins Zimmer, aber als sie Ruts strengem Blick begegnet, tut sie, wie ihr geheißen. Sie schließt die Tür, zieht ihr Nachthemd an und kriecht ins Bett.

Sie lauscht noch für einen Moment, aber jetzt sind keine Geräusche mehr zu hören. Madeleine schließt die Augen, und sie fürchtet, dass ihr das Einschlafen schwerfallen wird, doch zu ihrer großen Überraschung werden ihre Lider ganz schwer.

Sie dreht sich zur Wand mit der vergilbten Tapete. Die Gedanken kreisen in ihrem Kopf, doch sie sind kaum zu greifen, und Madeleine hält es für sinnlos, zu spekulieren. Was auch immer passiert ist, Desirée wird ihr morgen alles berichten.

Als Madeleine am nächsten Morgen aufwacht, liegt Desirée in ihrem Bett. Verschlafen setzt Madeleine sich auf und reibt sich die Augen. Sie ist überrascht, als sie sieht, dass es bereits neun Uhr ist.

Madeleine reckt den Hals und versucht zu schlucken, aber ihr Mund ist trocken und es fühlt sich an, als hätte ihr jemand Kies in den Rachen geschüttet. Während sie sich nach etwas zu trinken umsieht, fragt sie sich wieder, was Aino so traurig gemacht haben könnte.

Es gibt kein Wasser in ihrem Zimmer, also schiebt Madeleine die Beine über die Bettkante. Sie streifen das Kassettengerät, das immer noch auf dem Boden vor ihrem Bett steht. Madeleine nimmt ihre Kulturtasche von der Kommode und das Handtuch vom Haken an der Innenseite der Tür und schleicht sich aus dem Zimmer.

Sie geht Richtung Badezimmer, aber als sie sieht, dass Ainos Tür offen ist, bleibt sie stehen.

Aino sitzt auf dem Boden, die Arme um sich geschlungen. Das Bett ist ordentlich gemacht. Die zitronengelbe Tagesdecke aus Baumwolle ist glattgestrichen und die beiden Kissen sind perfekt darauf angeordnet.

Als Madeleine an den Türrahmen klopft, zuckt Aino zusammen.

»Hi«, flüstert sie. »Wie geht's dir?«

Aino antwortet nicht.

»Ich hab' dich gestern gehört«, fährt Madeleine fort. »Du hast traurig geklungen. Was ist denn passiert?«

Mit leerem Blick starrt Aino an die Wand.

»Es ist nichts«, murmelt sie.

»Bist du sicher? Du kannst mir alles erzählen.«

Aino dreht den Kopf zur Seite und sieht Madeleine an. »Danke«, sagt sie und lächelt schwach. »Aber mir geht's gut.«

»Sag Bescheid, wenn du es dir anders überlegst.«

»Klar«, erwidert sie.

Madeleine macht sich auf den Weg ins Badezimmer. Obwohl sie wissen will, was Aino widerfahren ist, möchte sie sie nicht unter Druck setzen.

Als sie zurück ins Zimmer kommt, sieht sie, dass ihre Mitbewohnerin wach ist. Desirée lehnt am Kopfende des Bettes und hat die Decke bis zum Kinn gezogen.

»Hi«, sagt Madeleine zurückhaltend und schließt die Tür hinter sich.

»Hi«, erwidert Desirée und sieht sie mit ihren großen, grünen Augen an.

Madeleine setzt sich auf ihre Bettkannte und legt die Kulturtasche weg.

»Jetzt musst du mir erzählen, was gestern passiert ist.«

»Okay«, sagt Desirée. Ihre Wangen sind rosig und sie atmet mit Bedacht. »Aber es muss unter uns bleiben.«

»Selbstverständlich«, antwortet Madeleine.

»Ich weiß nicht, ob du schon davon gehört hast, dass es dem Vater von Pastor Lindberg nicht so gut geht.«

Madeleine schüttelt den Kopf.

»Ich hab's auch nicht gewusst, bevor Rut mir davon erzählt hat. Anscheinend liegt er im Sterben. Und Pastor Lindberg ist deswegen natürlich aufgewühlt.« Desirée lehnt ihren Kopf leicht in den Nacken. »Gestern Abend wollte er ein Gespräch mit Aino führen. Ich weiß nicht genau, was passiert ist, aber er war wütend und hat sie angeschrien.« Sie senkt die Stimme und lehnt sich nach vorn. »Anscheinend hat er sie auch angefasst, auf so eine komische Art und Weise, die ihr unangenehm war.«

Madeleine schluckt. Sie muss wieder an den Tag denken, an dem der Pastor sich so eng an sie gedrückt hat.

»Okay.«

»Tja, und dann ist Rut wohl reingeplatzt, und Aino hat Schiss gekriegt und hat angefangen zu weinen. Ich habe, wie gesagt, nicht alles mitbekommen, aber sie kann ja manchmal echt empfindlich sein.«

Madeleine starrt Desirée an. Ihre Freundin spricht mit einer völligen Entspanntheit darüber, was Aino gestern Abend widerfahren ist, als wäre es nicht im Geringsten problematisch.

Plötzlich entdeckt Madeleine, dass ihr nasses Haar den ganzen Boden volltropft. Desirée schlüpft aus dem Bett und gibt ihr ein Handtuch.

»Danke«, murmelt sie, beugt sich herunter und wischt die kleinen Wasserpfützen trocken.

Desirée trägt ein Snoopy-Nachthemd, das bis zu den Knien reicht.

»Die arme Aino«, sagt sie. »Vielleicht sollte sie besser mit einem Arzt sprechen, oder so.«

»Nein, ich glaube, das ist nicht nötig«, antwortet Desirée. »Rut und ich haben mit ihr geredet, und Rut hat ihr erklärt, dass es dem Pastor nicht gutgeht. Er wird für eine Weile beurlaubt und Rut hat dafür gesorgt, dass ein weiterer Seelsorger angestellt wird.«

Madeleine nickt.

»Trotzdem ist es schrecklich, dass sie so verzweifelt war.«

»Ja«, sagt Desirée und zieht die Augenbrauen hoch. »Aber Aino ist, wie sie ist. Wir haben alle unseren Schaden.« Madeleine sieht sie mit forschem Blick an.

»Was meinst du damit?«

»Dass wir alle schon was durchmachen mussten. Deswegen hat Pastor Lindberg uns ausgewählt. Er will uns heilen.«

»Hat er dir das so erzählt?«

Desirée fährt sich mit der Hand durchs Haar. Es ist unglaublich, dass sie nur wenige Minuten nach dem Aufstehen schon so aussieht. Ihre goldenen Locken fallen wunderschön um ihr Gesicht, und die rosigen Wangen lassen sie munter aussehen. »Wir haben alle einen Sprung in der Schüssel, die der Pastor mit Gottes Liebe füllen möchte«, sagt sie versonnen.

Mit einem Mal fühlt Madeleine sich unwohl. Niemand hat

ihr gesagt, dass sie angenommen worden ist, weil sie einen Sprung in der Schüssel hat. Ist es das, was der Pastor in ihr sieht? Wurde sie deshalb ausgewählt?

So schnell sie kann, zieht sie sich an. Sie weiß nicht, wohin sie will, nur dass sie wegmuss.

»Was hast du vor?«

»Nichts«, antwortet Madeleine und versucht, Desirées Blick auszuweichen. »Ich will nur eine Runde spazieren gehen.«

Als sie ihre Jeans zuknöpft, spürt sie etwas Hartes an ihrem Bein. In ihrer Hosentasche steckt ein glatter Stein.

Madeleine lässt ihre Finger in die Tasche gleiten und betastet die kühle, sanfte Oberfläche, dann schnappt sie sich ihre Lederjacke und verlässt das Zimmer.

41

DONNERSTAG, 27. JUNI

»Kommen Eier in den Auflauf?«

Doris dreht sich um und erwidert Monas Blick.

»Ja, ist doch logisch.«

»So logisch ist das gar nicht. Das ist doch ein Notfallauflauf, den die Leute während der deutschen Besatzung gebacken haben.«

»Entschuldige«, sagt Doris und beginnt, in dem Stapel Papier zu wühlen, der vor ihr aufgetürmt ist. Als sie den richtigen Zettel gefunden hat, hält sie ihn triumphierend in die Höhe. »Hier ist das Rezept.«

Mona humpelt auf sie zu und schnappt sich das Papier.

»Wie geht's deinem Rücken?«, erkundigt sich Doris.

»Ich habe immer noch Schmerzen, aber das wird schon wieder«, sagt sie und rümpft die Nase. »Ich habe noch einiges zu erledigen – die Gerichte für das Literaturquiz kochen, Brot und Kuchen für den Gartenbasar backen, das Mittagessen für die alten Herrschaften zubereiten und die Mahlzeiten für die Gäste von morgen kochen.«

Doris starrt Mona an. Langsam fragt sie sich, ob sie sich nicht doch übernommen haben. Zugegeben, Patricia hat versprochen, ihr beim Einkaufen der Zutaten zu helfen, und sie hat vor, Mona in der Küche zu unterstützen. Das wird schon alles gutgehen, denkt sie. Doch Doris ist ein wenig besorgt, dass sich bisher so wenig Leute für das Quiz angemeldet haben. Yusuf will allen, die er kennt, vom Literaturquiz erzählen, aber Doris weiß nicht, ob das ausreicht, und jetzt bereut sie, die Werbetrommel für die Veranstaltung nicht besser gerührt zu haben.

»Ich habe auch die Rezepte für die anderen Gerichte«, sagt sie und blättert weiter durch den Papierstapel. »Hier ist das Curry, der Schokokuchen, das Soufflé, die gebratenen grünen Tomaten und der Rindereintopf.«

Mona nimmt den restlichen Stapel und setzt sich an den Tresen.

»Weißt du, wie viele kommen werden?«

»Ich habe eine Anmeldeliste an deine kleine Bibliothek auf der Veranda gepinnt«, sagt Doris heiter. »Bisher haben sich so um die zwanzig eingetragen, aber ich glaube, es kommen noch mehr.«

»Und hast du auch geschrieben, dass die Anmeldegebühr 150 Kronen beträgt?«, fragt Mona.

»Ja, und dass Kaffee und verschiedene Kostproben mit inbegriffen sind.«

»Okay. Dann schreibe ich jetzt eine Einkaufsliste.«

Doris nickt und holt den Fragebogen hervor, den die Teilnehmer des Quiz ausfüllen sollen. Sie liest den Text noch einmal gründlich durch. Marianne hat versprochen, mit dem Fragebogen beim Gemeindeamt vorbeizugehen und Kopien anzufertigen.

Doris sieht auf die Uhr. Sobald Patricia und sie mit dem Einkauf fertig sind, sollten sie in der Küche loslegen. Doris rechnet aus, wie viele Stunden ihnen noch bleiben. Die Zettel, die sie draußen aufgehängt haben, kündigen an, dass das Literaturquiz um zwölf Uhr beginnt. Das war Mariannes Idee. Sie geht davon aus, dass die Leute hungrig werden und während der Veranstaltung noch einen kleinen Lunch bestellen.

Doris überfliegt den Fragebogen noch einmal. Sie weiß nicht, wie lange der Wettbewerb dauern wird. Sie hofft, Marianne wird die Fragen nicht zu schnell durchrattern – und die Veranstaltung auch nicht ewig in die Länge ziehen.

Als Doris' Handy klingelt, fährt sie auf.

»Hallo«, antwortet sie, während sie die Bücher zu den Quizfragen zusammensucht. Doris findet, sie sollten neben Marianne auf einem Tisch liegen.

»Doris, hier ist Rut.«

Doris lässt von den Büchern ab.

»Hallo Rut. Wie geht es dir?«

»Ich habe eigentlich keine Zeit zum Schwatzen.«

»Verstehe«, sagt Doris freundlich, während sie die Augen verdreht. »Warum rufst du an?«

»Ich habe mich gefragt, welchen Beitrag du zum Backwettbewerb leisten wirst.«

Doris erstarrt. Sie dachte, es würde reichen, Kekse für den Kuchenbasar beizusteuern. Sie hatte vor, ihre beliebten finnischen Mandelkekse mitzubringen, von denen sie noch eine ganze Ladung im Gefrierschrank hat. Sie wollte sie heute Abend auftauen lassen. Noch bevor sie antworten kann, fährt Rut fort.

»Schokoladen-, Möhren-, Bananen-, Zitronen-, Mandel-, Apfel-, Birnen- und Himbeerkuchen sind bereits vergeben, du musst dir also etwas anderes überlegen.«

»Ich weiß nicht, ob ich überhaupt Zeit habe«, erklärt Doris vorsichtig. »Aber ich werde meine guten finnischen Mandelkekse für den Basar mitbringen, ganze vier Tüten.«

Ruts Stimme wird nur noch barscher.

»Du wirst Zeit haben. Denk an das Waisenhaus«, sagt sie streng. »Du bringst deinen Kuchen spätestens um elf Uhr bei uns vorbei. Und vergiss nicht, dass es sich um einen Wettbewerb handelt. Ich weiß, dass du keine Bäckermeisterin bist, versuch wenigstens, ihn ein bisschen zu dekorieren.«

»Ja, das werde ich.«

»Ich zähle auch tagsüber auf deine Hilfe«, fährt sie fort. »Das Literaturquiz kann ja wohl nicht so viele Stunden dauern?«

»Ich werde mein Bestes geben, aber wir müssen ziemlich viel vorbereiten. Und Britt hat gesagt, dass ihr schon genug seid, die ...« murmelt sie, verstummt jedoch als sie merkt, dass Rut längst aufgelegt hat.

Doris seufzt. Sie weiß, dass Rut ihr niemals verzeihen wird, wenn Doris nicht tut, was sie verlangt, aber was soll sie bloß backen? Ihre Vorzeigekuchen sind Himbeertorte mit weißer Schokolade und ein glasiertes Bananenbrot mit Walnüssen, aber beide Hauptzutaten sind bereits vergeben.

Erschöpft schiebt Doris den Gedanken beiseite. Sie muss einfach improvisieren, wenn sie heute Abend nach Hause kommt.

Patricia kommt die Treppe herunter, und Doris winkt ihr zu.

»Bist du bereit für den Großeinkauf?«

»Absolut«, antwortet die Amerikanerin.

»Danke. Mir kommt wirklich jede Hilfe recht.«

»Ist so viel zu tun?«

»Ja, ziemlich«, antwortet Doris. »Im Moment habe ich keine Ahnung, wie wir das alles schaffen sollen, aber irgendwie wird das schon.« Doris senkt die Stimme. »Die Veranstaltung muss unbedingt ein Erfolg werden. Es ist für Mona gerade nicht so einfach, das Hotel allein zu führen. Sie hat die extra Einnahmen wirklich nötig.«

»Das kann ich verstehen.« Patricia nickt. »Ich helfe gern, so viel ich kann.«

»Danke«, sagt Doris. »Hast du Greta eigentlich erreicht?«

»Nein, leider nicht. Aber ich habe mir ein Flugticket nach Stockholm gebucht. Ich fliege morgen, tagsüber.«

»Wie schade, dann verpasst du das Literaturquiz.«

»Ich weiß«, sagt Patricia. »Das tut mir wirklich leid. Aber in zwei Tagen geht mein Flug zurück in die USA, und ich kann leider nicht nur herumsitzen und abwarten. Wenn sich die Möglichkeit ergibt, mit jemandem zu sprechen, der etwas über Madeleine weiß, dann muss ich sie ergreifen.«

»Auf jeden Fall.«

Die Hoteltür öffnet sich, und Doris sieht zu ihrer Verwunderung, dass Yusuf hereinkommt. Als Melker sie erkennt, wedelt er mit dem Schwanz und zieht an seiner Leine.

»Hallo«, sagt Yusuf.

»Hallo! Was machst du denn hier?«

Er mustert sie mit forschem Blick.

»Wir wollten doch zusammen Mittagessen.«

Doris' Wangen glühen. Sie hat ihre Verabredung mit Yusuf vergessen.

»Entschuldige. Wir liegen mit den Vorbereitungen für das

Sommerfest zurück«, erklärt sie. »Ich glaube nicht, dass ich es heute schaffe.«

Obwohl Yusuf lächelt, kann Doris einen Hauch von Enttäuschung in seinen Augen erahnen.

»Ich verstehe«, sagt er. »Ich hoffe, morgen läuft alles nach Plan. Ich habe all meinen Bekannten von eurem Quiz erzählt.«

Doris will sich gerade bei ihm bedanken, als Marianne ins Hotel gestürmt kommt. Sie hat ihr Show-Manuskript in den Händen und wedelt theatralisch damit durch die Luft.

»Das geht so nicht«, ruft sie und haut mit der Faust auf den Tisch.

»Was geht nicht?«, fragt Doris besorgt.

»Das ist zu viel Text. Den kann ich bis morgen nie und nimmer auswendig lernen.«

Doris schüttelt den Kopf. Aus dem Augenwinkel sieht sie, wie Yusuf das Hotel verlässt. Sie versucht noch, ihm nachzuwinken, doch Marianne versperrt ihr die Sicht.

»Du musst ja nicht alles auswendig lernen«, erklärt Doris. »Du kannst doch die Zettel mit auf die Bühne nehmen.«

»Es ist nicht nur das«, jammert Marianne. Ich weiß nicht, wie man Quetzalcóatl ausspricht, nachdem dieser Schokoladenkuchen benannt ist.«

»Ach, das weiß doch niemand«, sagt Doris belustigt, doch Marianne verzieht keine Miene.

Erschöpft wendet sie sich an Patricia. Sie haben noch so viel zu erledigen, aber ohne Marianne wird es kein Literaturquiz geben.

»Ist es okay für dich, wenn wir erst später zum Einkaufen fahren?«

»Na klar.«

»Komm«, sagt Doris und nickt Marianne zu. »Lass uns mal das Manuskript durchgehen. Wir finden schon heraus, wie man den Namen dieses mexikanischen Gottes ausspricht.«

42

FREITAG, 7. AUGUST 1987

Madeleine steht mit den Händen in den Hosentaschen vor dem Kiosk, als der Betreiber des kleinen Ladens gerade aufschließt. Der Himmel ist grau. Schwere Wolken hängen tief über dem Ort, und die Luft ist kühl.

Madeleines Magen knurrt, aber das ist nicht der Grund, warum sie hier ist. Der Kioskbetreiber ist kein Mitglied der Freikirche, und Madeleine will ihn fragen, ob er weiß, wo Evy wohnt.

Als ein älterer Herr mit seinem Hund vorbeikommt, wendet Madeleine das Gesicht ab, um nicht erkannt zu werden.

Sie weiß immer noch nicht genau, was am vergangenen Abend wirklich vorgefallen ist. Aino hat selbst gesagt, dass es ihr gutgeht. Und Desirée hat recht – Madeleine hatte es nicht gerade einfach im Leben. Vielleicht ist Pastor Lindberg einfach nur jemand, der sich Menschen mit tragischem Hintergrund annimmt. Vielleicht ist er eine hilfsbereite Person, der es gerade jetzt auch einmal schlechtgeht. Doch dann denkt Madeleine wieder an die Ohrfeige, die er Jonas verpasst hat. War das auch nur ein Ausdruck der Verzweiflung gewesen?

Sie wünscht, sie könnte mit Jonas sprechen. Madeleine spielt mit der kleinen Silbernote an ihrer Halskette. Sie würde ihm gerne etwas schenken, als Dank für das Mixtape.

Endlich öffnet der Kioskbesitzer die Tür einen Spalt breit,

und Madeleine erklärt ihm ihr Anliegen. Der Mann hat einen großen, buschigen Schnauzbart, der zittert, wenn er spricht. Ein paar lange Sekunden überlegt er, dann streckt er die Hand aus und zeigt auf die Hauptstraße.

»Das graue Haus mit den blauen Fenstern«, murmelt er unter seinem Bart hervor.

Madeleine geht mit schellen Schritten auf Evys Haus zu. Sie weiß nicht, warum, aber sie will nicht gesehen werden. Als sie vor dem kleinen Haus steht, klopft sie laut und mit fester Hand an die Tür, doch nichts passiert.

Madeleine späht durch eines der Fenster. Sie kann ein einfach möbliertes Büro erkennen. Ein grauer Bürostuhl mit Rollen steht vor einem Eckschreibtisch aus Kiefernholz. Wenn Evy nicht zu Hause ist, weiß Madeleine nicht, wohin sie gehen soll.

Sie denkt an die Gespräche, die sie bezüglich Amanda geführt hat, und wie sowohl Rut als auch Pastor Lindberg sie dazu überreden wollten, die Sache auf sich beruhen zu lassen. Wollten sie wirklich aus Respekt gegenüber Amanda nicht darüber sprechen, oder gab es andere Gründe?

Sie zieht die Jacke enger um ihren Körper und klopft noch einmal. Evy muss einfach zu Hause sein, denn Madeleine muss wissen, was sie neulich am Strand gemeint hat.

Es vergeht eine ganze Weile, doch dann wird der Schlüssel im Schlüsselloch umgedreht.

Als Evy öffnet, scheint sie Madeleine erst nicht wiederzuerkennen, aber dann taucht Mats neben ihr auf. Er begrüßt sie fröhlich und reckt ein rotes Feuerwehrauto aus Plastik in die Luft, dessen Leiter ganz schief am Dach des Autos hängt.

»Hallo«, sagt Madeleine. »Erinnern Sie sich noch an mich?«

»Komm rein«, erwidert Evy und hält die Tür auf.

Madeleine bittet um nichts, doch sie muss hungrig aussehen, denn Evy kocht eine Kanne Tee und fragt Madeleine, ob sie Lust auf ein Sandwich hat.

Anfangs sprechen sie nicht so viel miteinander, aber Mats plappert beinahe ununterbrochen, während er mit seinem Feuerwehrauto über den Fußboden fährt.

Als der Tee fertig ist, setzt Evy sich am Küchentisch Madeleine gegenüber. Ihr Blick ist ernst. Sie streichelt Mats über den Kopf und fragt, ob er mit seinen Legosteinen spielen möchte. Er sagt ja und verschwindet in einem anderen Zimmer.

Madeleine umschließt die warme Tasse mit den Händen und nippt am Tee. Als Evy ihr den Brotkorb reicht, nimmt sie eine Scheibe, beschmiert sie und isst hastig.

Es ist, als ahne Evy bereits, warum sie zu ihr gekommen ist, trotzdem weiß Madeleine nicht, wo sie anfangen soll. Sie beißt sich auf die Lippen und überlegt, was genau sie fragen will, als Evy das Wort ergreift.

»Wie geht's dir?«

Madeleine hat es noch gar nicht geschafft, über ihre eigene Rolle in der ganzen Sache nachzudenken.

»Gut«, sagt sie.

Evy mustert sie schweigend.

»Mir geht es gut«, wiederholt Madeleine, dieses Mal mit mehr Nachdruck. »Eigentlich möchte ich Sie etwas fragen.«

»Okay.« Evy nickt.

»Als wir uns am Strand getroffen haben, haben Sie etwas zu mir gesagt, das ich nicht ganz verstanden habe.«

»Dass du auf dich aufpassen sollst?« Evy lehnt sich in ihrem Stuhl zurück, ohne den Blick von Madeleine abzuwenden.

»Ja, genau.«

Evy stellt ihre Tasse ab und senkt den Blick auf den Tisch. Ihre Stirn hat sie in nachdenkliche Falten gelegt, und ihr angespannter Gesichtsausdruck lässt sie streng aussehen.

»Ich wohne jetzt seit fünf Jahren in Ljusskär, und in dieser Zeit habe ich viele junge Frauen zur Freikirche kommen sehen.«

Madeleine ändert ihre Position. Sie sitzt auf einem alten gepolsterten Küchensofa, das so aussieht, als wäre es aus dem neunzehnten Jahrhundert.

»Ja, wegen des internationalen Austauschprogramms.«

»Genau.« Evy verstummt und dreht die Teetasse in ihren Händen, dann sieht sie wieder auf und sagt schließlich: »Was glaubst du denn, was ich gemeint habe?«

Madeleine schluckt. Es fühlt sich an, als hätte sie eine riesige Blase in ihrem Inneren, die kurz vorm Platzen ist.

»Wissen Sie, wer Amanda ist?«

»Nein«, antwortet Evy. »Aber ich weiß, wer Debra ist. Sie ist vor vier Jahren nach Ljusskär gekommen, und ich habe sie zufällig getroffen. Als Mats noch ein Baby war, hat er nicht so gut geschlafen, also bin ich oft mit dem Kinderwagen unterwegs gewesen. Eines Tages sah ich sie allein am Strand sitzen. Als ich sie fragte, wie es ihr geht, brach sie zusammen und fing an zu weinen. Sie war schwanger und wusste nicht, was sie tun sollte.«

»Schwanger!«, entfährt es Madeleine. »Von wem?«

Evy fährt sich durch das kurze, sandfarbene Haar.

»Das wollte sie mir erst nicht erzählen. Die Vorstellung, was passieren würde, wenn alles herauskäme, hat sie in Angst und Schrecken versetzt.«

»Wollen Sie sagen, jemand aus der Kirche ...« Madeleine verstummt.

»Was ich nach und nach verstanden habe, ist, dass diejenigen, die hierherkommen, oft eine schwierige Vergangenheit haben«, fährt Evy tonlos fort. »Es sind immer junge Frauen, die sensibel und leicht zu manipulieren sind.«

»Nein, das stimmt nicht«, widerspricht Madeleine und hält die Hände im Protest hoch. »Deswegen sind wir nicht hier. Pastor Lindberg will uns helfen.« Die Worte strömen aus ihr heraus, doch im selben Augenblick wird sie von Zweifeln gepackt.

Evy legt den Kopf schräg. Ihr Gesicht zeigt nun weichere Züge.

»Männer, die Täter sind, haben oft das Talent, Vertrauen zu ihren Opfern aufzubauen. Auf diese Weise ist es für die Gepeinigten schwierig, etwas dagegen zu unternehmen. Debra erzählte mir, dass sie in ihn verliebt war. Dass sie dachte, er würde seine Frau verlassen und ein neues Leben mit ihr beginnen.«

Madeleine seufzt. Ihr fällt wieder ein, was Desirée über Evy gesagt hat, dass sie etwas gegen die Gemeinde hat. Doch wie sehr sie auch versucht, die widersprüchlichen Gefühle, die in ihr wachsen, wegzuschieben – es ist unmöglich, denn irgendwo tief im Inneren haben sie bereits Wurzeln geschlagen.

Sie fängt an zu zittern und schlingt die Arme um ihren Oberkörper. Sie fühlt sich steif und durchgefroren an. Evy verlässt die Küche und kommt mit einer Decke zurück, die sie ihr über die Schultern legt.

Madeleine knabbert an einem Fingernagel. Wie kann sie das nur übersehen haben? Wie kann sie so dumm gewesen sein?

Ihr fällt wieder ein, was Rut in der Nacht zu Pastor Robert gesagt hat. Dass es nur ein Ausrutscher war. Doch wenn Evy die Wahrheit sagt, scheint es ja schon einmal passiert zu sein. Ist Amanda deswegen nach Hause gefahren? Wurde auch sie zum Opfer?

Sie sieht Pastor Lindberg vor sich, und ein Zucken fährt durch ihren Körper. Madeleine fällt es schwer zu schlucken. Sie fühlt sich fürchterlich verraten. Sie hatte geglaubt, der Kirche vertrauen zu können, dem Pastor vertrauen zu können, und Rut.

Zitternd zieht sie die Decke fester um sich. Ihr ganzer Körper schreit, dass er von hier verschwinden will. Sie will nach Hause, nach Mill Creek, und nie wieder hierher zurückkommen.

»Wie viele?«, fragt sie, ohne aufzusehen.

»Das weiß ich nicht«, antwortet Evy. »Soweit ich weiß, hat Pastor Lindberg das Austauschprogramm bereits in den Siebzigern gestartet, und während meiner Zeit in Ljusskär habe ich unzählige junge Frauen kommen und gehen sehen.«

Madeleine umschließt ihre silberne Note mit der Hand.

»So etwas darf man nicht sagen, wenn man nicht sicher ist, ob es stimmt.«

»Nein«, erwidert Evy mit ernstem Blick. »Aber nichts zu unternehmen, wenn man weiß, dass es wahr ist, ist noch schlimmer.«

»Haben Sie mit jemandem von der Kirche darüber gesprochen?«

Evy sieht aus dem Fenster.

»Das habe ich mehrmals versucht, aber niemand will zuhören.«

Madeleine sinkt in sich zusammen. Sie denkt an ihre eigenen Treffen mit dem Pastor zurück, wie er seine Arme um ihre Taille geschlungen und sie gebeten hat, von ihrem Vater zu erzählen. Was wäre passiert, wenn sie nicht unterbrochen worden wären?

Mats ruft aus dem anderen Zimmer, und Evy geht zu ihm. Madeleine schließt die Augen. Die Müdigkeit übermannt sie und sie spürt, wie sie in eine tiefe Dunkelheit gepresst wird. Langsam rutscht sie tiefer in das Küchensofa, bis sie zusammengekauert unter der großen Decke liegt.

Sie muss eine Möglichkeit finden, nach Hause zu kommen. Das Flugticket ist teuer, das weiß sie. Und sie wird kaum die Kirche um Hilfe bitten können. Doch was wird aus Desirée und Aino, wenn Madeleine die Kirche verlässt? Sie müssen auch von hier weg.

Die wirren Gedanken ermatten sie nur noch mehr. Aus der Ferne hört sie Mats fröhliche Stimme, die ihr Sicherheit verleiht, und langsam fällt sie in einen tiefen Schlaf.

43

FREITAG, 28. JUNI

Patricia trägt ihren Koffer die Treppe herunter. In den letzten vierundzwanzig Stunden ist im Hotel viel los gewesen. Doris läuft zwischen Küche und Café hin und her, wo sie Stühle und Tische um eine provisorische Bühne herum angeordnet hat; und Patricia fragt sich, ob sie gestern Abend überhaupt nach Hause gegangen ist.

Markus liegt auf dem Boden und verbindet einige Kabel miteinander. Zwei Lautsprecher stehen rechts und links neben der Bühne, und Marianne steht vor einem Mikrofonständer und versucht, seine Höhe richtig einzustellen, während sie ihre Stimme aufwärmt.

»Quetzalcóatl und Champandongo«, wiederholt sie immer wieder, gleichzeitig macht sie ein paar merkwürdige gymnastische Übungen.

Mona steht hinter dem Tresen und füllt Tortenständer und Servierplatten mit Gebäck. Erika hilft ihr beim Abzählen. Lina und sie sind anscheinend für den Kuchenstand vor dem Hotel verantwortlich. Erika hat ein Schild beschriftet, das Lina nun mit Blumen und bunten Sonnen verziert.

»Wie geht's?«, erkundigt sich Patricia, als Doris an ihr vorbeifegt.

»Doch«, erwidert sie mit einem Blick auf die Uhr. »Gut.«

»Nur ein bisschen stressig«, murmelt Mona. »Wir werden

sicher haargenau zu Beginn der Veranstaltung mit allem fertig sein.«

»Aber das kriegen wir hin«, sagt Doris. »Ich laufe schnell mit meinem Zucchini-Orangenkuchen zum Backwettbewerb der Kirche, und wenn ich wieder da bin, teile ich unsere Kostproben in kleine Portionen ein.«

»Wisst ihr schon, wie viele Leute kommen werden?«, fragt Patricia neugierig.

Doris und Mona sehen sich an und schütteln den Kopf.

»Gestern Abend standen fünfundzwanzig Teilnehmer auf der Liste.«

»Ich geh' mal raus und seh' nach«, sagt Erika.

»Wann fährt denn dein Bus?«, erkundigt sich Mona.

»In zwanzig Minuten.«

Doris nickt.

»Viel Glück. Ich hoffe wirklich, dass du Greta findest und dass sie dir etwas erzählen kann, damit deine Reise nicht ganz umsonst war.«

»Danke«, sagt Patricia. Einerseits wünscht sie sich, hierzubleiben und diesen großen Tag mitzuerleben, andererseits weiß sie, dass sie die Möglichkeit, mit Greta sprechen zu können, beim Schopfe packen muss. Morgen Abend reist sie schon wieder zurück nach Mill Creek.

Erika kommt von der Terrasse zurück. Sie ist ganz bleich.

»Was ist denn los?«, fragt Mona. »Du siehst aus, als hättest du einen Geist gesehen.«

»Auf der Liste stehen wirklich viele Namen«, antwortet Erika mit schwacher Stimme.

»Ach ja?«, fragt Doris begeistert. »Wie viele denn?«

»Einhundertundsiebzehn Personen.«

Mona fängt an zu lachen.

»Ha ha. Witzig. Na, jetzt sag schon, wie viel stehen wirklich auf der Liste?«

»Das ist kein Scherz«, erwidert Erika und hält die Teilnehmerliste hoch. »Es sind einhundertundsiebzehn Personen.«

Doris reißt ihr den Zettel aus der Hand und zählt nach.

»Ach herrje«, sagt sie. »Wir haben gar nicht so viel Platz.« Sie wendet sich an Mona. »Was machen wir denn da?«

»Vielleicht können wir das Quiz in zwei Runden aufteilen?«

»Wie soll das denn gehen?«

Mona zuckt mit den Schultern.

»Wie auch immer, ich muss mehr Gerichte zubereiten. Sonst haben wir nicht genug.«

Mona verschwindet in der Küche, aber Doris bleibt wie angewurzelt stehen. Sie hat die Augen weit aufgerissen, und ihre Wangen glühen feuerrot.

»Alles in Ordnung?«, fragt Patricia.

»Ja doch«, schnauft Doris und reibt sich den Hals. »Ich kriege gerade nur so schlecht Luft.«

Patricia sieht ihre neue Freundin besorgt an, doch bevor sie etwas sagen kann, vibriert ihr Handy in ihrer Tasche.

»Geh ruhig ran, keine Sorge«, sagt Doris.

Patricia geht auf die Veranda. Sie wünschte, sie könnte bleiben und helfen, aber wenn sie rechtzeitig zum Flughafen Sturup kommen will, muss sie jetzt los.

Als sie ihr Handy aus der Tasche zieht, sieht sie Denises Namen auf dem Display blinken.

Patricia ist verblüfft. Ihre Schwiegertochter ruft sie sonst nie an. Eine kurze Sekunde zögert sie, doch dann nimmt sie den Anruf entgegen und zieht den Koffer Richtung Bushaltestelle.

»Hallo, hier spricht Patricia«, sagt sie abwartend und rechnet sich gleichzeitig aus, dass es in Richmond wahnsinnig früh sein muss.

»Hi Patricia, hier ist Denise.«

»Ja, hallo«, antwortet sie. »Wie geht es dir?«

»Gut, danke. Ich bin etwas müde, aber das ist ja nichts Ungewohntes. Zoey hat die ganze Nacht mit Wachstumsschmerzen wach gelegen, und da ich gerade nicht mehr einschlafen konnte, dachte ich, ich melde mich mal bei dir.«

»Ach, ihr Armen.«

Sie hört, wie Denise sich räuspert.

»Ach, keine Sorge. Wie geht es dir? Wie läuft es da drüben?«

»Gut«, antwortet sie knapp.

Es wird still in der Leitung.

»Du Patricia«, setzt Denise nach einem Moment an. »Ich wollte mit dir über eine Sache reden.«

Patricia seufzt im Stillen. Was will Denise denn jetzt? Plant sie etwa, mit ihrer Familie noch weiter wegzuziehen, oder will sie heute schon über Weihnachten sprechen? Patricia ist noch nie jemandem begegnet, der Dinge so detailliert und im Voraus plant wie Denise. Den Baum zu schmücken gleicht einer Militärübung – alle Dekorationen haben ihren festen Platz, und gnade dir Gott, wenn eines von ihnen falsch hängt. Außerdem verschickt sie einen Ablaufplan für das gesamte Wochenende per Mail, der Punkt für Punkt eingehalten werden muss. Die Kinder sollten am liebsten nur eklige Biosüßigkeiten essen (Süßigkeiten mitzubringen ist verdammt nochmal das Grundrecht der Großmutter!). Und der Truthahn wird ausschließlich nach Denises Familienrezept zubereitet. (Und wenn Patricia ihre Dienste anbietet, erdreistet Denise sich doch, ihre Hilfe abzulehnen, weil sie *alles unter Kontrolle hat – vielen Dank auch.*)

»Ja?«, sagt Patricia trocken.

»Diese SMS, die du Matthew geschickt hast?«

»Ja?«, fragt sie und fühlt sich sofort einer Ohnmacht nahe. Zeigt Matthew Denise etwa seine SMS?

»Ich wollte nur sagen, dass er nicht weiß, was er dir darauf antworten soll. Er ist besorgt, wie du dich fühlen wirst, wenn du Mill Creek verkaufst, aber ich finde es eine gute Idee.«

Patricia zuckt zusammen.

»Ach wirklich, findest du?«

»Ich bin mir ziemlich sicher, dass es dir guttun würde, von dort wegzuziehen. Ich habe mehrmals versucht, das vorzuschlagen, aber Matthew wollte deine Gefühle nicht verletzen.« Sie seufzt. »Wir würden uns sehr freuen, wenn du nach Richmond kämest. Ich kann dir sicher irgendeinen Job bei meiner Firma organisieren, sie brauchen ständig neue Leute am Empfang.«

Patricia weiß nicht, wie sie reagieren soll. Will Denise, dass sie nach Richmond zieht? Sie schüttelt den Kopf. Hat sie sich die ganze Zeit so in ihrer Schwiegertochter getäuscht?

»Oh«, presst sie schließlich hervor, doch das scheint Denise zu reichen, denn sie übernimmt wieder das Wort.

»Die Kinder wären natürlich überglücklich, aber wie haben ihnen noch nichts gesagt. Und wenn du Hilfe brauchst, dann kommen wir gerne nach Mill Creek und streichen dein Haus, dann wird es einfacher, es zu verkaufen.«

Patricia zieht eine Grimasse. So ein Quatsch, das Haus ist ja wohl gut so, wie es ist! Sie will gerade den Hof ihrer Familie in Schutz nehmen, als sie einsieht, was Denise ihr gerade angeboten hat.

»Das ist lieb«, sagt sie.

»Ja, wir werden dich bei allem unterstützen«, fährt Denise fort. »Lass uns über alles sprechen, wenn du wieder zu Hause bist.«

»Okay. Ich muss los. Danke, dass du angerufen hast, und grüße Matthew und die Kinder.« Patricia beendet das Gespräch. Sie ist ganz mitgenommen und weiß nicht, wie sie mit diesem Anruf umgehen soll.

Verwirrt sieht sie sich um. Fünfzig Meter vor ihr liegt Ljusskärs Bushaltestelle.

Patricia verharrt. Hat sie das falsch verstanden, oder hat Denise gerade angerufen, um sie zu bitten, nach Richmond zu ziehen?

Sie dreht sich zu dem gelben Hotel um. Sie muss unbedingt nach Stockholm fliegen. Sie muss versuchen, Greta zu finden, und sie fragen, ob sie sich an die Umstände zu Madeleines Verschwinden erinnert. Doch Patricia weiß, dass Greta wahrscheinlich genauso antworten wird wie alle anderen, es sei zu lange her, und sie habe keine Ahnung, was an jenem Tag passiert ist. Wenn sie Greta überhaupt antrifft. Patricia hat sie immer noch nicht erreicht, und sie wird nur ein paar Stunden Zeit haben, um nach der alten Dame zu suchen, bevor sie in die USA zurückkehren muss.

Etwas zieht sich in ihr zusammen. Patricia schluckt. Sie denkt an Mona, wie warm sie sie willkommen geheißen hat.

Sie denkt an Doris, die alles unternommen hat, um ihr zu helfen.

Der Bus zuckelt die Hauptstraße entlang. Wenn sie jetzt losläuft, ist sie noch rechtzeitig an der Haltestelle, doch stattdessen dreht sie sich um und geht zurück zum Hotel.

*

Vor dem Hotel hat sich eine lange Schlange gebildet und Doris muss tief Luft holen. Sie mag es gar nicht, vor Leuten zu sprechen, doch nun hat sie dieses Projekt in Gang gesetzt, nun gibt es keinen Weg zurück.

Langsam betritt sie die Veranda und räuspert sich. »Hallo alle zusammen und herzlich willkommen zum diesjährigen Literaturquiz in Monas *Bed, Breakfast and Books*. Da sich so viele von euch angemeldet haben, werden wir zwei Durchgänge machen, der erste beginnt jetzt, der zweite um vierzehn Uhr. Diejenigen, die beim ersten Durchgang keinen Platz bekommen, bitten wir, es sich im Garten gemütlich zu machen, Kaffee und Kuchen zu genießen oder durch unseren schönen Ort zu schlendern und zu gucken, welche tollen Aktivitäten heute sonst noch stattfinden.«

Ein Mann mit karierter Kappe reckt die Hand in die Luft. »Stimmt es, dass Marianne Stanford das Quiz moderiert?«

»Ja, das stimmt.«

Ein Gemurmel geht durch die Menge. Doris stellt sich auf die Zehenspitzen, um sich einen Überblick zu verschaffen, und winkt Monas Nachbarin Liselott zu, die, wie einige andere Anwohner, Mona ihre Gartenmöbel zur Verfügung gestellt hat.

Mehrere Grüppchen haben sich bereits auf den Stühlen und Bänken niedergelassen, und nach der Menschenmenge zu urteilen, die sich um den Kuchentisch versammelt hat, bedienen sich viele am Gebäck.

Lina kommt auf Doris zugelaufen.

»Wir brauchen mehr Käsesandwiches«, ruft sie begeistert.

»Sehr gut.« Doris lächelt. »Lauf rein und sag deiner Oma Bescheid.« Sie schielt auf ihre Armbanduhr und stellt fest, dass es gleich an der Zeit ist, loszulegen.

Im Hotel ist der Lärmpegel noch höher. Beinahe alle Sitzplätze vor der Bühne sind besetzt, und Doris zählt vierundsechzig Gäste.

Mann kann wirklich von Glück reden, dass Patricia sich entschlossen hat, zu bleiben, denn ohne ihre Hilfe in der Küche und ohne Markus, der an der Kasse steht, hätten sie das nie geschafft.

Doris sieht sich um. Die Portionen für das Quiz stehen bereit, und in der Küche hört sie Mona und Patricia, die schon an den Tellern für den zweiten Durchgang arbeiten. Die Einzige, die nirgends zu sehen ist, ist Marianne.

Doris dreht eine Runde durch das Café. Schließlich entdeckt sie ihre alte Freundin in Monas Büro. Marianne steht mit dem Rücken zu Tür. Als Doris hereinkommt, fährt sie zusammen.

»Hallo«, sagt Doris. »Wir können gleich anfangen.«

Marianne nickt. Sie trägt ein kobaltblaues Kleid mit Schmetterlingsärmeln und weiße High Heels, die mit kleinen Edelsteinen besetzt sind.

»Okay«, antwortet sie und fummelt an ihren Moderationskarten herum.

Als Doris sieht, wie aufgelöst sie ist, macht sie die Tür hinter sich zu und geht auf ihre Freundin zu.

»Wie geht es dir?«

Marianne starrt auf den Fußboden.

»So lala«, antwortet sie und wischt sich den perlenden Schweiß von der Stirn.

Verwundert sieht Doris sie an. Sie kann gar nicht verstehen, wie ein Filmstar wegen eines Literaturquiz in einem kleinen Dorfhotel nervös sein kann, doch als sie Mariannes hektischen Blick sieht, wird ihr ganz warm ums Herz.

»Das wird schon alles klappen«, sagt sie aufmunternd.

»Ich habe schon lange nicht mehr auf einer Bühne gestanden«, murmelt Marianne mit entschuldigendem Ton.

»Du brauchst nicht nervös zu sein. Ich verspreche dir, ich stehe gleich neben der Bühne und helfe dir, wenn nötig.«

»Erinnerst du dich an den Namen von diesem Gott, falls er mir entfällt?«

»Na klar«, sagt Doris. »Quataquata-dings.«

Marianne lacht.

»Das klingt ja schlimmer, als wenn ich es ausspreche.«

Einen Augenblick lang schweigen die beiden, doch dann streckt Doris sich. »Wir machen das hier gemeinsam«, sagt sie und nimmt Mariannes Hand.

Die Freundin lächelt, doch sie hält Doris auf, als diese zur Tür gehen will. »Du. Ich muss dir was sagen.«

»Ach ja?«, fragend dreht Doris sich um. »Was denn?«

»Ich weiß, dass ich keine gute Freundin gewesen bin«, sagt sie und begegnet Doris' Blick. »Ich war immer nur mit mir selbst beschäftigt.«

Doris verharrt mitten in einer Bewegung. Darauf war sie nun wirklich nicht vorbereitet.

»Ich hätte anrufen sollen, nachdem Göran gestorben ist«, fährt Marianne fort. »Das ist wirklich keine Entschuldigung, aber ich wusste nicht, was ich sagen sollte. Wir haben so lange nicht miteinander gesprochen.«

Doris blinzelt. »Das ist kein Problem«, murmelt sie.

»Doch, das ist es wohl. Du hast den wichtigsten Menschen in deinem Leben verloren, und ich schaff es nicht mal, den Hörer abzuheben.« Mariannes Blick flackert. »Ich schäme mich. Bitte verzeih mir.«

»Alles in Ordnung«, versichert Doris und lächelt.

Mariannes Gesicht leuchtet auf.

»Wir sind also immer noch Freundinnen?«

»Ja«, sagt Doris. »Wir sind Freundinnen, aber nun müssen wir wirklich anfangen. Es ist schon nach zwölf.« Sie deutet mit einem Kopfnicken Richtung Tür. »Bist du bereit?«

Marianne reckt und streckt sich.

»Quetzalcóatl«, antwortet sie verbissen.

*

Erika bettet Lina auf einem der Sofas im Café. Es ist ein ereignisreicher Tag gewesen, und Erika sieht zu ihrer Mutter, die mit leerem Blick zusammengesunken dasitzt.

»Wie geht's dir?«

»Ich bin total fertig«, schnauft Mona.

»Aber wir haben es geschafft«, wirft Marianne ein. »Und du musst ja enorme Summen eingenommen haben.«

Mona nickt.

»Ich habe noch keinen Kassensturz gemacht, aber ich bin mir sicher, dass wir den Verkaufsrekord geknackt haben.«

»Als wir den Kuchentisch abgeräumt haben, war kaum noch etwas übrig«, berichtet Erika. »Und das Literaturquiz war also auch ein voller Erfolg?«

»Ja, dank euch«, sagt Doris und setzt ein großes Lächeln auf. »Marianne war phänomenal als Moderatorin. Und Monas Kostproben waren großartig. Ihr hättet die Leute jubeln hören sollen, als sie von dem Rindereintopf und den gebratenen grünen Tomaten probieren durften.« Sie wendet sich an Patricia. »Und von dir ganz zu schweigen. Ich kann es nicht fassen, dass du unseretwegen deine Reise abgesagt hast.«

»Es hat mir Spaß gemacht, euch zu helfen. Und von all den Gerichten zu probieren. Dass du überhaupt auf diese Idee gekommen bist.«

»Irgendeinen Vorteil muss es ja haben, so viele Bücher zu lesen«, bemerkt Doris verlegen.

»Jetzt haben wir uns eine redliche Menge Wein verdient«, sagt Mona. Sie versucht aufzustehen, stockt jedoch auf halbem Wege und hält sich den Rücken.

»Hast du immer noch Schmerzen?«, fragt Erika besorgt.

»Nein, nein, ich bin nur ein bisschen steif.«

»Ich kümmere mich um den Wein«, sagt Erika und steht auf. »Irgendwelche besonderen Wünsche?«

»Ja, diesen portugiesischen. Wir fangen erst einmal mit zwei Flaschen an. Bringst du auch ein bisschen Käse und Kekse mit? Und meinen eingelegten Blasentang.«

Erika tischt den Wein und ein Brett mit Knabbereien auf.

Marianne öffnet die Flaschen und schenkt allen ein. Als Patricia ihr Glas entgegennimmt, entfährt ihr ein Seufzer.

»Ich kann es nicht glauben, dass das mein letzter Abend in Ljusskär ist.«

Doris legt eine Hand auf ihren Arm.

»Es tut mir so leid, dass du nichts Neues über deine Schwester herausfinden konntest.«

»Ja, doch es wird auch schön sein, nach Hause zu kommen. Seit ich hier bin, kreisen die Gedanken an Madeleine in meinem Kopf, und ich muss sie für eine Weile ausschalten.«

»Ich weiß genau, was du meinst«, sagt Marianne. »Mir ging es genauso, als meine Mutter gestorben ist. Ich steckte mitten in den Dreharbeiten zu einem Film, aber ich konnte nur daran denken, wie sie nach einer Party immer in mein Zimmer gekommen ist und mir erzählt hat, was sie alles erlebt hat. In einer Szene habe ich sogar meine Darstellerkollegin mit ihrem Namen angesprochen.«

»Ah, wie gut ich mich an sie erinnern kann«, entfährt es Mona. »Sie war immer so schick mit ihren gebleichten Haaren und dem roten Lippenstift. Ich fand immer, sie sah aus wie Marilyn Monroe.«

»Sie war Polin«, erklärt Marianne, »und hat sich geweigert, sich den schwedischen Normen anzupassen. Sie hat das Haus immer in voller Montur verlassen und hat mich in Pelzmantel und Festkleid von der Schule abgeholt.«

»Erinnerst du dich noch an diesen Mantel, den sie dir genäht hat, purpurrot mit einem rosafarbenen Pelzkragen? Ich war so furchtbar neidisch, meine Mutter hätte mich so nie aus dem Haus gelassen«, lacht Doris.

»Und dieses goldene Kleid, in dem sie immer unterwegs war«, wirft Mona ein. »Das war fantastisch.«

»Meine Mama war großartig, und in ihren letzten Jahren richtig anstrengend.« Marianne nickt. »Sie hat sich mit allen angelegt. Ich glaube, in dem Jahr vor ihrem Tod habe ich siebenundzwanzig Pflegerinnen anstellen müssen, die meisten haben schon in der Tür kehrtgemacht.«

»Auf unsere Mütter«, sagt Mona und hebt ihr Glas.

»Ein komisches Gefühl zu wissen, dass wir bald an der Reihe sind«, murmelt Doris.

»Du kannst nur für dich selbst sprechen«, entfährt es Marianne. »Ich mache alle Heilkuren dieser Welt. Ich werde ewig leben!«

»Du siehst wirklich unglaublich aus«, gibt Patricia zu. »Ich kann es nicht fassen, wie fein dein Gesicht ist.«

»Die vielen Martinis haben bestimmt deine Haut konserviert«, wirft Doris ein.

»Sehr witzig«, erwidert Marianne mit säuerlichem Ton. »Übrigens habe ich neulich gesehen, dass jemand unserem Yusuf einen Besuch abgestattet hat. Wie läuft es denn da so?«

»Das war nicht geplant, ich bin nur zufällig vorbeigegangen«, protestiert Doris.

»*Zufällig vorbeigegangen.* Das glaubst du doch wohl selbst nicht«, stichelt Marianne.

»Wie lange warst du mit deinem Mann verheiratet«, fragt Patricia.

»Vier Jahrzehnte«, sagt Doris.

»Wow! Beeindruckend.«

Marianne zieht die Augenbrauen hoch.

»In der Tat. Ich habe es mit meinen Kerlen nie länger als ein paar Jahre ausgehalten«, lacht sie. »Meine längste Beziehung, abgesehen von der zu meinen Kindern, hatte ich zu einer französischen Bulldogge namens Prinzessin Leia. Sie war so viel intelligenter als alle meine Exmänner zusammen. Und seltener geschnarcht hat sie auch.«

Erika lächelt. Es gefällt ihr, wenn die Freundinnen ihrer Mutter Anekdoten aus ihren Leben erzählen.

»Was ist das Geheimnis hinter einer langen Ehe?«, fragt sie.

»Ich glaube, es geht darum, Stürme zu überstehen«, sagt Doris gedankenverloren. »Selbstverständlich sollte man nicht um eine Beziehung kämpfen, in der es einem der Beteiligten schlechtgeht, aber auch eine gute Ehe hat schlechte Tage. Steht man die gemeinsam durch, wird man mit Liebe, Loyalität und Freundschaft belohnt.«

Erika spielt an ihrem Handy herum. Befinden sie und Martin sich gerade in einem Sturm, den sie überstehen müssen?

»Wolltet ihr euch nie scheiden lassen?«

»Doch.« Doris lacht. »Oft. Aber den Wunsch hatten wir nie beide zur gleichen Zeit. Ich glaube, die meisten Ehen sind es wert, dass um sie gekämpft wird, vor allem, wenn man Kinder hat«, fügt sie hinzu.

»Mein Leben wäre, weiß Gott, einfacher gewesen, wenn es mir gelungen wäre, beim Vater meiner Kinder zu bleiben«, sagt Marianne, holt einen kleinen silbernen Taschenspiegel hervor und zieht ihren dunkelroten Lippenstift nach. »Obwohl ich dann nie Karriere gemacht hätte. Je ne regrette rien!«, sagt sie und winkt ab.

Erika schielt hinüber zu Lina. Bei der Vorstellung, sie und

Martin könnten sich scheiden lassen, zieht sich alles in ihr zusammen. Ihr eigener Vater starb, als sie noch klein war, und in ihrer Kindheit träumte Erika oft von einem Leben mit beiden Eltern. Genau das will sie Emma und Lina geben.

Martin hat wirklich hart geschuftet, um seine eigenen Firma als Wirtschaftsprüfer auf die Beine zu stellen. Vermutlich merkt er gar nicht, wie viel er arbeitet oder welchen Einfluss das auf den Rest der Familie hat. Es ist nicht nur einmal vorgekommen, dass Erika von ihm genervt war, ohne dass er den Grund verstanden hat. Martin ist genauso intuitiv wie ein Wandteppich, und manchmal scheint er wirklich keine Ahnung zu haben, wie es anderen geht. Vielleicht muss Erika ihm auf eine pädagogische Weise erklären, dass diese Situation nicht länger auszuhalten ist, und ihm schonend beibringen, dass sie dieses Problem gemeinsam lösen können.

Erika will eine weitere hitzige Diskussion mit Martin vermeiden und beschließt, ihm eine Nachricht zu schreiben, in der sie ihm erklärt, wie sie sich fühlt. Sie zückt ihr Handy und beginnt zu tippen, drückt ihr Verständnis dafür aus, dass er in der Firma viel Stress habe, aber dass sein Verhalten dazu führe, dass Erika sich abgelehnt fühlt. Sie beschreibt, was ihre gemeinsamen Sommer für sie bedeutet haben und dass sie gehofft hatte, ihn dieses Jahr wieder mit ihm zu verbringen. Schließlich fügt sie hinzu, dass nun auch sie sich um ihre Karriere kümmern wolle. Sie habe stets die größere Verantwortung für die Kinder und das Haus übernommen, als er seine Firma aufgebaut hat, nun sei sie an der Reihe, sie wird noch einmal studieren.

Mit der Zungenspitze im Mundwinkel liest Erika noch einmal die lange Nachricht, bevor sie auf *Senden* drückt. Es fühlt sich gut an, die SMS abgeschickt zu haben. Nun liegt der Ball in Martins Feld.

Erika legt ihr Telefon weg. Ihre Mutter schiebt ihr das Käsebrett zu.

»Kommt, esst mal was«, sagt sie. »Wir haben noch so viel Brie übrig.«

Marianne schneidet sich ein Ministückchen Käse ab. Doris knufft ihr in die Seite.

»Ist das für eine Maus?«

»Es tut mir leid, aber ich bekomme leider nicht so viel runter«, seufzt Marianne. »Ihr müsst verstehen, mein ganzes Leben hat daraus bestanden, mich mit anderen Frauen zu messen, die so dünn sind wie eine Scheibe Toast.«

»Wenn man jemandem, den man liebt, beim Hungern zusieht, kommt einem dieses Körperideal nicht besonders erstrebenswert vor«, sagt Doris mit besorgter Miene.

»Manchmal frage ich mich, wie viel mehr wir erreichen würden, wenn wir nicht die Hälfte unseres Lebens damit verbringen würden, Kalorien zu zählen und zu putzen«, wirft Erika ein.

»Ich habe seit mehreren Jahrzehnten Hunger«, jammert Marianne und schneidet sich ein größeres Stück vom Brie ab.

»Du Arme«, sagt Mona. »Essen ist doch eines der besten Dinge der Welt. Ich betrachte meine Kurven als Zeichen dafür, dass ich das Leben genieße.«

»Ich bin dankbar, solange mein Körper funktioniert, wie er soll«, schließt Doris sich an. »Jeden Morgen wache ich auf und frage mich, welches Körperteil wohl heute rumzicken wird.«

»Ja, wenn es nicht der Blutdruck oder die Gelenke sind, dann ist es das Gedächtnis«, sagt Mona.

»Es ist wichtig, auf sich zu achten, und das Leben so lange zu genießen, wie man kann. Es gibt noch so viel, was ich erleben will, aber niemand fragt Frauen unseres Alters, wovon wir träumen oder welche Pläne wir haben«, seufzt Doris. »Alle gehen davon aus, dass wir zu Hause sitzen und häkeln.«

»Wovon träumst du, Doris?«, fragt Patricia mit einem Lächeln.

Doris sieht in die Ferne.

»Reisen. Ich würde gern mehr von der Welt sehen.«

»Besuch mich doch in den USA!«

»Sehr gern.«

»Wann triffst du Yusuf wieder?«, fragt Mona.

»Wir waren gestern zum Lunch verabredet, aber ich musste es absagen, und er war enttäuscht.«

»Das kann man doch nachholen«, betont Marianne.

»Ich glaube nicht, dass das so eine gute Idee ist. Yusuf ist unglaublich lieb, aber ich weiß nicht, ob ich die Kraft habe, eine neue Beziehung einzugehen.«

»Warum nicht?«, fragt Mona.

»Ich habe Angst, dass es nicht so wird, wie ich es mir ausmale«, sagt Doris und knibbelt an der Tischdecke herum. »Stellt euch doch mal vor, er ist gar nicht so, wie ich denke. Oder, noch schlimmer, wenn er von mir enttäuscht ist.«

Marianne nimmt eines der Handys, die auf dem Tisch liegen. »Ist das hier deins?«, fragt sie Doris.

Doris nickt. »Aber, was hast du denn vor?«, ruft sie plötzlich.

»Vertrau mir«, murmelt sie und beginnt zu schreiben.

»Lieber Yusuf, ich kann nicht aufhören, an dich zu denken.«

Doris versucht, ihr das Handy aus der Hand zu reißen, doch Marianne steht auf. »Mein ganzer Körper verzehrt sich nach dir«, fährt sie fort und schielt zu Doris, die hochrot angelaufen ist.

»Das darfst du nicht abschicken«, faucht sie im selben Moment, in dem der Ton einer ausgehenden SMS von ihrem Handy erklingt.

»Was hast du gemacht?« Doris starrt Marianne mit offenem Mund an.

»Du solltest mal eine Pin für dein Handy aktivieren«, sagt Marianne vergnügt.

Als Doris' Handy piept, reißt sie es Marianne aus der Hand.

Starr liest sie die SMS. Mona schaut ihr neugierig über die Schulter.

»Was hat er geantwortet?«

»Dass er morgen keine Zeit hat, aber ich am Sonntag gern zum Lunch bei ihm vorbeikommen kann«, seufzt sie. »Du hast also was ganz anderes geschrieben?«

»Natürlich. Das war nur ein Scherz«, sagt Marianne und schenkt sich mehr Wein nach.

»Mach das nie wieder«, grummelt Doris und greift sich an die Brust.

»Nein«, kichert Mona. »Das war wirklich überhaupt nicht lustig.«

Lina wacht auf und klettert aus ihrem provisorischen Bett. Sie hat ihr Stoffkaninchen unterm Arm und trägt ein viel zu langes Nachthemd, das sie von ihrer Schwester geerbt hat.

»Mama, ich möchte bei dir sein«, sagt sie schlaftrunken.

Erika nickt und hebt sie auf den Platz neben sich, dabei kommt Lina mit der Hand an ein Weinglas, doch Erika gelingt es, es rechtzeitig aufzufangen, sodass nur ein kleiner Schluck verkleckert.

»Pass auf«, ermahnt Erika eine Spur strenger als gewollt, und Lina verbirgt ihr Gesicht in Erikas Schoß.

»Oh, ich weiß noch, als meine klein waren«, sagt Patricia verträumt. »Man konnte sich nur schwer vorstellen, dass sie irgendwann erwachsen sind. Eben noch wollen sie auf deinem Schoß sitzen und deine Hand halten, und plötzlich kommen sie ganz ohne dich zurecht. Dann brauchen sie keine Hilfe mehr bei den Hausaufgaben oder beim Haarewaschen.« Sie rümpft die Nase. »Man gewöhnt sich nie richtig daran, erst unentbehrlich und dann überflüssig zu sein. Und das Schlimmste ist, dass man nie weiß, wann man irgendwas zum letzten Mal macht. Plötzlich wacht man ohne den kleinen warmen Körper neben sich im Bett auf.«

Sie lächelt vor sich hin, und Erika drückt Lina noch fester an sich.

Patricia hat recht. Es war ein Schock für Erika, als Emma plötzlich anfing, sich von ihr zu emanzipieren. Es schien über Nacht zu passieren, und sie muss schmerzhaft einsehen, dass auch Lina bald so weit sein wird. Sie ist zwar immer noch dieser kleine Flachskopf, die sich mit zerzaustem Haar in Erikas Schoß kuschelt, aber der Moment wird kommen, ungeahnt wann, in dem sie sich die Nase piercen lassen, zum Orangenpflücken in ein Kibbuz reisen und mit einem bauchfreien Shirt bekleidet und einem schlecht versteckten Päckchen Kondomen in der Tasche auf Konzerte gehen will. (Okay, vielleicht hat Erika ein geschlossenes Fach in Emmas Tasche geöffnet, aber nur um sicherzustellen, dass sie keinen Alkohol zu ihrem Sommerjob mitschmuggelt.)

Erika stiebt ihre Nase in Linas Nacken und atmet tief ein. Im selben Augenblick hört sie ihre Mutter lachen. Mona sieht glücklich aus, umgeben von Freundinnen, doch Erika weiß, dass sie trotzdem Schmerzen hat. Sie hat beobachtet, wie ihre Mutter kämpft, wenn sie etwas von einem hohen Regal herunterholen oder sich nach unten beugen muss. Erika seufzt. Sie wird den Verkauf des Hotels ein weiteres Mal ansprechen müssen und den Ball ins Rollen bringen, während die Hochsaison noch läuft.

Lina ist an ihrer Schulter eingeschlafen. Erika streicht ihr eine Haarsträhne aus der Stirn. Sie wünschte, man könne dieses Problem irgendwie lösen. Sie weiß, dass ihre Mutter ihr Leben in Ljusskär liebt, aber sie kann das Hotel nicht allein weiterführen. Das geht einfach nicht.

»Ich bin so unerhört froh und dankbar, dass ihr hier seid«, sagt Mona.

»Ja«, antwortet Marianne und trinkt von ihrem dritten Wein. »Und wie es aussieht, werde ich in absehbarer Zukunft hierbleiben.«

»Wirst du keine Filme mehr drehen?«, fragt Doris.

»Sieht nicht so aus«, grummelt Marianne. »Ich bekomme keine Rollen mehr. Anscheinend ist es egal, wie gut ich bin, denn die Regisseure sind der Meinung, ich sei zu alt.«

»Das ist doch bescheuert«, entfährt es Mona. »Du bist doch ein Star.«

»Nicht mehr«, räumt Marianne ein. »Vor fünfundzwanzig Jahren habe ich Pierce Brosnans Frau gespielt. Jetzt könnte ich höchstens noch eine Rolle als seine sterbende Mutter bekommen.«

»Ich dachte, du wartest auf ein Drehbuch von Spielberg?«, hakt Doris nach.

»Ich habe gelogen.«

»Du Arme«, sagt Mona empört.

Marianne zuckt mit den Schultern, doch es ist ihr anzumerken, dass sie das sehr mitnimmt. »Schön ist es nicht, aber was soll man tun? Die Gravitation arbeitet gegen mich.« Sie füllt ihr Weinglas erneut. »Ich habe immer gewusst, dass es am Ende so kommt. Sieht so aus, als bräuchte ich eine neue Beschäftigung. Ich könnte wie Doris mit dem Häkeln anfangen.«

»Uff, wie ungerecht«, sagt Doris. »Sie sollten sich prügeln, um mit dir arbeiten zu dürfen.« Sie legt ihre Hand vielsagend auf Mariannes Schulter. »Du hast trotz allem uns. Wir werden dich niemals zu alt finden.«

»Niemals«, wiederholt Mona. »Übrigens«, sagt sie. »Wir haben eins ganz vergessen.« Sie schraubt den Deckel von ihrem eingelegten Blasentang ab und füllt ihn in eine Schüssel. »Ihr müsst probieren.«

Marianne nimmt sich ein Stück und beginnt zu kauen.

»Das ist ja richtig lecker. Was ist das?«

»Blasentang.«

»Das ist sicher gesund.«

»Ja«, nickt Mona. »Die sind voller Vitamine und Mineralien. Außerdem beinhalten sie eine ganze Menge Antioxidantien.«

»Eine richtige Heilkur also. Verkaufst du die auch?«

»Ich habe gerade überlegt, damit anzufangen.«

»Die haben wirklich Potenzial«, sagt Marianne und nimmt sich noch ein Stück. »Du solltest sie auch im Internet verkaufen.«

»Sofort, wenn ich nur wüsste, wie man das macht.«

Marianne wirft ihr einen eindringlichen Blick zu.

»Wir fragen Markus! Der kann dir sicher so eine Homepage erstellen. Und dann gestalten wir richtig schöne Etiketten.«

»Wie lief es eigentlich mit Markus?«, fragt Doris. »Ich habe gehört, dass er in der Küche geholfen hat, und heute hat er sich ja um die Kasse gekümmert.«

»Er war sehr tüchtig.« Mona nickt.

»Willst du ihn nicht anstellen?«, schlägt Marianne vor.

»Das würde ich gerne tun, aber ich kann es mir nicht leisten.«

»Sie braucht einen Investor«, wirft Erika ein. »Und Hilfe. Es wird einfach zu viel für sie, das Hotel allein zu führen.«

Als sie ihre eigenen Worte hört, merkt Erika, dass sie zu weit gegangen ist. Für einen kurzen Moment treffen sich Monas und ihr Blick, dann senkt sie ihn, und es wird still um den Tisch.

»Tut mir leid«, sagt Erika. »Ich will dich nicht verletzen, aber du brauchst wirklich Hilfe. Du kannst das alles nicht allein schaffen. Du hast Schmerzen, und ich mach mir Sorgen, dass dir etwas zustößt.«

»Ich habe das die letzten dreißig Jahre geschafft, dann schaff ich es jetzt auch«, murmelt Mona.

»Aber Mama«, entfährt es Erika. »Das ist nicht mehr dasselbe wie vor dreißig Jahren. Versteh doch bitte, dass es gefährlich sein kann, so viel zu arbeiten.«

»Du klingst ja so, als wäre ich hundert Jahre alt«, protestiert Mona und verschränkt die Arme.

Erika spürt, wie die anderen ihr böse Blicke zuwerfen, aber jetzt kann sie sich nicht mehr zurückhalten.

»Ich weiß, dass du keine hundert Jahre alt bist, aber du wirst achtundsechzig. Was glaubst du, was passiert wäre, wenn du den Brand in der Küche nicht rechtzeitig bemerkt hättest oder vom Dach gefallen wärst, bevor die Feuerwehr kam?«

»Bist du etwa auf dem Dach gewesen?«, fragt Doris erschrocken?

»Ich wollte nachsehen, ob ein Vogel im Schornstein gefangen war, und dann bin ich nicht mehr runtergekommen. Aber es ist ja alles gutgegangen«, fügt Mona hinzu.

»Weil deine Nachbarin dich gesehen und Hilfe gerufen hat«, erwidert Erika mit hochgezogenen Augenbrauen.

»Was soll ich denn deiner Meinung nach tun? Das Hotel verkaufen? Das will ich nicht, ich wohne und arbeite gern hier.«

»Nein«, sagt Marianne. »Du sollst es nicht verkaufen, sondern expandieren.«

»Wie soll ich mir das vorstellen?«, fragt Mona trocken.

»Wenn du Markus eine Stelle gibst und ihn ausbildest, dann übernehme ich seinen Lohn. Und dann legen wir los mit diesem Algenverkauf.«

»Ist das dein Ernst?«

»Selbstverständlich«, Marianne nickt. »Das Hotel ist doch wunderbar, wie es ist, wir müssen es nur ein bisschen aufmöbeln«, fährt sie fort und dreht das leere Blasentang-Glas in ihren Händen. »Ich hab's so im Gefühl, dass das ein gutes Geschäft werden kann. *Mariannes Algen*«, sagt sie und zeichnet eine unsichtbare Überschrift in die Luft.

»*Monas Algen*«, berichtigt Doris sie.

»Ja, ja, das können wir später diskutieren.«

»Das ist eine fantastische Idee!«, ruft Mona und hebt feierlich ihr Glas. »Ich möchte erneut anstoßen, auf den besten Buchsalon der Welt. Tausend Dank für all eure Hilfe beim Sommerfest, ohne euch hätte ich das nie hinbekommen.«

Doris erhebt ihr Glas.

»Auf den besten Buchsalon der Welt«, sagt sie. »Übrigens: Wie läuft es mit *Stolz und Vorurteil*?«

»Ich habe alles über Mr. Wickham erfahren«, sagt Marianne. »Jetzt hasse ich ihn fast genauso sehr, wie ich Mr. Darcy hasse.«

»Ach herrje«, murmelt Mona. »Lies mal weiter, wir warten dann mit der Buchbesprechung, bis du fertig bist.«

Erika stößt mit den Frauen am Tisch an. Sie ist froh, dass sie ihrer Mutter gegenüber offen und ehrlich sein konnte. Mariannes Engagement ist genau das, was Mona jetzt braucht, und Erika hofft, dass sie die Chance ergreift, um ihre Probleme anzupacken, inklusive den Brief vom Inkassobüro.

Sie trinkt einen Schluck Wein. Es ist ein langer Tag gewesen, und Erika ist bis in die Knochen erschöpft. Langsam zieht sie ihr Handy aus der Tasche. Jetzt, da sie Martin all ihre Gefühle offenbart hat, ist es ihr noch wichtiger, eine Antwort zu bekommen. Aber das Display zeigt keine neue Nachricht an. Sie macht das Handy aus und legt es weg. Martin hat das Telefon sicher zum Aufladen irgendwo hingelegt, deswegen hat er noch nicht geantwortet, redet sie sich ein. Hätte er ihre SMS schon gelesen, hätte er sofort reagiert.

Das muss es sein, denkt Erika und legt ihre Wange an Linas Kopf. Martin würde sie doch wohl nicht absichtlich ignorieren?

44

FREITAG, 7. AUGUST 1987

Als Madeleine aufwacht, weiß sie erst gar nicht, wo sie ist. Über ihr hängt ein weißer Lampenschirm aus Plastik. Madeleine starrt die Lampe an, bis ihr wieder einfällt, dass sie in Evys Küche ist.

Umnebelt setzt sie sich auf. Der Tisch ist abgeräumt, aber jemand hat ein Glas Wasser hingestellt, und Madeleine leert es in einem einzigen Zug.

Evy taucht in der Tür auf. Sie hat sich umgezogen und trägt jetzt einen hellblauen Krankenschwesterkittel und passende Stoffhosen.

»Wie geht's?«, fragt sie und lehnt sich an den Türrahmen.

Madeleine seufzt. Sie weiß nicht, was sie auf diese Frage antworten soll.

»Ich muss gleich zur Arbeit, aber du darfst gerne hierbleiben.«

Madeleine sieht sich um, und Evy setzt ein schiefes Lächeln auf.

»Wenn du nach Mats suchst – der ist bei seiner Tagesmutter.«

»Ich hab' mich gefragt, wie spät es ist.«

»Halb drei, du hast mehrere Stunden geschlafen. Das ist ganz normal, nachdem man einen Schock erlitten hat.«

Madeleine steht auf. Evy zeigt auf das dunkelgrüne Telefon, das an der Wand hängt.

»Falls du deine Familie anrufen willst.«

Madeleine zögert. Einerseits wäre es wunderbar, jetzt Patricias Stimme zu hören, andererseits will sie die Schwester nicht unnötig beunruhigen. Es ist besser, sie erst anzurufen, wenn sie einen konkreten Plan für ihre Heimreise hat.

»Das ist lieb, aber ich muss erst noch meine Sachen holen, und es gibt ein paar Leute, mit denen ich sprechen muss.«

»Das versteh' ich.« Evy nickt. »Aber kommst du später wieder zu mir?«

»Ja.«

Madeleine faltet die Decke zusammen und geht Richtung Flur. Doch Evy hält sie auf. Sie legt ihre Hand auf Madeleines Arm und sieht sie mit ernsten Augen an.

»Versprich mir, dass du vorsichtig bist«, sagt sie und reicht ihr einen Zettel. »Hier steht meine Nummer und die Nummer von meiner Arbeit. Wenn irgendetwas ist, dann ruf an. Ich habe heute Spätschicht, aber werde gegen zehn wieder zu Hause sein.«

Madeleine nimmt den Zettel und stopft ihn sich in die Hosentasche.

»Okay. Vielen Dank«, sagt sie, zieht ihre Lederjacke an und verlässt das kleine Haus.

Draußen ist es immer noch grau und die Wolken sind regenschwer. Madeleine zittert und schließt ihre Jacke, als sie Richtung Strand geht. Sie will alleine sein und nachdenken.

Sie folgt dem schmalen Weg, der hinunter zum Meer führt. Ringsherum sprießen die Hagebutten an den Sträuchern und Strandpflanzen säumen den Asphalt.

Madeleine hält nach einem Platz Ausschau, an dem sie ungestört sitzen kann. Zuerst muss sie überlegen, mit wem sie reden kann. Sie sieht Pastor Roberts Gesicht vor sich und denkt an sein Angebot, sie könne immer zu ihm kommen.

Madeleine schiebt die Hände in die Hosentaschen. Ihr Instinkt sagt ihr, dass Pastor Robert ein guter Mensch ist, aber das hat sie von Pastor Lindberg auch gedacht. Hat sie wirklich so schlechte Menschenkenntnis?

Zwei Frauen gehen eingehakt spazieren. Als sie Madeleine entgegenkommen, klappt sie den Kragen ihrer Jacke hoch und nickt ihnen zur Begrüßung zu. Sobald sie außer Sichtweite sind, geht sie durch die Sanddünen zum nördlichen Teil des Strandes. Dort steht eine Bank an der Mole. Sie will eine Weile dort sitzen und ihre Kräfte sammeln, bevor sie zum Gemeindehaus zurückkehrt.

Eine Träne kullert ihre Wange herunter, und schnell wischt sie sie weg. So hat sie sich ihren Aufenthalt in Ljusskär nicht vorgestellt. Nun wird sie keine Möglichkeit mehr bekommen, mit Jonas nach Tansania zu reisen.

Ein harter Windstoß fegt ihr ins Gesicht und zwingt Madeleine, die Augen zu schließen. Plötzlich bereut sie es, nicht zu Hause angerufen zu haben. Sie hätte mit ihrer Schwester sprechen sollen, ihr erzählen sollen, was passiert war. Patricia hätte gewusst, was zu tun sei.

Madeleine reibt sich die Stirn und schaut hinaus aufs Meer. Es wird ein hartes Stück Arbeit sein, doch sie muss zurückgehen und Aino und Desirée berichten, was sie erfahren hat. Doch erst muss sie sich überlegen, wie sie zurück in die USA kommt.

45

SAMSTAG, 29. JUNI

Patricia nimmt ihre Kaffeetasse und geht hinaus in den Wintergarten. Der ganze Raum ist voller grüner Pflanzen, und ein paar Sonnenstrahlen gucken zwischen den dunklen Wolken hervor und fallen auf den Steinfußboden.

Die anderen sitzen bereits in ihren Korbstühlen auf silbergrauen Schafsfellen. Patricia lässt sich neben ihnen nieder.

»Okay, jetzt bin ich fertig«, sagt Marianne und legt *Stolz und Vorurteil* vor sich auf den Tisch.

»Und, was meinst du?«, fragt Mona neugierig. »Toll, oder?«

»Ich hätte gern mehr Leidenschaft gesehen. Ein paar Sexszenen hätten dem Buch nicht geschadet.«

»Das kannst du doch so nicht sagen«, entfährt es Doris. »So war das doch damals, man durfte sich nicht berühren und schon gar nicht über Sex schreiben.«

»Ich finde es toll, dass man die Spannung zwischen Mr. Darcy und Elizabeth spürt, obwohl sie sich kaum küssen«, wirft Mona ein.

»Was ich auch interessant finde«, fährt Doris fort, »ist Austens Kritik an der sozialen Konstruktion der Ehe und dass sie dennoch Janes und Elizabeths Ehen idealisiert.«

»Aber tut sie das wirklich?«, protestiert Mona. »Sie können doch nichts dafür, dass die Männer, in die sich sich verliebt haben, reich sind.«

»Du glaubst also wirklich, Bingleys und Darcys Vermögen haben nichts damit zu tun, das Jane und Elizabeth sich zu ihnen hingezogen fühlen?«

»Auf gar keinen Fall.«

Patricia sieht von einer zur anderen und denkt, dass sie diese Gespräche vermissen wird. Es ist ihr letzter Tag in Ljusskär. Am Abend wird Patricia nach Hause fliegen, und ein Teil von ihr freut sich darauf. Patricia hat Sehnsucht nach Zoey und Dax und sie fragt sich, wie es ihrem Hund Barry bei Tom und Eunice ergangen ist. Doch in ihrer Brust sitzt eine brennende Unruhe. Es wird schrecklich sein, Ljusskär ohne Antworten zu verlassen, und im selben Moment, in dem sie sich ins Flugzeug setzt, wird ihre letzte Chance, herauszufinden, was mit Madeleine passiert ist, verpuffen.

Die Türglocke bimmelt, und Mona späht hinaus ins Hotelfoyer.

»Ich schau mal nach, wer das ist«, sagt sie, doch sie kommt nicht weit. Evy taucht in der Tür zum Wintergarten auf.

Patricia verharrt mitten in einer Bewegung. Sie starrt Evy an, die verbissen dasteht.

»Guten Morgen«, sagt Mona verblüfft. »Wie schön, dich hier zu sehen. Willst du eine Tasse Kaffee haben?«

Statt zu antworten, wendet Evy sich an Patricia und nagelt sie mit ihren Blicken fest.

»Madeleine Grey ist also Ihre Schwester?«, fragt sie.

Patricia nickt.

»Ja, das ist sie.«

Es wird still im Zimmer, und Evys Katze taucht hinter ihr auf. Saba schleicht an der Wand entlang und sieht sich neugierig um, bis sie auf einen der leeren Stühle springt und es sich auf einem Schafsfell gemütlich macht.

»Warten Sie hier«, brummt Evy und verschwindet.

Patricia sieht die anderen fragend an, doch keiner von ihnen scheint zu verstehen, was Evy vorhat.

»Das ist so typisch«, seufzt Marianne und verdreht die Augen.

Als Evy zurückkommt, ist sie nicht allein. Hinter ihr betritt eine Frau mit Pferdeschwanz und großer Sonnenbrille den Wintergarten.

Patricia merkt, wie ihr Herz aussetzt. Sie erstarrt, als wäre sie in ihrem Stuhl festgefroren, und kann sich nicht rühren. Obwohl sie sich dabei ertappt, wie sie die Frau anstarrt, kann sie den Blick nicht abwenden.

Die Frau ist groß und schlank, genau wie Madeleine, aber das wird sie doch nicht sein?

Für einen kurzen Augenblick bleibt die Zeit stehen. Patricia hört ihren eigenen Atem und versucht zu verstehen, was sich vor ihren Augen abspielt, Madeleines Haar war dunkler, aber es gibt ja Tönungen.

Die Frau mit dem Pferdeschwanz macht ein paar vorsichtige Schritte über den Steinboden. Sie bewegt sich genau wie Madeleine, und ihre Ausstrahlung erinnert Patricia an die kleine Schwester, auch wenn die Sonnenbrille verdeckt, wie die Person vor ihr wirklich aussieht.

Patricia lässt die Hände unter den Tisch gleiten und drückt die fest aneinander.

»Wer ist das?«, fragt sie Doris.

»Keine Ahnung.«

»Ich habe jemanden mitgebracht, mit dem Sie sich, denke ich, unterhalten wollen«, sagt Evy.

Es kribbelt im ganzen Körper, und Patricia steht auf. Die Gedanken sausen durch ihren Kopf. Sie versucht, sie zu sortieren, doch es gelingt ihr nicht. Wer ist die Frau ihr gegenüber, und warum kommt sie ihr so bekannt vor? Die Luft ist so spannungsgeladen, dass man sie beinahe anfassen könnte.

Patricia verlagert ihr Gewicht vom einen Fuß auf den anderen. Es fällt ihr schwer, stillzustehen. Ihr Körper bebt erwartungsvoll.

Langsam nimmt die fremde Frau ihre Sonnenbrille ab. »Hallo«, sagt sie leise. »Sind Sie Madeleines Schwester?«

Patricia nickt. Sie hat diese Frau schon einmal gesehen, kann sie aber nicht zuordnen.

»Und wer sind Sie?«

Der Blick der Frau flackert.

»Ich heiße Aino. Ich habe mit Madeleine zusammen das Praktikum in der Freikirche gemacht, bevor sie verschwunden ist.«

*

Um den Tisch herum herrscht absolute Stille. Mona hat Kuchen aufgetischt, doch niemand rührt ihn an.

»Sie haben also mit Madeleine gesprochen, bevor sie verschwunden ist?«, fragt Patricia.

»Ja«, antwortet Aino. »Sie wollte von hier weg und war der Meinung, ich solle sie begleiten.«

»Wohin wollte sie denn?«

»Irgendwo hin. Hauptsache weg von der Kirche«, sagt Aino und zuckt leicht mit einer Schulter.

»Aber warum?«, fragt Patricia.

Ainos und Evys Blicke begegnen sich.

»Am Tag zuvor ist etwas passiert. Mit dem Pastor. Wir hatten immer unsere individuellen Gespräche mit ihm.«

»Ja, stimmt. Die spirituelle Beratung.«

Aino nickt.

»Schon als er mich zu sich bestellt hat, wusste ich, das etwas nicht stimmt. Pastor Lindberg hat sich normalerweise nicht abends mit uns verabredet, und er wirkte aufgewühlt. Er lief auf und ab und sagte, dass ich mir seinen Rat nicht zu Herzen nähme. Natürlich hat mich das traurig gemacht, und ich widersprach ihm.« Aino rührt mit dem Löffel in ihrem Kaffee. »Ich weiß nicht recht, wie ich das erklären soll«, sagt sie entschuldigend. »Das klingt alles so dumm.«

»Nein, überhaupt nicht«, protestiert Evy.

Aino starrt auf den Tisch.

»Pastor Lindberg sagte, ich solle die Augen schließen und um Vergebung bitten. Er begann, eine Litanei aufzusagen, stellte sich hinter mich und legte seine Hände auf meine Brüste. Ihm zufolge trug ich eine tiefe Dunkelheit in mir, doch er wollte mir helfen, das Böse auszutreiben. Er berührte mich, steckte seine Finger zwischen meine Beine und drückte so hart zu, dass es weh tat.« Sie schüttelt den Kopf. »Ich weiß nicht mehr, wie lange das so ging, aber plötzlich ging die Tür auf. Rut, die Frau von Pastor Lindberg, stand plötzlich da. Ich habe mich total erschrocken und vor Scham angefangen zu weinen.«

Patricia sitzt mit offenem Mund da. Sie weiß nicht, was sie sagen soll. Auch die anderen sitzen stumm um den Tisch herum. Doris hat die Arme vor ihrem Körper verschränkt, und Mona lässt den Kopf hängen.

»Was ist dann passiert?«, fragt Patricia.

»Rut hat mich zur Seite genommen. Ich hatte eine Todesangst, dachte, sie sei außer sich vor Wut, doch sie tröstete mich und erklärte mir, dass es dem Pastor nicht gutging. Sein Vater war angeblich sterbenskrank, und sie meinte, er sei deswegen *aus dem Gleichgewicht geraten.*«

»Hat Madeleine mitbekommen, was passiert ist?«, fragt Patricia.

»Ja. Sie war der Meinung, ich sollte mit jemandem darüber reden.«

»Aber das wollten Sie nicht?«

Aino sieht auf und erwidert Patricias Blick.

»Nein«, sagte sie. »Ich wusste nicht, wo ich sonst hingehen sollte. Ich konnte nicht einfach nach Hause wie Madeleine. Die Kirche war mein Zuhause, und Rut versprach mir, dass sich das nie wiederholen würde.«

»Okay«, sagt Patricia. »Wissen Sie, wohin sie gegangen ist?«

»Madeleine ist zu mir gekommen«, antwortet Evy.

»Zu Ihnen?«, fragt Patricia verwundert. »Warum das?«

Evys Blick verdunkelt sich. »Wir hatten uns ein paar Wochen zuvor am Strand kennengelernt. Sie hat ein Gespräch mit Mats, meinem Sohn, angefangen, und als wir uns verabschiedeten, gab ich ihr mit auf den Weg, auf sich aufzupassen. Da verstand sie wahrscheinlich noch nicht, was ich ihr sagen wollte, doch als sie erfuhr, was mit Aino passiert ist, hat sie mich aufgesucht. Ich habe ihr erzählt, dass es nicht das erste Mal war, dass der Pastor eine Grenze überschritten hat.«

»Was meinst du damit?«, fragt Doris nervös. »Ist das etwa schon mal passiert?«

»Ja. Ein paar Jahre zuvor habe ich einem anderen Mädchen geholfen, nach Hause zurückzukehren«, erklärt Evy. »Der Pastor hatte sie geschwängert.«

Doris holt tief Luft. »Das ist ja fürchterlich«, entfährt es ihr. »Ich hatte ja keine Ahnung.«

»Hast du das jemandem erzählt?«, fragt Mona.

»Ja«, sagt Evy. »Ich habe mit der Polizei und dem Kirchenvorstand gesprochen, doch das hat nichts gebracht. Keiner wollte mir zuhören. Ich war es, die Madeleine vermisst gemeldet hat, doch auch das machte keinen Unterschied.« Sie schnaubt und blickt an die Decke. »Danach wurde ich zur Aussätzigen erklärt. Wenn die Leute mir im Ort begegneten, wechselten sie die Straßenseite. Sie glaubten, ich hätte mir alles ausgedacht, um der Kirche zu schaden.«

»Ihr Haus war also der letzte Ort, an dem sie war, bevor sie verschwand?«, fragt Patricia.

»Nein«, sagt Aino. »Sie kam noch einmal zum Gemeindehaus und versuchte, mich zu überreden, mit ihr wegzugehen. Sie wollte die Gemeinde verlassen und erzählte mir, dass Evy uns helfen könne, aber ich bin nicht mitgegangen.«

»Ich habe an diesem Tag lange gearbeitet. Madeleine hatte mir versprochen, nach dem Ende meiner Spätschicht zurückzukommen, aber sie ist nie aufgetaucht«, erklärt Evy.

»Aber wo ist sie denn dann hingegangen«, fragt Patricia verzagt.

»Ich weiß es leider nicht«, sagt Aino. »Rut hat mir erzählt, dass sie den Bus genommen hat, weil sie nach Hause fahren wollte, und ich hatte keinen Grund, ihr nicht zu glauben.«

Patricia massiert sich die Stirn. Sie hat sich immer gefragt, was Madeleine dazu veranlasst hat, ihre Sachen zu packen und die Kirche zu verlassen, doch bei ihrem ersten Besuch in Ljusskär hat Rut kein Wort über die Situation mit Pastor Lindberg verloren. Ein vages Gefühl von Frustration überkommt sie. Wenn sie doch nur davon gewusst hätte. Und plötzlich überwältigt sie ein anderer Gedanke, und Patricia wendet sich an Aino.

»Hat der Pastor sich auch an ihr vergangen?«

Aino greift fester um ihre Kaffeetasse.

»Sie hat mir nie etwas erzählt, aber sie wurde ja auch von Pastor Lindberg zu Einzelgesprächen gebeten.« Sie sinkt in sich zusammen und sieht auf einmal ganz klein aus. »Bevor ich zur Freikirche gekommen bin, habe ich in einem Kinderheim gelebt. Meine Eltern waren drogensüchtig, und ich habe während meiner Kindheit einige schlimme Dinge miterleben müssen. Pastor Lindberg hat sich sehr dafür interessiert. Er wollte, dass ich ihm meine Erlebnisse bis ins Detail schildere.« Aino zuckt mit den Schultern. »Ich hatte bereits ein ziemlich verqueres Bild davon, was eine gesunde Beziehung sein soll, also habe ich ihm vertraut. Ich bin nicht davon ausgegangen, dass ein Mann, der für seine Mitmenschlichkeit bekannt ist, wissentlich etwas Falsches tut.«

»Ich wünschte, ich hätte ihn aufhalten können«, murmelt Doris und schüttelt den Kopf.

»Sie hätten das ja gar nicht wissen können«, sagt Aino. »Und als ich schließlich verstand, wo ich da hineingeraten bin, habe ich Madeleines Rat befolgt und bin zu Evy gegangen. Sie hat mir geholfen, aus der Kirche auszusteigen.«

»Ich habe getan, was ich konnte, um ihn zu stoppen«, fährt Evy fort. »Aber alles war umsonst. Und dann ist Pastor Lindberg an dieser Hirnblutung gestorben. Danach hat sich die Gemeinde verändert, die Kirche hat ihr Adeptenprogramm eingestellt.«

»Aber Rut wusste doch all die Jahre, was da vor sich ging?«, fragt Doris.

»Ja«, sagt Aino. »Sie schien davon überzeugt zu sein, dass alles auf die Trauer des Pastors über seinen Vater zurückzuführen war und dass er so etwas nie wieder tun würde, solange er Hilfe bei der Trauerbewältigung bekäme. Aber sie muss gewusst haben, dass so etwas nicht zum ersten Mal passiert ist. Ich glaube, sie hatte Angst vor den Konsequenzen für die Gemeinde, wenn die Wahrheit herauskäme.« Sie schaut in ihre Kaffeetasse. »Ich wünschte, ich wüsste mehr darüber, was mit Madeleine passiert ist. Ich habe mich immer gefragt, wohin sie gegangen ist.«

»Danke, dass Sie hergekommen sind und mir alles erzählt haben«, sagt Patricia. »Wissen Sie, wer meine Schwester in den Bus nach Malmö hat steigen sehen?«

»Nein, leider nicht.«

Doris' Augen sind gerötet, und ihr ganzer Körper zittert.

»Und ich habe eine Gemeinde unterstützt, in der so etwas passiert ist. Ich habe immer gedacht, Pastor Lindberg wäre ein feiner Mensch. Ich habe sogar auf seiner Beerdigung gesungen.«

»Könntest du mir bei einer Sache helfen?«, fragt Patricia.

»Auf jeden Fall«, nickt Doris. »Immer.«

»Kannst du Rut fragen, ob sie weiß, wer meine Schwester am Bus gesehen hat?«

Doris holt ihr Telefon hervor.

»Das mach ich sofort«, sagt sie und wischt sich die Augenwinkel trocken.

Patricia zittert vor Nervosität. Endlich hat sie mehr über Madeleines letzten Tag in Ljusskär erfahren. So viele Jahre hat sie sich gefragt, was ihre Schwester dazu bewegt hatte, ihre Sachen zu packen und zu verschwinden. Sie hat sich den Kopf zerbrochen, ob sie wegen der Sachen, über die sich sich gestritten hatten, nicht nach Hause kommen wollte, und sie hat es bereut, nie auf die Briefe ihrer Schwester geantwortet und ihr erzählt zu haben, wie sehr sie sie liebte und vermisste. Die Unwissenheit hat ganz furchtbar an ihr gezehrt, und nun fühlt es sich zum ersten Mal seit langem wieder so an, als könne sie frei atmen.

Doris hält sich ihr Handy ans Ohr und stapft ungeduldig im Wintergarten hin und her, während das Freizeichen ertönt. Als am anderen Ende endlich jemand abnimmt, nickt sie Patricia zu.

»Hallo, ich bin's, Doris«, sagt sie selbstbewusst, doch ihr Gesichtsausdruck verändert sich, als sie Ruts Stimme hört. »Ach ja, nein, deswegen rufe ich nicht an. Tja, das ist natürlich ärgerlich, aber mehr habe ich nicht geschafft. Also, ich fand es toll mit der Zucchinischale am Rand. Ach, haben sie das gesagt.«

Patricia schluckt. In ihren Augen ist Doris niemand, die sich einschüchtern lässt, aber sie hat auch mitbekommen, wie autoritär Rut sein kann, und sie hört das unzufriedene Zetern der Pastorenfrau in der Leitung. Es vergehen einige Minuten, bis Doris sich ein Herz nimmt.

»Rut«, unterbricht sie sie. »Ich muss dich etwas fragen. Nein, ich habe jetzt keine Zeit mehr, über den Backwettbewerb zu sprechen. Es gibt wirklich Wichtigeres.« Sie blickt zu Mona, dir ihr aufmunternd zunickt. »Wer hat damals eigentlich Madeleine Grey den Bus nach Malmö nehmen sehen, an dem Tag, an dem sie verschwunden ist?«

Patricia rutscht auf ihrem Stuhl hin und her.

»Doch, das weißt du sehr wohl«, protestiert Doris. »Jetzt raus mit der Sprache, sonst laufen wir bei dir in der Kirche auf«, brüllt sie ins Telefon und schneidet daraufhin eine besorgte Grimasse, die Mona mit einem hochgestreckten Daumen quittiert. »Was meinst du damit?«, fragt Doris. »Ich bin keine Verräterin. Nun übertreibst du aber, Rut. Ich habe die Gemeinde stets unterstützt.«

Doris lässt sich in einen Stuhl sinken. Ruts Stimme gellt in den Hörer, und Patricia würde Doris am liebsten das Telefon aus der Hand nehmen und Rut den Marsch blasen.

Doris sieht verlegen aus, doch als Mona zu ihr tritt und ihr die Hand auf die Schulter legt, ist ihre Unsicherheit wie weggeblasen.

»Jetzt reicht es aber«, faucht sie Rut an. »Ich habe die Schnauze voll von dir und all deinen Regeln. Du glaubst wohl, du kannst über alle anderen bestimmen, als hättest du irgendeine gottgegebene Macht, und dass wir jederzeit für dich verfügbar sind, als wäre es eine Selbstverständlichkeit. Aber jetzt ist Schluss damit. Du sagst mir jetzt sofort, wer Madeleine in diesen Bus hat steigen sehen, ansonsten finde ich, der ganze Ort sollte erfahren, was Pastor Lindberg für Spielchen getrieben hat.«

Doris ist knallrot angelaufen und atmet heftig. Patricia staunt nicht schlecht, sie hätte nie gedacht, dass Doris so ein Machtwort sprechen würde.

»Was?«, sagt Doris. »Bist du sicher? Okay. Danke, Rut.«

Doris legt das Handy weg.

»Wer ist es gewesen?«, fragt Patricia.

»Pastor Robert«, sagt Doris tonlos. »Er war der Vizepastor Ende der Achtziger, danach hat er die Kirche verlassen.«

»Das war doch der, der immer diese lustigen Pullover getragen hat. Er muss von hier weggezogen sein, denn ich habe ihn seit Ewigkeiten nicht gesehen«, stellt Mona fest.

»Wir müssen mit ihm sprechen«, sagt Patricia bestimmt. »Weiß jemand von euch, wo er hingezogen sein könnte?«

»Ich glaube, ich weiß es«, murmelt Doris. »Aber wir brauchen ein Auto.«

Marianne hält ihre Schlüssel hoch.

»Wir nehmen meins. Wer kommt mit?«

»Ich muss das Mittagessen vorbereiten«, seufzt Mona. »Aber fahrt ihr ruhig.«

Doris sieht Patricia an, die ihr zunickt. »Okay«, sagt sie. »Dann fahren wir.«

46

FREITAG, 7. AUGUST 1987

Als sie sich dem Gemeindehaus nähert, spürt Madeleine den Kloß im Hals. Ihr Herz hämmert in der Brust. Langsam geht sie um das Gebäude herum auf die Rückseite.

Der Himmel ist über den Tag hinweg immer dunkler geworden, doch aus den Fenstern des Hauses dringt warmes, einladendes Licht, und Madeleine kann die Bewegungen von Menschen hinter den Scheiben erkennen.

Vorsichtig schleicht sie auf eine Hintertür zu, die direkt in den Hausflur führt. Stumm betet sie, dass sie nicht verschlossen ist. Sie drückt die Klinke herunter und stellt sie zu ihrem Glück fest, dass die Tür nachgibt.

Den Blick fest auf Ainos Tür gerichtet, tastet sie sich vorwärts. Sie ist allein im Flur, und sie beschleunigt ihre Schritte, bis sie vor Ainos Zimmer stehen bleibt. Vorsichtig öffnet sie die Tür und schließt sie hinter sich.

Aino sitzt auf ihrem Bett und sieht verwundert auf, als Madeleine auftaucht.

»Hallo«, sagt sie, bevor Madeleine den Finger an ihre Lippen legen kann.

»Hallo«, erwidert sie flüsternd.

»Was machst du hier?«

Ainos Blick ist wacher als vorhin, und Madeleine holt tief Luft.

»Ich muss mit dir reden.«

Aino streckt sich und lächelt.

»Wenn es um gestern geht, dann musst du dir keine Sorgen machen. Wir müssen nicht mehr darüber sprechen.«

Madeleine seufzt. Sie weiß nicht, wie sie erklären soll, was sie von Evy erfahren hat.

»Aber ich mach mir Sorgen«, entgegnet sie. »Was Pastor Lindberg da getan hat, ist nicht in Ordnung.«

»Es geht ihm schlecht, weil sein Vater krank ist«, protestiert Aino. »Außerdem war es gar nicht so schlimm, wie es schien. Ich habe überreagiert.«

»Du hast nicht überreagiert.« Madeleine tritt einen Schritt näher. »Du bist nicht die Einzige. Pastor Lindberg hat diese Dinge auch schon mit anderen Mädchen gemacht, mit mehreren anderen Adepten. Eine von ihnen ist sogar schwanger geworden. Ich will hier weg. Komm mit«, sagt sie und streckt Aino ihre Hand entgegen, die jedoch nur den Kopf schüttelt.

»Ich lebe gerne hier, und Rut hat mir versprochen, dass ich bleiben kann, so lange, wie ich will.«

Aus dem Gemeindesaal ist eine Stimme zu hören. Rut ruft, dass das Abendessen in zwanzig Minuten fertig sei. Madeleine sieht sich um. Sie will noch mit Desirée sprechen, bevor das Abendessen beginnt.

»Bitte, komm mit, wenigstens für eine kurze Zeit. Ich habe eine Person getroffen, die Sachen über Pastor Lindberg weiß, die du dir nicht vorstellen kannst.«

»Nein«, Aino wendet den Blick ab. »Ich kann nicht.«

Madeleine betrachtet sie schweigend. Wenn Aino nicht mit ihr mitkommen möchte, kann sie sie nicht dazu zwingen.

Vorsichtig öffnet sie die Tür und späht hinaus in den Flur. Als sie sieht, dass er immer noch menschenleer ist, geht sie ins Nachbarzimmer zu Desirée.

Ihre Zimmergenossin sitzt am Schreibtisch.

»Wo bist du gewesen?«, fragt Desirée.

»Draußen«, antwortet Madeleine und macht die Tür hinter sich zu. »Ich brauchte Zeit zum Nachdenken.«

»Und ich hab' mir Sorgen gemacht.«

»Entschuldige.« Madeleine geht auf ihre Freundin zu und nimmt ihre Hände und zieht sie zu sich. »Ich muss dir was erzählen.«

»Ach ja? Was denn?«, fragt Desirée ungeduldig.

»Erinnerst du dich an die Frau vom Strand, mit der ich vor ein paar Wochen ins Gespräch gekommen bin?«

»Ja. Evy. Sie ist nicht ganz dicht«, sagt sie und hebt die Augenbrauen.

»Sie hat mir erzählt, dass es nicht das erste Mal ist, dass Pastor Lindberg sich an jemandem vergriffen hat.«

Ein Flackern huscht durch Desirées Blicke, dann schüttelt sie den Kopf.

»Das ist nicht wahr. Rut hat mir erzählt, dass so etwas noch nie passiert ist. Pastor Lindberg geht es nicht gut, das habe ich dir doch erklärt. Er kann nichts dafür.«

»Doch, das kann er! Er hat sogar ein Mädchen geschwängert. Du darfst denen nicht vertrauen.« Sie starrt Desirée an, die ziemlich entspannt aussieht.

»Doch«, erwidert sie. »Ich kann ihnen vertrauen. Man muss sich nur auf andere einlassen können. Und ich liebe meine Gemeinde.«

»Mach die Augen auf, Desirée! Du weißt genauso gut wie ich, was hier vor sich geht!«

Desirée sieht auf den Boden. »Es tut mir leid«, sagt sie, »dass du nicht siehst, was ich sehe.«

Madeleine schluckt. Sie hatte geglaubt, dass Desirée genauso entsetzt wäre wie sie, als sie von dem schwangeren Mädchen erfahren hat. Sie sieht ihre Freundin lange an, und als sie einsieht, dass ihr nichts anderes übrig bleibt, als Desirée zu verlassen, durchfährt sie ein Schmerz.

»Ich kann nicht bleiben«, murmelt sie.

»Madeleine!«, widerspricht Desirée und macht einen Schritt auf sie zu. »Bitte geh nicht weg. Ich halt's ohne dich nicht aus.«

»Dann komm mit mir«, flüstert Madeleine. »Wir fahren irgendwohin. Wir suchen uns andere Jobs und eine andere Gemeinde.«

»Kannst du nicht mit Rut sprechen?«, bittet Desirée. »Es ist nicht alles so, wie du denkst. Sie kann uns alles erklären.«

Madeleine schüttelt den Kopf. Sie denkt an Amanda und an Debra, von der Evy ihr erzählt hat. »Ich kann nicht«, sagt sie. »Das fühlt sich nicht richtig an. Aber ich will dich nicht allein hier zurücklassen.«

Sie spürt, wie Desirées Griff um ihre Hände sich verstärkt. Ihre ineinander verschränken Finger klammern sich aneinander fest.

»Geh nicht. Bleib bei mir.«

Madeleine erwidert Desirées Blick. Sie will sich nicht von ihrer Freundin verabschieden. Sie will sie nicht hier zurücklassen, aber was hat sie für eine Wahl? Sie kann nicht mehr vergessen, was sie über Pastor Lindberg erfahren hat, und allein bei dem Gedanken, ihn zu treffen, dreht sich ihr der Magen um.

»Es geht nicht«, antwortet sie und löst sich aus Desirées Griff. Sie zieht ihre kleine Reisetasche hervor und stellt sie aufs Bett.

»Rut hat gesagt, ich soll ihr melden, wenn du wieder zurückkommst. Ich soll dich daran hindern, das Haus zu verlassen«, sagt Desirée tonlos.

Madeleine schielt zu ihr hinüber, dann zieht die die Schubfächer der Kommode auf, schnappt sich ihre Sachen und stopft sie in die Reisetasche. Gerade, als sie die Tasche schließt, schallt Ruts charakteristische Stimme erneut aus dem Gemeindesaal.

»Abendessen in fünf Minuten«, ruft sie.

Desirée steht wie festgefroren da und sieht Madeleine an.

»Bist du sicher, dass du nicht mitkommen willst«, fragt Madeleine noch einmal.

Desirée nickt, dann fällt sie Madeleine um den Hals und drück sie fest an sich. »Ich habe ihr erzählt, dass du spazieren gegangen bist«, murmelt sie. »Aber wenn du zum Essen nicht auftauchst, dann wird sie sicher misstrauisch.«

Madeleine spürt die Tränen in ihren Augen und versucht, sie wegzublinzeln.

»Ich helfe dir durch die Hintertür raus«, fährt Desirée fort.

Doch in diesem Augenblick klopft es an der Tür. Es sind drei deutliche Schläge.

»Desirée?«, ruft Rut. »Ist Madeleine wieder zurück?«

Sie lösen sich aus ihrer Umarmung, und Madeleine geht ein paar Schritte zurück. Desirée starrt sie mit wilden Augen an.

»Nein«, ruft sie zurück. »Noch nicht.«

Sie hören Rut auf der anderen Seite der Tür seufzen.

»Machst du mir bitte auf, ich muss mit dir sprechen.«

Desirée geht auf die Tür zu, und Madeleine sieht sich panisch um. Für einen Augenblick glaubt sie, dass Desirée Rut hereinlassen will, doch stattdessen drückt sie die Türklinke nach oben.

»Das Fenster«, haucht Desirée ihr zu und deutet mit einem Kopfnicken Richtung Schreibtisch.

Madeleine schnappt sich ihre Reisetasche, tritt ans Fenster und löst die Haken. Sie stößt das Fenster mit so einem Schwung auf, dass der Rahmen gegen die Hauswand kracht. So schnell sie kann, klettert sie auf den Schreibtisch. Die Tasche sitzt sperrig auf ihrem Schoß, doch sie schafft es, sie durch das Fenster zu pressen. Mit einem dumpfen Aufprall landet sie vor dem Haus.

Als Madeleine ihr Bein aus dem Fenster steckt, wird sie von einem Schwindelgefühl übermannt. Wenn sie das jetzt tut ... Wenn sie die Kirche auf diese Art und Weise verlässt ... Dann wird sie nie wieder zurückkommen können.

In weniger als einer tausendstel Sekunde rasen ihr die Gedanken durch den Kopf, aber Madeleine weiß, was sie tun muss. Sie muss hier weg.

Sie wendet sich um und wirft Desirée einen letzten Blick zu. Ihre Freundin schenkt ihr ein Lächeln, und in Madeleines Körper breitet sich eine Ruhe aus, dann stößt sie sich ab und springt die knapp zwei Meter aus dem Fenster.

Madeleine trifft hart auf dem Boden auf, doch sie findet schnell ihr Gleichgewicht wieder. Über sich hört sie, wie sich die Tür zum Zimmer öffnet, und Ruts eindringliche Stimme dringt aus dem Fenster. Sie hebt ihre Tasche auf, macht ein paar zögernde Schritte, doch dann läuft sie los.

Sie läuft auf den kleinen Wald hinter dem Gemeindehaus zu und verschwindet zwischen den Bäumen. Die dichten Büsche reißen ihr Hände auf, doch sie bleibt nicht stehen.

Ein Teil von ihr bereut es, Aino und Desirée zurückgelassen zu haben. Sie wird immer Angst um die beiden haben. Doch was hatte sie für eine Wahl? Madeleine kann die anderen Adepten schließlich nicht dazu zwingen, ihr zu folgen.

Es ist noch nicht einmal achtzehn Uhr, und Madeleine muss warten, bis Evy zu Hause ist. So lange huscht sie durch Ljusskärs leere Straßen. Trotz der Angst spürt sie ein befreiendes Gefühl in ihrer Brust. Muskelkrämpfe machen sich in ihren Beinen bemerkbar, doch Madeleine läuft weiter, bis hinunter ans Meer.

47

SAMSTAG, 29. JUNI

Der Kiesweg knirscht unter den Rädern. Patricia sieht aus dem Wagenfenster. Sie sind auf dem Weg zu einem Hof, der etwas abseits liegt, einsam zwischen grünen Feldern, mit einigen Klecksen Mohn am Wegesrand. Österlen ist eine wunderschöne Region.

Die Sonne scheint auf die kilometerweite Wiesenlandschaft, die sich in sanften Wellen vor ihnen erstreckt, und in der Ferne ist das Rauschen des Meeres zu hören.

Sie fahren an vielen niedrigen Häusern mit verputzten weißen Fassaden und gepflasterten Innenhöfen vorbei. Vor einigen von ihnen wurden Schilder aufgestellt, die zu Hofläden einladen. Sie sehen geheimnisvoll aus, halb verborgen hinter üppigen Laubbäumen.

»Was verkaufen diese Hofläden eigentlich?«, fragt Patricia.

»Alles Mögliche, von selbstgebrautem Bier bis Sauerteigwaren. Einige von ihnen bauen Obst und Gemüse an – Himbeeren, Rhabarber, Kräuter und vieles mehr. Andere stellen ihren eigenen Käse her, oder verkaufen Kunsthandwerk oder Honig.«

Patricia nickt. Am Horizont ziehen dunkle Wolken auf, und sie erschaudert. Die Schatten, die sich langsam über die Felder legen, haben etwas Unheilverkündendes.

Sie sieht zu Doris, die neben Marianne auf dem Beifahrersitz Platz genommen hat.

»Was weißt du über Pastor Robert?«, fragt sie vorsichtig.

Doris denkt einen Augenblick nach, bevor sie sich umdreht.

»Er war nur für ein paar Jahre Mitglied der Kirche. Ich glaube, Pastor Lindberg hat ihn unter seine Fittiche genommen.«

»Hast du eine Idee, warum er die Gemeinde verlassen haben könnte?«

»Nein. Aber ich weiß noch, dass ich es damals ein bisschen merkwürdig fand. Er und Pastor Lindberg haben eng zusammengearbeitet. Es hat also viele verwundert, als er gekündigt hat.«

»Hattest du hinterher noch Kontakt zu ihm?«, fragt Patricia.

»Nein, aber ich habe gehört, dass er auf einem Hof in Stjärnehov lebt. Das ist dort hinten bei der alten Stärkefabrik.« Doris zeigt aus dem Autofenster. »Dort drüben muss es sein«, sagt sie entschlossen.

Sie biegen in die Kieseinfahrt vor einem baufälligen, roten Haus ein. Es ist von Gestrüpp umgeben, und die angrenzende Scheune sieht ebenfalls heruntergekommen aus. Zwischen den beiden Gebäuden türmen sich Berge von Gerümpel. Neben einem in Einzelteile zerlegten alten Chevrolet liegt ein umgefallener Kleiderschrank, ein rostiger Herd, eine Ansammlung von Autoreifen und ein ganzes Meer prallgefüllter schwarzer Abfallsäcke.

Misstrauisch steigt Patricia aus dem Wagen. Der Hof sieht aus wie eine Müllkippe. Doris geht auf das Haus zu, und Patricia und Marianne folgen dir. Doris steigt auf die provisorische Treppe in Form eines Zementblocks. Sie dreht sich zu Patricia um, wirft ihr einen bedeutungsvollen Blick zu, dann klopft sie an.

»Robert, bist du zu Hause?« Als niemand antwortet, versucht Doris es ein zweites Mal. »Robert?«, ruft sie mit sanfter Stimme und klopft erneut. »Ich bin's, Doris. Erinnerst du dich?«

Ein Fenster steht offen und von drinnen hört man Stimmen aus einem Fernseher. Marianne steigt neben Doris auf den Zementblock. »Hallo? Jemand zu Hause?«, ruft sie laut.

Als immer noch nichts passiert, legt sie die Hand auf die Türklinke und drückt sie herunter. Die Tür gleitet auf.

»Was machst du denn?«, fragt Doris erschrocken.

»Ich öffne die Tür«, sagt sie. »Er sitzt sicher irgendwo herum.«

Sie betreten den Flur, und ein süßlicher Duft schlägt ihnen entgegen. Auf dem Boden liegen Berge von schmutzigen Klamotten und anderem Gerümpel.

Patricia geht in die Küche und hält sich instinktiv die Nase zu. Auf dem Herd haben sich leere Bierflaschen angesammelt, das Waschbecken ist voll von dreckigem Geschirr, und über dem Tisch kreisen die Fliegen über vergessenen Essensresten.

Doris ist bleich im Gesicht.

»Wir können doch hier nicht einfach so reingehen«, murmelt sie.

»Hallo Robert, wir wollten mit dir sprechen«, ruft Marianne. »Weil du uns nicht aufgemacht hast, haben wir uns selbst hereingebeten.«

Alle drei warten ab und lauschen.

»Hört ihr etwas?«, fragt Doris ängstlich.

Marianne nickt und tritt in den nächsten Raum, der das Wohnzimmer zu sein scheint. Patricia folgt ihr. Der Fernseher läuft mit leisem Ton. Davor stehen zwei hellblaue Plüschsessel, aber beide sind so mit Dingen vollgepackt, dass man sich nicht setzen kann. Mit dem Rücken zu ihnen steht eine durchgesessene Couch, bedeckt mit Kleidern und Decken, vor ihr ein Tisch, auf dem allerlei Krams liegt.

»Robert?«, wiederholt Marianne, als sich auf der Couch etwas regt. Doris schreckt auf. Ein lautes Stöhnen dringt aus dem Deckenberg, und Patricia geht einen Schritt zurück.

Ein Mann mit einem buschigen, weißen Bart setzt sich auf. Sein Blick ist trübe, und er blinzelt.

Doris lehnt sich vor.

»Robert«, entfährt es ihr. »Wie geht es dir?«

»Nicht so gut«, wimmert er.

»Ich hol' ein Glas Wasser«, sagt Marianne. »Wenn ich denn ein sauberes finde.«

Der Mann auf der Couch reibt sich das Gesicht. Es ist rot und aufgedunsen, und ein schmutziges T-Shirt spannt sich über seinen Bauch.

»Hier«, sagt Doris und reicht ihm eine Brille, die er sich aufsetzt.

Robert schaut von einer zur anderen, und als Marianne ihm ein Glas Wasser reicht, trinkt er mit großen Schlucken.

»Wer seid ihr?«, fragt er verwirrt.

»Ich bin Doris. In den Achtzigern waren wir beide Mitglieder derselben Gemeinde, in der Freikirche, erinnerst du dich?«

»Ach ja. Was willst du?«, seufzt er.

»Erkennst du mich?«

»Ja, ja, nun raus mit der Sprache.«

»Meine Freundinnen Patricia, Marianne und ich wollen herausfinden, was damals mit Madeleine Grey passiert ist. Sie war

Praktikantin in der Kirche im Jahr 1987, aber hat die Gemeinde an einem Tag im August plötzlich verlassen.«

»Ich erinnere mich«, sagt Robert mit breiiger Stimme.

»Sehr gut«, antwortet Doris. »Ich habe gerade mit Rut Lindberg gesprochen, die meinte, du hättest sie in einen Bus nach Malmö steigen sehen, an dem Abend, an dem sie verschwunden ist.«

Robert nimmt seine Brille ab und reibt sich die Augen. »Nein«, grunzt er. »Das war nicht ich.«

»Das hat Rut uns aber erzählt«, wiederholt Doris.

Er schüttelt den Kopf und überprüft seine Brillengläser, bevor er sie an seinem T-Shirt putzt.

»Dann lügt sie.«

»Sind Sie sich sicher?«, hakt Patricia nach.

Robert setzt seine Brille wieder auf und sieht sie an.

»Ja, ganz sicher. Ich habe Madeleine in keinen Bus steigen sehen, und es wundert mich nicht im Geringsten, das Rut Unsinn erzählt.«

Auf Doris' Stirn bildet sich eine Falte.

»Wie kommst du darauf?«

»Wir haben uns zerstritten«, sagt Robert und lehnt sich zurück.

»Weshalb?«

Er fährt sich mit der Hand durch den weißen Bart, sein Blick schweift aus dem Fenster.

»Es ging um ihren Mann, Pastor Lindberg. Er hat sich gegenüber einer Adeptin unpassend verhalten, und als ich versucht habe, mit ihm darüber zu sprechen, hat er mich angeschrien.« Robert zuckt die Achseln. »Rut wollte mir versichern, dass er so etwas noch nie getan habe und dass alles nur passiert sei, weil sein Vater erkrankt ist, aber ich weiß nicht, ob das der Wahrheit entspricht. Ich war der Meinung, dass er seinen Dienst nicht weiterführen konnte, doch Rut bestand darauf, dass er nur eine Pause bräuchte. Ein paar Wochen später kam er zurück in den Dienst, als wäre nichts passiert, und ich habe gekündigt.« Er atmet schwer. »Das hat mich nie richtig losgelassen. Schon in meinem ersten Jahr bei der Freikirche wurde geflüstert, dass es einen Grund gab, warum so viele Adepten die Kirche ohne Begründung wieder verließen, aber Rut und Pastor Lindberg versicherten mir, dass das nur Behauptungen böser Zungen seien. Sie waren beide sehr nett zu mir, haben mich in der Gemeinde willkommen geheißen, als ich keinen anderen Ausweg wusste, und haben mir eine Ausbildung gegeben. Ich habe wirklich an sie geglaubt, doch dann ist diese Sache mit Aino passiert, und plötzlich ergab sich ein größeres Bild. Im Nachhinein habe ich ein furchtbar schlechtes Gewissen, dass ich die Kirche verlassen habe, statt zu bleiben und alles aufzudecken.«

»Und Madeleine?«, fragt Patricia ungeduldig. »Wissen Sie, ob jemand anderes sie in diesen Bus hat steigen sehen?«

Robert schüttelt den Kopf.

»Das weiß ich leider nicht«, sagt er.

Das Herz galoppiert in Patricias Brust, und obwohl sie versucht, normal zu atmen, fühlt sie sich, als würde sie jeden Moment explodieren. Sie hatte wirklich geglaubt, endlich auf der richtigen Spur zu sein.

»Ich brauch frische Luft«, sagt sie und verlässt das Wohnzimmer.

Die dunklen Wolken ziehen näher. Die Sonne ist nicht mehr zu sehen und der Wind peitscht unheilbringend gegen ein Wellblech, das gegen die Scheunenwand donnert. Patricia drückt ihre Knöchel gegeneinander. Seit ihr zum ersten Mal berichtet wurde, dass Madeleine Ljusskär verlassen hat, hat sie sich gefragt, ob das wirklich wahr ist. Doch die Polizei klang so überzeugend, dass Patricia ihr eigenes Bauchgefühl ignoriert hat.

Tränen steigen ihr in die Augen, und sie lehnt sich gegen die Hauswand. Warum hat Rut gelogen, und warum hat Patricia ihrer Intuition nicht mehr vertraut, als sie 1987 zum ersten Mal hier war? Sie hätte erkennen müssen, dass etwas nicht stimmte. Diese Gefühle sind kaum zu ertragen, und als Doris vors Haus kommt, um Patricia zu trösten, fällt sie ihr in die Arme.

»Wenn sie nie in diesen Bus gestiegen ist, wo ist sie denn dann hingegangen?«, schnieft sie an Doris' Schulter. »Ich muss es wissen, ich halte das langsam nicht mehr aus.«

Marianne taucht neben ihnen auf und legt eine Hand auf Patricias Rücken.

»Es tut mir leid«, sagt sie. »Aber wir müssen wieder zurückfahren, es sieht nach einem Unwetter aus.«

Doris führt Patricia zurück zum Auto, und alle drei steigen ein. Marianne startet den Wagen.

»Glaubt ihr ihm?«, fragt sie.

Patricia sieht Doris an, dann nickt sie.

»Ich auch«, sagt Marianne und schaltet in den ersten Gang.

»Aber ich verstehe nicht, warum Rut uns angelogen hat«, murmelt Doris.

»Fragen wir sie doch einfach«, sagt Marianne.

48

Als sie zurück ins Hotel kommen, beginnt es zu nieseln, und der bindfadenartige Regen bildet Säulen, die vom Wind durch die Luft gepeitscht werden. Erika und Mona stehen hinter dem Tresen und klappern mit einer Ladung sauberer Kaffeetassen.

»Wie war es?«

Marianne wickelt sich ihr Tuch vom Hals.

»Robert sagt, er habe Madeleine nie in irgendeinen Bus steigen sehen.«

Mona trocknet sich die Hände an ihrer Schürze ab. »Also hat Rut gelogen?«

»Scheint so«, nickt Doris.

»Aber warum sollte sie das tun?«

Patricia verschränkt die Arme vor der Brust. Ihre Augen sind müde und sie lässt den Kopf hängen.

»Keine Ahnung.«

»Vielleicht erinnert sie sich nicht richtig«, schlägt Mona vor und kommt um den Tresen herum. »Frag sie doch noch einmal.«

»Und wenn sie einfach wieder lügt?«, fragt Marianne.

»Aber wenn irgendjemand irgendetwas weiß, dann wird es doch wohl Rut sein«, entgegnet Mona.

Patricia schüttelt den Kopf.

»Ich habe selbst schon zwei Mal mit ihr gesprochen, und

sie beharrt fest darauf, nichts über Madeleines Verschwinden zu wissen.« Sie deutet mit einem Kopfnicken auf die Wanduhr. »Mir bleiben nur noch ein paar Stunden, bis ich abreisen muss. Wir werden nichts mehr herausfinden«, seufzt sie.

Doris legt ihre Arme um sie.

»Ich wünschte, wir hätten dir helfen können.«

Erika hängt das Küchenhandtuch weg und gesellt sich zu ihnen.

»Vielleicht kann ich Jonas bitten, noch einmal mit Rut zu sprechen?«, schlägt sie vor. »Er hilft uns bestimmt. Wenn es jemanden gibt, der etwas aus Rut herauskitzeln kann, dann ist es vermutlich er.«

»Glaubst du?«, fragt Patricia.

»Auf jeden Fall«, erwidert sie und zückt ihr Handy. »Ich rufe ihn gleich an.«

Erika hält ihr Telefon ans Ohr. Das Freizeichen ertönt. Es klingelt und klingelt. Schließlich springt der Anrufbeantworter an. Sie sieht, wie die Hoffnung in Patricias Augen langsam versiegt.

»Er geht nicht ran«, murmelt sie tonlos.

»Er ist bestimmt mit den Vorbereitungen für die Wohltätigkeitsveranstaltung beschäftigt«, sagt Erika. »Ich kann schnell rübergehen, zum Gemeindehaus, und nachsehen.«

Lina kommt die Treppe heruntergesprungen. Über ihre Strumpfhosen und ihr T-Shirt hat sie einen gepunkteten Badeanzug gezogen und trägt ihren Schwimmring um den Bauch.

»Mama«, ruft sie und läuft auf Erika zu. »Jetzt gehen wir baden!«

»Mein Schatz, schau mal, es hat angefangen zu regnen«, sagt

Erika und hebt Lina auf den Arm. »Wir müssen warten, bis es wieder aufklart. Außerdem muss ich mich gerade um eine andere Sache kümmern.«

Lina setzt ein grimmiges Gesicht auf und windet sich aus dem Griff ihrer Mutter. »Aber du hast es versprochen«, jammert sie.

Erika schluckt. Sie weiß, dass sie Lina versprochen hat, mit ihr baden zu gehen, sobald sie ihrer Mutter in der Küche geholfen hat.

»Es tut mir leid, aber ich wusste nicht, dass das Wetter umschlagen wird.«

Lina stampft mit dem Fuß auf den Boden.

»Du hast gesagt, ich muss üben, weil ich sonst nie schwimmen lerne.«

»Und wir werden auch üben«, nickt Erika, »Wenn die Sonne wieder rauskommt. Versprochen.«

Sie versucht, Lina in den Arm zu nehmen, doch das Mädchen entwischt ihr und stapft die Treppe rauf.

»Wenn ich zurück bin, machen wir was Schönes zusammen«, ruft sie ihr nach.

»Ich will jetzt was Schönes«, protestiert Lina.

Erika sieht Mona bittend an, die gerade ihre Thermoskannen befüllt.

»Ich muss das Mittagessen ausliefern«, flüstert sie und deutet mit einem Kopfnicken auf Doris, die sich an den Fuß der Treppe stellt.

»Wir können so lange etwas Schönes machen. Wollen wir vielleicht das große Dinosaurierpuzzle puzzeln?«

Lina schüttelt den Kopf.

»Du bist die blödeste Mama der Welt«, ruft sie und verschwindet im oberen Stock.

»Geh ruhig«, sagt Doris an Erika gewandt. »Wir bleiben hier und halten die Stellung.«

Erika zögert einen Moment. Das schlechte Gewissen macht sich bemerkbar, aber als sie Patricias vorsichtiges Lächeln sieht, zieht sie sich ihre Jacke über und geht hinaus in den Regen.

Die Tür zum Gemeindehaus ist nicht verschlossen, und Erika betritt das Gebäude.

»Hallo?«, ruft sie, ohne Antwort zu bekommen. Sie geht ein paar Schritte und sieht sich um. In dem Raum mit den Kulissen und Requisiten brennt kein Licht, aber Jonas' Pullover hängt über einem Stuhl.

Erika öffnet die angrenzende Tür und betritt den großen Gemeindesaal. Sie wirft einen Blick in die Küche und geht den Korridor auf und ab, ohne auch nur einer Menschenseele zu begegnen.

Frustriert unternimmt sie einen erneuten Versuch, Jonas anzurufen, aber er geht auch dieses Mal nicht ran. Erika seufzt und stellt sich an eines der Fenster. Der Regen ist stärker geworden und trommelt an die Fensterscheiben. Sie lehnt sich an den Fensterrahmen. Ein Stück entfernt kann sie die Silhouette der grünen Villa der Familie Lindberg aus der Jahrhundertwende sehen.

Erika steckt das Handy zurück in ihre Jackentasche und betrachtet den hohen Zaun, um den sie damals herumgeschlichen war und auf Jonas gewartet hatte. Es hatte eine ganze

Weile gedauert, bis er sie seiner Mutter und seinem Vater vorstellte, und selbst dann fühlte sie sich nicht besonders willkommen. Erikas Freundinnen waren oft bei ihren festen Freunden zum Abendessen, aber Erika wurde nie von Familie Lindberg eingeladen, und sie hatte das Gefühl, Jonas wollte sie von ihren Eltern fernhalten.

Erika erinnert sich, wie aufgewühlt Jonas stets war, wenn er sich mit seinem Vater gestritten hatte, und sie ist sich ziemlich sicher, dass der Pastor seinen Sohn schlecht behandelt hat. Manchmal, als sie am Tor wartete, konnte sie hören, wie er Jonas anschrie.

Im Nachhinein wurde Erika klar, dass sein Vater der Grund sein musste, warum Jonas Ljusskär verlassen wollte. Die wenigen Male, die sie gemeinsam bei Erika übernachteten, wurde sie davon geweckt, dass er Albträume hatte. Manchmal fuhr er regelrecht aus dem Schlaf und saß schreiend im Bett, doch er wollte nie mit ihr darüber sprechen. Und ab und zu hatte er unerklärliche Verletzungen – Kratzwunden, blaue Flecken, Schwellungen im Gesicht. Jonas hatte immer eine Erklärung dafür parat, ein Fußball, der ihn getroffen hatte, oder dass er geradewegs in einen Stacheldraht gelaufen war, aber Erika hatte ihm das nie ganz geglaubt.

Sie setzt sich die Kapuze auf. Ihr Blick schweift erneut zu dem großen Haus. Er ist bestimmt zu Hause bei seiner Mutter, denkt Erika, und will sich gerade zur Tür wenden, als sie eine Bewegung bemerkt. Sie tritt näher an die regennasse Fensterscheibe, um die Gestalt zu erkennen, und zuckt zusammen, als sie Jonas zwischen den Bäumen verschwinden sieht.

Sie eilt aus dem Gemeindehaus und läuft in den kleinen Kiefernwald. Der Wind rüttelt an den Baumkronen und die Äste schwingen heftig hin und her.

»Jonas«, ruft sie, doch er ist bereits außer Sichtweite und scheint sie nicht hören zu können.

Erika zieht den Kragen der Jacke enger um sich, um ihr Gesicht vor dem Regen zu schützen. Eigentlich hat sie große Lust aufzugeben und zurück zum Hotel zu gehen, doch sie weiß auch, dass dies hier Patricias letzte Chance ist, herauszufinden, was mit ihrer Schwester passiert ist.

Sie folgt Jonas in den Wald hinein, und kommt schließlich zu der kleinen Waldhütte, in der Jonas und sie sich manchmal getroffen haben. Erika zögert einen Moment, doch dann läuft sie geradewegs auf den Unterschlupf zu.

Jonas sitzt unter dem Dachvorsprung der Waldhütte.

»Hallo«, sagt er verwundert. »Was machst du denn hier?«

Erika duckt sich ebenfalls unter das Vordach und versucht, das Regenwasser abzuschütteln.

»Ich wollte dich gerade dasselbe fragen«, sagt sie und hebt die Augenbrauen. »Das ist ja nicht gerade das optimale Wetter für einen Waldspaziergang.«

»Ich musste mal von zu Hause raus und nachdenken«, sagt er und schaut auf den Boden.

»Ich weiß genau, was du meinst.« Erika nickt. »Auch wenn wir nicht mehr als ein paar Wochen pro Jahr hier sind, kann meine Mutter mich echt wahnsinnig machen. Sie ist seit achtundsechzig Jahren auf dieser Welt und hat immer noch nicht gelernt, sich zu entspannen.« Erika lacht. »Immerzu muss irgendetwas passieren. Gnade dir Gott, wenn du eine Zeitung lesen oder einfach nur auf dem Sofa dösen willst.«

Jonas lächelt und Erika merkt, dass an ihm irgendetwas anders ist. Er, der ihr immer so nahe zu sein scheint, vermeidet es, sie anzusehen.

»Du«, sagt er und hebt einen Stock auf, der vor seinen Füßen liegt. »Es gibt eine Sache, die ich dir erzählen muss.«

»Okay.«

Er stochert mit dem Stock in einem der modrigen Balken der Waldhütte.

»Ich bin gerade zum ersten Mal wieder in Ljusskär, seit damals«, sagt er tonlos.

»Oh, das wusste ich nicht.«

»Ich habe mich sehr viele Jahre von hier ferngehalten«, murmelt er. »Ich war nicht einmal auf der Beerdigung meines Vaters.« Er wirft ihr einen flüchtigen Blick zu, doch wendet sein Gesicht sofort wieder ab. »Damals gab es eine Masernepidemie im Kinderheim und ich konnte einfach nicht weg. Das war vielleicht nicht der einzige Grund«, fügt er hinzu, »aber das habe ich auf jeden Fall meiner Mutter erzählt.«

»Bereust du es?«, fragt sie vorsichtig.

Jonas schüttelt den Kopf.

»Nein, das nicht«, sagt er und bricht ein Stück von dem nassen Stock ab. »Aber ich bereue viele andere Dinge. Zum Beispiel die Art und Weise, wie ich mit dir Schluss gemacht habe. Das war nicht fair.«

Er streicht sich den Pony aus der Stirn und schielt zu ihr. Erika lacht. »Nein, das war es wirklich nicht. Das hat mich fürs Leben gezeichnet.«

Jonas richtet sich auf. Er scheint nicht zu verstehen, dass sie scherzt, und Erika knufft ihn sanft in die Seite.

»Das war ein Spaß«, sagt sie. »Ich bin darüber hinweggekommen, aber ich weiß es zu schätzen, dass du dich entschuldigst.«

Er nickt.

»Ich wollte einfach nur weg aus Ljusskär, aber nicht, weil ich von dir wegwollte«, sagt er. »Ich habe geglaubt, dass man vor seiner Vergangenheit fliehen kann, dass ich all das Schwierige hinter mir lassen und woanders ganz von vorne anfangen könnte. Aber jetzt habe ich eingesehen, dass das nicht funktioniert. Was geschehen ist, ist geschehen, und alles kommt zu mir zurück.«

»Das tut mir leid«, sagt Erika und rutscht näher zu ihm. »Ich wünschte, ich hätte dir helfen können. Ich habe gemerkt, dass du es nicht leichthattest, aber ich wusste nie, was los war.«

»Danke«, sagt er und reibt sich die Augen. »Aber ich bin der Einzige, der etwas wiedergutzumachen hat.«

Er stößt einen schweren Seufzer aus, und Erika windet sich neben ihm. Es scheint nicht der richtige Moment zu sein, um Fragen über einen alten Vermisstenfall zu stellen, doch sie weiß auch, dass die Zeit langsam knapp wird.

»Eine Sache wollte ich dich fragen.«

»Ja?« Jonas wirft ihr einen flüchtigen Blick zu.

»Es tut mir leid, das genau jetzt anzusprechen«, sagt sie. »Aber erinnerst du dich an ein Mädchen namens Madeleine Grey? Sie ist aus den USA hierhergekommen, um ein Praktikum in der Kirche zu machen, aber dann ist sie nach ein paar Monaten verschwunden.«

»Mmm«, murmelt er.

»Ihre Schwester Patricia ist hier, um herauszufinden, was damals mit Madeleine passiert ist. Anscheinend hat ihr jemand Madeleines Halskette mit der Post geschickt.«

»Ist sie hier?«

Erika nickt und sieht, wie seine Augen sich weiten.

»Wo ist sie?«

»Im Hotel, aber ihr Flieger geht in ein paar Stunden.«

»Ich muss sie treffen«, sagt Jonas und steht auf.

»Warum?«, fragt Erika und steht ebenfalls auf. Aber Jonas antwortet nicht. Stattdessen dreht er sich um und läuft zurück zur Straße.

Der Regen prasselt wie tausend Nadeln auf den Asphalt, und Erika versucht, ihr Gesicht mit den Händen abzuschirmen. Jonas ist bereits am Hotel angekommen, doch sie holt ihn ein, als er vor der Tür stehen bleibt, um sich zu sammeln.

Jonas betritt das Hotel, und Erika folgt ihm. Sie ist noch ganz außer Atem von ihrem Sprint, ihre Wangen sind rosa. Beide sind klitschnass, und Jonas' Pullover klebt an seinem Körper.

Mona steht hinter dem Tresen und wischt die leeren Thermosflaschen aus. Patricia und Marianne sitzen ihr gegenüber.

»Ist sie das?«, fragt er.

Erika ringt nach Atem. Jonas verhält sich seltsam. Scin Blick ist starr, und er wirkt zappelig.

»Ja«, sagt sie knapp.

Als Patricia die beiden erblickt, klettert sie von ihrem Barhocker herunter.

»Sind Sie Madeleines Schwester?«, fragt Jonas und fährt sich mit der Hand durch das nasse Haar.

»Ja.« Patricia nickt, »Haben Sie sie gekannt?«

»Wir waren Freunde«, murmelt er.

Patricia lächelt, doch als sie einen Schritt auf ihn zugeht, weicht Jonas aus und hält die Hände ausgestreckt vor sich, wie eine Mauer.

Erika starrt ihn an. Sie versteht gar nichts.

»Die Halskette«, sagt er. »Ich habe sie Ihnen geschickt.«

»Was? Warum?« Patricia klingt verwirrt.

»Sie war ein Geschenk«, sagt er. »Madeleine hat sie mir geschenkt. Ich hatte schon vergessen, dass ich sie hatte, aber als ich nach Ljusskär zurückgekommen bin, habe ich sie in meinen Sachen gefunden und wollte, dass Sie sie kriegen.«

»Okay.« Patricia sieht ihn ungläubig an. »Wissen Sie, was mit meiner Schwester passiert ist?«

Eine erdrückende Stille legt sich über den Raum. Erika starrt Jonas an. Warum hat er ihr nie erzählt, dass er und Madeleine sich gekannt haben?

Nach einer gefühlten halben Ewigkeit nickt Jonas. Patricia wankt, und Mona eilt zu ihr, um sie zu stützen.

Langsam hebt er den Blick. Seine Augen sind rot, und ihm kommen die Tränen. Jonas steht mit gesenkten Schultern da, er wirkt viel kleiner, als er eigentlich ist. Erika würde am liebsten die Hand nach ihm ausstrecken, doch sie steht wie festgefroren da.

»Ja«, sagt er und seine Stimme bricht. »Ich weiß, was mit Madeleine passiert ist. Es war alles meine Schuld.«

49

FREITAG, 7. AUGUST 1987

Madeleine ist auf die Klippe gestiegen und sitzt dort auf der Bank. Der Wind hat sich beruhigt und sie friert nicht mehr. Obwohl es schon spät ist, ist die Sicht immer noch gut, aber die grauen Wolken bedecken die Sonne, die langsam hinter den Baumwipfeln verschwindet.

Sie schaut auf die Uhr. Sobald Evy von der Arbeit nach Hause kommt, wird sie zu ihr gehen und einen Plan schmieden. Sie will Patricia anrufen, ihr alles erzählen, sie wird Zuspruch bekommen für ihren Entschluss, die Kirche verlassen zu haben. Sie ist Evy so dankbar, bei der sie bleiben kann, bis sie weiß, wie sie nach Hause kommt.

Ihr Tagebuch liegt aufgeschlagen auf ihren Knien, und der Stift flitzt über das Papier. Es ist ein befreiendes Gefühl, alles aufschreiben zu können und die Gedanken an ein und demselben Ort zu sammeln.

Ganz hinten im Tagebuch liegt der Brief an Patricia, den sie immer noch nicht abgeschickt hat. Madeleine muss bei dem Gedanken an ihre Schwester lächeln. Bald wird sie ihre Familie wiedersehen, vielleicht ist sie sogar pünktlich zur Geburt ihres Neffen zu Hause. Auch wenn es schade ist, Ljusskär zu verlassen, hat sie doch etwas, worauf sie sich freuen kann.

Was mit der Freikirche passiert, weiß sie nicht. Wenn es anderen hilft, will sie gern über die Dinge sprechen, die sie erfahren hat, doch laut Evy ist die Chance eher gering, dass jemand zuhören will. Auf jeden Fall will sie mit Pastor Harold darüber reden und dafür sorgen, dass keine anderen Mädchen aus ihrer Gemeinde in Virginia nach Ljusskär gesandt werden.

Madeleine sieht auf und blickt über das riesige Meer. Trotz allem wird es ihr schwerfallen, diesen Ort zu vergessen. Er hat sich wie ein Zuhause angefühlt, birgt etwas Vertrautes, das sie anzieht.

Als sie den Stift gerade wieder auf das Papier setzt, hört sie irgendwo das Knacken eines Astes. Langsam dreht sie sich um. Erst glaubt sie, es sei Desirée, die nach ihr sucht, doch dann entdeckt sie ein bekanntes Gesicht, das ein Kribbeln in ihr auslöst.

Jonas steht ein paar Meter von ihr entfernt und hebt die Hand zum Gruß. Er hat seine Jeansjacke bis zum Hals zugeknöpft und sieht überrascht aus.

»Hallo«, sagt er und fährt sich mit der Hand durch das unordentliche Haar.

»Hallo.«

Jonas scheint kurz zu zögern, dann macht er einen Schritt zur Seite.

»Ich kann wieder gehen, wenn du allein sein willst.«

Madeleine beißt sich auf die Lippe. Einerseits ist sie froh, ihn zu sehen. Sie sehnt sich danach, mit jemandem zu reden, der sie versteht. Andererseits weiß sie nicht, wie viel sie verraten darf. Schließlich bedeutet sie ihm mit einer Geste, dass er sich zu ihr setzen kann.

Jonas lässt sich auf die Bank sinken. Aus der Brusttasche zieht er eine Schachtel John Silver und bietet ihr eine an.

Madeleine nimmt die Zigarette entgegen und steckt sie sich zwischen die Lippen. Das Feuerzeug erhellt die Dämmerung, und Jonas hält seine Hand vor die Flamme, um sie vor dem Wind zu schützen.

Schweigend sitzen sie da und rauchen, pusten kleine Wölkchen in die Luft und aschen auf den Boden, und es fühlt sich gut an, einfach nur bei ihm zu sein.

Aus dem Augenwinkel betrachtet sie Jonas, der vornübergelehnt dasitzt, den Blick auf den Horizont geheftet, und Madeleine malt sich aus, was zwischen ihnen hätte passieren können. Was immer da zwischen ihnen ist, es ist nur ein junger Spross, noch nicht richtig aufgeblüht, eine bloße Fantasie von Küssen und Nähe, die niemals sein wird, und Madeleine weiß, dass sie ihn vermissen wird, wenn sie geht.

»Danke für das Tape.«

»Mochtest du es?«

»Ja.«

Als ihre Blicke sich treffen steigt eine Wärme in ihrem Körper auf. Madeleine greift nach ihrer Kette, öffnet sie, und nimmt sie ab. Vorsichtig streckt sie die Hände aus und legt sie Jonas um den Hals. Er nimmt die Kette in die Hand und betrachtet sie.

»Was ist das?«

»Ein Geschenk«, sagt sie. »Damit du mich nicht vergisst.« Ihre Stimme zittert, als sie das sagt, und sie wendet den Blick ab.

»Aber sag mal, wie geht es dir?«

»Geht so.«

»Ist irgendetwas passiert?«

Madeleine zögert. In ihr hat sich so viel angestaut, und sie sehnt sich danach, etwas von dem Druck abzulassen, doch sie will auch den Moment nicht ruinieren.

»Ich muss nach Hause.«

»Was? Warum?«

Sie zuckt mit den Schultern.

»Schwer zu erklären.«

Jonas lehnt sich zurück und hält die Zigarette vor sich hoch. An ihrem Ende zittert eine lange Aschesäule.

»Wie schade. Wenn du mir davon erzählen willst, dann höre ich dir gern zu. Du weißt, dass du mit mir reden kannst.«

Seine Stimme ist beruhigend, und etwas an der Art, wie er sie ansieht, lässt Madeleine entspannen.

»Es ist etwas mit Aino passiert. Gestern. Als sie zum Gespräch beim Pastor war.«

Madeleine schielt hinüber zu Jonas, um zu sehen, wie er reagiert, doch er legt nur den Kopf in den Nacken.

»Davon habe ich nichts gehört.«

Madeleine schluckt. Vielleicht ist es falsch, Jonas davon zu erzählen. Pastor Lindberg ist immer noch sein Vater.

»Ach, wir müssen nicht darüber sprechen.«

Jonas drückt seine Zigarette aus und stampft sie in den Kiesboden an der Bank, dann sieht er sie mit ernsten Augen an.

»Weißt du, was genau vorgefallen ist?«

Ein Zittern geht durch Madeleines Körper. Alles ist so schrecklich unfair. Wenn nichts davon geschehen wäre, wenn alle sich einfach nur richtig verhalten hätten, hätte sie nicht hier sitzen und ihre kostbare Zeit mit Jonas darauf verschwenden müssen, zu überlegen, was sie sagen darf und was nicht.

Sie schüttelt den Kopf. Ihr kommen die Tränen. Jonas legt den Arm um sie und zieht sie an sich. Madeleine schließt die Augen und lehnt sich an ihn. Es fühlt sich wunderbar und schrecklich zugleich an, und Madeleine weint stumm, während Jonas ihr über den Rücken streichelt.

»Es wird sich alles klären«, sagt er. »Du musst nicht von hier weg.«

»Doch, ich muss«, schnieft Madeleine. »Ich kann unmöglich hierbleiben, nachdem ich all diese Sachen erfahren habe.«

»Ach ja, wer hat dir diese Sachen denn erzählt?«

Madeleine wischt sich die Augen mit dem Ärmel ihres Pullovers ab. Jonas riecht nach Kiefernholz und Tabak, und sein Körper schützt sie vor dem Wind, der vom Meer hereinweht.

»Eine Frau namens Evy«, murmelt sie.

Jonas holt ein Papiertaschentuch aus seiner Tasche und reicht es ihr.

»Evy«, wiederholt er. »Sie hat schon immer Quatsch über die Kirche erzählt. Ich glaube, irgendetwas stimmt mit ihr nicht.«

»Aber ich glaube ihr.« Ihre Blicke treffen sich. »Und es geht um richtig schlimme Sachen.«

»Hast du mit jemandem darüber gesprochen?«, fragt er.

»Nein, mit niemandem, außer mit Desirée und Aino.«

»Ich finde, du solltest mit meiner Mutter darüber reden«, schlägt Jonas vor. »Ihr kannst du vertrauen.«

»Glaubst du das wirklich?«, entfährt es ihr.

»Ja. Bevor sich die Gerüchte verbreiten. Das wäre doch unnötig, wenn rauskommt, dass nichts davon stimmt.«

Madeleine befreit sich aus seinen Armen und mustert ihn misstrauisch.

»Das will ich aber nicht.«

»Ich kann mitkommen.«

Sie steht auf. Jonas' Worte wecken eine Abneigung in ihr.

»Nein, danke.«

Sie nimmt ihr Tagebuch von der Bank und will es gerade in ihre Tasche stopfen, als auch Jonas aufsteht.

»Was hast du da?«

Seine Stimme klingt anders, angestrengt und ungeduldig.

»Nichts.«

»Was hast du da reingeschrieben?«

»Hast du auch mit Rut gesprochen?«, fragt Madeleine misstrauisch. »Hat sie dich geschickt?«

Erst antwortet er nicht, dann lässt er sich zu einem leichten Kopfnicken hinreißen.

»Sie macht sich Sorgen um dich. Alle machen sich Sorgen. Wenn du mitkommst, dann können wir über alles reden.«

Madeleine tritt einen Schritt zurück.

»Ich dachte, ich könnte dir vertrauen. Ich dachte, wir wären Freunde.«

Der letzte Satz bleibt zwischen ihnen in der Luft hängen und Jonas breitet die Arme aus.

»Du kannst mir vertrauen! Ich will dir helfen.«

»Du willst deinem Vater helfen.«

Jonas wippt auf den Fußballen auf und ab. Er wirkt plötzlich größer als sonst und ragt über ihr auf.

»Ich will nur nicht, dass du etwas tust, was du später bereust.« Als sie nicht antwortet, seufzt er. »Kannst du nicht einfach mitkommen? Keiner wird dich dazu zwingen, hierzubleiben, wenn du nach Hause willst, bitte schön. Aber du kannst uns doch wenigstens eine Chance geben, bevor du Gerüchte über die Gemeinde verbreitest.«

Jonas macht einen großen Schritt auf sie zu, um ihr das Tagebuch abzunehmen, doch Madeleine weicht aus.

»Was hast du vor, verdammt?« Sie schreit gegen den heulenden Wind an, und hinter ihr schäumt das Meer.

»Gib es mir.«

»Nie im Leben!«

Das Licht der Dämmerung wird immer schwächer, aber sie erkennt, dass sich eine tiefe Linie zwischen Jonas' Augen gebildet hat und sein Kiefer angespannt ist.

»Jetzt komm schon«, sagt er und streckt die Hand aus. Madeleine schüttelt den Kopf, doch sie steht am Rande der Klippe und hat keinen Platz, ihm auszuweichen.

Als er einen weiteren Schritt auf sie zumacht, tritt sie instinktiv nach hinten und merkt im selben Augenblick, wie sie den Boden unter den Füßen verliert.

Madeleine fuchtelt wie wild mit den Armen, auf der Suche nach etwas, woran sie sich festhalten kann. Jonas stürzt sich brüllend nach vorne, doch er ist zu weit weg und kriegt sie nicht zu fassen. Der Schock zuckt für den Bruchteil einer Sekunde durch ihren Körper. Das Adrenalin wallt in ihr auf, und ihre Hände suchen immer noch verzweifelt nach Halt. Dann fällt sie in die Tiefe.

*

Sein Körper ist steifgefroren und schwerfällig, doch er zwingt sich, weiterzumachen. Er taucht erneut ins dunkle Wasser und sucht verzweifelt nach ihr, obwohl seine Finger schon ganz taub sind. Immer wieder ruft er ihren Namen, aber das Rauschen der Wellen übertönt ihn.

Jonas taucht an die Oberfläche. Seine Brust ist kurz vor dem Bersten, und als er endlich oben ankommt, muss er Salzwasser ausspucken und nach Luft schnappen. Seine Augen brennen, aber die Wolkendecke ist endlich aufgerissen und das blasse Licht des Mondes erhellt die Nacht.

Jonas hat jegliches Gefühl dafür verloren, wie lange er schon im Wasser ist; er weiß nur, dass er weitermachen muss. Plötzlich glaubt er, ein Geräusch zu hören, und er dreht den Kopf zur Seite. Nach einigen Sekunden kann er eine Gestalt am Ufer erkennen, die ihm zuwinkt.

Für einen Moment scheint ihm das Herz stehenzubleiben. Ist sie das? Hat sie überlebt?

Jonas schüttelt sich das Wasser aus den Haaren und schwimmt auf das Ufer zu. Er wünscht sich so sehr, dass Madeleine dort steht und auf ihn wartet. Dass es ihr gelungen ist, sich aus dem Wasser zu retten.

Konzentriert versucht er, die Kontrolle über seinen Körper zu behalten. Nach jedem einzelnen Schwimmzug schnappt er keuchend nach Luft. Bitte, denkt er immer und immer wieder. Bitte, lass es Madeleine sein.

Doch dann erkennt Jonas die Stimme, die im zuruft, und sein Herz wird schwer.

Wankend erhebt er sich aus dem Wasser und geht auf sie zu. Sofort nimmt sie ihn in den Arm.

»Mein Junge, was ist denn passiert?«

Jonas schüttelt den Kopf. Er weiß nicht, wie er es ihr sagen soll.

»Sie ist gefallen«, murmelt er.

»Wer?«

Er blinzelt und versucht, sich das eisige Wasser aus den Augen zu wischen.

»Madeleine. Sie ist von der Klippe gefallen.«

Rut streift sich ihren Mantel ab und legt ihn um Jonas' Schultern. Obwohl er größer ist als sie, nimmt sie ihn fest in die Arme.

»Wir haben uns gestritten«, fährt Jonas fort. »Wegen Papa. Ich wollte, dass sie wieder zurückkommt. Das ist alles meine Schuld. Wir müssen die Polizei rufen. Sie müssen nach ihr suchen. Sie muss doch hier irgendwo sein.«

Er schluchzt laut, während Rut seine eisigen Finger in ihren Händen wärmt.

»Sie werden sie nicht finden«, sagt sie trocken.

Jonas zuckt zusammen. »Was meinst du damit? Sie können doch sofort ein Boot rausschicken.«

Rut hält seine Hände vor ihren Mund und pustet. Ihr warmer Atem brennt auf seiner Haut.

»Was glaubst du denn, was passiert, wenn die Polizei dich fragt, warum sie gefallen ist?«

»Das war ein Unfall«, sagt er matt.

»Und wenn sie dir nicht glauben?«

»Warum sollten sie das nicht tun?«

»Weil ihr euch gestritten habt. Weil sie deinen Vater anzeigen wollte.«

Er schüttelt den Kopf, die Tropfen aus seinem Haar landen auf dem Boden.

»Aber davon wissen sie ja nichts.«

»Aber Evy weiß es«, sagt sie verbissen.

»Das ist mir egal«, keucht Jonas. »Wir müssen sie anrufen. Die müssen nach ihr suchen.«

Rut legt ihren Arm und ihn.

»Wie lange hast du nach ihr gesucht?«

»Weiß nicht«, sagt er und zuckt mit den Schultern. »Wie spät ist es denn?«

Als sie ihm ihre Armbanduhr hinhält, seufzt er.

»Es gibt immer noch eine Chance.«

Rut schüttelt den Kopf.

»Sie ist fort«, sagt sie. »Die Polizei zu informieren würde daran nichts ändern.«

Jonas schlägt die Hände vors Gesicht. »Was sollen wir jetzt tun?«, flüstert er.

»Du gehst jetzt nach Hause«, sagt sie. »Und duschst, bis dir wieder warm ist. Sprich mit niemandem darüber.« Rut sieht sich um. »Wo sind ihre Sachen?«

Jonas deutet mit einem Kopfnicken die Klippe hinauf. »Ihre Tasche steht dort oben, am Aussichtspunkt.«

»Gut.« Sie knufft ihm in die Seite. Er geht los, doch dreht sich noch einmal zu ihr um.

»Mama?«, sagt er verzweifelt.

»Das wird sich alles regeln, ich kümmere mich darum. Geh jetzt.«

Jonas holt tief Luft. Er sieht seiner Mutter nach, die die Anhöhe hinaufsteigt. Er zieht ihren Mantel enger um seinen Körper, als er etwas um seinen Hals spürt. Madeleines Halskette. Die kleine silberne Note glänzt im Mondlicht.

Jonas berührt den Anhänger und lässt den Blick über das Meer schweifen. Er will ihren Namen rufen, doch er weiß, dass es vergebens ist. Rut hat recht, Madeleine ist fort.

Jonas schließt die Augen, doch sofort sieht er Madeleines Gesicht vor sich, in dem Augenblick, in dem sie in den Abgrund fällt.

Ein Schmerz zuckt durch seinen Körper, und er schlägt die Augen wieder auf. Jonas will nicht vom Fleck weichen, doch er weiß, dass er nicht hierbleiben kann.

»Verzeih mir«, murmelt er in dem Moment, in dem eine Welle ans Land spült. Dann dreht er sich um.

50

SAMSTAG, 29. JUNI

Patricia steht wie festgefroren da. Ihr Blick ist voller Verzweiflung.

Jonas schüttelt den Kopf.

»Es tut mir so leid«, murmelt er. »Ich hätte schon vor langer Zeit darüber sprechen sollen. Ich hatte nie die Absicht, ihr etwas anzutun. Es war dunkel, und plötzlich ist sie einfach gefallen.« Er schluchzt. »Ich habe versucht, sie zu finden, aber sie war fort. Einfach verschwunden.«

»Sie hätte sie retten können«, sagt Patricia. »Wenn sie Hilfe gerufen hätte, hätte sie gefunden werden können.«

»Ich bin ins Meer gesprungen. Ich habe bestimmt eine Stunde nach ihr gesucht, aber alles war pechschwarz. Ich habe nichts gesehen, nichts gehört. Ich habe es wirklich versucht.« Jonas verbirgt das Gesicht in seinen Händen. »Es vergeht kein einziger Tag, an dem ich nicht an Madeleine denke. Ich schäme mich, dass ich nicht erzählt habe, was passiert ist. Ich hätte jemandem Bescheid sagen sollen, aber ich hatte solche Angst. Bitte, verzeihen Sie mir«, bittet er. »Ich würde alles dafür tun.«

»Ich …«, beginnt Patricia, verstummt aber sofort. Sie ist ganz weiß im Gesicht und ihr Blick verrät, dass sie innerlich zerrissen ist.

»Es tut mir so leid«, fährt Jonas fort. »Für all den Schmerz, den ich Ihnen zugefügt habe. Ich habe versucht, meine Taten wiedergutzumachen. Ich weiß, es ist unverzeihlich, aber ich möchte Sie um Vergebung bitten.«

»Ich verstehe nicht, wie …«, stammelt Patricia.

Doris kommt die Treppe heruntergerannt. Ihr Poltern durchbricht die schmerzliche Stille, und alle drehen sich verblüfft zu ihr um.

»Lina ist weg«, ruft sie.

»Wie bitte?«, fragt Erika überrascht. »Was soll das heißen?«

»Ich dachte, sie wäre oben, aber ich habe jeden Raum nach ihr abgesucht und kann sie nicht finden.«

»Lina?«, ruft Erika, und Mona geht auf die Treppe zu.

»Ich sehe noch einmal nach«, sagt sie und verschwindet im oberen Stockwerk.

»Das tut mir leid«, murmelt Doris. »Lina wollte draußen Rad fahren, aber wir haben ihr gesagt, dass das jetzt nicht geht. Sie wurde wahrscheinlich ein bisschen wütend und ging auf ihr Zimmer.«

»Wann war das?«

Doris schaut auf die Bahnhofsuhr. »Vor einer halben Stunde ungefähr. Ich dachte, sie wollte ein bisschen alleine spielen, also habe ich sie in Ruhe gelassen.«

Erika hebt die Decke auf einem der Tische an, um zu sehen, ob Lina sich unter ihm versteckt.

»Lina!«, ruft sie, und eilt durch das Café. »Wo bist du?«

Auch die anderen beginnen zu suchen. Doris verschwindet in der Küche, und Marianne sucht auf der Toilette und im Büro, doch ohne Erfolg.

»Sie ist nicht hier«, sagt Marianne leise, und ein Schmerz

zuckt durch Erikas Brust. Draußen prasselt der Regen immer noch auf den Asphalt. Ihre Tochter wird doch wohl nicht in dieses Unwetter hinausgegangen sein? Als sie Mona auf der Treppe hört, dreht sie sich hoffnungsvoll zu ihrer Mutter um, doch die schüttelt nur den Kopf.

»Alles leer. Keine Lina.«

Erika spürt, wie der Boden sich unter ihr neigt, und sie muss sich an der Wand abstützen.

»Ich hoffe, sie ist nicht an den Strand gelaufen, um zu baden«, sagt sie mit monotoner Stimme.

»Wir machen uns wohl besser auf die Suche«, sagt Doris.

»Wir sind genügend Leute«, wirft Jonas ein. »Wenn wir uns aufteilen, haben wir den Strand und die Umgebung relativ schnell abgesucht.«

Patricia starrt ihn an und hält ihr Telefon hoch. »Sie können jetzt nicht gehen.« Sie wendet sich an die Frauen vom Buchsalon. »Wir müssen die Polizei rufen. Er hat meine Schwester auf dem Gewissen, wir dürfen ihn nicht gehen lassen.«

»Das stimmt.« Jonas nickt. »Sie haben recht. Rufen Sie die Polizei. Ich werde ihnen alles erzählen, aber erst müssen wir Lina finden.«

»Bitte«, fleht Erika. »Je mehr wir sind, desto schneller finden wir sie.«

Patricia wendet den Blick ab. Erika fragt sich, was sie wohl gerade denkt. Nach zweiunddreißig Jahren hat sie endlich erfahren, was mit ihrer Schwester passiert ist. Schließlich nickt sie.

»Okay«, sagt Patricia verbissen. »Wir machen uns auf die Suche.«

Jonas zeigt Richtung Meer.

»Ich laufe runter an den Strand.« Für eine Sekunde ist sein Blick ganz leer, dann legt er seine Hand auf Erikas Arm. »Ich bin mir sicher, dass wir sie finden werden«, sagt er. »Du hast meine Nummer, ruf mich an, sobald du etwas weißt.«

Sie sieht ihm nach, wie er Richtung Strand davonläuft. Wenn Lina dort ist, wird Jonas sie finden. Im selben Moment, in dem er aus ihrem Blickfeld verschwindet, kommt Evy ins Hotel. Sie trägt einen großen, grünen Regenhut und schüttelt sich unter ihrem Regenschirm.

»Das wird ein richtig schwerer Sturm«, sagt sie. »Windstärke zehn. Und ein Gewitter zieht auf. Ich schlage vor, dass alle nach Hause gehen und alles festbinden, was lose in ihren Gärten herumsteht.« Als ihr niemand antwortet, krempelt sie ihren Hut hoch. »Was ist denn los mit euch?«, fragt sie.

Marianne, die sich gerade ihren Regenmantel überwirft, deutet mit einem Kopfnicken zur Straße.

»Wir haben gerade erfahren, dass Jonas mit Mariannes Verschwinden zu tun hat. Anscheinend sind die beiden oben auf der Klippe in einen Streit geraten, und er hat mit ansehen müssen, wie sie abgestürzt ist. Und jetzt ist auch noch Lina fort«, fügt sie hinzu. »Wir haben Angst, dass sie zum Baden an den Strand gegangen ist.«

Evy sieht sich verwirrt um.

»Um Gottes willen! Wir müssen sofort runter an den Strand und sie suchen.«

Patricia scheucht die anderen aus der Tür.

»Lauft mal los. Ich kenne mich nicht besonders gut in Ljusskär aus, aber ich bleibe hier, falls Lina vor euch zurückkommt.«

»Mama!«, ruft Erika. »Ruf die Polizei an, und sag Bescheid, dass Lina verschwunden ist. Und erklär Marianne und Doris, wo Linas Lieblingsplätze sind, dann können sie dort mit dem Suchen anfangen.«

Mona nickt und greift nach dem Telefon. Erika verlässt das Hotel, Evy auf den Fersen. Sie läuft zur Straße hinunter und bekommt kaum Luft, als der Wind ihr den Regen ins Gesicht peitscht.

Sie will gerade lossprinten, als ihr Telefon klingelt. Es ist Martin. Er müsste jetzt in Malmö angekommen sein, um seinen großen Vortrag für die Messe vorzubereiten.

Erika presst das Handy ans Ohr. »Ja, hallo?«

»Hallo. Ich wollte nur anrufen und mich entschuldigen, dass ich nicht auf deine SMS geantwortet habe. Ich weiß, dass ich in letzter Zeit wie ein Verrückter gearbeitet habe und abwesend war. Vergib mir, ich verspreche dir, das wird alles besser. Und natürlich fängst du wieder an zu studieren, wenn du dazu Lust hast.«

Es vergehen einige Sekunden, bevor Erika versteht, worauf Martin Bezug nimmt.

»Lass uns über all das später reden«, sagt sie. »Gerade gibt es einen Notfall. Lina ist verschwunden.«

»Wie bitte? Was ist passiert?«

»Ich war nur kurz unterwegs, um etwas zu erledigen, und Doris dachte, Lina würde in ihrem Zimmer im ersten Stock spielen, doch es sieht so aus, als wäre sie ausgebüxt.«

»Seit wann ist sie denn verschwunden?«

»Ein bisschen länger als eine halbe Stunde. Wir sind zu fünft auf der Suche nach ihr, und Mama spricht gerade mit der Polizei. Es ist sicher nichts Schlimmes passiert, ich habe nur Angst, dass sie allein ins Wasser gegangen ist.«

Ihre Stimme zittert beim letzten Satz, und Erika muss schlucken. Sie sieht ihr kleines Mädchen vor sich. Linaschatz. Wenn sie allein ans Meer gegangen ist, dann ist es Erikas Schuld. Sie war es, die Lina dazu gedrängt hat, schwimmen zu üben.

»Ich komme«, sagt Martin plötzlich.

»Aber du hast doch deinen Vortrag.«

»Da pfeif' ich drauf. Ich bin in einer Minute am Auto und fahre so schnell ich kann. Ruf mich an, wenn etwas ist.«

»Auf jeden Fall, das mach ich.«

Erika verlangsamt ihren Schritt und steckt ihr Handy in die Tasche, damit es nicht nass wird und plötzlich nicht mehr funktioniert. Trotz ihrer Sorge ist sie gerade sehr dankbar, mit Martin telefoniert zu haben. Wenn er erst mal ankommt, ist sicher wieder alles in Ordnung, denkt sie, den Tränen nah.

Sie wischt sich den Regen aus dem Gesicht, dann legt sie die Hände wie einen Trichter um den Mund. »Lina!«, ruft sie in den Wind.

Der schwere Regen verschlechtert die Sicht, aber Erika gibt alles, die Gärten, an denen sie vorbeikommt, abzusuchen. »Dieses verfluchte Kind«, murmelt sie vor sich her. Sie glaubt nicht, dass Lina ohne Begleitung an den Strand gegangen ist, aber falls sie es doch getan hat, dann ist es lebensgefährlich, wenn die Wellen so hoch sind.

Erika keucht und verbannt diese Bilder aus ihrem Kopf. So darf sie nicht denken, das kann sie nicht. Stattdessen konzentriert sie sich darauf, in jeden Winkel zu sehen, während sie Richtung Strand weiterläuft. Irgendwo muss Lina doch sein, und Erika wird nicht aufgeben, bis sie ihre Tochter gefunden hat.

51

Es ist nicht so einfach, durch den nassen Sand voranzukommen, und der Wind zerrt an ihren Kleidern, doch Evy lässt sich davon nicht abhalten.

Sie macht eine Kurve um eine große Sanddüne. Evy sucht den Teil des Strandes ab, in dem die Dünen in grüne Graslandschaft übergehen. Dieses Gebiet liegt ein gutes Stück entfernt, aber da sich viele Dorfbewohner der Suche angeschlossen haben und gemeinsam die Bucht durchkämmen, sieht sie keinen Grund, warum sie nicht an einer anderen Stelle weitersuchen sollte.

In dreißig Meter Entfernung läuft Jonas und ruft nach Lina. Evy rekapituliert, was sie soeben erfahren hat: Madeleine und der Pastorensohn haben sich dort oben auf der Klippe gestritten, und sie ist ins Meer gefallen.

Komischerweise spürt sie keinen Zorn. Stattdessen wird sie von Trauer erfüllt. Trauer darüber, dass es zweiunddreißig Jahre dauern musste, bis Patricia erfahren durfte, was mit ihrer Schwester passiert ist. Trauer darüber, dass diese Klippe nicht zehn Zentimeter breiter gewesen ist. Trauer, weil das Meer so unbarmherzig ist. Und Trauer darüber, dass nun noch eine weitere Person verschwunden ist.

Evy schaut hinüber zur Mole, die von wütend schäumenden Wellen überflutet wird, und spürt, wie es ihr kalt den Rücken herunterläuft. So viele Orte gibt es nicht, an denen man suchen kann. Wenn das kleine Mädchen nicht bald auftaucht, weiß sie nicht, was sie tun soll.

Evy ist müde vom Regen, der ihr ins Gesicht peitscht, und kämpft sich vorwärts. Um sich zu beruhigen, listet sie mögliche Szenarien in ihrem Kopf auf. Lina hat sich möglicherweise verirrt und ein Dorfbewohner hat sie ins Haus gebeten, obwohl derjenige das Hotel hätte anrufen und Bescheid sagen sollen, wo Lina ist. Oder sie hat Schutz vor dem Sturm gesucht und ist in eine Höhle oder einen Bootsschuppen gekrochen, um sich zu verstecken.

Die Sanddünen werden breiter, und Evy sucht sie mit den Augen ab. Bei jedem neuen Hagebuttenstrauch keimt die Hoffnung in ihr auf, hinter ihm zwei kleine Füße zu entdecken, doch obwohl sie versucht, das Mädchen in ihren Gedanken heraufzubeschwören, ist es nirgends zu sehen.

Doch dann fällt ihr Blick auf etwas, das hinter einem kleinen Hügel hervorguckt, direkt an der Grenze zwischen dem Strand und der Graslandschaft. Sie sieht sich nach Jonas um, aber er ist außer Hörweite. Anstatt ihn zu rufen, eilt sie zu dem Hügel.

Halb hinter einem Busch versteckt entdeckt Evy ein rosafarbenes Kinderfahrrad. Es wurde neben einem der Trampelpfade, die zum Wasser führen, fallen gelassen. Die violetten Fransen am Fahrradlenker flattern im Wind.

Evy spürt, wie sich ihr Magen zusammenzieht. Mit den Augen verfolgt sie den Trampelpfad. Sie späht mit zusammengekniffenen Augen zum Wasser, kann aber absolut nichts sehen. Wo in aller Welt ist Lina bloß hingelaufen?

52

Erika läuft durch den Wald. Durch den Druck auf der Brust fällt es ihr schwer zu atmen, doch sie weigert sich, anzuhalten. »Lina!«, ruft sie, obwohl ihr die Stimme bald versagt. »Lina, wo bist du?«

Ein Zweig ratscht ihr über die Wange, aber sie läuft einfach weiter. Während der ersten Stunde hat Erika geglaubt, dass sie Lina jede Sekunde finden würden, dass sie an einem Ort ist, an dem sie ganz vergessen haben, nachzusehen – versteckt in einem Küchenschrank oder hinter den Kartons in der Vorratskammer – doch langsam lässt die Hoffnung nach.

Konzentriert späht sie durch die Finsternis. Die schweren Wolken haben eine Dunkelheit über Ljusskär gelegt, und der Regen erschwert die Sicht.

Erika zieht ihr Telefon hervor, um sich zu vergewissern, dass sie keinen Anruf verpasst hat, aber niemand hat sich bei ihr gemeldet. Sie will einfach nur ihr kleines Mädchen finden, sie im Arm halten, sie fest an sich drücken und ihre Stimme hören.

Der Gedanke an Lina versetzt ihr einen Stich. Sie war nicht an der Badestelle, doch was ist, wenn sie auf den Steg hinausgelaufen ist und von einer der hohen Wellen mitgerissen wurde. Oder wenn sie einen Unfall gehabt hatte und irgendwo liegt, nicht in der Lage, sich zu bewegen?

Verzweifelt sieht Erika sich um. Lina könnte überall sein. Vielleicht kommt sie nie wieder nach Hause.

Sie schüttelt den Kopf, sodass das nasse Haar in ihr Gesicht fliegt. Jetzt hör auf, ermahnt sie sich selbst. Lina geht es gut, und wir werden sie finden.

Ungefähr zehn Meter entfernt sieht sie ein Auto die Straße entlangkommen, und Erika eilt darauf zu. Es ist der blaue Familientoyota, der die Östra Kustvägen hinunterrollt. Sie schwenkt die Arme wild in der Luft und springt auf die Straße.

Als Martin sie fest in seine Arme nimmt, ist es, als würde eine Bombe in ihr explodieren. Erika keucht, und ihre Beine geben nach.

Martin hält Erika fest.

»Ach du«, sagt er. »Das wird schon alles wieder. Wir werden sie finden.«

Schluchzend lehnt sie sich an seine Schulter. Die ganze Zeit hat sie gegen die Tränen gekämpft, doch nun strömen sie über ihre Wangen.

»Ich weiß nicht, was ich tun soll«, weint sie. »Es ist meine Schuld. Ich hätte sie nicht so drängen dürfen.«

Martins tröstlich warme Hände streicheln über ihren nassen Rücken. Er hatte schon immer ein Talent dafür, sie zu beruhigen.

»Niemand hat Schuld«, sagt er mit seiner warmen Stimme.

Als Erika aufblickt und ihm in die Augen sieht, ist sie plötzlich wieder zuversichtlich. Martin ist hier, denkt sie, jetzt werden wir Lina finden.

Behutsam streicht er ihr mit den Fingern über das Gesicht.

»Du blutest ja«, sagt er zärtlich. »Und du bist total durchnässt. Komm, wir fahren zurück zum Hotel, dann kannst du dich umziehen.«

Erika nickt. Sie ist so lange umhergelaufen, dass sie gar nicht mehr weiß, wo sie ist.

»Die Polizei ist gekommen«, murmelt sie. »Vielleicht wissen sie etwas.«

»Ja«, antwortet er und hält ihr die Autotür auf. »Hoffentlich.«

53

Evy geht auf den Teil des Strandes zu, der sich einige Meter über dem Meer erhebt. Die grünen Anhöhen gehören zu einem Naturschutzgebiet, in dem viele ihre Hunde spazieren führen. Die Hänge sind nicht so hoch wie die Klippen im Süden, aber sie haben gefährlich überwucherte Kanten, an denen man leicht fehltreten und herunterfallen kann. Außerdem ist das Ufer unter den Hügeln von großen Steinen übersät und es ist ein schwierig zu ergründendes Gebiet voller Unebenheiten.

Das Herz schlägt laut in ihrer Brust, und sie klettert den Hang hinunter auf die großen Steine am Ufer. Dass noch ein Kind ertrinkt, ist Evys schlimmster Albtraum. Seit Mats' Unfall hat sie alles dafür getan, Ljusskär zu einem sichereren Ort zu machen. Sie möchte nicht, dass jemand anderes erleben muss, was sie selbst durchgemacht hat.

Evy atmet schwer. Die Bucht wurde mehrmals durchsucht, die kleinen bunten Badehütten und jeder Winkel des Strandes durchkämmt, jedoch ohne Erfolg. Die ganze Zeit hat Evy geglaubt, dass Lina jede Sekunde auftauchen würde, aber jetzt schwindet ihre Hoffnung.

Mühsam klettert sie auf den nächsten Stein. Der Wolkenbruch ist so heftig, dass Evy Mühe hat, sich auf den Beinen zu halten. Aber trotz des unwegsamen Geländes gibt es etwas, das sie antreibt. Sie fühlt, sie ist auf der richtigen Spur.

Evy fragt sich, ob sie Jonas rufen und ihn bitten soll, beim Hotel anzurufen und vom rosafarbenen Fahrrad zu berichten, aber in diesem Fall müsste sie wieder zurückklettern. Nein, jetzt, da sie so weit gekommen ist, muss sie einfach weitermachen.

Die regennassen Steine sind rutschig, und ab und zu wird sie von einer Welle getroffen, aber Evy ist ohnehin schon so nass, dass ihr alles egal ist. Doch sie hat Angst, den Halt zu verlieren. Wenn sie hier ins Wasser fällt, wird sie wahrscheinlich nicht wieder auftauchen.

Plötzlich entdeckt sie einen hellen Schopf an einer lehmigen Steilwand unter einem hügeligen Vorsprung. Für ein paar Sekunden vergisst Evy zu atmen, doch dann schreit sie los.

»Lina! Hallo? Bist du's?«, ruft sie, so laut sie kann, doch der Schopf regt sich nicht.

Evy hebt die Arme in die Luft, um Jonas' Aufmerksamkeit auf sich zu ziehen, doch er ist nirgends zu sehen. Verdammt nochmal! Sie hätte ihm sagen sollen, wohin sie gegangen ist.

Stöhnend läuft sie los. Ihr Rücken schmerzt, als Evy mühsam über die Steine klettert.

Ein Sirren zuckt unheilverkündend über den Himmel, und am Horizont ist ein Donnergrollen zu hören. Der Schopf regt sich immer noch nicht, doch je näher Evy kommt, desto mehr glaubt sie, einen kleinen Kinderkörper zu erkennen.

Bitte lass Lina am Leben sein, denkt Evy, bitte, lass das Mädchen am Leben sein.

54

Vor dem Hotel stehen zwei Polizeiautos, und als Martin und Erika das Foyer betreten, herrscht angespannte Stimmung. Die Leute stehen in Grüppchen zusammen und reden leise miteinander.

Ein Polizist in zerknitterter, brauner Uniform telefoniert und zeichnet gleichzeitig Linien auf einer großen Karte ein.

Mona entdeckt Erika und Martin und nimmt beide fest in den Arm. Ihre Locken sind durch den Regen ganz platt, und ihr Augen-Make-up ganz verlaufen.

»Wir haben sie noch nicht gefunden«, sagt sie besorgt und zeigt auf den Beamten in der Uniform. »Er teilt Ljusskär gerade in Gebiete auf, damit wir verschiedene Suchtrupps losschicken können.«

»Hier sind aber viele Leute.« Martin nickt.

»Ja, alle die können, wollen helfen, und es sind immer noch einige unterwegs und suchen. Marianne und Doris gehen von Tür zu Tür, und der Handarbeitskreis hat eine Telefonkette in Gang gesetzt. Alle werden gebeten, ihre Gärten und Schuppen zu durchsuchen, bevor sie herkommen.«

Erika schluckt. Sie wünscht, sie könnte ihre Dankbarkeit zeigen, für all die Hilfe, die sie bekommen, aber sie hat kaum noch Kraft, sich auf den Beinen zu halten. Martin stützt sie, und sie sinkt in seine sicheren Arme.

»Das wird schon gutgehen«, flüstert er ihr ins Ohr. »Mach dir keine Sorgen. Ich wette mit dir, Lina hat sich irgendwo versteckt und taucht plötzlich wieder auf, als wäre nichts gewesen.« Er wendet sich an Mona. »Erika muss sich umziehen, sie ist ganz durchnässt.«

»Geht nur rauf«, sagt Mona. »Ich rufe euch, wenn es Neuigkeiten gibt.«

Erika lässt sich von Martin zur Treppe führen. Sie ist bis auf die Knochen durchgefroren und will einfach nur schnell etwas Trockenes anziehen, damit sie weitersuchen kann. Plötzlich wird die Tür hinter ihnen aufgestoßen. Evys Nachbar Yusuf kommt angelaufen.

»Sie haben ein Fahrrad am Strand gefunden«, ruft er gehetzt.

»Es ist rosa und hat violette Wimpel am Lenker.«

Erika krallt sich an Martins Hemd fest. »Das ist Linas!«, schreit sie beinahe.

Der Polizist geht auf Yusuf zu.

»Wie weit lag es vom Wasser entfernt?«

»Vielleicht hundert Meter. Es liegt am Ende des Strandes, Richtung Norden.«

»Gut. Ein Suchtrupp ist unterwegs«, sagt er und spricht wieder in sein Telefon.

Erikas und Martins Blicke treffen sich. Sie kann sehen, wie er ihr über den Arm streichelt, doch sie spürt seine Berührung nicht.

»Das ist doch ein gutes Zeichen, oder?«, sagt er, doch ein gewisser Zweifel in seiner Stimme ist nicht zu überhören.

Erika beißt sich auf die Lippen.

»Ich bin unten am Strand gewesen und habe sie nirgends gesehen.«

»Wir werden sie finden«, sagt Martin bestimmt und greift nach einer Decke, die er ihr um die Schultern legt, bevor er sie an die Hand nimmt und mit ihr hinunter ans Meer geht.

55

Als Evy sich endlich zu Lina vorgekämpft hat, ist sie ganz außer Atem, doch sie nimmt ihre letzte Kraft zusammen, um mit dem Mädchen zu sprechen.

»Ich bin ja hier«, keucht sie und lässt sich neben ihr auf die Steine fallen. Das Mädchen liegt mit dem Gesicht abgewendet da, doch als Evy sie berührt, zuckt sie zusammen und starrt sie mit erschrockenen Augen an. Sie hat sich am Kopf verletzt und blutet an der Stirn.

»Hallo, Lina«, sagt Evy sanft. »Wie geht es dir?«

Lina starrt sie an, dann kneift sie die Augen zusammen und murmelt etwas, das Evy nicht versteht. Ihre Lippen sind blau. Evy streift ihre Regenjacke ab und legt sie um das Mädchen.

»Hast du Schmerzen?«, ruft sie durch den Wind.

Lina nickt und zeigt auf ihre aufgeschrammten Beine. Die dünne Hose ist eingerissen, die Haut, die darunter zum Vorschein kommt, ist blutig, und das eine Bein steht in einem merkwürdigen Winkel ab.

»Kannst du aufstehen?«

Lina schüttelt den Kopf.

»Keine Sorge«, sagt Evy. »Ich bin Krankenschwester und kann dich untersuchen.«

Vorsichtig betastet sie Linas Bein. Der Unterschenkel ist geschwollen, und als sie ihn berührt, schreit Lina auf.

Evy setzt sich in eine andere Position. Von dort aus, wo sie sich befindet, kann sie nur schwer erkennen, was Lina fehlt, und wegen all der Steine kommt sie nicht näher heran, aber sie vermutet, dass der Knochen gebrochen ist.

Sie sieht sich nach einem Stock um, mit dem sie das Bein stabilisieren kann, entdeckt aber nichts. Evy seufzt, dann legt sie sanft ihre Hände unter Linas Arme, um sie anzuheben, doch Lina ist viel zu schwer für ihren gebrechlichen Rücken, und ihr bleibt nichts anderes übrig, als von ihr abzulassen.

Besorgt sieht sie sich um. Es sind bestimmt zwei Meter die Anhöhe hinauf, aber hinter Lina befindet sich ein großer Stein, und wenn es Evy gelingt, ihn zu erklimmen, kann sie möglicherweise über den Hang hinausblicken und um Hilfe rufen.

»Ich versuche, Hilfe zu holen«, erklärt sie Lina mit sanfter Stimme.

Als Evy aufsteht, schmerzt es in der Hüfte. Ihr Körper ist derartige Bewegungen nicht mehr gewöhnt, und sie schleppt sich hinüber zu dem großen Stein.

Zuerst scheint es ihr unmöglich, dort hochzuklettern, aber nach ein paar Versuchen, bei denen sie den Halt verloren hat und abgerutscht ist, schafft sie es, sich festzuhalten und sich mit Hilfe eines Gestrüpps, das über den Abhang ragt, am Stein hochzuziehen.

Evy richtet sich auf und krallt sich an dem Gestrüpp fest, um nicht das Gleichgewicht zu verlieren. Endlich aufrecht, entdeckt sie Jonas ungefähr fünfzig Meter entfernt. Sie ruft mit aller Kraft nach ihm und schwenkt wild mit den Armen.

»Jonas, hier bin ich! Jonas, Hilfe!«

Es gelingt ihr nicht, den Wind zu übertönen, und als sie von einem Windstoß gepackt wird, ist Evy kurz davor, zu fallen. Ohne ihre Jacke ist sie vorm Regen nicht geschützt, und ihre Haut brennt in dem schneidenden Wind. Sie versucht erneut, Jonas zuzuwinken, aber er schaut nicht in ihre Richtung.

Evy stöhnt auf. Was soll sie tun, wenn niemand sie bemerkt?

Sie kann Lina nicht allein hierlassen. Das Mädchen muss ins Krankenhaus.

Sie reißt sich den Regenhut vom Kopf und schwenkt ihn mit ausgestrecktem Arm. Jetzt wäre der Signalwimpel eine große Hilfe, denkt sie und schielt aus dem Augenwinkel zum Meer. Die hohen Wellen rauschen ungestüm an den Strand, und der Schaum spritzt in alle Richtungen.

Evys Arme schmerzen, aber sie wagt noch einen letzten Versuch. Auf Zehenspitzen schwenkt sie die Arme hoch in die Luft und ruft nach Jonas.

Sie nimmt ihn nur als eine verschwommene Silhouette war, doch plötzlich kommt es ihr so vor, als würde er sich umdrehen. Evy weiß, was zu tun ist. Entschlossen geht sie in die Knie, stößt sich ab und schwingt ihre Arme im Sprung hoch in die Luft, landet schief auf dem Stein, verliert das Gleichgewicht und fällt.

56

Aus der Ferne sieht Erika eine kleine Menschenansammlung in den Sanddünen. Sie und Martin eilen auf die Gruppe zu. Zwei uniformierte Polizisten telefonieren, und um sie herum hat sich ein Halbkreis aus Menschen gebildet, die mit ihren Regenschirmen zu kämpfen haben.

Als Erika Linas Fahrrad im Sand liegen sieht, kommt es ihr vor, als hätte ihr jemand eine Faust in den Magen gerammt. Sie schnappt nach Luft und greift nach Martins Hand.

Einer der Polizisten zeigt auf das Fahrrad.

»Ist das Linas?«, fragt er tonlos.

Martin nickt. Auch er bringt kein Wort hervor.

»Warum ist sie denn nirgends?«, fragt er mutlos. »Warum haben wir sie noch nicht gefunden?«

Doch dann horchen sie auf. Eine Männerstimme schneidet durch den Wind, und alle drehen sich nach ihr um.

Durch den strömenden Regen ist es schwer zu erkennen, um wen es sich handelt. Erika wischt sich das Wasser aus dem Gesicht und kneift die Augen zusammen. »Jonas«, murmelt sie.

Er kommt näher, und sie erkennt, dass er etwas auf dem Arm trägt. Das Bündel in seinen Armen ist klein, aber Erika erblickt Linas blondes Haar, und eine Welle der Angst überströmt sie.

»Lina!«, ruft sie, und gemeinsam mit Martin läuft sie auf sie zu, während sie gerade noch hört, wie die Polizisten dem Krankenwagen Bescheid geben, der im Ort wartet.

Jonas bleibt einige Meter vor ihnen stehen und keucht vor Erschöpfung. Erika tritt näher, legt ihre Hände um Linas Gesicht. Das Mädchen weint.

»Mama«, wimmert sie.

Erika und Martin nehmen sie Jonas vorsichtig ab und schmiegen sich eng an den eiskalten Körper.

»Mein Schatz«, sagen sie im Chor. »Wo bist du nur gewesen?«

Lina schnieft und schluchzt.

»Du blutest ja«, stellt Erika fest und streicht Lina die Haare aus der Stirn.

»Ich bin ausgerutscht«, wimmert sie. »Und auf die Steine gefallen.«

Jonas steht vornübergebeugt da und schnappt nach Luft.

»Ihr Bein ist wahrscheinlich gebrochen«, keucht er.

»Wo hast du sie gefunden?«

»Sie lag da drüben«, sagt er und zeigt auf die grünen Anhöhen. »Dort muss sie gestürzt sein. Und Evy ist immer noch da unten. Sie war es, die Lina gefunden hat, aber sie ist auch hingefallen und hat sich verletzt. Jemand muss ihr helfen.«

Die beiden Polizisten nicken und laufen in die Richtung, die Jonas ihnen zeigt.

»Danke«, sagt Erika.

»Nichts zu danken. Ich bin froh, dass es ihr gutgeht.«

Lina windet sich in Erikas Armen.

»Mein Bein tut weh«, jammert sie.

»Ich weiß, meine Süße«, sagt Martin. »Es ist vielleicht gebrochen, aber der Krankenwagen ist unterwegs.«

Lina schließt die Augen und wimmert. Erikas und Martins Blicke treffen sich.

»Wir haben uns solche Sorgen gemacht«, sagt Erika. »Wir haben gesucht und gesucht.«

Aus dem Augenwinkel sieht Erika, dass ihre Mutter auf sie zuläuft. Aus der Ferne ist die Sirene eines Krankenwagens zu hören.

Lina öffnet die Augen und schaut sie an.

»Darf ich mit dem Krankenwagen fahren?«, fragt sie. »Ins Krankenhaus?«

»Ja«, antwortet Erika. »Das darfst du.«

Lina nickt. Sie ist zwar kreidebleich, doch sie schafft es, ein schwaches Lächeln aufzusetzen.

»Endlich«, flüstert sie.

57

MITTWOCH, 3. JULI

Patricia schaut sich um. Die Sonne steht hoch am Himmel, und ihr Blick schweift über das weite Meer. Der Wind hat sich gelegt und im glatten Wasser spiegeln sich die Schäfchenwolken, die über den blauen Himmel ziehen.

Zum ersten Mal seit ihrer Ankunft hat die kleine Bucht etwas Friedvolles an sich, eine Ruhe, die sich über die Klippen und den Strand gelegt hat.

Es ist Patricias letzter Tag in Ljusskär. Am Abend wird sie den Bus nach Malmö nehmen. Ja, sie hätte noch ein paar Tage bleiben können. Es war kein Problem gewesen, das Flugticket umzubuchen, und als sie Mr. Marsden in der Schule angerufen und ihm erzählt hat, was alles passiert ist, hat er ihr ohne Umschweife noch eine weitere Woche freigegeben. Doch Patricia freut sich auf ein paar Tage Ruhe, allein zu Hause in Mill Creek. In den letzten Tagen ist so viel geschehen, das sie verarbeiten muss. Plötzlich hat das Leben sie eingeholt, und Patricia braucht Zeit, um alle Eindrücke zu sortieren und sich in der neuen Wirklichkeit zurechtzufinden.

Wenn sie Mona, Doris und Marianne ansieht, wird ihr ganz warm ums Herz. Patricia ist sehr dankbar, die Frauen vom kleinen Buchsalon getroffen zu haben. Trotz allem, was geschehen ist, war ihr Aufenthalt in Ljusskär in vielerlei Hinsicht fantastisch und sie wird die drei wirklich vermissen.

Patricia lässt den Blick über die Menschenmenge gleiten. Sie stehen unter der großen Anhöhe an einem windgeschützten Ort, umgeben von üppigen Büschen. Als Mona vorschlug, eine Gedenkstunde für Madeleine zu veranstalten, hatte Patricia geglaubt, dass nur sie und die Frauen im Buchkreis anwesend sein würden. Sie hätte sich nie träumen lassen, dass so viele Menschen daran teilnehmen wollten, und es rührt sie, dass so viele von ihnen gekommen sind, um sich von ihrer Schwester zu verabschieden.

Lina lacht und Patricia beobachtet das kleine Mädchen, das zwischen seinen Eltern steht. Sie ist so froh, dass es Erikas jüngster Tochter gutgeht. Ihr Bein war tatsächlich gebrochen, und der Riss auf ihrer Stirn musste genäht werden, doch abgesehen davon schien ihr der Unfall nicht besonders übel mitgespielt zu haben. Sie ist immer noch die Erste, die jeden Morgen wach wird, und sie liebt es, sich auf ihren Krücken zwischen den Tischen in Monas B, B & B umherzuschwingen. Außerdem hat sie ganz begeistert von ihrer Fahrt mit dem Krankenwagen erzählt und wie glücklich sie gewesen ist, von einem echten Doktor behandelt zu werden, der ihr eine Spritze und einen Verband verpasst hat.

Einige Meter von Patricia entfernt schnäuzt Evy sich in ihr Taschentuch. Auch sie durfte im Krankenwagen mitfahren, doch ihr scheint es nicht so viel Spaß gemacht zu haben wie Lina. Mona hat erzählt, dass Evy diejenige war, die das Mädchen am felsigen Ufer unter einem steilen Hang gefunden und somit gerettet hat. Anscheinend hat sie sich dabei sehr weh getan. Gebrochen war zum Glück nichts, aber seit jenem Tag wird sie von Schmerzen geplagt und geht am Stock.

Patricia beobachtet sie schweigend. Evy sieht wie immer ein bisschen mürrisch aus und steht ein wenig abseits, während ihre schwarze Katze um ihre Beine streift.

Yusuf hockt auf den Knien und drückt den Boden um den Rosenbusch fest, den er zur Erinnerung an Madeleine gepflanzt hat. Es ist eine wunderschöne, rosafarbene Sorte mit großen, schalenförmigen Blüten namens Constance Spry. Doris steht neben ihm und hält seine Gartengeräte.

Als Yusuf fertig ist, geht er auf Patricia zu und zeigt auf die Pflanze.

»Ich verspreche dir, mich um die Rose zu kümmern«, sagt er feierlich. »Sie wird hier richtig gut wachsen und gedeihen.«

Patricia nickt. Sie kann sich keine bessere Gedenkstätte für Madeleine vorstellen als einen üppigen Rosenbusch, der über zwei Meter hoch werden kann und nach Kerbel und Myrrhe duftet.

»Danke«, sagt sie. »Er ist wunderschön.«

Eine Schwalbe fliegt hoch über ihnen, und Patricia verfolgt ihren Flug mit den Augen. Obwohl es furchtbar war zu erfahren, dass Madeleine nicht mehr lebt, merkt Patricia gleichzeitig, wie befreiend es ist, die Wahrheit zu kennen. Endlich kann sie wirklich um ihre Schwester trauern, und das verschafft ihr eine innere Ruhe, die sie seit vielen Jahren nicht gespürt hat.

Sie denkt an Jonas. In den letzten Tagen haben sie im Buchsalon viel über ihn gesprochen und sich gefragt, warum er die Wahrheit so lange für sich behalten hat.

Sie kann sich gut vorstellen, wie verängstigt und schockiert er gewesen sein muss, als Madeleine über die Klippe fiel. Außerdem wird seine Mutter diejenige gewesen sein, die ihn überredet hat, Stillschweigen zu bewahren, aber sie vermutet, dass Rut das niemals zugeben wird.

Patricia seufzt. All das macht sie so endlos traurig, aber gleichzeitig ist sie dankbar, endlich etwas Seelenfrieden zu finden. Sie holt die Silberkette mit der kleinen Note aus ihrer Tasche und betrachtet sie. Patricia hat viel über Jonas und seine letzte Begegnung mit Madeleine nachgedacht, und ihre Gedanken in einem langen Brief an ihn aufgeschrieben. Sie hat immer damit gerechnet, dass ein furchtbarer Zorn in ihr auflodern würde, sobald sie herausfände, wer für Madeleines Verschwinden verantwortlich war, und dass sie denjenigen deutlich zu verstehen geben würde, welchen enormen Schaden sie angerichtet hatten. Doch diese Wut scheint in ihr nicht mehr zu existieren, und als Patricia schließlich vor einem leeren Blatt saß, begann sie stattdessen, über ihre Schwester zu schreiben. In dem Brief erzählt sie von Madeleines Kindheit – dass sie dafür betete, alle neugeborenen Lämmer, Küken und Ferkel ins Haus holen zu dürfen, weil sie Angst hatte, sie könnten sich draußen in der dunklen Scheune fürchten. Sie erzählt von Madeleines unglaublicher Gesangsstimme, dass sie Patricia und ihren Vater mit selbst komponierten Liedern unterhielt, und immer sehr fürsorglich und daran interessiert war, dass es allen anderen gutging.

Patricia weiß eigentlich nicht, was der Sinn dieses Briefes ist. Vielleicht ist er der Versuch einer Versöhnung. Vielleicht auch nicht. Aber die Idee, Jonas all diese Dinge über Madeleine zu erzählen, hat ihr gefallen. So bekommt er ein detaillierteres Bild von ihr.

Nachdem Lina gerettet war, ist Jonas mit den Polizisten davongefahren. Patricia hat gesehen, wie er in den Streifenwagen gestiegen ist, und zwei Tage später wurde sie von einem Ermittler angerufen, der sie zu einigen Punkten befragt hatte.

Sie ist sich nicht sicher, was eine passende Strafe für Jonas wäre. Zugegeben, sie glaubt ihm, dass Madeleines Sturz nur ein Unfall gewesen ist, aber gleichzeitig hat er die Wahrheit jahrelang verheimlicht. Doch möglicherweise hat er bereits für sein Verbrechen gesühnt, indem er sich entschieden hat, sein Leben anderen Menschen in Not zu widmen. Und in Kalkutta wird er wahrscheinlich eher Gutes tun können als in einem schwedischen Gefängnis.

Behutsam öffnet sie den Verschluss der Halskette, legt sie sich um den Hals und schließt sie im Nacken. Ab jetzt wird sie Madeleine stets bei sich tragen, wo auch immer sie ist, und es ist ein beruhigendes Gefühl, die Schwester immer in der Nähe ihres Herzens zu wissen.

Marianne berührt Patricia sanft am Arm. Sie hat versprochen, die Gedenkstunde zu leiten.

»Fühlst du dich bereit?«, fragt sie vorsichtig.

Patricia nickt, und Doris und Mona stellen sich rechts und links neben sie und nehmen sie bei der Hand. Als Marianne sich räuspert, verstummt die Menschenmenge.

»Wir haben uns heute hier versammelt, um uns von einer wunderbaren jungen Frau zu verabschieden. Marianne Miranda Grey wurde am 4. April 1967 in Charlottesville geboren und starb am 7. August 1987 hier in Ljusskär.«

Patricia lauscht, während Marianne von ihrer Schwester erzählt. Mit ihrer melodiösen Stimme erzeugt sie eine wunderbare Atmosphäre, und sie spricht über Madeleines Kindheit, über die Dinge, die sie geliebt hat, und darüber, wie beliebt sie bei ihren Freunden gewesen ist.

Zum Ende ihrer Rede faltet Marianne die Hände.

»Zum Schluss möchte ich ein Gedicht von Mary Elizabeth Frye vorlesen, das Madeleines Schwester, Patricia, ausgewählt hat«, sagt sie und senkt den Blick.

Steht nicht an meinem Grab und weint,
Ich schlafe nicht, wie ihr es meint.
Ich bin der Wind in Wald und Feld,
Ich bin ein Schnee, der sachte fällt.
Ich bin ein leiser, linder Regen,
Ich bin der Fluren reicher Segen.
Bin in des Morgens stillem Lächeln,
Ich bin im ersten scheuen Fächeln
Der milden Frühlingsluft,
Ich bin ein Sommerrosenduft,
Ich bin des Herbstwalds bunte Pracht,
Ich bin der Sternenglanz der Nacht.
Ich bin ein Lied, ein Vogelsang,
Ich bin ein heller Glockenklang.
Drum trauert nicht, habt Zuversicht:
Ich bin nicht hier – ich sterbe nicht.

Patricia holt tief Luft und schließt Marianne in ihre Arme.

»Danke. Das war wunderschön«, flüstert sie ihr ins Ohr.

Sie sieht hinüber zum Rosenbusch und denkt, dass Madeleine dieser Ort und der Ausblick aufs Meer gefallen hätte.

Auf einmal fühlt Patricia sich ganz leicht, und als Mona ihr über den Arm streicht und ihr einen fragenden Blick zuwirft, antwortet sie mit einem Kopfnicken.

»Alle sind herzlich zu Kaffee und Milchbrötchen ins Hotel eingeladen«, sagt Mona feierlich.

*

Erika und Martin gehen Hand in Hand zurück zu Monas B, B & B. Vor ihnen hüpft Lina fröhlich auf ihren Krücken und schwingt ihr eingegipstes Bein.

»Das war eine schöne Zeremonie«, sagt Martin und drückt zärtlich ihre Hand.

Erika nickt. Die letzten Tage war sie zwischen Schuldgefühlen gegenüber Lina und Dankbarkeit dafür, dass alles ein gutes Ende genommen hat, hin- und hergerissen. Und nun hat sie endlich das Gefühl, sich entspannen zu können, vor allem dank Martin.

Sie sieht ihren Mann an, der mit aufrechtem Gang neben ihr herläuft. Zum ersten Mal seit langem fällt ihr wieder ein, warum sie sich einst in ihn verliebt hat.

Erika denkt zurück an den Frühling in Lund, in dem sie sich auf einer Studentenparty begegnet sind, und Erika hat sich dazu hingezogen gefühlt, dass er so sehr in sich ruhte.

Er hatte schon immer diese Gabe, sie mit dieser Gelassenheit anzustecken, und sobald sie auch nur anfängt, über ein *hätte, könnte, sollte* nachzudenken, erinnert er sie stets daran, dass alles gut sei.

Sie haben bereits lange Gespräche darüber geführt, wie sie ihre familiäre Situation verbessern können. Mona hat sie mehr oder weniger zu einem Abendessen zu zweit gezwungen, damit sie die Gelegenheit hatten, ungestört zu sprechen, und zu Erikas großer Überraschung hatte Martin Vorschläge parat, wie sie den Haushalt gerechter unter sich aufteilen könnten. Erika ist nicht ganz davon überzeugt, dass sich sein Excel-Zeitplan in die Tat umsetzen lässt, aber sie ist bereit, es zu versuchen, und zum ersten Mal seit langer Zeit ist sie guter Hoffnung, dass zu Hause auch mal wieder Fenster geputzt werden. Vielleicht sucht sie sogar wieder die Perücke und das Lederkleid raus.

Erika schaut zu Patricia, die ein paar Schritte voraus geht.

»Es ist so schade, dass sie nach Hause fährt. Ich werde sie vermissen«, sagt sie leise.

Martin nickt, dann holt er sein Handy aus der Tasche, auf dem gerade eine SMS eingegangen ist. »Emma ist in Malmö angekommen und steigt gleich um.«

Erika lächelt. Die ganze Familie wird die nächsten zwei Wochen in Ljusskär verbringen. Martin hat versprochen, richtig Urlaub zu machen, und hat sich sogar darauf eingelassen, seinen Arbeitslaptop in Monas Kassenschrank einzuschließen. Emma war etwas schwieriger zu überzeugen, aber als sie sich darauf geeinigt haben, dass sie zum Ausgleich einen Tag mit ihren Freunden in Kopenhagen verbringen darf, hat auch sie zugestimmt, nach Österlen zu kommen. Erika kann es kaum erwarten, dass sie bald alle wieder beieinander sind.

Im Hotel läuft alles wie immer. Mona und Doris haben die Tische mit Tee- und Kaffeekannen und großen Schüsseln voller Milchbrötchen gedeckt.

Erika, Martin und Lina sitzen mit Monas Buchsalonfreundinnen zusammen. Yusuf lässt sich diskret neben Doris nieder, die sich in seinen Arm kuschelt. Als Evy vorbeihinkt, bietet Marianne auch ihr einen Stuhl an.

»Setz dich zu uns«, sagt sie und lächelt.

Evy sieht sie misstrauisch an, lässt sich aber erschöpft auf den Stuhl sinken. Saba kommt hinter ihr angeschlichen. Furchtlos springt sie auf Linas Schoß und streckt sich stolz, als wäre es die selbstverständlichste Sache der Welt, sich dort niederzulassen.

»Ich wollte dir noch etwas erzählen«, sagt Marianne munter und reicht Evy eine Tasse.

»Ach ja?«, brummt Evy. »Was denn?«

»Ich habe gehört, du bist der Meinung, es gäbe zu wenig Sicherheitsausrüstung in der Badebucht, also habe ich beschlossen, ein Rettungsboot zu kaufen und eine neue Leiter an den Steg bauen zu lassen.«

Einen Moment lang sieht Evy so aus, als wüsste sie nicht, wie sie reagieren sollte, doch dann schnaubt sie.

»Das wurde auch Zeit.«

»Und deshalb dachte ich ...«, fährt Marianne fort, doch sie wird unterbrochen.

»Dass ich meine Klage gegen dein Bauvorhaben fallenlasse?« Evy verschränkt die Arme vor der Brust. »Nie im Leben. Mit so etwas kommst du hier nicht weit.«

Marianne schüttelt den Kopf.

»Nein, ich habe mich gefragt, ob du mir helfen könntest, ein geeignetes Rettungsboot auszuwählen.«

Erika sieht Evy belustigt an, die ihr Kinn in die Luft reckt und laut aufstöhnt.

»Na schön, warum nicht, bevor du noch ein ganz falsches Modell anschaffst.«

Marianne verdreht die Augen, und Erika muss lachen. Als Marianne anfangs erwähnte, in Monas Hotel investieren zu wollen, wusste Erika zunächst nicht, ob sie es ernst meinte, aber in den letzten Tagen haben Mona und Marianne Pläne geschmiedet und mit der Algenproduktion begonnen. Mona hat Markus gezeigt, wie man Seegras erntet, und er hat eine Website gebastelt, auf der sie ihre Produkte verkaufen kann.

Mariannes Enkel hat sich zur Überraschung aller sehr über das Angebot gefreut, in Monas Hotel arbeiten zu dürfen. Seitdem scheint er Monas Küche gar nicht mehr verlassen zu wollen. Er backt, entsaftet, kocht ein und konserviert, damit Mona sich um andere Dinge kümmern kann.

Mona gesellt sich als Letzte an ihren Tisch, und Patricia ergreift das Wort.

»Danke, ihr Lieben«, sagt sie, »für alles. Ich weiß nicht, ob euch klar ist, wie viel mir diese Zeit mit euch bedeutet.«

»Sie bedeutet uns auch sehr viel«, sagt Doris.

»Wir sind richtig froh, dass du hergekommen bist«, wirft Mona ein. »Und dass du uns die Möglichkeit gegeben hast, deine Schwester kennenzulernen.«

»Ich fasse es nicht, dass du uns verlässt«, fährt Doris betrübt fort.

»Ich auch nicht.« Patricia lächelt. »Das war einer der besten Sommer meines Lebens. Ich verspreche euch, ich komme wieder. Und ihr seid immer herzlich willkommen in Virginia.«

»Hast du noch einmal darüber nachgedacht, was du mit dem Hof anstellst?«, fragt Marianne neugierig.

»Ich habe tatsächlich einem Makler gemailt«, sagt sie und erwidert die Blicke der anderen. »Er kommt am Freitag vorbei, um das Haus zu begutachten.«

»Das klingt großartig«, entfährt es Mona, und sie schiebt Patricia den Brötchenteller zu. »Nimm noch eins.«

»Ich werde dein Essen vermissen«, seufzt Patricia. »Wie soll ich denn ohne dein Algenbrot leben?«

Marianne verschränkt geschäftig ihre goldlackierten Finger.

»Wir können dir ein paar Produkte schicken, wenn wir den Verkauf starten, dann kannst du für uns auch gleich den Markt in den USA testen.«

»Das mach ich auf jeden Fall.« Patricia lacht. »Schwedische Algen werden sicher der letzte Schrei, gleich nach schwedischen Köttbullar.«

Doris schüttelt den Kopf und zieht ein Taschentuch hervor.

»Ich tu' mich mit Abschieden immer so schwer«, murmelt sie, während Yusuf ihr den Rücken streichelt.

»Wir sehen uns bald wieder«, sagt Patricia sanft. »Du kannst doch mit Yusuf zusammen in die USA fliegen!«

Doris sieht Yusuf an. »Das klingt nach einer fabelhaften Idee.«

Einen Augenblick lang schweigen alle, bis Marianne sich reckt und streckt.

»Wir haben etwas für dich«, sagt sie. »Eine Art Abschiedsgeschenk.« Sie holt ein Päckchen hervor und reicht es Patricia.

»Da wir ja ein Buchsalon sind, dachten wir, wir geben dir ein Buch mit auf die Heimreise.«

Patricia wickelt das Päckchen aus und findet darin ein Buch, das eher nach einem Fotoalbum aussieht. Die Vorderseite ist wunderschön mit Muscheln und getrockneten Strandpflanzen dekoriert. Sie schlägt das Album auf. Madeleine strahlt ihr von den Fotos entgegen.«

»Alle im Ort haben mitgeholfen«, sagt Mona. »Wir haben sämtliche Fotos, die wir von deiner Schwester finden konnten, herausgesucht und in diesem Album gesammelt. Diejenigen, die Madeleine persönlich kannten, haben kleine Erinnerungstexte über sie geschrieben.«

Patricia sieht unglaublich gerührt aus.

»Danke, ihr Lieben«, murmelt sie mit glänzenden Augen. Und als Doris, Mona und Marianne aufstehen, um den Tisch herumgehen und sie umarmen, kann sie die Tränen nicht mehr zurückhalten.

»Hier wird es immer ein Zimmer für dich geben«, versichert Mona und drückt sie fest an sich. »Ich werde dieses Hotel führen, bis ich hundert Jahre alt bin.«

»Mindestens«, entfährt es Marianne. »Und bis dahin sind wir Algenmillionäre.«

Lina krault Saba hinter den Ohren und sieht vergnügt zu Erika auf.

»Ich glaube, sie mag mich.«

»Das glaube ich auch.«

Das Mädchen lächelt und legt die Arme um die Katze, die skeptisch den Kopf verdreht.

»Oma, ich finde, du solltest ganz viele Katzen in einem Hotel haben. Das wäre so schön, immer jemanden zum Kuscheln zu haben.«

»Ein Katzenhotel«, sagt Mona nachdenklich. »Das ist keine schlechte Idee, Lina.«

Erika sieht ihre Mutter an und seufzt. Es sieht ganz danach aus, als müsste sie auch ihre nächsten Sommer in Ljusskär verbringen. Jemand muss offensichtlich die Stimme der Vernunft sein und das Ganze im Auge behalten, denkt sie und lächelt vor sich hin. Sonst weiß man nie, wie es enden wird.

DANKSAGUNG

Zuallererst möchte ich Louise Bäckelin danken, die nicht nur unglaublich gut darin ist, meine Bücher zu verlegen, sondern auch meine Vision teilt, ein feines Ohr für meine Texte hat und eine Inspiration ist. Mein Dank geht ebenfalls an Andrea Gruvmalm, Maria Martinsson und alle anderen, die an der Entstehung von *Der kleine Buchsalon am anderen Ende der Welt* beteiligt waren und allesamt, von Umschlagsgestaltung und Textproduktion bis Vertrieb und Marketing, ganz wunderbare Arbeit geleistet haben.

Ein großes Dankeschön an meine Lektorin Lena Sanfridson, die mir einen sehr wertvollen Resonanzboden bereitet und mit scharfem Blick und klugen Gedanken zur Verbesserung der Geschichte beigetragen hat.

Wie immer möchte ich meiner Mutter, Eva Skybäck, und meinem Vater, Björn Skybäck, danken, die meine Texte Korrektur lesen, mit Kinderbetreuung unter die Arme greifen, mir stets mit Rat und Tat zur Seite stehen und mir immer erlaubt haben, große Träume zu haben. Ohne eure Unterstützung wäre ich nicht dort, wo ich heute bin.

Mein Mann, Antonio, nimmt eine unglaublich wichtige Funktion in meinem Leben ein. Danke, dass du mit mir gemeinsam auf diese Reise gehst und immer an mich glaubst – egal wie unerreichbar meine Ziele auch scheinen. Danke an Tilda und

Klara, meine Lieblinge, die meinem Leben eine Perspektive geben und durch die ich jeden Tag neue Dinge lerne (auch wenn ich vermutlich nie eine berühmte Parkourläuferin werde).

Ein großer Dank geht an meine Familie und Freunde, die meine Bücher lesen, weiterempfehlen und Verständnis dafür haben, dass ich in bestimmten Zeiträumen in meiner »Schreibblase« verschwinden muss.

Recherche ist immer Teil des Schreibens, und deshalb möchte ich mich bei allen Experten bedanken, die auf unterschiedliche Weise für mich da waren und auf meine Fragen geantwortet haben. Einen besonderen Dank möchte ich an die Ärzte Tomas Månsson, Therese Wetterlöv und Patrick Wetterlöv richten, die mir mit ihrem medizinischen Wissen zur Seite standen – alle eventuellen Fehler in diesem Buch habe ich ganz allein zu verantworten. Vielen Dank auch an Staffan Sävenfjord, der den Blog »Staffans Bussbilder« betreibt und mir dabei geholfen hat, herauszufinden, welche Busse im Jahre 1987 in Österlen gefahren sind. Außerdem möchte ich mich bei Skillinge Teaters Vänner bedanken, die mich zum Tag des Buches nach Skillinge eingeladen haben. Dieser Ort und seine Umgebungen sind Vorbilder für viele Schauplätze des Romans.

Zu guter Letzt möchte ich mich bei all meinen großartigen Leserinnen und Lesern bedanken, die mir so viel Liebe und Wertschätzung schenken. Ohne euch würde es keine Bücher geben, und ich bin sehr dankbar, dass ihr mich auf Instagram und Facebook anfeuert und meine Romane weiterempfehlt.

Jetzt gehe ich Fenster putzen.

London, Liebe und ein Haus voller Bücher

Charlotte lebt in Schweden und ist eigentlich zu jung, um Witwe zu sein, zu jung, um ihren geliebten Mann verloren zu haben. Sie vergräbt sich in ihrer Arbeit, bis eine unerwartete Nachricht ihr Leben auf den Kopf stellt: Sie hat von einer entfernten Tante eine Buchhandlung in London geerbt.
Kurz entschlossen fliegt Charlotte nach England, um das Haus zu verkaufen. Doch schnell fühlt sie sich mit dem Laden eng verbunden – genauso wie mit den beiden warmherzigen Mitarbeiterinnen, dem Kater Tennyson und dem Schriftsteller William. Sie versucht, das fast bankrotte Geschäft zu retten. Dabei stößt sie auf Widersprüche und Rätsel: Warum hat sie ihre Tante Sara nie getroffen, warum hat ihre Mutter nie von ihrer Vergangenheit erzählt, und was ist das dunkle Geheimnis der beiden Schwestern?
Die kleine Buchhandlung am Ufer der Themse erzählt, wie ein Haus voller Bücher, gute Freunde und ein kratzbürstiger Kater einer Frau helfen, einen Neuanfang zu wagen – ein charmanter und hoffnungsvoller Roman zum Wohlfühlen.

Frida Skybäck, Die kleine Buchhandlung am Ufer der Themse. Roman. Aus dem Schwedischen von Hanna Granz. insel taschenbuch 4740. 550 Seiten.

NF 493/1/7.20

»Wenn ich mir fünf Bücher für die einsame Insel aussuchen müsste, *Die Buchhandlung* wäre unbedingt dabei.«
Michael Ondaatje, Druckfrisch

Florence Green erwirbt in Hardborough, einem verschlafenen Dorf an der Küste Ostenglands, das Old House als zukünftiges Domizil für ihre Buchhandlung. Dass das Gebäude anscheinend von einem Poltergeist besessen und bis auf die Grundmauern feucht ist, bringt sie von ihrem Vorhaben ebenso wenig ab wie die Tatsache, dass sie von finanziellen Dingen keine Ahnung hat. Voller Schwung stürzt sie sich in die Vorbereitungen und stattet ihre Buchhandlung liebevoll aus. Die Einwohner des kleinen Städtchens begegnen dem Unternehmen zunächst mit Skepsis, bald stellen sich jedoch erste Stammkunden ein. Als Florence Green aber dann ein gerade erschienenes Buch eines bis dahin unbekannten Autors, Vladimir Nabokov, verkauft, ist die Aufregung groß und weitet sich zu einem Skandal aus ...

Penelope Fitzgerald, Die Buchhandlung. Roman. Aus dem Englischen von Christa Krüger. Mit einem Vorwort von David Nicholls. insel taschenbuch 4346. 164 Seiten

NF 379/1/6.17

NF 492/1/7.20

»Liebe, Krieg, Leidenschaft und Kunst – es ist alles da. Mein Buch des Sommers.«
Elle

Zwischen dem Swinging London der 60er Jahre und dem schwülheißen Andalusien am Vorabend der Spanischen Revolution entspinnt sich diese fesselnde Geschichte zweier junger Frauen, die durch ein Gemälde schicksalhaft miteinander verwoben sind. London, 1967. Odelle Bastien, aus Trinidad nach England gekommen, um ihren Traum vom Schreiben zu verwirklichen, ergattert einen Job in der renommierten Kunstgalerie Skelton. Durch einen sensationellen Fund – ein Gemälde des seit dem Spanischen Bürgerkrieg verschollenen Künstlers Isaac Robles – wird Odelle in eine Geschichte verstrickt, die ihr Leben völlig auf den Kopf stellt. Denn um das Gemälde rankt sich ein folgenschweres Geheimnis, das ins Jahr 1936 zurückreicht.

Jessie Burton, Das Geheimnis der Muse. Roman. Aus dem Englischen von Peter Knecht. insel taschenbuch 4704. 461 Seiten.

NF 460/1/3.19

Ein Klassiker für eine neue Generation

Die junge Jane Eyre tritt eine Stelle als Gouvernante auf dem entlegenen Landsitz Thornfield Hall an – und sie verliebt sich unsterblich in den Herrn des Hauses, den verschlossenen, aber faszinierenden Edward Rochester. Er erwidert ihre Gefühle leidenschaftlich, doch ein schreckliches Geheimnis bedroht das Glück ...
Mit der klugen, charakterstarken Jane Eyre schuf Charlotte Brontë eines der bewegendsten Frauenporträts der Weltliteratur. Der Roman gilt als fiktive Autobiografie der Autorin.
»Charlotte Brontë (1816-1855) gelang 1847 mit *Jane Eyre* der Durchbruch als Schriftstellerin. Melanie Walz hat diesen Liebes- und Bildungsroman einer rebellischen Gouvernante [...] neu übersetzt und mit einem klugen Nachwort versehen. Erstaunlich, welche Modernität Jane Eyres Geschichte ausstrahlt und wie es Brontë glückt, aus ihrer Hauptfigur keine Salonheldin, sondern eine reflektierte Frau zu machen, die für ihre Sache – und die ihrer Geschlechtsgenossinnen – zu kämpfen versteht.« *Rainer Moritz*

Charlotte Brontë, Jane Eyre. Roman. Aus dem Englischen von Melanie Walz. insel taschenbuch 4725. 652 Seiten.

NF 474/1/3.19